Uin 著

阿吱，阿吱

贵州出版集团
贵州人民出版社

「要跟我学画画吗？」
「我的手是拿枪拿刀的，拿不动笔。」

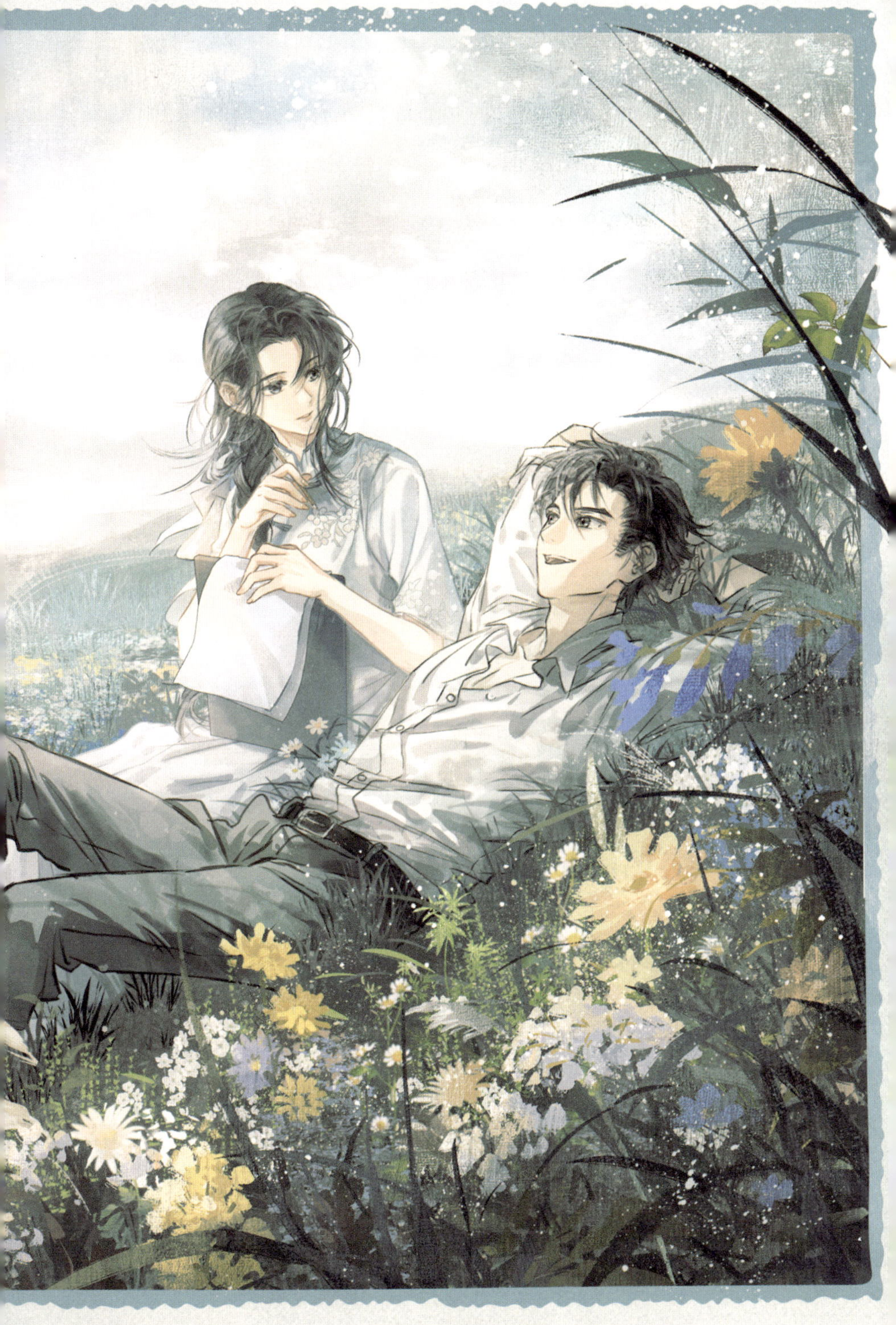

第二章 · 真真假假　065

第三章 · 久处之乐　117

第四章 · 国仇家恨　169

第五章 · 白云苍狗　217

第六章 · 十面埋伏　261

第七章 · 以身许国　307

目录
A ZHI

楔子 001

第一章 · 一个靠山 013

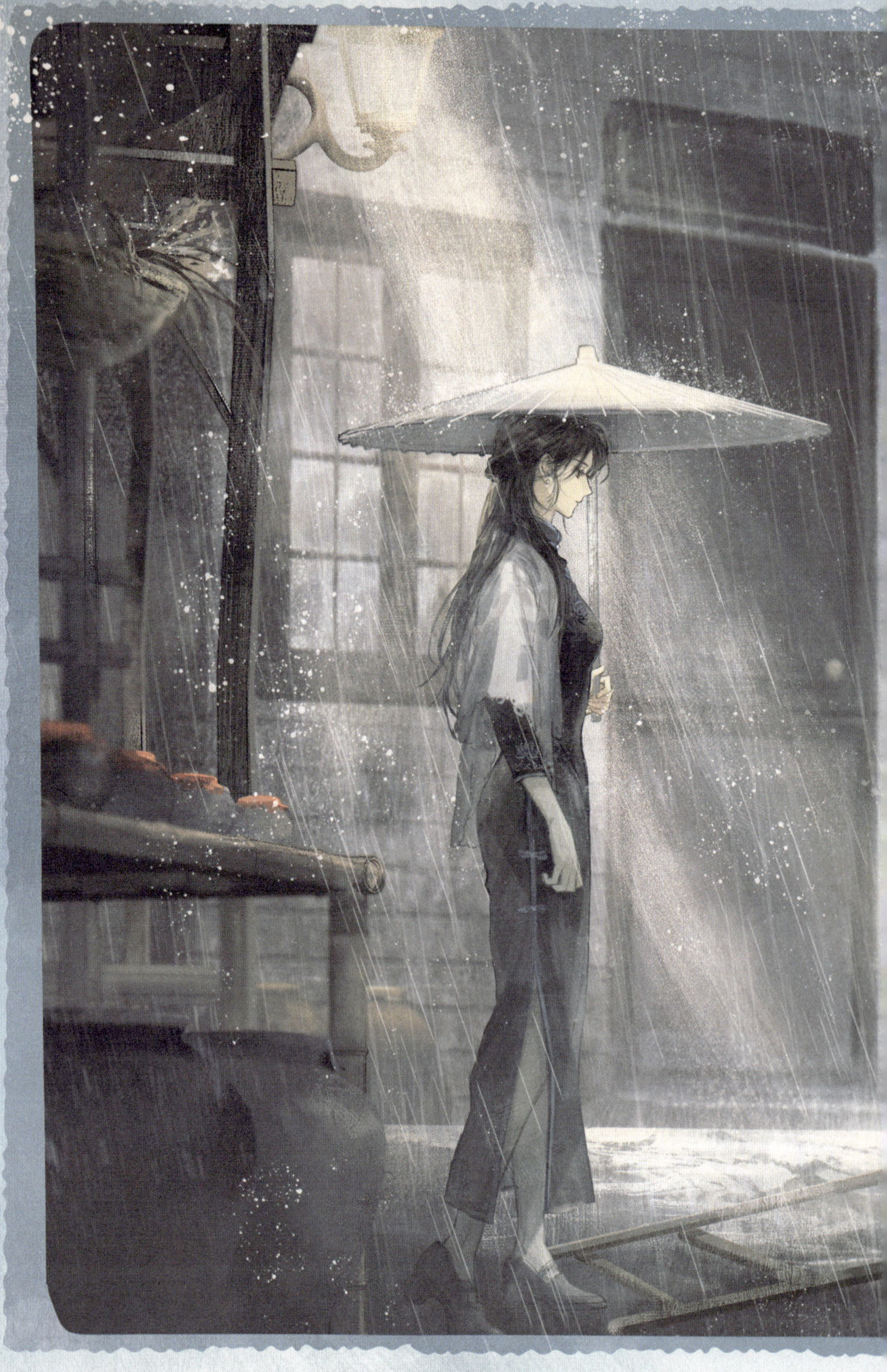

「日本人不做,做起车夫了?」
「被你认出来了。」

阿吱，阿吱

Uin 著

楔子

老房子拆迁，分了两套新房，距离季潼的学校有段距离，为了来回方便，周歆给她转学到附近的二中。新学期始，班主任各种事务繁忙，潦草地给季潼置办了一张桌子，让她在讲台边坐着。

上了两天课，季潼终于有了个正经座。她个子还算高，被安排到第五排，前后都是男生。同桌叫甘亭，是个浓颜系大美女，昨天还是一头拉面卷，今天被迫拉直，还剪了个齐肩。

晚自习，甘亭写完日记，东摸摸，西戳戳，抵了抵正写作业的季潼："聊聊天呀。"

物理老师在讲台坐着看书，季潼没讲话，看了甘亭一眼，在草稿本上写了个"好"字，推到两人中间。

"老王不管的，小声点儿就行了。"甘亭咬着笔头，见她不吱声，打量着她挺翘的鼻子，问道，"你有男朋友吗？"

季潼摇摇头。

"没人追你？"

季潼又摇头。

"怎么可能？你长得很好看啊。"

甘亭盯着她，季潼被她看得有点儿不好意思。

"不过马上就有了。"甘亭手里转着笔，"这两天班里都在议论你，今天早操的时候蒋朝一直偷看你。"

季潼对这方面毫无兴趣，也不想知道蒋朝是哪个。

"我觉得……"

"甘亭！你干吗呢？勾头搭手的！"后门传来班主任的声音，全班同学一致抬头，齐刷刷地看过来。

甘亭闭上嘴，抓了抓头发，低头趴到书本上，拿着笔在上头乱画，佯装认真。

季潼将本子递过去，上头写着：还是写字吧。

甘亭"噗"的一声笑出来，赶紧捂住嘴，在纸上回她：好的！

学校每半个月放两天假。周五放学，教室哄闹一团，回家的回家，遛街的遛街。外面在下雨，季潼没带伞，想着等雨停一停，便留在教室多做几道题。

同学陆续走光了，整层楼格外安静，季潼背着书包出校。往常这个点儿天还大亮着，现在因为阴雨天早早发暗。

雨还在下，只能坐公交回去。季潼上了十三路。车上有三个乘客，一个坐在司机后面，一个坐在中间，还有个胖大叔坐在车尾，一身黑衣，低着头一动不动。

离家只有一站路，季潼懒得坐，站在下车口，看着车窗上缓缓流下的一道道雨，交叉着，漫延着，像裹了酱的老树枯皮。她一手握着扶手，一手提了提右肩包带。她耷拉着眼皮，疲倦地看着地上自己的影子跟着车晃来又晃去。

真困啊。

雨天路堵，公交车不断停停走走。季潼闭目养神，时不时眯开一条缝看看车跑到哪里了。第三次睁眼，她看到路边的一家小店，卖糖炒栗子。

好想吃啊，想着想着仿佛能闻到栗子香似的。可是雨还在下，季潼咂了下嘴，望着小店逐渐远去。

第二天上午，季潼没精打采地出门。昨天甘亭约了她出去玩，可夜里她失眠，今早小区死了人，一直在吹唢呐、放音乐，吵得她头疼。

高中生不富裕，她们便在街边的小店吃了自助小火锅，逛了逛小饰品店，下午又去附近的花鸟市场走走。甘亭喜欢花花草草，家里阳台上的盆栽从东堆到西。这一趟她没买花草，却买了个样子奇特的小花盆。

花鸟市场东边有条文庙街,里面开了许多小店,有卖旧书、石头木雕的,也有卖鱼龟宠物的。甘亭想买条黑曜石手串送人,相中了一条,趴在柜台上仔细看每一颗珠子的绿眼。

这是家珠串店,为了显眼,摆了个小摊在门口,上面放着真石和几块钱的塑料假货。它的隔壁是家卖旧物的,也在门口架上桌板,密密麻麻放了许多奇奇怪怪的老物件。

季潼远远看到几本旧书,便走过去挨近看看。等甘亭付完钱出来找她时,季潼正捏着一枚不完整的白金戒指,看得入神。

它看上去很旧,戒槽里空空的,原本镶在里头的东西不见了,因长期不保养、不清理,缝间黑乎乎的,瞧上去很不干净。

甘亭蹲到她旁边:"看什么呢?"

季潼回过神,问她:"好看吗?"

甘亭性子直,有什么说什么,一脸嫌弃道:"什么呀,破破烂烂的,一点儿都不好看。"她随手拿起一枚银色雕花戒指,抵了抵季潼,递给她看,"这个好看。"

可季潼只喜欢手中这枚,她第一眼就相中了它。

店里坐着一位妇女,边嗑瓜子边看剧,不时发出一阵笑声,没打算理外面这两个穿着校服的小丫头。学生她遇多了,大多是只看看,不会真买。

季潼冲里面问道:"老板。"

女人往外睨一眼:"在呢。"

季潼举起手中的戒指问:"这个怎么卖?"

女人撂下瓜子,慢悠悠走出来,朝她手里看了一眼:"那个啊,一千。"

甘亭惊得直接叫出来:"一千?!你打劫啊!这么个小戒指要一千?还是坏掉的。"

女人忽悠道:"这可是正儿八经的老物件,在我这儿放十几年了。"

"十几年都没卖出去。"甘亭嘟囔一声,从季潼手里将戒指拿过来仔细瞧瞧,真像有些年头的,戒面毫无光泽,"这是什么材质?这么多划痕。"

女人似乎也不懂,但是它被放在一堆银饰里,应该也是银,便答:"银的。"

"那更不能这么贵,你都放在外面小摊上了。"

女人摆摆手:"行行行,看你们是学生,便宜点儿,八百。"

甘亭没多说,放下戒指,拉起季潼就走:"太坑了,不要不要。"

女人在后头喊一声:"最低六百啊,再往低了别想,几十年前的好东西,古董。"

走至岔路,季潼停下脚:"等等。"

甘亭回头看她:"你真喜欢啊?"

"嗯,我身上钱不够,你能不能先借我?"

"潼潼,那个东西不值,又破又旧。"

"我喜欢。"

甘亭无奈,掏掏口袋,把纸币硬币全摸出来:"我只带了二百,刚买了手串和饮料,只剩这么点儿了。"

季潼数了数自己的钱,只有二百六。

甘亭又说:"你想收藏就挑个好看的嘛,那个放这么久都没人买,我看里头全是脏东西,真值钱的话怎么会随随便便被摆在外面的摊子上?走,我陪你再逛逛。"

季潼回看一眼,放弃了:"好吧。"

逛了一下午,季潼什么也没有买,请甘亭吃了顿牛肉面,两人便各回各家。

她们运气不错,前脚刚到家,后脚外面就下起雨来。季潼坐在书桌前做题,听着雨声,又想起那枚老戒指。她盯着试卷上的数字发呆,满脑子都是它缺掉的那一块。

她这心里莫名地空得慌。

屋里很闷,季潼起身将窗户微微拉开一条缝,让风进来。她看着窗外密如蛛网的大雨出神,直到面前的闹钟叮地响了一声。

季潼看向指针,晚上七点整,也不知道那家店关门了没。她把存钱罐拿过来,从里面掏出几张纸币,打着伞就出门了。

奶奶听到动静,跟在后头问:"这么大的雨,你上哪儿去?"

"马上回来。"

季潼坐公交又去了古玩市场,因为下雨,外面的摊位都被收进去了。季潼找到那家店,将伞收起,抖了抖,放在门边。女人记得她,笑着说:

"还想要那戒指啊？"

"嗯。"

女人随手一指："都在那盒子里，自己找找。"

它与许多旧戒指、吊坠一起被堆放在一个长木盒里，因为有缺损，更加显眼，季潼一眼就找出了它，宝贝地将它拿起来："老板，能再便宜点儿吗？"

女人知道她喜欢，故意抬价："不行啊，我刚收的时候仔细看了看，是铂金呢。这年代，最起码一千五，看你真心喜欢，图个缘分，还是给你八百拿去吧。虽然磨损厉害，但老物件就是图这个意思，对吧丫头？"

季潼站起身，坚定地看着她："五百。卖，我就拿着；不卖，我就当白跑一趟。"

"那可不行，不行不行。"女人连连摆手。

"那就算了。"季潼放下戒指，转身拿起伞就走了出去。

一步，两步，三步……她在等那女人叫自己。一枚卖不出去的坏戒指，这个价位差不多了。

四步，五步……还不叫。

季潼刚要回头，就听女人大叫一声："丫头，拿去吧。"

她高兴地返回去。

女人也开心："看你这么漂亮，亏本给你了，大雨天的跑一趟也不容易。"

季潼敷衍地道了句"谢谢"。她没有让老板把戒指包上，付了钱便离开。外头乌漆墨黑，雨丝密密地往下落，遮住本就对此路不熟的视线。她左弯右绕，竟在这小巷里迷路了。

这条街弥漫着浓浓的烟香，暴雨也没能掩盖，应该离庙很近。季潼朝光亮处走，不想前头转个弯居然是条死路，她又着急返回去，一转身，看到对面一家亮着小灯的服装店，玻璃墙后的女模特吓了她一跳。

是家旗袍店。

季潼鬼使神差地往前走近，看着店内挂着的旗袍，脑中忽然闪过一个拿着剪刀的女孩子，声音清甜地唤了声"老板"。

身后一阵凉风拂过，季潼一阵寒战，转身继续找路。

回到家，季潼鞋子裤脚全湿了，她换掉衣服，便拿着戒指在台灯下看。她找出一块软布将它擦干净，又把戒槽里头的污渍全给抠出来。一番折腾，它看上去漂亮很多。

季潼把它戴到小拇指上，太大了，食指、中指又有些小，无名指刚刚好。她举起手来回翻看，不知为何对这残缺的、并不好看的戒指如此喜爱。

或许就是缘分吧，季潼想。

"潼潼，出来吃水果。"周歆敲敲门，季潼赶紧把戒指取下来藏在草稿本下面，翻过去一页盖住它，便起身出去。

她的窗户仍透着一条细缝，风忽然转向，呼呼地往里灌，将纸吹开。戒指露了出来，在台灯的照射下泛着古拙的光泽。它静静地躺在本子上，如忽然安静的风。

夜深，季潼趴在试卷上睡着了。她的额头冒出一层绵密的汗，后背的薄衫也汗湿了。外头一阵惊雷，季潼猛然醒来，睡得手脚发麻。她甩甩手，用力握几下，逐渐恢复知觉。

她刚刚做了个梦，好像梦到一片漆黑的树林，周围什么都看不见，她在深草里摸索着，怎么也走不出去。

已经晚上十一点半了。

季潼揉揉眼，觉得脑袋发沉，重新趴下去想再眯会儿，却不经意看到被自己胳膊挤到桌边的老戒指。她拿起它转着看了一圈，抽出张纸巾包裹好，放进了文具袋里。

她去倒杯水喝下，便爬上床休息。

凌晨三点多，季潼猛地惊醒。

她又做梦了，梦到自己骑着马，冲向山崖。

后面有人唤她——

"阿吱。"

眼看着要冲下去，季潼就醒了过来。

夜深人静，她能听到自己短促的喘息声，看着不远处墙上插着的小夜灯，心慌得厉害。

后半夜辗转反侧，怎么也睡不着了。

她的脑海里反复回荡着那个声音。

阿吱。

阿吱……

三个闹钟都没把季潼叫醒。

周歆就差掀季潼的被子,这是叫她起床的第七遍。

季潼忽然睁开眼,无神地看着周歆。她仿佛还沉浸在梦中,看到好多奇怪的人张牙舞爪地叫嚣,周遭一圈大火,快要将自己吞噬。

"发什么呆呢?要迟到了。"

季潼看眼时间,完了。

她慌里慌张地起来,飞快洗漱。周歆忙里忙外,不时唠叨两句,催促她动作快些。早饭是南瓜粥和煎包,就因昨天季潼无意提了一嘴,想吃景华陇的包子,周歆特意起了个大早跑到三公里外买了来。

季潼穿戴好,抱着书包就往外冲,周歆跟在后头喊:"吃饭!"

"来不及了。"

周歆追到门口:"回来!那你带着路上吃!晚就晚点儿!饭不能不吃!"

季潼又跑回来,从桌上拿了个鸡蛋,噔噔噔又跑下楼,任周歆在上头唠叨。新学校晨查太严,她可不想被年级主任扔在校门口罚站。

公交车还有三站才到,季潼等不及,一路跑去学校。

校门口站着查仪容的学生与老师,季潼看一眼时间,不但没迟到,还早了七分钟。她放慢步子,喘匀了气,再看手里的鸡蛋已经被握得四分五裂,扔也不是,吃也不是,干脆拿了张纸巾包好塞进书包里。

班主任在训学生,季潼一头扎进班级,所有目光一齐聚了过来。

她退到门口:"报告。"

"进来吧,下次早点儿。"

季潼低着头坐回座位,从书包里将试卷书本一件件掏出来,整齐摆好,甘亭小声嘟囔:"难得见你迟到啊。"

"起晚了。"

班主任刚走,教室里便不安分起来。

甘亭继续啃剩下的面包,朝季潼看一眼:"没睡好吗?瞧你眼睛红的。"

"挺好的,就是睡得晚。"

甘亭塞完面包,舔舔手指,拿起半盒牛奶咕噜噜地喝了两口:"快快快,试卷给我抄抄。"

季潼懒得找,直接将一沓卷子递给了她:"着急做的,可能有很多错的。"

"没事,那也比我好。"甘亭掏出自己空白的试卷,开始抄起来,"帮我盯着点儿,老师来了叫我啊。"

"好。"

周歆今天不忙,从工作室开车过来接季潼一起回家,车里放着音乐。她看上去很疲倦,不是很想说话的样子,母女俩一路沉默。

忽然,季潼脑子里隐约飘过一声。

"阿吱。"

她猛地回头,后座空空,什么也没有。

"阿吱。"

季潼又回头。

周歆疑神疑鬼地看着她:"怎么了?"

季潼转回脸来:"没事,听错了。"

季潼这一夜断断续续做了好几个梦。

梦里的她骑着黑马,身后背着弓箭,正追着前面骑白马的少年。她举起弓箭,正要朝他射去,少年忽然回眸,她从马上滚了下去。少年高兴地跳下马,走到她面前,幸灾乐祸地俯视着她:"让我看看摔死没!"

后来她又梦到自己在一群烧焦的尸堆里爬,爬来爬去,却怎么也爬不出去。

第二天,季潼觉得自己被勾了魂一样,走了一上午神,直到第四节体育课,人才清醒些。

体育课好几个班一起上。做完了热身运动,大家三五成群组队玩耍,有的打球,有的聊天,有的偷跑回班级……

季潼不合群,性格孤僻,总是独来独往,进这个班半个多月,只与五六个同学讲过话。她看上去文静老实、清冷寡淡,虽样貌不错,性格却没意思得很。别人与她说话,她只应付地答两句,总是冷着脸,很少笑。唯一交好的朋友就是甘亭,可甘亭不知跑哪儿去了,于是季潼一个人在树荫下坐着,直到下课集合。

吃完午饭,她独自回到教室,前排坐着的两位同学都在睡觉。她也有些困,把课堂作业做完后,便掏出小枕头趴到桌上睡着了。

一觉睡到下午上课,还是甘亭将她唤醒的。

季潼又梦到那个少年了。他个子很高,宽肩窄腰,还领了头白狼。可梦里的她怎么也看不清少年的面庞。

季潼有些迷糊,她在本子上写出两个字,忽然问旁边偷看言情杂志的甘亭:"阿吱是谁?"

"什么吱不吱的?你梦游呢?"

季潼看着这两个字,嘟囔一句:"可能吧。"

季潼最近总是没精打采的,得空就趴在桌上睡觉。脸色也不好,没血色,没活力,瞧着病恹恹的。即便是课间,她也很少挪动一下,要么是趴在桌上睡觉,要么是看书做题。

晚自习被数学老师占课,晚放学十分钟,季潼走路回家,一路琢磨着那道大题。夜里很安静,路上一个人也没有,突然蹿过一只野猫,把她的注意从题目中拉了回来。

这好像是个城中村,她隐约记得自家小区不远处确实有个城中村。

走错路了。

很远处才有盏路灯,一闪一闪的,坏掉了。

季潼看着路尽头的一丝光亮,飞快走着。忽然从天台飞下一块红色床单,落下来,可巧盖住她的头,掩住些许呼啸的风声。

她的脑中突然闪过一个陌生的画面。

红盖头,蓝布袄。

有风声,有枪声。

季潼心中一阵刺痛,像有只手插入胸口,往外扯什么东西。她背靠着墙跌坐到了地上,脑子一片混乱。她觉得自己有点儿不正常,一把扯开红床单,撒腿就往巷口跑。

季潼回到家,桌上放着一杯牛奶和一个苹果,她什么也不想吃,直奔卧室。

房间窗户没关,外头起风了,吹得窗帘扬来扬去。她瘫坐在椅子上,看着飘动的窗帘发呆。最近怎么了?总出现幻觉似的,还老梦到同一个人。

"发什么呆呢?"

季潼吓了一跳，看向端着牛奶站在门口的奶奶，奶奶问她："牛奶怎么不拿进来？"

"不想喝。"

"不想喝也得喝，补充营养。"奶奶走进来，将牛奶放到桌上，"你妈又加班了，特意嘱咐我叫你喝了。热过了，稍微有点儿烫，放着凉一会儿。"

"知道了。"

季潼觉得自己撞邪了，昨夜她躲在被窝里抱着手机上网，看了很多神神鬼鬼的帖子，吓得开灯睡了一夜。

周日傍晚，趁周歆加班没回来，奶奶出门买菜，季潼提着中午偷偷买的纸钱，端着铁盆下楼，找了个偏僻处偷偷烧。

她把网上的那一套说辞背了下来，一边烧一边嘟囔。

季潼盯着熊熊燃烧的火焰，忽然脑中又闪过一个熟悉的身影，还是梦里那个少年。她有些混乱，拿着黄纸的手悬在半空迟迟不落，忽然指尖发烫，火差点儿烧到手，她赶紧扔了它，手搓了搓耳朵。

好烫。

谁让你拿这么近，给我。

季潼脑袋空了一下。

这是谁的记忆？

天忽然暗下来，起风了。风吹起她披散的长发，吹起地上的银杏叶，吹起火盆中烧了一半的纸钱。

她往后倒去，坐到了地上，惊恐地看着乱飞的火焰，记忆像分叉了一般，莫名多出许多断断续续的片段。

让你逃你不逃，我要用力了。

怎么？家里有情郎啊？

他敢拦，我就剁他手脚；你不嫁，我就硬抢；谁要是拦路，我就崩了谁。

你和我哥睡了吗？

……

雨突然就疯了一般往下倾。

季潼浑浑噩噩地在外面瞎晃,手指钩着被雨水冲刷干净的铁盆。

她被凸出的青石板绊了一下,朝前摔倒,铁盆咣当几声滚了好远。手掌一阵麻痛,她翻开看了看,掌心擦破了皮。

慢点儿,别摔死了。
我可不帮你收尸。

又来了。

季潼忽然想到那天在古物店买的戒指。从什么时候开始的?好像就是把它带回来的那个晚上。她摸遍全身,戒指没在身上。她快速跑回家,从书包里找出那枚戒指,扔进了垃圾桶。她怔怔地看着它,又弯腰拾起来,推窗扔了出去。

戒指?
这都让你猜到了。
我喜欢这个。
还留着呢?
我爱你。
你说过了。

她抱住脑袋,头痛欲裂。
天台、男人、钻石戒指……
她用力地捶脑袋,可那陌生的记忆像电影一般在她的脑海里一遍遍重复,挥之不去。

还想吃什么?
西瓜、荔枝,想好久了。

他本来要送戒指给你，很大一颗，被我劝退了，赶得上我送你的五六个大。
……

季潼冲下楼，来到自己房间窗外的那片草丛。雨大得吓人，不一会儿就淋湿了她的衣裳。季潼弯着腰在草里来回翻，找回了戒指。

她坐在地上，身体控制不住地轻抖，看着手心的戒指。

我爱你。
你说过了。
再说一遍。我爱你，我爱你，我爱你。
我也爱你。

季潼面朝天空，雨滴重重地砸在她的脸上。她闭上双眼，不知道怎么去接受这突如其来的陌生又熟悉的记忆。她用力地晃了晃脑袋，甚至有些怀疑，是不是梦与现实分不清了。

是不是自己精神分裂了？
头顶骤然一阵惊雷。
季潼睁开眼，看着一道闪电消失在天空。

你又带我去哪儿？外面在下雨。
太阳有什么好看的，看闪电。
漂亮，简直寨花。
难听，芝麻的芝。换个字，吱，嘎吱嘎吱的吱。
没睡，我就要了你；睡了，我就宰了你。
你就是给我大哥抢来的小媳妇？
阿吱。
晚之。
……

第一章
一个靠山

晚之是字，她本名叫谢迟，听上去像个男儿名。因为张玉宛生她足足用了四天，便用了个"迟"字。

谢家世代在宫廷画院供职，传到谢嘉兴这一代，逐渐没落，改从了商。诸多小辈里，只有四哥谢迴与谢迟好画。

谢嘉兴的正妻叫李月阑，老一辈订下的婚姻，由于结婚数年没有生养，谢嘉兴光明正大地连纳了两房姨太太，活活把李月阑气出病来。

谢迟是谢家第七个姑娘，张玉宛生她的时候才十六岁，没过月子便死了。张玉宛原本是个跟谢迟祖父谢兆庭学画的学生。那年冬夜风雪交加，道路难行，谢兆庭留她在客房过了一夜，不承想被谢嘉兴生生糟蹋了，便给他做了三姨太。

大家大户，难免争风吃醋，却也没到你死我活的程度。谢迟自小便与父亲关系不好，因为张玉宛生前几乎没给过谢嘉兴好脸色，谢迟又随了母亲的性子，清冷寡淡，不讨人喜欢。她打小便跟着爷爷谢兆庭在山里隐居，后来谢兆庭年纪大了，身体不好，被接回谢家，她才跟着一起回去。

谢嘉兴重男轻女，有三个儿子，老二谢迴，老四谢迨，还有个刚出生的老十，暂未取名。谢迴是二姨太所出，跟着谢嘉兴做生意，嘴甜人精，甚得他意。一次酒桌上，谢嘉兴曾当众宣布未来将把家业交付于他。老四谢迨是李月阑生的，谢家正儿八经唯一的嫡子，但他遗传了祖上的天赋，好书画，厌恶商道，也不争不抢，每日吟诗作画，风花雪月。久而久之，谢嘉兴便放任他不管了。

谢迟与谢家没什么感情，不到六岁便随祖父隐居去了，自然与兄弟姐妹不相熟。回来以后，他们有好吃好玩的也从来不带着她，有时候看到了还会阴阳怪气地说她是山里来的野丫头。好在有祖父撑腰，没人敢明目张胆地找麻烦。

谢迓极喜欢赵孟𫖯的《鹊华秋色图》，一直想亲眼看看华不注山与鹊山。谢迟得祖父允许，跟他一同前去。

那是一九三〇年八月十六日。谢迓收拾着装了一车书画纸墨，带上谢迟和三个家佣，浩浩荡荡地前去济南。开到半路才发现谢迎也偷跟了过来。谢迎排行老九，刚过了十三岁，是谢迟最小的妹妹，还是宠妾刘姨娘所出，深得谢嘉兴喜爱，一巴掌没打过，一句话没骂过，要什么给什么，以至于养成个娇纵任性的性子。谢迓受不了她的软磨硬泡，便把她也捎带上了。

他们在济南的叔公家小住了两个月，谢迟天天跟着谢迓外出写生，画了不少画，也积累了许多绘画素材。谢迎把济南玩了两遍，实在无聊，早早就念叨着要回家，嚷得叔公家不得安宁。

于是他们提前半月回去，途经兖州之际，遇了山匪，几个随从哪赶得上土匪厉害，伤的伤，跑的跑。谢迓被枪打中腿，性命无碍，晕了过去；谢迟与谢迎被劫上了山。

谢迟醒过来的时候，被五花大捆丢在间小黑屋里，什么都看不见。身边一堆杂乱的木箱子散发出一股子霉烂味，应该是个久不清扫的仓库。

她是被打昏了扛上来的，只因挣扎得太厉害，匪徒觉得烦，一棒子给她敲晕了。

谢迟脑袋一涨一涨地疼。

"迎迎。"

"迎迎。"

无人答应。

谢迟躺在地上四下滚了两圈，试探地方大小。这里除了木箱子就是桌椅木棍，谢迎不在屋里。

谢迟看到门缝里的亮光，正想滚到门口，门忽然开了，跳进来的黑影吓得她一怔。看那身形，是个肥硕的壮汉。壮汉身上散发着一股酒臭与汗臭,他望了一圈,掩上门,摇摇晃晃地朝她扑过来。

谢迟叫了几声,便被壮汉捂住了嘴。她用力咬他,吃了一口咸臭味。

"别叫。"

男人到底是男人,谢迟弄不过他。眼看着他的手就要往自己的裤腰伸去,她拼力挣扎,蹬得脚边木箱直响。

救命,谁来救救我。

咣当——

门是直接被踢开的。

何沣一身血,正要去溪间冲凉,路过杂物间,竟听到一个女人的呜咽声。

壮汉酒上了头,这么大动静一点儿反应都没有,全心全意找谢迟的腰带。何沣一把抓住他的后领,把壮汉拎了起来,一脚踹开到三米外。壮汉在地上滚了两圈,正要骂,见是何沣,吓得差点儿失禁:"我我我……我……"

"我什么我?"这人看上去脾气不太好,腰后别了一把刀、一把枪,穿着黑色短靴,腰间束了条黑皮带,"喝飘了?胆子不小。"

"三爷,您放过我,我错了。"

何沣摆了摆手,不想看见他:"滚滚滚,等会儿收拾你。"

壮汉跌跌撞撞地滚了出去。

谢迟的手仍被捆着,见那人转过身来,吓得往后挪动两下,后背紧贴到墙上,因背着光,看不明晰他的长相。

何沣朝前一步,提起长腿,黑靴踩在身旁的木箱子上,震起轻尘。他微弓着腰,眉梢一挑,轻浮地笑了一声:"你就是给我大哥抢来的小媳妇?

"抬头看看。"

见她不答,何沣从身后拔出刀,在手里转了一圈,用刀尖理好她凌乱的头发。

谢迟一动不动,怕他一个手偏把自己了结掉。

何沣握着刀,在她衣服上揩了几下刀尖:"他们怎么把你关这儿了?不是应该送到大哥房里?"

她的手腕上有道鞭痕。

"他们打你了?"

谢迟一言不发。

何沣觉得没意思,收了刀,放下腿就要走。刚转身,谢迟扑过来撞上他的腿,何沣回头俯视着跪坐在自己身前的人:"怎么了?"

"救救我,"她渴求地看着他,"放了我。"

这次换何沣沉默。

"还有我妹妹,一起被抓过来的。"她的两只手被捆住,指尖夹着他的裤子,拽了拽,"我家有钱,你们要多少都可以。"

何沣抱着臂看她:"我要一千杆枪,你家有吗?"

谢迟愣了愣,频频点头:"有,有的。"

何沣瞧她这说谎话时的小眼神,心里乐得慌,故意顺着她的话说:"他们还抓了个千金小姐呢。"他弯了下腰,捡起地上的绳子,握着往外走。谢迟仍跪坐在地上,因为绳子的拉扯,两手悬在半空。

何沣回头看她,拽了拽绳子:"走不走?"

谢迟借着他的力站起来,被他拉了出去。

何沣个子高,腿长,一步约有她两步,谢迟几乎小跑着才能跟上他。

她打量着这个人。他看上去年纪不大,身上沾了好多血,看刚才那醉汉这么怕他,难不成是个土匪头子?

何沣牵着谢迟去了河边,他扔掉绳子,脱下沾满血的外套。

谢迟见状转头就要跑,何沣一脚踩住绳子。她的身体是跑出去了,手却被定住,整个人侧摔了下去,额头撞到坚硬的石头,立马见红。

何沣一边脱靴子一边笑她:"跑什么?"

谢迟坐起来,头疼得难受。

"你最好老实点儿,别乱跑,这几座山布满了我们的人。"他随手将靴子一扔,又开始解裤带,最后脱得只剩下一条白色四角短裤,"他们可没我这么好说话。"

谢迟不忍直视,转过脸去。

"还有很多陷阱,只有这条河安全。

"你要是死在哪个犄角旮旯,一夜就被野兽吃了个干净。"

只听"扑通"一声,那人跳进水里了。

谢迟站了起来,向水下看去,他已经没了踪影。

谢迟逃了。

她没有办法去找谢迎,想仅凭一己之力救出她纯粹就是找死。她怕死,也自私,只能自己先活命,才能再寻人来救她。

如何沣所说,这座山上到处是他们的人。谢迟从小随祖父隐居山中,有些野外生存技能,却连这个山头都没翻过去,又被抓了回来。

谢迟被关在小黑屋里一整夜,滴水未进。第二天中午,两个上了年纪的妇人把她带去搓洗一顿,换上套干净衣裳,送进一间大房间里。

谢迟被捆住手脚扔在床上,绳子另一段拴在床框上,打了个死结,以防她挣扎着滚下床。

大约过了一个小时,有人进来了,听脚步声应是个瘦弱的人。她往床边靠了靠,偏头看过去。

脚步声靠近,果然是个瘦子。只不过进来的是两个人,瘦子推了把轮椅,上头坐着个脸色苍白的男人,一身藏青色长袍,腿上还盖了条毯子,瞧着病恹恹的。

瘦子将轮椅推到床边,对轮椅上的男人说道:"我出去了,有事叫一声。"

"好。"

瘦子看了眼床上的谢迟,瞪大眼恶狠狠地吼一句:"老实点儿!"

谢迟也不怕他,直勾勾地盯着他。瘦子抹了抹鼻子,轻哼一声,吊儿郎当地走出房间。

"不好意思,"轮椅上的人开口,"我们这儿的人都有点儿凶,吓着你了。"

谢迟的目光重新回到他身上,这人说话倒是温柔得很。

"我帮你解开,"他滑动轮椅,靠近床,"你得过来一些。"

谢迟缩在床里头,警惕地看着他。

"我是个残废,站不起来。"

谢迟想了想,把脚伸过去。男人替她解开脚上的绳子:"我刚回山寨,听说他们抓了两个姑娘。"

绳子一松,谢迟立马缩起腿。

"你不用怕,我不想娶妻,也不会对你做什么。"他抬起手,示意谢迟伸过手来,"来。"

谢迟往床边爬了爬,把手给他。

"可是上了山的人就很难下去了,他们不会轻易放你走。"这男人长了一双细长的手,慢吞吞地帮她解着,"不过你可以暂时留在我这里,至少可以保一时的安全。"

谢迟一声不吭。

"或许你能告诉我你家的信息，我试试帮你传递消息。至于传不传得出去，我就不能给你保证了。"男人柔和地笑了笑，"你要不信我，也是人之常情。"

绳子解开了，谢迟闪到床的另一边，揉了揉被麻绳磨破的手腕。男人见状，冲屋外唤了声："李山。"

屋外的人闻声进来。

"李山，麻烦你去拿些擦伤药和纱布来。"

李山不情不愿地答应了："噢，好，等着吧。"

这态度，真豪横。

李山走了。

男人到桌前倒了杯水："要喝点儿水吗？"

谢迟摇摇头。

"怕我下药？"他笑了笑。

谢迟打量他一番。此人身体有疾，再加上性格温软，看手下的态度，似乎并不把他放在眼里。昨日那个跳进河里的男子曾说自己是给大哥抢来的媳妇，他口中的大哥应该就是这个人。看他这房间布置、衣着，地位应该不低，瞧着文质彬彬的，气质不像土匪。也许是土匪的亲属？

"你叫什么？"

谢迟没回答。

"我叫何湛。"何湛端着一杯茶到床边，"你的嘴唇干裂，再不喝水就要流血了。"

谢迟犹疑片刻，伸手接了过来，一饮而尽。

"别急，壶里还有。"

谢迟放下手，看了他一眼，翻身下床拿起茶壶，直接对嘴灌了下去。

"慢点儿喝。"

谢迟放下茶壶，背靠着桌子："我妹妹在哪儿？"

"这个我不清楚，不过我可以让人去问问。"何湛微笑着看她，"听说你试图逃跑？你应该知道，附近几个山头全是我们的山寨。这里是云寨，在山顶，想要直接下山必过两大关，一个是山腰的青寨，一个是山底的雷寨。从偏路走机关重重，且野兽众多，有些陷阱连自己人都难以分辨，以后你还是不要乱跑的好。"

"嗯。"

"近两年我三弟下了令,不许强抢民女,不知他们怎么又劫了你们上来。可能是大当家下的令,总说要给我找个妻子。"何湛隐隐叹息一声,"对不住你了。"

谢迟沉默,这人倒有点儿良心。

"不过这是什么地方你也知道,你的妹妹是死是活,贞洁与否,你应该有个心理准备。"

谢迟想到九妹那么小的年纪,万一……她心里有点儿难受。虽没什么情分,但到底是连着血脉的妹妹。还有谢迨,也不知道现在怎么样了。

谢迟太久未进食,刚又猛灌了几口冷水,胃突然一阵剧痛。她捂着胃蹲了下去,疼得咬住手。

"你怎么了?"

何湛朝她滑过去,刚到面前,有人敲了敲门。

"大哥。"声音爽朗恣意。

"进来。"

来人推门而入,手里甩着个小鞭子,见蹲在桌旁的女子,歪着脸走过去瞧她:"哟,怎么还把人家欺负哭了?"

"小沣,别乱说。"

好熟悉的声音,如此让人生厌。

谢迟抬起头,手腕上赫然两排小小的牙齿印。她仰望着背手谈笑的男子,可不就是昨日跳水的浑小子。

何沣见她这幽怨的小眼神,眉尾上扬,开心道:"你还真被抓回来了。"他微微弯腰调戏谢迟,"爷都给你指条明路了,这都没听明白?蠢货。"

"……"谢迟气得胃都不疼了。

何湛拉住他:"小沣。"

"大哥生气了。"何沣直起腰,朝何湛邪笑一下,又看向谢迟:"小弟口误,以后还得叫你声嫂子。"

李山拿着药箱子进来,门也不敲,直接闯了进来。一见何沣在此,立马态度大变,点头哈腰捧着药箱恭敬奉上:"三爷也在,我来给大少爷送药。"

何沣睨他一眼:"放桌上。"

"欸，"李山轻轻放好，"那我就先出去了。您聊，有事吩咐我，我就在外头候着。"

"嗯。"

谢迟猜测，何湛口中的三弟应该就是他，这里的人好像都很敬畏他。

"你上点儿药吧。"何湛打开箱子，取出药膏和纱布，递到谢迟面前。

谢迟接过来，随便抹了点儿药，用纱布把手腕缠两道，简单系了个扣。

何湛捂着脸轻咳两声："小沣，你带她去吃点儿东西，她应该很久没进食了。"

"我才不去，"何沣长腿一抬，潇洒地坐到长凳上，倒了杯茶喝下，"又不是我媳妇。"

谢迟突然看向何沣："我饿。"

何沣正喝着茶，闻言差点儿呛出来："你饿你去吃啊，看我干什么？"

"你带我去。"

何沣放下茶杯："我？带你去？"

谢迟道："我找不到，而且我没力气，走不动。"

何沣轻哼一声："怎么？还要我扛你走？"

何湛笑了："你就带她去吧。"

"不去。"

谢兆庭常与她说，女孩子要温柔，要学会撒娇，这样男人才会心软。谢迟站了起来，手指捏住何沣的衣角，可怜巴巴地看着他，装模作样地说："你们是好人。"

何沣的手一甩，不客气地将她抖开，还掸了掸她捏住的地方："别用这种眼神盯着我。"他站起来，大步往门外走，"快点儿，不等你。"

"……"

虽然凶了点儿，但是祖父没骗人，谢迟跟了上去。两日没吃饭，她饿得头晕眼花的，紧随何沣的步子，一路小跑着："你叫何沣吗？"

何沣连个眼神都没给她。

"你哥哥叫何湛，他叫你小沣。"

何沣轻笑一声，懒洋洋道："留着你的嘴吃饭，少废话。"

"噢。"谢迟眼观八方，注意着山寨的地形，弯弯绕绕，而且是真的大！若一个姑娘家自己乱冲，怕是有八层皮也不够这些狗土匪扒的。

何沣先进了厨房，正在里头忙活的厨娘和小伙计见了他，纷纷打招呼，有的叫"三爷"、有的叫"三少爷"，还有的叫"少当家"。

何沣一手插着兜，一手拨弄着案板上的青菜："有什么吃的？"

"您想吃点儿什么？"

接着，谢迟跑了进来，与众人面面相觑。

何沣扭头看她一眼："想吃什么跟他们说。"

大厨娘看这姑娘面生，又是何沣亲自带来的，有些惊奇："三少爷的人？"

"大哥的。"何沣随手抓了点儿花生米，"等她吃完，找个人送回大哥院里。"

大厨娘连声答应："好好好。"

"先走了。"何沣边走边吃，从谢迟身旁路过，"小嫂子，多吃点儿。"

何沣走后，大厨娘给谢迟做了一肉一素一汤，看这小丫头狼吞虎咽的，感叹道："你这多久没吃饭了，慢点儿，别噎着，不够吃还有，管够。"

谢迟点点头。

大厨娘打量着她的脸："你这模样长得标致，瞧着细皮嫩肉的，真水灵，不是本地人吧？"

谢迟没回答，只顾吃饭。

"你是什么时候上的山？"

"昨天一早。"

"还有个小丫头和你一起，是不是？"

谢迟一听这话，饭都不吃了："您知道她的消息吗？"

"听说是送给雷寨的二当家做三老婆了，我也不是很清楚。"

谢迟怔了，三老婆？？

"还是你运气好点儿，跟着大少爷挺不错的。他年纪不小了，但还没娶过亲，不会亏待了你。虽然这腿上有疾，但是他模样好，性格好，不跟别人似的天天打打杀杀，文雅得很。"

谢迟听着觉得脑袋晕，可她得保持清醒，想办法逃出这个鬼地方。虽然猜到一二，但她还是得确定一下："刚才带我来的那个是谁？"

"三少爷啊。"提起他，大厨娘眉开眼笑，"我们三少爷那可就厉害了。你别看他才十七岁，四山头九大寨没人敢惹他，对自己人是嬉皮笑脸的，在外头那个横的哟，啧啧啧。"

"他成亲了吗?"

"没有。你别看他长得俊，脾气大着呢，一个不小心惹火了，把你给毙了。"大厨娘撇着嘴摇摇头，"而且他对女人好像不感兴趣，整天就是玩刀玩枪、骑马耍棍的，大概是年纪小吧，那方面没开窍。"大厨娘突然顿了顿，"丫头，你不会看上他了吧?"

"没有。"谢迟淡定地回答，提起筷子继续吃饭。

"唉，三少爷要是有大少爷的性格，怕是寨门都被挤破了。"

啧，没见识。

把这混账土匪吹得天花乱坠，没见过的还以为是怎样的美男子，殊不知山外有山，人外有人，有多少样貌优越的。虽然她不得不承认，这个何沣是有点儿俊。

谢迟在何湛的院里待了五天，每日看他喝茶看书、练字养花。何湛为人确实不错，待她彬彬有礼，实在不像这土匪窝里能养出来的修养。可他虽然人不错，但无实用，连个利索的手下都没有。最后还是托了何沣的随从，才打听到九妹的消息。

果然如厨娘所说，谢迎被送给了雷寨二当家做了三老婆。谢迟想见她，可是何湛说何沣下山了，他也无能为力。

大当家要给何湛选个日子成婚，何湛勉强往后拖了几天，可他没有能耐一直这么拖着。

谢迟猜得没错，何湛就是没有权势的花架子，土匪窝里的废物。不仅是个残废，还是个病秧子，几乎每天泡在药罐里，说不定哪天就一命呜呼了。跟他混，别说带着九妹，便是自己都插翅难逃。

反倒是那个凶巴巴的臭小子。

对，就是那个臭小子，何沣。他虽浑，却是个少当家，而且好像隔三岔五就下山办事。如果跟他搞好关系，还怕没有机会逃走?

何沣下山多日未归，谢迟等不了他，再次尝试逃出山寨。

寨门每时每刻都有人看守，即便是晚上，一只黄鼠狼都混不进来。

深夜，谢迟躲过寨内巡查的人，顺着墙走到偏僻的寨北面，恰好看到几袋沙包堆在墙边，这样的高度翻过去很容易。

谢迟刚要过去，身后传来声音："干吗的？"

好在巡查的是何沣的人，没有对她做什么，只是送回了何湛屋里。

据谢迟了解，云寨是三寨之首，大当家叫何长辉，是何沣的父亲。何沣的母亲也是被抢上山的，据说长得跟天仙似的，把何长辉弄得五迷三道的。可她被带上来的时候，肚子已经两个月大了，何长辉对她极度宠爱，纵容到允许她生下别人的种，也就是何湛。这件事在寨里众所周知，难怪他在这里不受尊重、饱受冷眼，何长辉能留他一命已是难得了。

寨里人不把何湛放在眼里，他屋里头的吃穿用度全靠何沣。谢迟在这儿也过得如履薄冰，时常有几个土匪对着她吹口哨、说荤话，她连门都不敢出。

那天傍晚，何湛咳出血，李山又不在，谢迟没办法，怕何湛死掉无人庇护自己，只好出去找人。

不承想，李山没找到，碰到了青寨的宋蛟。

宋蛟是来找何长辉的，见一个漂亮丫头蹿过去，一打听，知道是前几日给何湛抢来的小媳妇，还未成婚。

宋蛟心痒痒的，也知道何湛的身份，喝酒时直接开口跟何长辉要人。何长辉虽喝多了，却也没到不省人事的地步，拒绝了宋蛟，说那是给何湛的人。谁料宋蛟扬言用十杆枪换，何长辉高兴地允了。

酒没喝完，宋蛟就急吼吼地去了何湛屋里。说是要人，实则是抢，两个手下拽着谢迟就往外面拖。

何湛半躺在床上，用了药，咳嗽刚好些，急得又猛咳起来，话也说不利索："放……放……"

宋蛟看他这要死不活的样子，讥笑道："小湛啊，你还是等病好些让大当家重新给你找一个吧，这个我就先带走了。"

何湛摔倒在地，李山点头哈腰地送宋蛟等人出去，回来后才把他抱到床上，阴阳怪气道："你可慢点儿，摔坏了三爷非把我皮扒了。"

"你去拦下……拦下……"何湛话说一半，又开始咳起来。

李山扯过被子蒙在他身上："我哪儿敢啊。"

何湛自身难保，别提保护谢迟了，旁人更不会插手。

这宋蛟一看就不是好东西，脸上两条骇人的疤痕，秃头黄牙，短腿没脖子，走起路来像个直立的蛤蟆，而且年纪都能做她爹了。

谢迟越挣扎，拖着她的两人拽得越紧。

她绝望了。

忽然，一行人停了下来。

"少当家。"

"少当家。"

何沣！是何沣！

宋蛟对何沣很是客气："小沣啊，下山刚回来？"

"对。"

"好几日没见，也不去我那儿坐坐。"

"改天去。"何沣对身后的随从说："青羊子，把酒给宋二叔带回去尝尝。"

青羊子将酒递过去，宋蛟手下接了过来。

"这酒，隔着瓶子我都闻到香味了。"宋蛟笑得开心，嘴巴大咧着，"青桃可是天天念着你啊！明天，我摆桌等你！"

"好。"

"何沣，"谢迟见何沣与他相见甚欢，叫了他两声，"何沣——"

何沣看向被宋蛟两个手下摁住的谢迟："宋二叔，这是干吗？"

"这不你爹送了我一丫头。妈的，还挺有劲儿，死活赖着不走，看我回去怎么治她！"

"这不是我大哥的人吗？"

"你哥不要，送给我了。"

"是吗？"何沣笑了笑，"那宋二叔慢走。"

谢迟："……"

"明天一定来喝酒啊。"

"好。"

他们拖着谢迟从何沣旁边过去。

她不放弃，铆足全身的力猛地挣开，扑过去抱住何沣的腿。何沣愣了下，没想到她会来这一出："宋二叔，看样子她不愿意啊。"

"愿不愿意都得跟我走。"宋蛟扬手，示意手下将她拽开。

谢迟抬脸望着何沣求助："救我。"

宋蛟一个手下过来拉她，谢迟死死抱着何沣的腿，这一拉一扯的，把何沣惹毛了。他个子高，俯视那手下，声音冷到令人生畏："你这是要把我腿拔了？"

宋蛟的手下顿时松手退了回去，不敢抬头。

青羊子站在何沣身后，忍着笑，没好意思出声。

宋蛟凶神恶煞地指着谢迟："你别惹老子生气，赶紧撒开，不然回头有你好受的！"

谢迟哪能松手，此刻这条大腿是自己唯一的希望了。

宋蛟气得掏出枪，何沣按住他的手："宋二叔，别动肝火。"

"你别管！"宋蛟推开他的手，拿枪抵住谢迟的后脑勺儿："你撒不撒手？！"

谢迟勒得更紧了。

何沣突然感觉裤子一阵湿意，她哭了？

"撒手！"宋蛟怒吼，刚要扣下扳机，何沣的手覆上谢迟的头，挡住了宋蛟的枪，"小沣，你别管！"

"枪不是用来打女人的，看在我的面子上，放了她。"

"我看上的人，要么走，要么死。"

"她不松手。"何沣虽笑着，语气却格外认真，"要不宋二叔把我一起带回去？"

"小沣，你这就没意思了，怎么的，难不成你也看上她了？"

"那二叔让吗？"

宋蛟的脸都青了，他知道何沣不想放人，既惹不起这毛头小子，又不想僵持，当着众多兄弟的面出丑，只能无奈地收回枪："算了，一个女人而已。"他僵硬地笑着，拍了下何沣的肩，"给你尝鲜。"宋蛟放下手，背到身后，"走了，谢你的酒啊。"

"宋二叔慢走。"

宋蛟带着手下远去。

几个围观的人也散了。

何沣往下吹了口气，语气缓和不少："还不松？"

谢迟没动。

"聋了？"何沣用手指弹了下她的耳朵，"再不松我可要砍手了。"

谢迟这才放手。

何沣俯视她红红的眼："裤子被你弄脏了，怎么办？"

谢迟看着那一小片湿布，用袖子擦了擦。

"越擦越脏。"何沣背着手,往后退一步,对青羊子说:"你把她送回大哥那儿。"

"好。"

何沣往大殿去了,谢迟赶忙站起来追过去。

何沣回头,谢迟也停下。

"跟着我干吗?"

谢迟上前两步:"你能不能保护我?"

"你求我啊。"

"求你。"

"求我也没用,"何沣轻笑一声,快步走了,"再跟来腿打断。"

"……"

青羊子走到她身边:"走吧。"

谢迟目送何沣远去,现在别无他法,只能跟这个人先回何湛那里。

晚上,李山送了两碗面来,还把上面的几块肉吃掉了。他放下晚饭就出去了,不顾何湛是否吃得上。

谢迟抱不动何湛,只好把桌椅挪到何湛的床边,与他一同用餐。

正吃着,外头突然有几声枪响。

谢迟警惕地望向外面,问道:"怎么有枪声?有人打上来吗?"

"应该是小沣,他经常夜猎。"

"打猎?为什么要在夜里?"

"说是练枪法,练夜视。"何湛苍白的脸上露出一丝笑容,"小沣可是个神枪手。"

"噢。"

"吃完早点儿休息,别乱跑,里面不安全,外面更危险。"

谢迟懂他的言外之意,点点头。

何湛睡下后,谢迟坐在门外,回想白天发生的事,不禁又后背发凉。她不能再待下去了,哪怕冒险摸黑出去滚下山崖、中陷阱、遇野兽,都比在这儿强,万一走运没死呢?

过了两刻,谢迟偷偷溜到昨日去过的地方,趁四下无人,一鼓作气,飞快地跑过去爬到沙包上翻了过去。

谢迟迅速钻进丛林。树太多，挡住星光，身前一米都看不清。她慢慢往前探，摔了几跤不说，绕来绕去，竟找不着北了。

山的黑影逼迫地压在眼前，分不清哪边是路，哪边是悬崖，现在想撤回去都不知道该往哪儿走。若等到天亮，土匪都出来，又会被抓回去。

谢迟闷头向前，听天由命。

忽然头顶有人叫她："喂。"

谢迟吓得心"咯噔"一下，前后左右看了个遍，无人。

"这儿呢。"声音从上方传来，谢迟抬首，看到树上的黑影。何沣手里转着枪，坐在树丫上，"深夜逃亡啊？"

谢迟一见到他，顿时改变策略。

今天要是没有何沣，自己现在八成被那个老龟壳啃得骨头都不剩。事实证明眼泪还是好用的，或许还可以争取一下他。

她故意装傻："你在树上干什么？"

"看你啊，"何沣收起枪，"看你怎么掉进我的坑里。"

谢迟不敢动了。

何沣就手折一小截树枝砸她："你周围有三个陷阱，全是我刚做的。"

瞧把你能耐的。

谢迟假意关心他："你小心点儿，别掉下来，这么高。"

"你才要小心，"他又折一截树枝往她左后方抛过去，"蛇。"

谢迟看过去，果然有条蛇，可她就是玩蛇长大的。

谢迟故意尖叫一声，脚步慌乱地往后退两步。何沣从树上跳下来，走过去抓住蛇，放在手里把玩着："你说你怕成这样，还半夜到处跑，不怕踩到蛇窝啊？"

谢迟又后退一步。

何沣举着蛇摇来摇去，故意吓她："怕什么，多可爱。"

"你别过来！"谢迟躲到树后。

何沣见她惊慌失措的模样，心里格外舒坦："这是我的地盘，我爱上哪儿上哪儿。"

谢迟突然蹲下来，抱着头哭了起来。

何沣有意思地瞧着她："哭了？"

谢迟不理他。

"再哭我把它揣你衣服里。"

谢迟哭得更大声了。

何沣背过手去:"扔了扔了。"

谢迟这才抬起脸,含泪楚楚可怜地凝望着他,声音又软又酥:"你离我远点儿。"

何沣无奈地摆手:"行吧,我走了,你随意。"

谢迟赶紧站起来叫住他:"等等。"

何沣回头:"又怎么了?"

"我不敢自己走。"

"那就敢自己来?"

"不知道有蛇,"她噘起嘴,低下眼眸,一脸委屈,"还那么黑,我害怕。"

"怎么着,还想让我护送您下山?"

谢迟没吱声。

何沣勾了下嘴角:"你又不是我的人,我可做不了主。把你送下去,大哥跟我急怎么办?"

"我不是他的人!"谢迟慌忙解释,"他有让你送我下山。"

何沣没搭理她,掉头走了。

"你去哪里?"

"回去睡觉。"何沣走出去几步,又回头看她,"夜里山路危险,你不想死的话还是乖乖回去吧。"

谢迟默默跟上去,何沣走得不快,像是特意等着她。谢迟心中暗想,这个浑小子还是挺容易上套的嘛。难怪九妹一犯错就哭,一哭父亲便不再责罚,反倒是去哄她。原来眼泪这么有用。

就快到山寨,光照亮了丛林。谢迟看着他的背影,用力崴了下脚,疼得叫出声。

何沣转身看她。

谢迟手撑着地要站起来,起到一半又疼得跌坐下去。

他问:"崴脚了?"

"嗯,好疼。"

"疼死你。"

"……"

何沨直接走了，头也不回。

谢迟一瘸一拐地跟上去，她刚才那一摔没控制好力度，还真有点儿扭着了，没想到这个何沨一点儿都不知道怜香惜玉，一会儿工夫，影儿都没了。

她原路返回，想从寨北面的墙再翻回去，但脚实在痛，上上下下三次都没能成功，疼了一头的汗。谢迟没力气了，准备歇会儿，她一手扶着墙，一手去揉按脚踝，突然脖子上落下冰凉的东西，再一看，竟是条花蛇。她没有惊慌，慢悠悠地直起身。

"你不怕啊。"

闻声往上看去，何沨就坐在墙上，一脸笑意。

谢迟看着他欠揍的表情，突然一团火冒上来，没控制住，扯下肩上的蛇猛地就朝他的脸重重甩了过去。

好家伙。

何沨被她抽得侧过脸去，鼻血流了下来。他随手揩掉血，回过脸俯视着她，不紧不慢地从身后取出枪对着她。

谢迟也没怂，扔掉蛇，从容地盯着他："你打死我吧，反正在这个土匪窝里待着生不如死，与其被你们玩弄，还不如死了干净。"

何沨歪了下头，收回枪，不禁扬了扬唇角："你要是个男的，脑袋已经开花了。"

谢迟转身又朝林子一瘸一拐地走去。

"上哪儿去？"

"喂狼去！"

何沨跳下墙，两步跟上她直接把人扛上肩，谢迟拍着他的背："放开！"

何沨冲她屁股拍了一下："再打，把你手剁了。"

谢迟手握成拳，更用力地去捶他。

何沨轻轻松松将她扔到围墙另一边，谢迟摔在沙包上，觉得自己的腰都快断了。

何沨一跃而过，蹲在地上看着她："舒服吗？"

谢迟伸手就要打他，何沨握住她的手腕："你这速度，给你十只手都打不到我。"

他力气太大了，谢迟挣不开。

"装这么久，终于露出真面目了。"

谢迟用脚踹他,何沣又握住她的小腿。

"你知道你像什么吗?"他笑了起来,"一只自作聪明的小鹿。"

"少废话。"

何沣松开她,掸了掸手:"你这脾气,我喜欢。"

谢迟揉揉手腕,见他半张脸都是干了的鼻血,突然有些想笑。

"你和我哥睡了吗?"

谢迟不答。

"问你话呢。"

"关你什么事?"

"别废话,睡没睡?"

"问这个干吗?"

"我看上你了。"何沣注视着她,眸中映着不远处的篝火,闪闪发光。也不知说的是玩笑话,还是认真的,"没睡,我就要了你;睡了,我就宰了你。

"你要是开不了口,我就直接问我哥去。"

"没有,"她低下脸,重复一遍,"没。"

"怕了?"

"嗯,"谢迟坦白,"我不想死,不死怎么都可以。"

"就这点儿追求。"

"命没了什么都没了。"

"那你干吗不跟宋蛟走?"何沣一脸笑意,"拼命抱我大腿。"

谢迟与他对视,认真道:"他让人恶心,看着就不像好人,真跟他去了,估计我也活不久。你救过我,虽然有时候凶了点儿,但本性不恶,年轻,地位还高,有你做靠山,是最好的选择。"

"小嘴挺甜啊。"何沣握着她的脚,忽然猛地一扭,"逗你玩的,还当真了。"

谢迟疼得皱眉,被他扭完竟没那么痛了。

"放心吧,不杀你,你还不配死在我的枪下。"何沣站了起来,俯视她,"要是睡了,你就是嫂子,我可不能欺负嫂子啊。"

"……"

何沣坏笑道:"既然没有,那我们就有的玩了。"

"……"

"脚还疼吗？"

"有点儿。"

何沣握上她的胳膊把人提起来，扛麻袋似的扔到了肩上。

"我自己能走。"他的肩很宽，走得也稳，这么趴着并不难受，谢迟攥着他的衣服，"你要带我去哪儿？"

"还能去哪儿？去我房里。"

谢迟愣了两秒，更大力度地挣扎："我不去，放我下来，我不去！"

"刚刚还说得很动听，这就反悔了？"

谢迟不动了。

何沣嗤笑一声："去我房里，想得美。"

这方向，是往何湛那儿去的。

她的心落了下来。

何沣走到何湛院门口，把她放下："自己走进去吧。收拾收拾，明天一早我让青羊子来接你，咱们慢慢算账。"

谢迟有种不好的预感，看着他脸上的血，试图挽回："你鼻子还疼吗？对不起，我下手重了，你要是生气就抽回来，我绝对一声不吭。"

"别装了。"何沣一眼识破她，"回去好好睡觉，以后你可没那么多觉可睡了。"

"……"谢迟有些摸不透这小子，"你到底要干吗？"

何沣没答她，笑着走了。

谢迟望着他消失在夜色里的背影，慢悠悠地回房间去。她浑身酸疼，躺到床上，呆滞地看着房梁，有些犯愁。

何沣这个疯子，难对付啊。

第二天早上，谢迟正与何湛吃馒头，何沣的手下青羊子便来了，没等谢迟吃完早餐，就将人带走。

看院宅便可摸清主人的地位。何湛那里只有一个小院子，两间房。何沣这儿不仅院子大房间多，还有自配的小厨房，光是打扫卫生的下人她就已经数不过来了。

何沣不在院里，直到傍晚谢迟才见到他。

青羊子将她领到屋外,何沣正坐在树下的石凳上擦枪,见她过来:"来了?"

"嗯。"

何沣抬起眼懒洋洋地看她一眼,又垂下眼:"待一天了,熟悉了吧?"

"嗯。"

"脚还疼吗?"

谢迟没答。

青羊子戳一下她的后背,小声道:"问你话呢。"

何沣吹了下枪,注意力全在手里的宝贝上:"还挺拗,我看你能硬气几天。"

谢迟听他这话,转头变了个脸色,谄媚地笑起来:"少当家,请问你带我来有什么事吗?"

"倒也没什么大事,我最近都在寨里,正缺个解闷的。"何沣将枪放进腰后的枪套里,"我看你就不错。"

"我很没趣的。"

"我让你有趣。"何沣问青羊子:"饭好没?"

"早好了,就等你呢。"

何沣站起来,路过谢迟身边时冲她打了个响指:"走,吃饭去。"

谢迟默默跟上去。

满满一大桌子菜,谢迟既觉得夸张又觉得浪费,还觉得……馋。她在何湛那里清汤寡水的,已经很久没吃肉了。

何沣给她倒上酒:"会喝吗?"

"不会。"这是假话。谢迟很能喝,祖父喜欢喝酒,总让她作陪。长年累月喝惯了,一般男人都喝不过她。

"学。"

何沣举起酒杯,示意她提杯。谢迟举杯小抿一口,装模作样地皱起眉。

何沣乐得抬起腿,脚踩在长凳上:"好喝吗?"

"难喝。"

"难喝就再喝一杯。"

"……"

何沣敲了敲桌子:"倒上啊,不然我来伺候你?"

谢迟将酒满上。

何沣小饮四两，便不想喝了。跟这小娘们喝，没意思。他没吃什么菜，只吃了点儿肉便放下筷子，手撑着脸看她。

谢迟不停地吃着，瞥他一眼："看我干吗？"

"你是哪里来的？"

她随口编了个："苏州。"

"南边的。"何沣又问，"来山东做什么？"

"玩。"

"把自个儿玩进去了，可怜。"

"那你放了我，"谢迟停下筷子，盯着他的双眸，又开始示弱，"行吗？"

何沣沉默了会儿："想得美。"

"……"谢迟低下眼，闷闷不乐地用力夹菜。

"陪我玩高兴了，放了你也不是不可能，连同你那个什么七妹八妹还是九妹的。"

"真的？"谢迟睁大了眼期待地看他。

"像假话？"

"那个雷寨二当家，能听你的吗？"

何沣懒洋洋地笑了起来："我就是要他大老婆，他也不得不给。"

谢迟满心欢喜，看来是找对人了。开心不过五秒，她又心凉起来："你要我做什么？"

"你猜。"

谢迟想到男女那档子事。

何沣见她若有所思的模样，拿一根筷子敲下她的手："想什么淫荡事儿呢？"

听到这两个字，她腾地站起来："我没有！"

"还急了，"何沣轻挑眉梢，"坐下。"

谢迟戳了会儿，又坐下来："你就直说，要我做什么？"

"淫荡事儿你做吗？"

谢迟脸红了。

"还害羞了。"何沣乐得不行，"别自作多情了，我对你没兴趣。"

"……"

他放下腿,站了起来:"你继续吃,多吃点儿,才有力气。"

"……"

何沣伸着懒腰走到门口,倚着门,门有些老,吱吱吱地响:"你叫什么?"

谢迟不敢暴露真名,连姓都不敢说,防止日后逃出去有后顾之忧。她想了想,一本正经地回答:"阿芝。"

何沣对她的姓并不感兴趣:"哪个字?"

"芝麻的芝。"

何沣看向她,笑了笑:"你还真是谎话随口就来,我信你才有鬼。"

"……"

"难听,芝麻的芝。"他重复了一遍,直起身,看着旁边的门,一掌将它推到顶,嘎吱一声,刺耳得很,"换个字,吱,嘎吱嘎吱的吱。"

"……"

您起的还真好听。

何沣瞧着她那满脸不爽的样子,心里舒坦极了,高高兴兴地走出去。

走远了,谢迟还能听到他带着笑的声音——

"阿吱,阿吱。"

何沣的外号叫"何三疯",大伙只在背地里叫,当他面儿这么喊的人寥寥无几。

为什么叫何三疯?一是跟他的名字有关,三点加一个丰字;二是他排行老三;三是他就是个不折不扣的疯子。

谢迟本来觉得何沣只是嚣张无理了点儿,可经过这三天的相处,她终于明白为什么大家都叫他"三疯"了。

谢迟快被他折腾死了。

就在今早,何沣拉着她去练枪。

怎么练呢?把她头发束得紧紧实实,上头直立插了根鸡毛,还是根漂亮的野鸡毛。

他说:"等鸡毛没了毛,你的任务就完成了。"

换谁都得疯,好在谢迟能忍,也了解他的枪法,子弹从她的头顶一次次飞过,她能清晰地感觉到鸡毛在弹动。一点儿也不害怕是假的,谢迟怕,生怕他一个手抖,真的脑袋开花。

好在他手稳，谢迟成功活了下来。

何沣收了枪，招招手，远远地喊了声："阿吱，过来。"

谢迟松口气，紧绷的身体顿时松垮下来，却感觉到格外疲惫。她拔掉头顶光秃秃的鸡毛，闷闷不乐地走过去。

"厉害吗？"

"厉害。"

"是不是很刺激？"

"刺激。"

"想再玩一次？"

"不玩了，"谢迟一屁股坐到地上，"我累了。"

何沣轻轻踢了踢她的小腿："这就累了？"

谢迟挪开腿，不让他碰到。

何沣忽然向她伸出手，谢迟身子往后倾，跟躲瘟神似的。

"过来。"他勾勾食指。

谢迟当没看到。

何沣弯下腰，手直奔她头顶。谢迟立马捂住脑袋，把头藏在两腿间。

何沣捏起沾在她头发上的鸡绒毛，一口气吹开了："这么怕我？"

谢迟睁开一只眼瞄他，故作柔弱："你别打我。"

"我打过你？"何沣直起腰，俯视着她，"起来吧。"

谢迟放下手，直起背来，看何沣伸过来的手，握了上去，借他的力站起来。

该硬时硬，该软时候还得软，一直对着来，会更加增强他的征服欲，那得玩到什么时候才算个头。

何沣没再折腾她，把人带回院里，就自己出门了。

直到深夜他才回来，外头吵吵闹闹的，把谢迟惊醒了。她没出去，躺在被窝里听着外头的动静。何沣应该是喝酒了，骂了几句话，还撞翻了什么东西。

正听着，那杂乱的脚步声越来越近，她搂着被子刚坐起来，门就被踢开了。

高大的黑影站在门口，干净明澈的月色铺在他身后。

谢迟躲在床角瞄他，没敢动弹。

何沣喝大了,找不到方向,跌跌撞撞地冲进来,这么大个人就在床上坐着,他却看不到似的:"阿吱。

"阿吱——"

谢迟见他神志不清,指不定会干出什么混账事儿来。她悄声下床,躲到了床底下。

好在何沣没发现。

何沣摸到床边,手往里伸,没摸到人。他跪坐下去,膝盖正朝着床底下谢迟的脸。

"数到三,给老子出来。"

谢迟趴在地上,脸对着地面,屏住呼吸。

"一。"

谢迟心跳加速。

"二。"

快跳到嗓子眼儿了。

"三。"

淡定,淡定。

屋里一阵安静。

为什么这么恐怖?

谢迟抬起脸,正对上何沣迷离的双眼。

那一瞬间,她觉得自己的心脏骤停了。

何沣慵懒地笑了,声音低哑酥麻:"找到你了。"

"……"

谢迟是被何沣拖出来的,胳膊肘抵着地,擦破了皮。何沣张腿坐在床上,盯着站得笔直的谢迟:"我很恐怖?"

谢迟不去看他:"还行吧。"

"那你躲床底下干吗?"

"有老鼠。"

"抓到没?"

"没有。"

"王大嘴院里养了两只猫,明个抱来看看。"

"……"谢迟狐疑地偷瞄他,真信了?

何沣打了个哈欠，握着拳头砸砸脑袋："老鼠不行，我看着也烦。"

"……"果然喝多了。

他突然朝后倒去，四仰八叉地躺在她床上，嘴里还嘟囔着："得找猫……猫。"

没声了。

谢迟靠近一步，张望过去，何沣闭上眼睡着了。

她跪到床边，握起拳头，想恶揍他一顿，但手悬在半空，没敢下去。正恶狠狠地盯着他，何沣突然睁开眼。

谢迟吓一跳。

"你还想打我。"何沣按下她的拳头，握住她的手腕，翻过身去又睡了。

"……"谢迟抽抽手，没能成功，又去掰他的手指，却被握得更紧。

"再掰剁了。"

"……"

"可不是吓你的，"他从腰间抽出刀，放在脸边，"别动。"

谢迟不挣扎了，伏在他旁边，打量着他的脸。

其实光论相貌，何沣长得真真是不错，年轻俊朗的翩翩少年，不似旁的土匪那般粗鄙、野蛮相。他的胡子刮得干干净净，一对剑眉齐齐整整，几乎没有什么杂毛；浅浅的双眼皮，纤长的睫毛，高挺的鼻子，五官的位置恰到好处，瞧着清秀、干净、明朗。谢迟有些不解，一个在山里长大的土匪，整天舞刀弄枪、满山乱窜，手上沾满了血，为何会有几分书生气，尤其是在闭着眼睛的时候。

也许是像他那个美若天仙的母亲。

谢迟跪得腿发麻，干脆坐到地上。

隔了许久，何沣应该是睡熟了，她又抽抽手，还是没能挣脱。

"怎么不喝死你。"

"嗯？"

"你醒了？"

他没醒，低哼了一声。

"悍匪！"

何沣比谢迟先醒，他躺在床上一直看着坐在地上的谢迟。这丫头真嫩，是他从未见过的嫩,那皮肤又白又薄,怕是小树枝轻轻划一下就破了。

何沣不懂怜香惜玉,没有将她抱上床,也不知道要给人家小姑娘盖上个毯子,就干巴巴看她沉睡。他想起昨夜她躲在床底的模样,不厚道地笑了,还笑出了声。

这一笑,谢迟醒了。

她睡得腰酸背痛脖子疼,一睁眼见何沣笑眯眯地盯着自己,觉得瘆得慌,猛地一抽手,人往后倒去,两手按在地上支撑住身体:"你这么看着我干吗?"

何沣没回答她,坐起身来,盘着腿看她:"过来,给我揉揉肩。"

"……"

他还是人吗?

他不是人。

可还得哄着、惯着、奉承着,谁叫人家是山大王呢。

"那你转过来。"

何沣拍了拍身旁的褥子:"自己爬上来。"

谢迟冷着脸默默爬到他身后,乖乖给他按揉。

"大点儿力,那天抽我不是挺大劲的?"

"……"

谢迟用力掐他一下,以为他要骂自己,没想到何沣一声不吭。

她有些心慌。

"谢晚之。"

谢迟听到这个名字,手突然停住了。

何沣笑了:"别停啊,继续。"

谢迟有点儿心虚。

"你姓谢,无锡人,来这儿是去亲戚家。济南的谢嘉闵,你二叔。你爹叫谢嘉兴,你家祖上在宫里画画,现在做丝绸买卖。你排行第七,和你一起被抢上来的那个是老九。听说你画画不错,是吗?"

谢迟放下手:"你都打听清楚了,还来问我干什么?"

"那你知不知道,你心心念念想着回去,可在你家,你们两姐妹已经是死人了。"

"什么意思?"

"封棺,下葬,立碑,死了。"何沣见她不语,继续说,"很简单,黄花大闺女被土匪掳上山,多丢人。"

谢迟看上去没有过分惊讶,冷静地低下眼,若有所思。

"看样子你是回不去了。"

"那我爷爷怎么样?"谢迟不在乎旁人,只关心一手带她长大的谢兆庭。

"不知道,没打听。"何沣握住她的手,把她拉到面前,"你还回去干吗?我的寨子不好?"

"留在这儿干吗?当你的一条狗?一个玩物?"

"那你想当什么?我老婆?"他捏住她的下巴,左右看了看,故意叹口气,"还差点儿,不过也能凑合看。"

谢迟打开他的手:"我就是无家可归,四处漂泊,也不想留在这里。"

何沣沉默。

"你能出去吗?"

"行,你自个儿哭会儿。"何沣走到门口,回首看了她一眼。谢迟低头沉思,看上去有些落寞,他替她关上门,"差不多就得了,等会儿出来吃饭,过了点儿没的吃。"

谢迟并没有伤心,反倒觉得在情理之中。谢嘉兴的为人她再清楚不过,一直强调家风、名声、脸面,怎么会接受进过土匪窝的女儿?

那样的话,自己还能回到爷爷身边吗?

谢迟的心情调节得很快,她没有因此而放弃下山,尽管谢家抛弃了她们。不吃不喝没意义,吃亏的是自己。她把自己洗干净,就去和何沣吃饭了。

何沣瞧她淡定地坐到自己对面,滚了个鸡蛋过去:"送你个蛋。"

谢迟接住:"我还要。"

何沣又滚了一个给她:"还要吗?"

"要啊。"

何沣对青羊子说:"让厨房再煮二十个。"

"这么多。"

"不多,她能吃,吃不完不许下桌。"

谢迟磕开蛋壳,一口咬下半个鸡蛋,跟他较劲似的:"二十个而已,四十个都能吃完。"

何沣笑了:"青羊子,去煮四十个。"

"啊?"青羊子挠着脑袋走了,"好吧。"

何沣让青羊子监督谢迟吃完四十个鸡蛋。

吃到第十三个,谢迟已经快吐了。青羊子放水,把鸡蛋给院里人分分,完美解决掉。

下午,何沣做了几根渔叉,带着谢迟和青羊子去抓鱼。他的眼比狗还精,站在岸边往河里一抛,吩咐谢迟:"去,捡回来。"

谢迟望着竖立在河间的渔叉,乖乖过去捡,举起叉头的鱼给他看:"扎到了。"

何沣招手让她过来,把鱼放进桶里,嘚瑟地与她说:"会了吧?"

谢迟从前经常抓鱼,也做过这玩意儿,她故意示弱:"应该可以吧,感觉有点儿难,我尽力。"

"去吧。"

"抓到了有什么奖励?"

何沣边卷袖子边看她:"你想要什么?"

"下山。"

"我就知道。"

"可以吗?"

"不可以。"

"那什么时候可以?"

"看我心情。"

谢迟不高兴地拿着渔叉走了。

青羊子叉着鱼过来:"三哥,看!这条大不大?"

何沣从不给人面子:"不大。"

"我觉得挺大啊!"青羊子把鱼放进桶里,见何沣在看谢迟,笑着问,"三哥,你真要放她下山啊?"

"嗯,"何沣脱了鞋,扔到地上,"不然留下给你做老婆?"

"不不不,我可不敢。"

何沣笑他:"没出息。"

青羊子又问:"那什么时候放?"

何沣拾起渔叉,往河中间走:"不急,逗她两天。"

青羊子裤腿散掉一个,他匆忙卷卷赶紧跟着下了河:"那边鱼多!"

何沣在水里捡了块石头,是块靛蓝色的心形石头,挺好看。他刚要扔给谢迟,就见她和青羊子凑一块儿,还有说有笑的。

何沣心里有那么一点点不爽。

谢迟正盯准条鱼准备下叉,忽然一根渔叉飞过来,落在她脚前,谢迟吓得一惊,无语地看向不远处的何沣:"这是我的。"

"这儿的每一条都是我的,"何沣走过来,拔出渔叉嚣张地看着她,"就连你也是我的。"

青羊子"噗"地笑出声,不想参与他俩的斗嘴,快速蹚水走开:"我去那边了。"

"无赖。"谢迟小声嘟囔一句。

"我听到了,"何沣弹她一脸水,"继续抓。"

谢迟不服,弯腰下去搂一掌水泼了他满背。

何沣回头,谢迟转身就逃,没跑两步被拽了回来。何沣一掌将她推倒,坐到水里。谢迟要起来,何沣单膝跪下来将她整个人按进水里:"小娘们,来打我。"

谢迟喝了两大口水,对他拳脚相加。

"使劲,"何沣骑到她身上,一手扣住她双手,一脚压住她双腿,"四十个鸡蛋吃哪儿去了?"

这人怕是脑子有毛病。

谢迟被他按得一动不能动,就快呼吸不过来了。

何沣突然把她捞起来,看她大口喘气的样子,笑着说:"还泼我吗?"

谢迟一脚把他踢翻。

何沣坐在水里高兴地看着她:"你还敢踹我,脚力可以。"

谢迟理理头发,站了起来,还没立稳,脚下打滑朝何沣身上摔了过去,直直撞进他怀里。

何沣岿然不动,看着捂住鼻子的谢迟:"撞到鼻子了?"

"嗯。"

"疼吗?"

"疼。"

何沣一把揉开她,眼里是藏不住的笑意:"活该。"

"……"

青羊子在远处看了好久热闹,见他俩打够了起身,迎上来问道:"三哥,回去换衣服吗?"

何沣甩了甩手,看谢迟湿透的浅青色短裈紧巴巴地贴在身上,勾勒出纤细的小腰,唇角微扬,扛着渔叉走在前头:"回。"

谢迟揉着鼻子跟上去,看他嚣张的背影,气急了,真想一渔叉扎死他!

三人满载而归,晚上吃全鱼餐——煎鱼、烤鱼,还煲了鱼汤。

何沣让青羊子把何湛请了过来。何湛精神不错,气色也好了很多,见谢迟在这儿过得有声有色,也安心不少。

谢迟最喜欢吃鱼,尤其是鱼汤,百喝不腻。她喝了一碗汤,咬着勺子盯着锅里,小心翼翼地问何沣:"我能再喝一碗吗?"

何沣看她那亮晶晶的双眸,点头。

谢迟又盛了一碗。

青羊子也要再喝一碗,何沣打开他的手:"没汤了。"

"哪儿没了?这不还有吗?"

"没了,你吃肉去。"

"这……好吧。"青羊子噘着嘴缩回手,默默吃烤鱼。

何湛别过脸去掩面轻咳两声,平定呼吸才道了声:"这个汤确实不错。"

谢迟频频点头。她喝得一滴不剩,放下碗,舔了舔下唇:"真好喝。"

何沣拿起汤勺又给她舀了一碗,青羊子震惊地盯着他,只听何沣道:"今天表现不错,奖励你的。"

谢迟开心地捧起碗:"谢谢。"

何沣偷偷瞟她一眼,见她喜欢,抿唇暗笑了一下,心里莫名地欢乐。

何湛问谢迟:"在小沣这儿住得还好吧?"

何沣闻言睨向她:"哪儿委屈你了?"

谢迟连眼神都不给他一个,对何湛说:"他天天欺负我,我每天活得水深火热。"

何沣不乐意了:"吃完饭我们继续水深火热,今晚别睡了,带你去夜猎。"

何湛笑着看何沣:"毕竟是姑娘家,温柔些,不像你,铁打的一样。"

"她哪像姑娘家,跟宋青桃那个母老虎有的一拼。"

青羊子插上一嘴:"那还差一大截,阿吱温柔多了。"

谢迟第一次听到这个名字:"宋青桃是谁?"

"停停停,不说她,"何沣抚额,"想起来就头疼。"

青羊子闷头偷着乐。

何沣转移话题,问何湛:"最近身体怎么样?"

"还好。"

"上次带回来的药还有多少?"

"不到一半了。"

"补品记得吃,看你又瘦了不少。"何沣夹了块刺少的鱼肉给他,"李山是不是伺候得不行?"

"没有,他挺好。"

谢迟从碗里抬眼。她本不是爱多管闲事的人,只因何湛太可怜,她说:"李山不仅伺候得不行,还动不动就甩脸子,饭也送不到位,平时连个肉末都见不到,每次见到你才恭恭敬敬的,可单独面对他的时候一点儿都不尊重。"

"阿吱,"何湛示意她不要多嘴,"哪有这么严重。"

谢迟不说了,继续喝自己的鱼汤。

何沣无言片刻:"先吃饭,吃完再找他。"

何湛轻叹口气:"这也是人之常情,谁愿意整天照顾一个病恹恹的残废,你不要为难他。"

谢迟默默听着,心中感慨:还真是个"圣男"啊。

"你们慢吃。"谢迟喝完鱼汤,放下碗,刚要走,何沣把最后一点儿汤舀了出来,倒进她碗里。

"我已经饱了。"

"撑不死。"

青羊子忍不了了:"我呢?"

何沣应付似的拿着汤勺往他碗里滴了几滴:"喝吧。"

"……"

谢迟刚觉得何沣像个人,他就又不做人了。

鸡还没叫,天还没亮,何沣就把她叫了起来。谢迟困得睁不开眼,被何沨攥住后领往前走,无可奈何地抱怨:"你都不睡觉的吗?"

"睡觉有什么意思,带你玩好玩的。"他把谢迟带到一个宽敞的地方。这时,东边的太阳渐渐冒出边来,满山的清露与晨雾味,虽然冷却清新,但仍让人提不起劲。

谢迟还困着,何沨突然丢下她,往另一边走去。她眯着眼,正要打哈欠,脚上就被什么东西打了一下,有点儿疼。

何沨呢?

她抬起眼,转了个圈,就见何沨立在远处,举着把弹弓,正对着自己。

谢迟顿时清醒了。

何沨放下弹弓,掂了掂手里的石头:"连夜新做的弹弓,陪我试试。"

"怎么试?"

"还能怎么试?"何沨又抬起手,闭上一只眼,拉长皮筋,"十个,你能躲过三个算你赢,带你下山。"

"带上我妹妹,可以吗?"

何沨轻笑:"你先赢我再说。"

谢迟心里是又喜又忧。十个躲三个,不算太难,可瞧这家伙自信满满的模样,她心里又没谱了。

正想着,何沨提醒她:"要开始了,逃吧。"

谢迟没有动,目不转睛地盯着他的手。他打得再准,如果自己反应够快的话,也是可以躲过去的。

何沨松了手,石头飞出来,谢迟刚要闪,嘭——落在自己的左肩上。

他居然会预判!

何沨笑了笑,又抬起手:"让你逃你不逃,我要用力了。"

谢迟转头就跑,变换方向走位,那石头却像安了追踪器一般,一次次打在她身上。

谢迟跑累了,气得坐在地上,不想配合他玩这无聊的游戏。何沨弯腰随手捡了个小石子,朝她走近些:"起来,还有三次。"

"不来了!"谢迟扭过脸去不想看到他,"疼死了。"

"疼什么?打的都是肉多的地方。"

谢迟赖着不动弹。

"你怎么这么喜欢坐地上?"

"关你什么事!"

"起来。"

谢迟不答应。

"起来!"

何沣见她不搭理自己,用弹弓打向她的胸。

谢迟捂住胸口,恼羞成怒:"你……你浑蛋。"

"浑蛋?"何沣坏坏地笑了起来,"浑蛋算什么,我可是土匪,比浑蛋坏百倍。"

"赶紧起来,"他又举起弹弓,对着她的右胸,"再不起来我打另一个了。"

谢迟随手抓块石头朝他砸过去,何沣闪了下身,轻松躲开了:"我说过,给你只手都打不到我。"

"那可不一定。"她来了兴趣,"试试?"

何沣把弹弓扔给她,一脸的不屑:"你能打到我一下就算你赢。"

"赢了有什么好处?"

"放心,你赢不了。"

"……"

如他所料,谢迟一下都没打中,何沣也没为难她,带她去打鸟。

何沣打一个,她去捡一个。

"三哥。"

"三哥。"青羊子气喘吁吁地朝他俩跑来。

"可让我好找,"青羊子一头汗,手撑着膝盖,弯腰大喘着气,"大早上的。"

"什么事?"

"远哥来了。"

"人呢?"

"院里等着呢。"

何沣叫了声谢迟:"走了,回去。"

谢迟握着小石头,跟在他身后,趁何沣不注意,抬起手用力地朝他砸过去,石头落在他的屁股上,嘣地弹开:"中了!"

何沣转身看向她,并没有生气:"还学会偷袭了。"

谢迟白了他一眼,嚣张地从他身边扬着下巴走过去:"胜之不武,我不跟你计较。"

来找何沣的朋友叫裴兰远,是镇上裴家的二公子,与何沣十分要好。

裴兰远正在何沣的院里等着,闲来无事逗鸟玩。他穿着白色长衫,还戴了顶深棕色帽子,气质儒雅,俨然一副有文化的富家公子样。

何沣老远便扯开嗓子:"老裴——"

裴兰远起身,见何沣大步走来,后头还跟了个女娃娃:"哟,这是谁啊?"

"江南的丫头,水灵不?"

"行啊三疯,有女人了都不告诉我。"

"有你娘的女人。"何沣坐到大石凳上,瞧着后头慢悠悠走来的谢迟,"抢来给大哥当老婆的,被我要来了。"

"三疯,你还是人吗?哥哥的女人都抢。"

何沣接过青羊子递来的茶壶:"一没成亲二没上床三没感情,大老爷们看上就要,也当是你,娘们一样,磨磨蹭蹭。"

裴兰远朝谢迟招了招手:"过来坐呀。"

何沣看着她笑:"还不过来伺候爷喝茶。"

谢迟理都不理他,径直回屋去了。

裴兰远瞧她那背影:"有脾气啊。"

"太听话的没意思,我就喜欢驯有脾气的。"何沣喝了口茶,"走吧,喝酒去。"

"喝什么酒,跟我下山一趟。"

"有事?"

"矿里的事,边走边说。"

"直接差人过来不就行了,还亲自跑一趟。"

"这不是想你了,早点儿来见你。"

"别恶心我,滚。"

"好了好了,"裴兰远拽住他的胳膊就要把人拖走,"走吧。"

何沣甩开他:"别拉扯,会走路。"

两人刚到院外,何沣突然停下,折回去:"等我会儿。"

"又干吗去?"

何沨没理他，大步往谢迟房间去，推开她的门。谢迟正在换衣服，拿起枕头就朝他砸过去："会不会敲门？"

"不会。"何沨把枕头扔还给她，"我出去一趟，你在这儿待着，有事找青羊子，别乱跑，寨里坏人多哦。"

"我能跟你一起去吗？我不跑，陪着你，给你解闷。"她的眼神突然柔和许多，带着几分楚楚可怜，"我一个人在这儿害怕。"

"别以为我不知道你打的什么主意，老实待着。"

"那可不可以接我九妹过来？求求你了。"

"少废话，"何沨重重地关上门，"等我回来。"

谢迟站了起来，又将枕头甩出去："畜生！"

何沨返回来："骂我。"他捡起枕头，使劲砸向她，"等会儿让青羊子去接。"

"说话算话。"

何沨哼笑一声，走了。

何沨不在，谢迟的日子过得轻松许多。

青羊子去了一趟雷寨，却没把谢迎带出来，谢迟隐约觉得谢迎出了什么事，追着青羊子问，可他支支吾吾的，还故意躲着她。

青羊子喜欢赌钱，时常与几个弟兄玩到很晚才回来，谢迟找不到人，终日无事，大多时间都在睡觉，躺累了就到院子里转转。

那日，她正在院子里喂鸟，一个脚踏长靴、身披红袍的女子高调地进了院子，离得很远就听到她的呼唤声，清脆悦耳："三哥哥！三哥哥！"

这声"三哥哥"想必叫的就是何沨了。

宋青桃刚迈进院子就看到谢迟的背影，待她转过身来，看清了脸，宋青桃顿时变了个脸色："你是谁？"

谢迟突然不知道怎么回答了。自己算什么人呢？她也说不上来。

一旁打扫院子的妇人多了句嘴："她是少当家从大少爷那儿要来的丫鬟。"

宋青桃突然嗤笑一声："哦，是你啊。听说三哥哥找了个活靶子，原来是个女的。"宋青桃上下打量她一番，"叫什么名字？"

"她叫阿吱。"妇人说。

"我问你了吗？"宋青桃凶神恶煞地抽出别在腰后的长鞭，冲那妇人脚边就是一下,"多嘴!"

妇人吓得跪在地上。

"三哥哥去哪儿了?"

妇人哆嗦道:"跟着裴二公子下山了。"

"什么时候走的?"

"前天上午。"

宋青桃收回鞭子,朝谢迟走近些,打量她的脸:"阿吱是吧?"

"嗯。"谢迟觉得不太妙。

"既然是个活靶子,借我玩两天,三哥哥应该不会介意吧?"

妇人不敢说话,低着头淌了满面汗。

何沣不在,青羊子也不知道去哪里了。

来者不善,瞧瞧她这溢出来的醋味和对自己的敌意,八成是对何沣有着爱慕之情。今日之难,怕是逃不过去了。

谢迟被宋青桃带去了青寨。

宋青桃是青寨大当家宋蟒的独女,宋蛟是她亲二叔。宋青桃自小嚣张跋扈,一般人都不敢得罪她。何沣折腾谢迟,无非是带着点儿玩闹,他准头好,从未伤及谢迟分毫,可是宋青桃就不一样了。

谢迟是被绑着双手,一路牵过去的,就因为跑得慢,被马拽着摔了一跤,宋青桃一鞭子抽在她的手上,顿时一道血痕。

青羊子大半夜才回来,刚进院子,李大娘就迎上去:"哎哟,小祖宗,你可回来了!"

青羊子喝了点儿酒,醉醺醺地问她:"大半夜的你不睡觉干吗?"

"青寨的桃丫头来了,把阿吱带走了!"李大娘一脸愁容,"我找了你半天没找到,都带走一天了,这可怎么办啊?"

青羊子压根儿没把她的话听进去,笑着笑着就倒了下去。

"欸,你别睡啊!"李大娘拽他的胳膊,"桃丫头那性子,她不得脱层皮,你不去看吗?醒醒!"

青羊子不省人事了。

谢迟受尽折磨,她没有胆量与宋青桃拼个你死我活,毕竟在人家的地盘。且这女匪妒心太强,脾气火暴,把自己毙了也就是浪费一颗子弹的事。

她一点儿也不想死,她还年轻,还有很多事没做,她还想回去看看爷爷。她只能忍着,也许扛到何沣回来就好了。

可是快两天了,何沣还是没有出现。

谢迟自打被带进青寨就未进食。晚上,看门的小兄弟给她扔进来半个馒头。谢迟不是多么高尚的人,也没有强大的自尊心,在她意识里,活着才是最重要的。在被宋青桃折磨死之前,她可不能先饿死了。

谢迟几口便吃完了馒头,小兄弟又递碗水来。他看着蓬头垢面、一身伤痕的人,叹了口气:"得罪谁不好,偏偏得罪大小姐,有你的苦头吃了。"

谢迟将空碗交还与他,"何……"沣字未出口,她及时停住,换了个称呼:"何少当家回来了吗?"

"你还敢提少当家啊!"小兄弟贼眉鼠眼地往门外瞄几眼,压低声道,"可别在大小姐跟前提。先前有个女的,就朝少当家笑了笑,牙都被大小姐拔了。"

谢迟沉默。

"好在你听话,温顺,大小姐没特别为难你。"

谢迟蜷了蜷腿。这一身伤,还真是没为难。

"你还要喝水吗?"

谢迟点点头。

"那我再给你倒点儿去。"

"谢谢。"

小兄弟站起身走出去,刚到门口,就被一脚踹了回来,撞散屋里垒成堆的木头。

谢迟一哆嗦,紧接着看到宋青桃怒火冲天地迈进来,手里一条长鞭,重重地甩在小兄弟身上。

小兄弟没敢喊疼,立马趴跪在地上:"大小姐。"

"胆子越来越大了,学会胳膊朝外拐了!"

"大小姐,我错了!"他连连磕头,"我错了,您饶了我!我再也不敢了!"

"滚出去!"

小兄弟连滚带爬地从她腿边溜了出去。

宋青桃缓慢地朝谢迟走过去,脸上带着轻蔑的笑:"果然是骚蹄子,走到哪儿都想着勾搭男人,跟你那破烂货妹妹一个样,不愧是一个窝里爬出来的。"

谢迟心中一震。

"干吗用这种眼神看我?"宋青桃背着手,在她身前蹲了下来,"你还不知道吧,你的好妹妹死了。"

谢迟愣住。

"小婊子,勾引我爹,还想下山,做梦!当我是死人吗?"

"你杀了她?"谢迟攥紧拳头。

"是啊。嘣,一枪下去,脑浆都出来了。"宋青桃讥笑两声,用鞭柄挑了挑她的下巴,"身子都被男人折腾坏了,活着也没意思,我帮她解脱,你应该谢谢我。"

谢迟死盯着她,宋青桃被她的眼神惹毛了,站起来扬起手就是一鞭子:"再这么看着我,把你眼珠子抠了!"宋青桃又扬起手,这一次,谢迟接住了她的鞭子。宋青桃没有心理准备,差点儿被她扯得摔倒。可谢迟力气不够,她没怎么吃东西,又一身伤,弄不过宋青桃,反而把她惹得更加暴怒。

"贱婢!"宋青桃没带刀枪,随手拿了个木棍折断成两截,插进了谢迟的小腿里。

远远地就听到小木屋里声嘶力竭的惨叫。

"求我呀,求我放过你。"宋青桃握住木棍转圈,看着她痛苦地咬着牙,手抓着地,指甲都裂开了。

"没想到你骨头还挺硬。怎么,等着三哥哥来救你?"宋青桃拔出木棍,冲那血窟窿又是一下,"你以为你是什么东西?不过是一个玩物,跟你那妹妹一样,就是个被送来送去的烂货,三哥哥不会管你的。"

宋青桃虐够了,觉得没意思,拍拍手走了。

木棍还插在她的腿上,谢迟痛到半边身体都麻木了,她握着木棍,将它拔出来,疼得手都在颤抖。

谢迟流了很多血,不过她没有死,被何沣救走了。

青羊子醒酒后得知她的消息便去青寨要人,可宋青桃不放,他只好去矿上找何沣。两人快马加鞭直奔青寨,差点儿翻了个底朝天。

谢迟恢复意识的时候,感觉身在一个温暖的怀抱里,她猜到是何沣,低声喃喃:"臭小子,你怎么才来,我差点儿没命等你。"

"对不起。"

谢迟觉得难以置信,竟然从这个无理的小子口中听到这三个字。她很虚弱,头靠着何沣的肩,身体一颠一晃:"你是在骑马吗?"

"是。"

她的额头不停地轻点何沣结实的胸膛:"我好久没骑过马了,我也会骑马。"

"等你好了,我带你去骑,我送你山寨最好看的马。"

"我是不是快死了?"

"你不会死。"何沣加快速度,"你要是死了,我让整个青寨给你陪葬。"

谢迟笑了笑:"听着还不错。"

"快到了,"何沣轻晃她的肩,"精神点儿,听到没?阿吱,阿吱——"

"你好吵,就不能安静点儿吗?"

"不能,"他用下巴撞她的额头,"跟我说话。"

"不想说。"

"我送你下山,送你回无锡。你爹敢不要你,我就宰了他;谁敢说一句闲话,我就割了他舌头。"

"这么厉害。"

"我说到做到。"

"真凶。不过我也很凶的,十岁单挑了三只猴子,打架也没输过。可你们太坏了,我都不敢反抗,还拿着枪,万一打死我怎么办。"谢迟抱住他的腰,"我怕死,我不要死。"

肩头一阵暖意,她哭了。

她的眼泪似乎能穿透皮肉,钻进他的心脏。何沣觉得胸口闷痛,也不知是心疼她,还是被青寨那帮东西气的。

"我恨你们,你这个悍匪。

"悍匪。"

何沣将谢迟放在床上,轻拍了拍她的脸:"醒醒。"

谢迟艰难地睁开眼,看到何沣的脸,释然地笑了:"我没死啊。"

"大夫马上过来。"

"好。"

何沣扯开她的衣领,看着肩膀上的鞭痕和瘀青蔓延直下,他愣了愣,将衣服合上。

"来了来了!"青羊子带着寨中大夫进了屋。

谢迟腿上有两处棍伤,没有贯穿,却也插得够深,肉里还遗留着长短不一的木刺。大夫用镊子一根根拔了出来,上药,包扎。

何沣握拳站在旁边,浑身戾气,大夫紧张得满头大汗。

腿伤处理完,大夫正要脱谢迟衣服,何沣阻止了他:"干吗?"

"上药。"

"不行。"

"这……不脱没法上药。"

"不行。"

"那药给你,你来。"

何沣接了过来,大夫拿上家伙准备走了:"药方我给青羊子,后面有什么事再找我。"

"好。"

大夫走了。何沣握着小药罐,戳在她面前。

谢迟的身体已经撑不住了,意识却尚在,她被何沣转了个身,趴在床上,衣服被他扒开,露出血淋淋的背。她清楚地知道自己现在的身体有多狰狞,可命都快没了,哪儿还顾得上什么美丑、清白。就算他现在把自己扒光了,她也觉得无所谓。

何沣小心抹药,谢迟咬着被子,一声也没出。

药上到一半,何沣突然猛地砸了药瓶,气愤地出去了。过了不久,来了个大娘,继续给她上药。

何沣去了青寨,再次把守门的几人吓个半死。

他随便拎了个人领路,直奔宋青桃的房间,一脚把门踹飞,怒气冲冲地走向床铺。

宋青桃听到动静还未完全清醒,迷迷糊糊看着走过来的何沣:"三哥哥。"

何沣拿起挂在床边架子上的长鞭,揭开她的被子,抓住她的脚踝直接把人拎到地上，什么话都没有说，上来就是一鞭子。

宋青桃疼得直打滚："啊——"

"送你鞭子不是让你这么玩的。"

"三哥哥！你疯了！"

"宋青桃，你是不知道这座山姓什么了？敢动我的人，你找死。"何沣一点儿不手软，趁她翻滚着，冲着胸口又是一鞭，皮开肉绽。

"啊——"宋青桃滚到桌边，"你……你竟然……为了一个外人！"她又疼又气，话也说不清楚，"她是……她是你什么人？你为了她打我！"

何沣并不屑于回答她的问题，扔了鞭子就要走，宋青桃扑过去拽住他的衣服，一撕一拉，鞭痕如刀割般疼："不许走！你给我说清楚。"

何沣对人向来不温柔，女人也如此，他一脚踹在她的肚子上："再拉扯，老子崩了你。"

宋青桃不信。何沣与自己一起长大，青梅竹马，她不信他会为了一个不知道从哪儿来的野丫头对自己下杀手。像是赌气一样，她又冲过去抱住他："你有本事就开枪，打死我！你打死我啊！"

何沣还真有本事。

他冲她的手开了一枪。

宋青桃看着手上的血窟窿，愣了半晌，才尖叫起来。

何沣拿起她的鞭子走到外头，随手扔进了火堆里。

大伙看着他凶戾的模样，一声都不敢吭。

何沣就近拽了个小个子男人："还有谁动了她？"

小个子吓得直哆嗦。

"说！"

何沣这一吼，吓得个个一惊。

小个子舌头都捋不直了："没了，没了。"

何沣看向他，眼里露着杀气："青寨有我的人，你敢骗我，我把你剐了喂狼。"

"刘二狗……刘二……狗……他他……他摸了一下她的屁股。"

"还有呢？"

"没……没了。"小个子吓尿了，"都知道是……您的人……桃姐让人睡她……没人敢……就就就刘二狗……摸了一下屁股……别的真没了。"

何沨把他扔下，小个子坐在地上，腿都僵了。

"刘二狗呢？"何沨扫视一圈，见无人回答，大吼一声，"说话！"

"八成……在房里睡觉。"

"带出来。"

一转眼，刘二狗被领了出来，跪着爬到何沨面前："少当家，我错了，我真的错了。"

何沨不想与他废话，冷冷地俯视着他。这副冷静的模样，比暴怒还让人生畏："哪只手摸的？"

刘二狗不答，连连磕头："少当家饶命，我不敢了。"他使劲扇自己的脸，"我这烂手，我这烂手！"

何沨抽出刀："再问你一遍，哪只？"

刘二狗自知难逃一劫，哆嗦地伸出右手，还没反应过来，就被何沨一脚踩在手臂上，一刀子下去，生生剁下了那只手。他看着自己的断肢，疼得已经没知觉了，捂住喷血的切口在地上打滚。

何沨擦了擦刀，将它插回刀套里，一脚踢开地上的断手，一言不发地朝外走。

动静闹得太大，宋蟒被吵醒了，衣服都没穿好，立马赶了过来。他看着自己宝贝闺女一手的血，子弹直接从掌心穿过，再加上前后两鞭子，心疼得想把何沨毙了。

他骂骂咧咧地从宋青桃房里出来，掏出枪指着何沨："青桃做了什么，你要下这狠手？！"

青羊子见他拿枪，也举枪对着宋蟒。他跟着何沨多年，地位和胆色还是有几分的，即便对着青寨之长，也丝毫不带畏惧："宋大当家，放下。"

何沨按下青羊子的手，往宋蟒跟前走一步，没承想宋蟒在自己的地盘上硬生生被吓得后退："宋叔，你去问问你的好闺女。"

"她再有什么过错，你也不该对她动手！你伤她右手，叫她怎么拿枪？"

"还想拿枪？"何沨握住宋蟒的枪头，把枪夺过来扔到身后，"留你闺女一命，是看在你的面上，再敢伤我的人，老子连你一起毙。"

宋蟒气得手抖，见何沨与青羊子离开，指着他骂："臭小子，你有种！你给我等着。"

何沨与青羊子快马回到云寨,他来到谢迟屋里,见人已经睡着了。

他站在床边看了她一会儿才出去。

青羊子候在门外,低着头:"是我没看好她,你罚我吧。"

"别往自己身上揽。他们的错,跟你没关系。"

青羊子眼睛红了,谢迟被折磨成那个样子,他也心疼:"宋青桃是真狠,废她一只手都算便宜她了。"

何沨闭上眼,长嘘口气:"我不在这两天,还出什么事了?"

"就是……阿吱的妹妹。"

何沨见他吞吞吐吐的:"怎么了?"

"死了。"青羊子握拳,"我那天去雷寨找人,听说她被雷二送给宋蟒了,又去青寨找,才知道已经死了两天。好像是生了不好的病,被撵下山,结果被宋青桃追上杀了。"

何沨冷着脸:"继续说。"

"尸体被扔下山崖,找到的时候已经不剩什么了,带不回来,我让人就地埋了。我没忍心告诉阿吱,她又一直问,我就想躲着点儿,没想到宋青桃来了,都怪我。"

"行了,别怪这怪那的。"

两人同时沉默。

半晌,何沨说:"安排两个人过来看门,以后不许外人进来。"

"那……哪些人不算外人?"青羊子揉了下眼睛,"我也好交代。"

"除了我,都是。"

谢迟这一觉睡得沉,第二天下午才醒来。鞭伤大多在背后,她趴在床上,不敢翻身。

不远处坐了一个伏在桌上睡觉的胖大娘,穿着深蓝色外套,衣服边上卷翘着,腰上的三层肥肉一览无余。

谢迟很饿,饿得胃疼,可看那胖大娘呼呼睡得香,不忍打扰,就眼巴巴等着她自然醒来。

良久,胖大娘小腿抽筋,龇牙咧嘴地直起身,"哎哎""呀呀呀"地抱着腿揉。

谢迟道:"你醒了?"

胖大娘闻声看过来:"哎哟,丫头,你什么时候醒的?等会儿,我这腿麻了。"她手撑着桌子起身,甩了甩脚,慢悠悠走到床边,"你感觉怎么样?还疼吗?"

这不废话嘛。

"嗯。"

"我是少当家叫来照顾你的,吃喝拉撒,有什么事你跟我说就行。"

"……"

胖大娘掀开被子看了看她的腿:"血止住了。那死丫头下手真毒,扎得够深呢。"胖大娘替她盖好,"我姓王,他们都叫我王大嘴。"说着她就大笑起来,"你看我这嘴大不大?!"

"……"谢迟叫不出口,"我叫你婶婶吧。"

"也成。"

"婶婶,我想喝水。"谢迟盯着桌上的茶壶好一会儿了,"麻烦帮我把茶壶拿过来吧。"

王大嘴拿来茶壶,见谢迟直接咬着壶嘴喝,说:"慢点儿,别呛着。"

茶壶见底,一滴不落。谢迟将壶还给她,王大嘴随手搁在床边的板凳上,又去揭她上半身的被子:"得换药了,你一直睡着我就没敢动,怕弄醒你。"

"好,麻烦了。"

"不麻烦,你尽管使唤我,别不好意思。"王大嘴把药箱子提过来,"少当家给了我好几块大洋呢。她们都想来,没争过我,你知道为啥不?"

谢迟并不想知道。

王大嘴哈哈大笑:"我嘴大,少当家说我笑起来特别喜人,让我来逗你开心,哈哈哈哈哈。"

"……"

王大嘴准备上药了,收住笑,稳住手:"我轻点儿,你忍着点儿啊,疼了就叫。"

"嗯。"

谢迟突然注意到自己光着身体:"我衣服呢?"

"被我脱了,穿着太麻烦,衣服一拉一碰的,伤口疼。"王大嘴看着她的小细腰感叹道,"瞧瞧你这瘦的哟,哪够少当家几下折腾的,得多吃点儿,胖了好生养。"

"……"

药没上完，王大嘴突然跺脚："哎哟，差点儿忘了！"

谢迟被她吓得一惊："怎么了？"

"你等等，我马上就来。"王大嘴放下药膏，小跑着出去，跑开不知多远，想起门没关，怕风吹着她着凉，又回来带上门，嘱咐了句，"别乱动啊，我一会儿就回来。"

"嗯。"

门被关上。

谢迟望着窗户发愣，回想着昨日的事情。何沣又救了自己，已经是第三次了。

正想着他，人就来了。

从前何沣开门总是用踹的。不同以往，他这次推门格外温柔，像是怕吵着她似的。刚进来，与谢迟对上眼，才大步走动："醒了？"

"嗯。"

何沣站到床边，面无表情地俯视着她："什么时候醒的？"

"刚醒。"

何沣伸手要去揭谢迟身上的被子，她赶紧按住，手臂一动，后肩上撕裂般剧痛。

"乱动什么？"何沣想看她的伤口，又要去掀。

谢迟死死按住被子："别，我没穿衣服。"

"早看光了。"

"昨天快死了，今天又活了过来，不一样。"

何沣笑着收回手："力气不小，倒是挺扛揍，一夜过去生龙活虎的。"

"……"谢迟脸贴着枕头，不想与他斗嘴，"昨天夜里你去哪儿了？"

"给你报仇。"

"杀人了？"

"没杀。"

"那算什么报仇。宋青桃杀了我妹妹，"谢迟目光淡淡地看着他，"你能帮我找到尸体吗？"

她看上去太冷静了，何沣原本还在想怎么和她说这件事，现在看来无须操心,他道:"已经安葬了。"

"埋哪儿了?"

"山腰上,去看看?"

"不用。"

何沣沉默了。

谢迟像是看穿了他的心思:"我跟她没什么感情,不是一个母亲,没有一起长大,也就沾个血缘关系。我都快死了,没工夫再为别人悲痛。你救了我,我会报答你的。"

何沣注视了她一会儿:"答应送你下山,如果你想,现在就可以送你走。"

"我能再住一段时间吗?"谢迟看着手面上的鞭痕,"我暂时不想走了。伤成这样,行动也不便。"她从伤口上抬眼,淡淡地看着何沣,"可以吗?"

"那你先好好养伤吧。"语落,何沣转身,朝外走去。

谢迟叫住他:"何沣。"

他回头看她。

"谢谢你。"

他没有回应,走了出去。

何沣刚离开,王大嘴就回来了,手里端着一个大碗,隔很远便吆喝起来:"来了来了!"

是鸡汤,很香。谢迟闻到肉味,微微仰起头。

"你别动,我端过去。"王大嘴先将鸡汤放在桌上,挪了个高凳到床边,再去端碗。谢迟馋得直生口水,目光紧随着它,想抬手去接。

"烫,你别动,手还伤着,我来喂你。"王大嘴舀起一勺汤,"先喝口,尝尝。"

谢迟凑过脸去,抿了个干净。

王大嘴歪脸高兴地打量她的表情:"怎么样?"

谢迟点点头:"嗯,好喝。"

"小厨房炖了一早上,刚热了热,肉更烂。天还没亮,少当家大半夜去林子里打来的,味道不错吧?"

"嗯。"

"难得见少当家对姑娘这么上心。我看着他长大,十几年了,还没为别的丫头这样出头过。"王大嘴笑眯眯地跷着小指舀了块肉,"昨夜送你回来后,又去青寨找桃丫头算账去了。今天一早我听说啊,他抽了桃丫头几鞭子,还打了一枪,在手心上,都打穿了!"

谢迟缓慢地嚼着肉。一只手而已,宋青桃就该死,死无葬身之地。

"桃丫头爱使鞭子,以后这右手怕是不能用了。要我说,活该!太跋扈,每回来这儿我们都跟伺候祖宗一样,生怕一句话说错挨了她的鞭子。这下好了,她那宝贝鞭子被少当家扔火里烧了。"

想起那鞭子,谢迟似乎还能听到它抽在皮肉上的声音。

王大嘴不停地叨叨:"那条鞭子原本是少当家送她的,桃丫头喜欢得不行,天天带着炫耀。她这么折磨你,就是吃醋了,幸亏没往你小脸上划两刀,不破相什么都好说。烫不烫?"

谢迟摇头。

"听说昨晚还有个被砍了只手的,想想都吓人。"王大嘴见她不说话,"你不用怕他们,有少当家罩着你,以后山里就横着走。你别看他是小辈,那几个老的没人敢得罪他。"

谢迟只顾喝汤,出耳听着她滔滔不绝,一言不发。

"要说这三个寨子,还是我们云寨好。大当家这几年不管事,里外全交给了少当家,那些彪汉子被少当家管束,规矩了不少,不许下山乱抢乱杀的。雷寨也不错,就数这青寨横在中间最造孽。要我说,少当家就该好好管管,杀杀宋家的气焰。"

谢迟早就琢磨过这个事。这几个寨子里有权有势的老一辈这么多,何沣总不能仅凭少主的身份就得此殊荣。小小年纪被众人忌惮,定是有所作为。这王大嘴话多,正好套一套:"为什么大家都怕他?"

"他横啊,虽然年纪不大,但一身本事,天不怕地不怕,下手又狠,真动起手来没人弄得过他。你应该知道啊,他那枪法。"王大嘴竖起手指头,"子弹跟长了眼一样,指哪儿打哪儿。"

谢迟道:"我还以为是打家劫舍比较厉害。"

"这你也说对了,不过少当家不打家劫舍,小门小户的他看不上。"王大嘴提起来一脸自豪,"要做就做大的。"

再了不起也是山匪,错了道。

"今年开春,他带着人在北山角林路劫了一车好东西,一百多号人,被他领十几个人打得一个不剩。"王大嘴搅了搅汤,捞上来一块骨头,用筷子戳戳，剔下肉来，"知道打的什么人吗？"

谢迟盯着那肉，随口问了一句："什么人？"

"日本人。"王大嘴刚说出来就后悔了，拍拍自己的嘴，"这事大当家禁止提，啊呸呸呸，你就当没听见，我什么都没说啊。"

"哦。"

"不过大家服他不仅是因为这个，还有个更要紧的，就是他手里的矿。"

"矿？"

"少当家没跟你提过？"

"没有。"

一提这个，王大嘴更来劲了："那你知道裴家吗？"

"不知道。"

"就是镇上的裴家，裴恪州家，我们这儿的首富。裴家二公子跟我们少当家的关系可不一般，经常来找他，前几天还来了一趟，你没见着吗？"

谢迟想起那日在院中等何沣的长衫男子："是上次来找他下山的那位吗？"

"对对对，那小伙子长得真漂亮，说媒的人都快把门槛踏破了。要说年纪该有二十了吧，早该成家了，也不知道怎么还没说好。八成是眼光高，一般姑娘看不上，要我说……"

说了半天，一个字都没落在重点上，谢迟打断她的话："他跟矿有什么关系？"

"矿啊，和我们少当家一起掌手煤矿啊。"

"嗯，具体说说。"

"我们这东、西、南、北四座山可不是普通的山，底下全是煤，先前老当家不让采，怕坏了风水，大当家孝顺也就一直没让动，直到老当家去了，大当家松了口，少当家才坚持带人开矿，就是和裴家一起干的。怎么个分法我倒是不清楚，不过打打开了矿，我们的日子都好起来了。两年前的时候，饭都吃不饱，杀个鸡宰个牛跟过节似的；再看现在，那群男人成天喝酒吃肉。"

敢情这何沣还是个生意脑。

"你别看现在寨里头没多少人，我们这三个大寨六个小寨，加加可得有两千多人。年轻力壮的轮着番下矿，虽然又累又危险，但是给的钱多，大家也乐意干。"

"既然生活好了,为什么还要打劫?"

"这你就不懂了,都是土匪出身,根深蒂固的臭毛病,改不了的。矿要下,寨里也不能空着人啊,还得留下些看家的。这些人天天闲着没事,喝酒赌钱,玩腻了就偷偷下山溜达溜达,拦拦过路的,谁撞上谁倒霉。"

确实倒了八辈子的霉。

"我就是被抢上山的。"王大嘴小心喂她一口汤,"来,嘴张大点儿,别滴到床上去。"王大嘴叹口气,"我原本是青花村的,下了山往北走四里路就是我娘家。"

"你不想逃吗?"谢迟问。

"逃什么?男人孩子都在山上,娘家也没人了,下去了干吗?"

谢迟看着她的笑脸,有些心酸。

"唉,一开始是想过跑,后来也就想开了,跑了又去哪里呢?从土匪窝里出来的女人,没人要啊。就算有人要,还不是种地过日子,没有富贵命,山上山下都一样,而且我男人也疼我,舍不得走。"王大嘴见她低垂着眼不说话,安慰道,"你刚上山,心里难受正常。看你估计也是大户人家的姑娘吧,虽说咱这山上很多地方比不得外面,但你在这儿也有好处。你跟的可是少当家,这山里头多少心仪他的姑娘,上赶着他还不稀罕呢。你好好跟着他,一辈子不愁啊!大当家这几年不管事,天天喝酒,还抽大烟,估计用不了多久就会退下去,到时候可就是少当家顶天了。而且你是他的第一个女人,就算日后纳了几个小的,你也是大房,压寨夫人。"

"……"

"少当家不仅模样俊,还有文化。"王大嘴贼眉鼠眼地左右瞄了瞄,压低声说,"你刚来,很多事还不知道。他娘也是被抢上山的,哎哟那可真是个大美人,我看了都挪不开眼。不仅漂亮,家里还有钱,不知道送了多少金银财宝来赎人,大当家就是不放。"

"后来呢?"

"夫人来的时候肚子里有一个,就是何湛。大当家宠爱夫人,让何湛跟了自己姓。夫人后来又跟大当家生了一个,也是男孩,没承想四岁的时候被马踢死了,最后才生了少当家。"

难怪,从来没听过有人谈论老二。

"夫人留过洋,好像在日本读的书,有人说何大少就是日本人的种。"

谢迟刚听上兴趣,王大嘴就不吱声了,谢迟便问:"然后呢?"

"夫人教他们两兄弟读书识字,还整天咿咿呀呀地说着外国话。大当家疼她,要啥给啥,衣服就没带重样的。那布料,我见都没见过,太好看了。除了吃穿,大当家还从上海运了不少洋玩意儿来,稀奇得很。本以为夫人已经死心塌地留在这儿了,没想到还是跑了,八年前还是九年前来着。听说是一大早带着少当家去打鸟,结果趁随从们不注意,骑马冲下山,头也不回地跑了。少当家那时候小,追了十几里地,被带回来的时候两脚全是血。后来大当家带人去追,找了两个月也没找着人。唉,这夫人也真狠得下心,两个孩子,说不要就不要了,哪怕带着一个跑也成啊。"

门外有动静。

"聊什么呢?"是青羊子。

王大嘴赶紧闭了嘴,装模作样地笑了笑:"瞎聊呢,姑娘无聊,我给她叨叨故事听。"王大嘴夹起一块鸡肉递到她嘴边,"来,吃块肉。"

青羊子提了包东西来,放到桌上:"少当家让我送点儿果脯来,给你无聊了吃。"

谢迟对他说了声"谢谢"。

青羊子走近些,面露愧疚,眉头紧锁着:"对不起啊,都怪我乱跑,没保护好你,害你遭了这罪。"

"不怪你。"

青羊子欲言又止:"那你好好休息,有事情让大嘴叫我。"

"好。"

"大嘴,劳烦你好好照顾她。"

"不劳烦不劳烦,应该的。"

傍晚,宋蟒叫上青寨三个当家,一同来到云寨,要跟何沣讨个说法。

何沣没搭理,无奈何长辉派人来催了好几遍,他只好应付应付过去碰个面。

三个当家坐在何长辉座下,一副兴师问罪的模样,叽叽喳喳地说了半天。何沣一个字没听进去,玩着小刀,准备走了。

宋蟒见他要走,跳下来指着他:"站住!"

何沣停下,语气平平地说:"她伤我女人,宋叔,我看在你的面上,没把她丢去喂狼，两鞭子、一只手，便宜她了。你这越说我越觉得亏，不然我再去给她补两刀？"

宋蟒压了一肚子脏话，愣是没敢骂，手指着他气得脸都青了："不过是山下的女人，你就坏了寨里的规矩，伤自己人，亏你还是个少当家，以后是要担起上下几寨的。我们青寨一直服你，可这事你得给青桃个交代！"

何沣一宿没睡，懒懒地抬起眼看他："你还知道规矩？你闺女从我院里把人带走，折磨了两天，差点儿断命，我也来要个交代。要不你把她捆了送来，让我也玩两天，这事就算了了。"

"她能跟青桃比？！"宋蟒红着脸，"她算什么东西！"

宋蜂坐在边上一直没吱声，宋蛟开口相劝："小沣啊，不是二叔偏心，青桃可是和你一起长大的，冲这多年的情分，这事你确实做过了。青桃对你的心思你应该明白的啊，这是伤了身又伤了心。"

"把那丫头带出来，我倒要看看打死没！"宋蟒紧跟着发狂叫喊。

何沣忽然目光不善地看着他，宋蟒心里顿时有些发怵。自己坐山十几年，杀的人是这毛头小子的几十倍都不止，却总是被他这眼神镇住。

何沣没说话，朝前一步，掸了掸他肩头的灰尘："差点儿忘了，你们轮番玩弄她的妹妹，这事老子还没找你们算账，你们倒先找上门来了。正好，一块儿算了。"

一直沉默的何长辉发话了："小沣，怎么说话呢，什么老子老子？你是小辈，对长辈放尊重点儿。"

何沣冷森森地盯着宋蟒，叫人不寒而栗，他往后退了一步："行吧，宋叔，您还有什么话要训导，小沣听着。"

"你……"

"行了，都别吵了，多大点儿事。"何长辉抚额，很不耐烦，"要我说是桃丫头有错在先，女儿家的，脾气该管管了。"

宋蟒："大哥！"

何长辉闭眼道："小沣下山买点儿东西去哄哄她，再送个鞭子，这事就过去了。自己人闹来闹去，也不嫌丢人。"

宋蟒焦灼地望着何长辉："可是……"

"都闭嘴，吵得我头疼。"何长辉缓缓站了起来，"都该回哪儿去回哪儿去。"

宋蟒又叫："大哥！"

何长辉顿住脚,变了脸色:"回去!"

宋蟒颔首:"是。"

宋蛟与宋蜂也走下来,拉劝宋蟒离开。宋蟒愤愤地看着何沣,哼了一声,拂袖而去。

何沣看着宋家三兄弟吃瘪离开:"几位叔叔慢走,不送。"

何沣一天没回院里。

除了王大嘴和下午过来给她复查的医生,谢迟就没见过别人。

院里很静,只有几个打扫的人来回走,轻悄悄的声音。谢迟躺在床上,本该安心休息,可她睡不着。她没法睡着。她身上疼,心里气,从头顶到脚趾,没有一块舒服的地儿。她紧紧攥着被褥,想杀了他们。

"少当家回来了。"

谢迟听到外面的声音,顿时松了手,朝门口看去。她不确定何沣会不会第一时间来看自己,她一直盯着门口,等着那扇门被推开。

可何沣没进来。他进进出出好几趟,一次都没来看她。

第二章
真真假假

这几日夜里没有枪声传来，山里出奇地安静。何沣也不知道跑哪儿去了，一直没见着人。

谢迟身上的伤未痊愈，疼还是疼的，只是看上去没那么狰狞。可能是因为年轻，再加上天天肉汤补着、药养着，恢复得还不错，也能翻个身，轻轻挪动两下。

夜里，外头突然一阵嘈杂声。谢迟躺在床上，叫了两声"王大嘴"，没人应。

外头的喧闹声未停，还伴随着琅琅的敲击声。这么大动静，是出什么事了吗？

谢迟坐起身来，翘首看向窗外，隐隐看到些火光。难不成失火了？

太好了，烧光了才好。

窗外走过一黑影，看身形，是何沣。

谢迟看向门口，见何沣推个轮椅进来，笑着看她："三天没见，胖了。"

"少当家照顾得好。"谢迟看向他手下的轮椅，"给我的？"

何沣将它推到床边："闲着没事，照着大哥的给你做了个。"

谢迟看着它没说话。

"愣着干吗？坐上来。"

"哦。"

谢迟双手撑床慢慢挪下来。

何沣就这么全程俯视着她，连扶都不扶一下，等人坐上去，才问了句:"怎么样?"

"挺好的。"

"绕两圈试试。"

谢迟找到机关,上下拉了拉,轮椅往前行去,还挺好用。这土匪,不去做木工真是可惜了。

谢迟在屋里遛了一圈,最后滑到他面前:"外面出什么事了?这么吵。"

"不关你的事。"

"……"

"行了,睡吧。"何沣走到门口,忽然停了下来,"他们在玩摔跤,你要是睡不着也可以出来看看。"

谢迟愣了两秒,赶紧滑着轮椅跟上去。

寨中心架着篝火,一群人围成个大圈,举着拳吆喝着:"摔他!摔他!"

"抱他腰啊!你行不行?!"

"哎呀,真废!"

何沣一来,将路围得水泄不通的老少爷们纷纷让道:"少当家来了!"

"少当家。"

"哎哟,三爷!"

沾何沣的光,谢迟也到了个好位置。有眼色的小兄弟给何沣端上椅子,谢迟就在他旁边坐定,瞧着竟有种寨主与寨主夫人的架势。

谢迟感受到众人的目光,故意凑近何沣,与他说:"这里都是男人,我是不是不该来?"

何沣睨她一眼:"那你走呗。"

"……"谢迟继续看摔跤的两人。

"不走了?"

她无话可说,转着轮椅就要离开。

何沣握住那大轮子:"来都来了,看会儿。天天闷在屋里,伤没好就先发霉了。"

"……"谢迟别过脸去,不想与他说话。

何沣笑了笑:"转过来,要看就好好看。"

两人你一言我一语,场上已然分出胜负。赢的那壮汉举高拳嘶吼着,一身汗在火光下锃亮,像裹了层油似的。他已经连胜六场了,至今无人能敌。

在众人的喝彩中,又上去一壮汉,拍了拍自己健壮的胸脯,像头笨熊。

谢迟望着他俩,只想到两个字:"莽夫"。仅凭蛮力的搏斗,毫无看头。

耳朵快被周围人的呐喊声震破了,整个脑袋都嗡嗡的,她有些倦,轻叹了口气。

这口气被何沣听到了,他看向她:"看累了?"

"不是。"

"那你叹什么气?"

"没意思。"

何沣没说话。

"上去这么多个也没能把他打下来,看来他就是这里的最高水平了。"谢迟轻蔑地笑了声,"你们土匪也不过如此,靠蛮力取胜,遇到山下有些功夫的,撑不了多久。"

何沣睨着她,耳边全是那四个字:"不过如此"。

不过如此?居然被一个小娘们鄙视了?

"那你看好了。"

谢迟看何沣脱下外套,里头穿着宽松的白色上衣,腰带依旧套了一把刀、一把枪。

他朝场中央的壮汉走去。见少当家上场,兄弟们的呼声更高了,震得地面仿佛都在颤抖。

何沣虽长得高高大大的,可在这肌肉发达的巨型壮汉面前竟显得有些瘦弱。他卸下刀套与枪套,随手扔到了一边,对壮汉说:"别让着我啊。"

"那我可动真格的了,三爷。"

"来。"

壮汉抬起手,做一副攻势,咬着牙撞向他;何沣一个利索的闪身躲了过去,挑衅似的朝他勾勾手指。壮汉憨笑着抹了下鼻子,又朝他扑过去。何沣上身往后倒,握住他的手腕借着他的力起来,突然一个背身,侧空翻过去,蹿到壮汉背后,抓住他的胳膊。

速度太快了,让人看不清壮汉是怎么倒下的。

呼喊声惊天动地。

谢迟望着乘胜归来的少年,不禁弯起了嘴角。这小伙子,难怪被这么多姑娘喜欢。

何沣一脸恣意，走到她身前，轻狂地对她说："改日遇到你们山下的能人异士，你再看看我能撑多久。"

"三岁。"

何沣眉尖朝上挑动了一下，突然俯身过来，两手撑着她的椅把，鼻尖差点儿撞上她的脸。

谢迟及时往后躲去，背贴着轮椅，被他吓得心头一震。

何沣笑着看她，摇曳的火光在他深邃的眼眸里，闪着亮晶晶的光点。

谢迟已然听不到周围的哄闹声了，只听见近在咫尺的这个声音，低沉而柔软。

"你说什么？"

谢迟不答。

"再说一遍。"

谢迟躲开他的目光，猛地一拉转把，轮椅往后倒走，却在下一秒被何沣拉了回来："逃什么？我还能吃了你不成？"

"我要回去了。"

"我让你回去了吗？"何沣又将轮椅拉近些。

"……"

谢迟感受得到他温热的鼻息，侧过脸去，放弃挣扎。

何沣看着她一脸生无可恋，将轮椅转了过去，朝众人喊道："你们继续玩。"

谢迟被他推着离开，迎风而去，听到周围人的污言秽语。

"慢点儿，别闪着腰啊少当家。"

"年轻力壮，明儿就给大当家睡出个大孙子来。"

"三爷温柔点儿，人家伤着呢，别撞坏喽。"

谢迟略感尴尬，任何沣将自己推进房间。她倒是不担心何沣会对自己做点儿什么，毕竟这一身伤痕，也不好看。

轮椅停在床前，屋里一阵怪异的安静。

"阿吱。"这一声叫的，她突然有些慌。

谢迟轻咳一声，清清嗓子："怎么了？"

何沣没说话，良久才开口："没什么，早点儿睡。"

"哦。"

谢迟转过头去,却见他已经走远,带上门出去了。

何湛正在烛下看书,是一本时兴的武侠小说。他不爱这种类型的书籍,日常看的大多是诗词歌赋、画册画谱、国内外名著等。这书是昨天中午何沣让青羊子送过来的,给他换换口味。何湛一个人待着无聊,晚饭后随便翻两页,竟还看上了瘾。

外头太吵,何湛不问窗外事,一心沉浸在故事中。陈田提壶热水进来,给他添半杯热茶,何湛道了声谢。陈田把壶盖好,放在桌边地上:"搁这儿了,小心点儿,别碰着。"

"好。"

陈田到柜子里取出蜡烛,又点上一根架在何湛面前:"多点一根亮堂。"

"不用,浪费。"语落,何湛便把那火苗吹灭了,见陈田在旁边一直站着,"你去歇息吧。"

"我得服侍您先歇下。"

"我自己可以。"

陈田连连摇头:"那不行,少当家嘱咐过,要照顾好您。"

这孩子总是固执,何湛劝不动,便说:"我这儿有些书,你可以拿去看看。"

"大少爷您可别开玩笑了,我字都识不全。"陈田拿起把小板凳到门口坐着,"我就坐这儿发发呆,您看您的,困了叫我。"

"好。"

何湛低眼继续看书,翻过两页,朝陈田看过去。他手掌撑脸,盯着门口看,每过去一个人都眼睛一亮,何湛又道:"外面热闹,你去跟他们玩吧。"

陈田坐直身体望向何湛。这话中他意,嘴上却推托着:"不了,我还是陪着您吧。"

"去吧,我暂时还不困,你记得早点儿回来就好。"

陈田犹疑片刻,腾地站起来,脸上是压抑不住的喜悦:"那我出去看看,一会儿就回来。"

"嗯。"

陈田笑着走出去,快到门口,加速跑了出去,直奔兄弟们活动的大场地。

何湛眼睛有些酸涩,他将此页看完便合上书闭目休息。外头的热闹与他无关，一阵阵吆喝声，要么是在喝酒，要么是在摔跟头。在双腿残疾前，三弟总拉着他去玩。那浑小子人小胆大，十二岁便敢跟成人比画，讨人喜欢得很。

何湛睁开眼，透过窗看向夜空明亮的星星。他性子随母亲，不喜热闹，更愿意独处，也并不觉得孤独。他滑动轮椅到院子里坐着，视野更加开阔，明月和满天的星星照亮他温和的面庞。夜里风寒，一阵阵往身上吹，他把盖在双腿上的毯子往身上拽了拽，欣赏着月黑风高的山寨，一会儿想起幼年的时光，一会儿想起久别的母亲。

他闭上眼，兀自叹息一声。

"叹什么气？"

何湛睁开眼，何沣已快走到跟前，他微笑道："没去一起玩？"

何沣坐到他身侧的石凳上："又打不过我，没意思。正要去喝酒，路过你这儿。"何沣扫眼四周，"陈田呢？你怎么自己坐在这儿？"

"我让他凑热闹去了。"

"照顾得怎么样？"

"挺好的。"

何沣轻笑一声："你就是老好人，欺负你也不告诉我。"

"是真的不错。"何湛又添了一句，"我也不用时刻被照顾着，有人送口吃的就行了。"

何沣没吱声，背靠到身后的石桌上，往天上瞧。

院里静悄悄的，只有风吹叶动的声音，伴着远处此起彼伏的喧闹声，更显凄凉。

何湛问："阿吱呢？"

"房里。"提起她，何沣不经意地提了下嘴角。

何湛见他这副表情，心里明了："动心了？"

何沣目光落到何湛身上："动哪门子心，就觉得还挺有意思。"

"她的伤养得还好？"

"好吃好喝供着呢。"

"听说青寨那边的事解决了。"

"嗯。"

"再怎么说青桃也是一起长大的，稍微教训一下就可以了，不该动真格。"

"阿吱的那个妹妹被她弄死了。"

何湛怔愣片刻，没再多说。

何沣站了起来："外面冷，送你回屋？"

"我再坐会儿。"

"那行，我去喝酒了。"

"嗯。"

"早点儿睡。"

何湛见何沣往外去，又嘱咐声："少喝点儿，你也早点儿休息。"

何沣没有答话，摆了下手，潇洒地出去了。

院内又只剩他一人。越来越冷了，呼出的气都成了水雾。一阵风过来，何湛微微打了个寒战，转动轮椅慢慢往房间移。他去桌边将杯中冷茶倒掉一半，又添了半杯热的，喝下便想上床休息。

何湛不好麻烦人，虽一直有人在院中照顾，但他经常自己活动。他滑到床边，双手撑住床，试图像往常一样拖着身体慢慢挪上去，未料轮子打转，往左边一滑，连带着他的人一起摔到了地上。

这下麻烦了。

何湛手扒着床边，竭力往上爬，可他半边身子都没有知觉，腰也使不上劲，手指抓着床褥，把垫被都扯成一团了，却还是爬不上去。

挣扎良久，满背大汗，何湛放弃了。他无力地倚靠着床，唇线紧抿，调整自己的呼吸。地上冰凉，可他一点儿也感觉不到寒冷。这样下去怕是不行，陈田还不知道什么时候回来。

何湛把盖毯铺到旁边的地上，双手撑着身体滚到毯子上，防止受凉。将自己安排妥当，他安详地坐着，等陈田回来。

不早了，应该快回来了。

再等等，不着急。

何沣做的轮椅很好用，有了它，谢迟出入自由许多。如今她算是公认的少当家屋里人，甭管是男女老少，对她都客客气气的。

这个山寨与她从前想象中的土匪窝不太相同，不尽然是些凶神恶煞的悍匪，还住着很多看上去手无缚鸡之力的普通百姓，有些老人妇孺还会种些瓜果蔬菜，养些鸡鸭牛羊。

纵使这样,也不能使谢迟有所改观。匪就是匪,放过火,杀过人,作过恶。他们带给别人的伤痛,永远无法弥补。

谢迟正在观察一群鸡,有人叫了她一声。她朝西北方向看过去,便见王大嘴撸着袖子站在田地里,手里握了根又大又长的萝卜,激动地跟自己打招呼。

谢迟滑动轮椅过去:"婶婶。"

"吃萝卜不?刚刨的,可新鲜了。"

"我不吃,谢谢。"

"晚上和肉一起煮熟给你吃,香得很。"王大嘴笑着将萝卜放进筐里,继续刨,边干活边抬头看谢迟。她脸上的瘀青几乎淡去,气色也好很多,"难怪少当家喜欢,真是美人坯子,漂亮,比这鲜萝卜还水灵。"

"……"真会比喻,谢迟问道,"这是您的地吗?"

"不是,我小叔子家的。我就来刨几个萝卜,家里俩孩子天天嚷着想吃。"

"那边种的是什么?"

王大嘴顺着她的目光看去:"大葱。"

"好大。"

"还有更大的。"

青羊子路过,过来张望一眼:"大嘴刨萝卜呢?"

"是啊。"

青羊子问谢迟:"轮椅用得还习惯吗?"

"挺好的。"

"三哥可费了不少力。"青羊子看向她的腿,"腿怎么样了?"

"好多了,不过一时还站不起来。"

"慢慢调养,不着急。"

"嗯。"

青羊子蹲下来,掸了掸萝卜上的泥:"这萝卜真漂亮。"

"拿几个去?"王大嘴边刨边笑。

"我可不会做。"

"找个媳妇啊!你也该成家了!"

"不是没合适的嘛。"青羊子捻了捻手指,"等你做好,我去蹭点儿吃就行。"

"今晚就做，记得来啊。"

"好。"

谢迟道："你怎么没跟着何沣？"

青羊子站起来，伸了个懒腰："三哥吃酒去了，有个镖局，送个什么瓶子上来，好像还是个古董。"

王大嘴道："那玩意儿有啥用？还不如送点儿金条。"

"那可比金条稀罕多了。"

"我不懂，只知道金子好。"王大嘴仰面眯眼看着烈阳，"你送她回去吧，太阳上来了，丫头细皮嫩肉的别给晒伤了，回头少当家怪罪哦。"

"……"谢迟并不想回去，"不用，我没那么娇贵。"

青羊子笑了笑："我推着你去别处转转？"

"我来。"语落，谢迟转着轮椅走了。

青羊子甩着腰上的布带跟了上去："慢点儿，摔了三哥得打死我。"

谢迟虽是大户人家出身，但常年隐居山野，没什么小姐架子；如今身处贼窝，虽得何沣庇护，却还是不喜欢使唤人。先前起不来身，总要大嘴把饭菜端到房间里，现在好转许多，又有轮椅，她渴了饿了便自己出去觅食。

天蒙蒙亮，谢迟就醒了，自己去厨房吃点儿馒头、喝点儿清粥，便打发过去早饭。刚吃完离开，王大嘴慢悠悠地晃过来，见谢迟摇着轮椅从厨房出来，赶紧凑上去："你怎么跑这儿来了？是饿了吧？"

"婶婶，以后我过来吃饭就好了，不用麻烦您跑来跑去。"

"那怎么行！"王大嘴往厨房里头瞄，"你这吃了什么？"

"馒头和粥。"

"少当家特意嘱咐给你炖个鸡汤，你怎么就吃那些去了？"

"不用，天天吃荤也腻，喝点儿清粥舒服。"

"那晚上再给你炖。"

"我真的吃不下，要不您带回去吧，给您孩子吃。"

"那哪儿行，我可不敢。"王大嘴推着她回房间，"这大早上的凉气重，你也不披件衣裳，冻着了我可没法交代啊。"

"没事，我不冷。"

"你这身子本来就没好，赶紧进屋。"

正说着,何沣从前头走过,王大嘴喊了声:"少当家。"

何沣看到两人,转个方向走过来,谢迟这才注意到他的手里提了只灰兔子。

"还抓着兔子了,"王大嘴伸着头瞅,"个头不大。"

何沣突然将兔子扔到谢迟的腿上,她迅速接住它,两手搂着,震惊道:"你干吗?"

"给你抓的。"何沣掸了掸手,"有点儿瘦,养两天再杀。"

"是有点儿瘦,"王大嘴捏了捏兔子腿,"这都啃不到几口肉。"

谢迟摸了摸兔子背,它在发抖:"放了它吧。"

"随你。"何沣并不在意她怎么处置这兔子,"大早上溜达什么呢?"

王大嘴叹口气:"都怪我,本来说给她炖鸡汤送进屋,结果起晚了点儿,让姑娘自己跑来厨房找吃的了。"

谢迟解释道:"屋里太闷了,我出来透透气,顺便喝点儿粥。"

何沣伸手握住轮椅把人拉了过来:"嫌闷啊?那好办,我带你遛遛去。"

"那我还要跟着吗?"王大嘴说。

何沣挥挥手,让她止步。

"去哪儿?"谢迟问他。

"透气啊,想透气就带你好好透。"

何沣带她去了老地方——练枪场。

谢迟望着远处的一排枪靶,倒吸一口气。这下好了,又得当靶子。

何沣弯腰盯着她的眼睛:"想什么呢?"

"活靶子。"

"怀念?"

谢迟与他对视:"我的伤还没好,你忍心吗?"

"忍心。"

"这么玩对你来说毫无挑战,没意思,你想玩我们就玩点儿不一样的。"

何沣来了兴趣:"说说。"

"我们打个赌。"

"什么赌?"

青羊子啃着玉米从远处走过来。

谢迟指向枪靶:"打枪,赌谁能赢。"

何沣怔了怔,突然笑出声来:"青羊子,你听见没?"

青羊子已经到了两人身后,仍在啃玉米,话也说不清楚,嘟囔了一句:"听见了。"

"这是第二次有人敢跟我比枪。"何沣手指点着轮椅把,意味深长地看着她,"有意思。"

青羊子囫囵吞下玉米,笑着说:"阿吱,你知道第一个和三哥比枪法的人什么下场吗?"

谢迟看向他:"什么下场?"

何沣挑了下眉梢:"猜猜。"

她的目光又回到他脸上:"死了?"

"死了多没意思。"何沣又向她的脸靠近些,唇畔带着笑,"赌注是光着屁股在山里跑一圈。"

谢迟盯着他的双眸,没有后退。

"你敢吗?"何沣直起身,手背到身后,"你是女的,欺负你没意思,换个玩法。"

"我未必会输。"

青羊子"扑哧"一声笑出来,朝四面八方喷出玉米粒。何沣皱眉看向他,青羊子赶紧伸过手来替他掸掸肩,何沣一巴掌打开他:"吃你的去吧。"

青羊子囫囵吞下去:"哦。"

何沣掏出自己的枪递给谢迟:"你连怎么玩都不知道,怎么跟我比?"

"谁说我不知道了?"谢迟接过枪,检查一番子弹,对着天空就是一枪,"天天看你玩枪,给你当靶子,我不会都不行。"

何沣笑着点了下头:"行,什么赌注?你定。"

"答应我两件事。"

"好。"何沣将弹夹扔给她,"给你俩弹夹,能中靶心三枪就算你赢,别说我欺负你。"

"你不问我要你做什么事?"

"不问。"

"那我输了你要我做什么?"

何沣弯下腰,用手指挑了下她的下巴:"给我做老婆。"

谢迟没躲开，淡淡地看着他："行。"

何沣沉默片刻，轻促地笑了一声："不行，嫁给我是你的福气啊，怎么看都是我亏，换一个。"他站直了，"把你送给青羊子做老婆。"

青羊子差点噎住。

何沣转头："你要不要？"

青羊子有些慌，扔了玉米棒，摇摇头。

何沣笑着看谢迟："你看，别人都不要你。"

谢迟无语。

他叹息一声："那我就勉为其难收下你吧。"

谢迟举起手欲与他击掌："一言为定。"

何沣拍她肩膀一下："输了别哭。"

"娶我，想得美。"谢迟学他说话的语气，讽刺性地勾起唇角冷笑一声，滑动轮椅，到射击位置，举起枪对着枪靶，瞄准，嘭——

打到个边。

何沣悠闲地靠在木箱上看着她与枪靶："继续，先让你练练，再多给几颗子弹。"

谢迟砰砰砰又打了好几枪，最多只到了三环。

何沣看不下去了，突然握住她的胳膊。

谢迟的肩一抖，刚要缩手，何沣把她的胳膊往上提了提："这里绷紧，肩膀别松松垮垮的。"他摆弄着她的手，"枪是这么握的，看准了再打，明白没？"

"嗯。"

何沣稳住她的手："放一枪试试。"

谢迟打了出去，正中红心。

何沣松手："算你这一枪，继续吧，还有两枪。"

"不用，我可不占你便宜。"

青羊子笑出声来。

何沣也笑："行，有志气。"

谢迟按照他刚刚的指导，又发出一枪，靶心擦边。

何沣点头："嗯，好多了。"

接着又是一枪，正中靶心。

青羊子鼓起掌来:"可以啊。"

谢迟换上弹夹,接下来的五枪都正中靶心。何沣有些意外,但欣慰大过意外。这小娘们资质不错,有两分自己当年的风范。

谢迟停了下来,仰视着他:"六枪靶心,不用打了,你早输了。"

"认输。"

谢迟开心地笑了起来,何沣看着她的笑脸,怔愣片刻,直到她开口:"枪还你。"

何沣挪开目光:"送你了。"

青羊子惊了:"啊,这可是你最爱的。"

"一把枪而已,"何沣卸下枪套,扔给她,"拿去玩吧。"

谢迟也不跟他客气:"那谢谢了。"

"说吧,想要什么?"何沣又倚靠着木箱,"下山?"

"不是。"

"怎么,爱上我了?舍不得走了?"

"是啊。"

何沣鼻间轻哼出笑声:"信你才有鬼。"

"我要新衣服。"谢迟张开手,她穿的深蓝色麻布大褂子是个大娘的衣服,"不想穿这种,丑得很。"

"可以。"

"要漂亮的。"

"没问题。"何沣笑着看她,"还有呢?"

她竖起两根手指:"两套。"

"可以。两件事,这算一件,说另一件。"

谢迟突然举起枪对着何沣的脑袋,青羊子吓得赶紧挡过来,警告谢迟:"欸,你干吗?你可别乱来啊!小心走火!"

何沣将他推开:"边去。"

谢迟淡笑着看何沣:"任何条件都答应?"

"废话。"

"那好,"谢迟歪了下脸,"你去给我当靶子。"

青羊子不可思议:"阿吱!"

"别吵,"何沣斜眼看向青羊子,"站远点儿。"

"三哥!"

"滚。"

青羊子不情不愿地站到三米开外。

何沣摊了摊手:"可以啊。"

谢迟放下枪:"像之前你对我那样,找根鸡毛插头上。"

何沣抹了把头发:"您瞧我这头发,怎么插?"

"简单。"谢迟扯下绑头发的黑布带,"把这个绑在头上,就可以插了。"

何沣接过来:"愿赌服输。青羊子,去找根鸡毛来。"

"三哥,她才刚学会!不能这么玩。"

"去。"

"我不去!"

何沣抬手要揍他:"去。"

"算了。"谢迟看向左边的树,"我没你那么恶俗,不用鸡毛也行。你去找片树叶吧,用手举着树叶,站远点儿。"

"……"大男人说得到做得到,何沣就不用树叶,坚持让青羊子找了根鸡毛插头上。谢迟也是初生牛犊不怕虎,丝毫不怕伤了他,冲着那鸡毛咔咔几枪。

何沣纹丝不动,反倒是把青羊子吓得魂都快掉了。

到饭点儿,谢迟回院里,何沣和青羊子被李止安拉去喝酒了。

直到深夜,何沣才回来。

谢迟还未睡着,只听到外头青羊子与他的交谈声,以及脚步声越来越近。

咚咚咚咚——这力道,快把门砸穿了。

"阿吱。"何沣唤了她一声。

谢迟不想搭理他,翻身面朝墙装睡。反正门被她锁上了,大不了拆了去,谁料何沣从窗户翻了进来。

谢迟还在装睡。何沣一身酒味,走到她的床边,重重地推她的肩膀一把:"别装了,起来。"

谢迟翻过身看他:"大半夜又干吗?"

"给你个好玩的。"

"什么?"

话音刚落，何沣抬起背在身后的手，拎着青蛙腿朝她靠过去。

谢迟失声叫了出来，躲到床里头："拿开它！"

何沣摇了摇青蛙："叫什么，吓我一跳。"

谢迟紧紧地抱着被子，不敢看它："你快拿开，我讨厌这个。"

"又跟我装？"

"没有装，我真的怕。"

何沣单膝跪到床上，就要朝她爬去："我不信。"

谢迟见他靠近，拿着枕头就砸了过去："走开，别过来。"

何沣见她害怕成这个样子，更加兴奋，整个身子全上了床，朝她靠过去："多可爱，你摸摸，滑溜溜的。"

谢迟没处躲了，脸埋进被子里："别过来，别过来。"她的声音越来越低，忽然呜咽起来。

何沣愣住，拽了拽她的被角："哭了？"

谢迟抽泣起来。

何沣把手背到身后："好好好，我走我走。"

他下了床，连连往后退："真走了。"

谢迟听到关窗的声音，缓缓抬起脸，往外瞄一眼，见人真不见了，嗤笑一声，淡定地理了理头发和被子，躺下继续睡觉。

何沣脚步不稳，郁闷地往外走，忽然停在了院中央。他高高提起青蛙，戳了戳它的肚子，埋怨道："都怪你。"

"吓着人家了吧？"

"吃了你！"

谢迟一大早就听王大嘴说青羊子被猪撞了，倒非普通猪，而是西山深林里的长毛野猪。妇人们自然没见过，只听说那野猪长得凶悍，性子更暴。

谢迟问大嘴："怎么被野猪撞了？"

"自己作孽，跟着少当家追野猪玩。那畜生猛得很，死小子活腻了，闹什么不好闹命玩。听说腰扭了，腿也瘸了，被少当家撂肩上扛回来的，好在没把小命丢了。"王大嘴长叹口气，"往大夫那儿送了，还不知道伤得怎么样，我得杀只老母鸡去。"

"少当家没事吧？"

王大嘴立刻乐不可支:"看看,看看,上心了吧,还不承认。你放心,他猴精得很,活蹦乱跳的。"

正说着,何沣灰头土脸地进了院子,直奔自己房间。

王大嘴见到人,迎上前两步:"哎哟,少当家回来了,没伤着吧?"

何沣往她俩的方向看过去,头顶还沾着一根草,衣服也有些凌乱,看着颇为狼狈,却还是一副"虽然打架输了,但老子仍是天下第一"的气势。他随手掸了掸大腿上的泥:"好着呢。"

"青羊子呢,没伤着骨头吧?"

何沣没来得及回答,拐进屋去,不一会儿拿了根带矛长棍出来,左肩还缠了大捆麻绳。

王大嘴看他大步往外走,又问:"少当家,您这又上哪儿去?"

何沣回头,目光擦过王大嘴落到谢迟身上,勾起嘴角笑了下:"报仇去。"

"当心着点!"王大嘴扯大嗓门儿嘱咐,何沣已经没影了。她摇头叹气,回到谢迟旁边,嘟囔着:"不省心,大当家也不管管。看这架势,八成又跑西山找野猪去了。"

谢迟无话可说,只觉得这个人人生畏的云寨少当家……像个二百五。

当晚,何沣就带人把野猪拖了回来。没打死,它一路嚎叫、挣扎,被关进铁笼子里,惹得一群大人小孩围观。

谢迟刚吃了药,在檐下晒太阳,听外头的喧闹声,不想凑那热闹,闭着眼好一阵,刚迷迷糊糊要睡着,就觉鼻头痒痒的,想打喷嚏。她睁开眼,一张笑脸映在眼里:"干什么?"

"真睡假睡?"何沣直起腰,捏着草的手背到身后,得意地俯视着她,"打了头野猪,不去看看?"

谢迟把脸扭向另一侧,继续闭目养神:"没兴趣。"

"不会是怕了吧?"何沣见她半天没反应,脚尖轻轻踢了踢她鞋头,"跟你说话呢。"

"不怕。"

"不怕。"何沣笑着重复她的话,坐到她旁边的台阶上,"那把它送你房里。"

谢迟懒得理他,敷衍地"哦"了声。

何沣背靠着身后的石柱休息。这野猪脾气臭、力气大,叫他费了不少工夫才拿下，着实有点儿疲惫。

两人沉默地坐了良久。大强和三个兄弟推着铁笼子进了院子，见何沣悠闲地坐在廊下，旁边还有个小娇妻，边打招呼边把笼子推到离他不远的墙边。

"少当家，这野猪给您送来了，放哪里？"

何沣抱臂懒洋洋地看着他们和猪："就放那儿吧。"

几兄弟偷瞄谢迟几眼，不想打扰小两口赏猪，识趣地道别就离开了。

谢迟望着那野猪精疲力竭的模样，獠牙翘着，眼里还是不服输的表情，像极了旁边这位悍匪。正看着，一颗小石头落在野猪的背上，把它气得连哼三声。

何沣玩心上来，又捡了身边几块小石头，分别朝野猪的屁股、肚子、头砸过去，气得野猪直转圈。谢迟不想看他这无聊的游戏，转着轮椅走了："幼稚。"

何沣一把握住轮胎，把人拽回来："上哪儿去？"

"累了，回房间。"

"不许走。"

"……"

何沣看她这生无可恋的表情，笑着松了手："去吧。"

谢迟转动手把，刚出去半米又被他拉回来："你无不无聊？"

何沣挑了下眉："无聊啊。"

"那你就再去抓两头猪来，让它们好好陪你玩。"

"我喜欢玩你。"

"……"谢迟无奈地看向别处。

何沣扔掉石头，掸掸手："喝酒去了，你小心点儿，把门关好了，"他伸着懒腰离开，"可别被猪拱了。"

"……"

吴麻子成亲，何沣过去喝酒，礼钱给了不少，乐得吴麻子喝多了，洞房里直接醉死过去。

外头还在喝。一群男人酒上头，满嘴臭话。青羊子被灌得不省人事，趴长椅上睡好一会儿，扑通掉下去，脸栽地上，疼得醒过来。他晕头转向地坐起来，又去抱酒坛子："喝啊——喝。"他东倒西歪晃到何沣身后，一整个趴在他背上，"哥，来！"

何沣单脚踩在长凳上，胳膊抵着膝盖，正在玩骰子，手背到身后，按住青羊子的头把人推远。

桌上围两圈人："大大——大——"

"小——小！唉——"

吴麻子的大嫂子过来送酒，胖彪一掌落在她屁股上，用力揉了一把，大嫂子打开他的手："你个猪蹄子！小心我叫当家的砍了你。"

胖彪朝她喊："怕他啊，今晚就爬你们床去。"

大嫂子骂骂咧咧走远了。

何沣拿筷子砸胖彪："没你不想爬的床。"

三柱道："少当家，这可就错了，蓉哥的床让他爬试试。"

朱壮道："还有少夫人的床，少当家给他腿打折。"

胖彪给他俩一人一脚："滚滚滚。"

朱壮又说："那你去钻新娘子的房间试试。"

"你别说，这红凤长得是真漂亮，怎么就看上吴麻子了？"胖彪钩上何沣的肩，"那小脸长得，配少当家都成。"

后面的四虎吼一句："少当家喜欢白的，阿吱那样的。"

何沣淡笑起来，掸开胖彪的手，把腿放到地上。

胖彪又搭上旁边的朱壮："阿吱那脸白的，跟大嘴家的猪似的。"

三柱也起哄："三爷，听说阿吱是江南来的，是不是身上更白？"

何沣登时一脚就给他踹到地上："怎么？要不叫过来给你看看？"

三柱还没反应过来，人已经飞到地上了，他连滚带爬回来："不敢不敢，少当家的人，我哪儿敢看。"

"你也知道是老子的人。"何沣刚才还醉着，这会儿严词厉色，瞧着清醒得很，"再有人对她污言秽语，老子割了他舌头。"

众人不敢喧哗，三柱也不敢起身。何沣往前一步，一把拧住他的衣领，把人拽起来，随手拿坛酒塞给他，长臂绕后搂住他的肩："不疼吧？"

"不疼不疼。"三柱傻笑起来，"少当家的脚，又香又温柔。"

何沣又拿起一酒坛子与他撞了一下："不疼就好，来，喝一个。"

众人都提碗："喝，喝喝。"

男人之间不计较，一会儿又喝成一片。

闹到半夜才散。

王大嘴给谢迟送饭来，两人一桌吃。

院外人声喧闹，谢迟问她："今天是有什么事吗？"

"这月底大当家过寿，下面的人来送礼，好像是青寨的人。刚才看到宋二当家了，带人推个大笼子，用红布盖着，也不知道藏了个什么东西。估计几兄弟都来了，每年都这样，提前好几天来送礼。"

听到他们的名字，谢迟顿时变了脸色，手也僵住，筷子戳在碗边："宋青桃也来了？"

"那就不知道了，我也没敢仔细看。"王大嘴见她不高兴，"没事的，就算来了，她也不敢再来这里。"

哼，谢迟倒巴不得她过来闹事，正好一枪毙了她，还省得自己想法子去找。她继续探话："大当家过寿是不是会来很多人？青寨的人都会来吗？"

"青寨和雷寨有名有姓的必须都到，其他寨里也会来很多人，还有镇上的一些，到时候你就知道了，满山都是人，热闹得不得了。"

那样，宋青桃应该也会来。

谢迟笑了笑，心情大好，夹块菜给王大嘴："多吃点儿。"

"欸，自己夹，你才要多吃点儿。"

忽然有人叩门，两人一同看向门口，是个陌生面孔。

王大嘴端着碗迎上去问："你找谁？"

男子一手抱着长形卷状物品，一手提着袋子："这是少当家让送来的，怕小姐无聊，用来打发时间。"男子看向谢迟，想必就是她了，"请问放哪里？"

谢迟指向墙边的桌子："那里吧。"

男子走进来，将东西放在桌上。

谢迟转动轮椅过去，问："是什么？"

"打开您就知道了。"男子将袋子里的物品取出来，小心拆开，一一摆好。是笔墨纸砚。谢迟看着它们，眼里顿时发了光。

男子拆放完毕："您看看，还有什么缺的，告诉我一声，我再去给您添。"

谢迟摸着笔毛，是狼毫，品质还不错："很齐全，谢谢你。"

"您不用谢我,我就是跑腿的,该谢少当家。那没什么事的话,我就先走了。"

"好,慢走。"

"欸。"

王大嘴这摸摸那看看:"这是写字用的?这么多纸,得用多久啊?"

"画画用的,这些半个月我就用完了。"谢迟铺开一张宣纸,纸张略薄,有些糙了,不过也能将就画。她迫不及待地往砚台上滴了几滴水,拿着墨条便开始磨墨。

久违的墨香,太好闻了!

"要我帮你吗?"王大嘴没使过这东西,觉得稀奇,勾着脑袋看,又不敢上手摸,怕给整坏。

"不用了,您去忙吧,我自己弄就好。"

"你现在要画画吗?"

"嗯。"

"我也没啥事,看你画一会儿。"

"好。"

"你都会画啥?"

"山水、人物、花鸟,都可以。"

"那能画我吗?"王大嘴傻笑起来,"算了算了,我这丑人。"

"可以。您哪里丑了,浓眉大眼,样貌端正,既好看又是有福之相。"

王大嘴被夸得害羞了,摸着自己的脸笑:"瞧你说的。"

谢迟也跟着笑起来:"那我就先帮您画一张。"

"好好好。"

谢迟这一天都在画画,她让王大嘴将桌子搬到窗户口,透过窗刚好能看到远处连绵的青山。傍晚,厚重的云雾缠绕在山间,大片大片,忽聚忽散,是她最喜欢的景。

天快黑的时候,王大嘴把晚饭送过来,谢迟只吃了几口匆匆应付,便急着再去作画。

灯光被她的身体挡住,谢迟只好点上蜡烛照明,对着白天记录的小草稿继续默画。

后来，蜡烛燃尽了，谢迟摸着黑想再去点上一根，未承想柜子空空，没有多余的。

今夜有乌云，不见星星也不见月，屋里黑漆漆的。谢迟小心转动轮椅出了房间，想去别处找些蜡烛来，却见各房门紧闭着，整个山寨安静得只剩下风声。

谢迟孤零零地坐在院中央，看着乌漆墨黑的夜空叹了声气。

已经深夜了。

真是画糊涂了，连时间都忘了。

谢迟太久没画画，有些精神亢奋，辗转反侧许久方才睡着。后半夜，她被咯咯咯的声音吵醒，原以为只是风大，吹得门窗发响，并未放在心上。迷迷糊糊又睡过去，忽然感觉风吹了进来，窗似乎开了。

谢迟翻了个身，拉着被子盖过头，却被那声音吵得睡不着。她转回来，想去将窗锁上，刚坐起，就看到窗上有两个绿光点。

谢迟登时愣住了。那东西蹲在窗户上，一动不动地看着她。谢迟没敢动弹，瞪大了眼睛盯着它。夜太黑，虽看不确切，但这身形准没错，是头狼。

这是深山，有狼很正常。

谢迟不敢乱动，更不敢乱叫。那狼忽然站了起来，跳下窗户，朝她走去。谢迟的手摸向枕下，想拿枪。

狼越走越近，直接跳上床，弓着腰俯着头打量她。谢迟举枪，刚要扣下扳机，屋外一声呼唤：

"白哥。"

是何沣。

狼听到声音，转身迅捷地跳出了窗。

谢迟松了口气，一身冷汗。

谢迟挪到轮椅上，到窗边往外探了眼，只见何沣蹲在地上，正摸着那狼，青羊子站在他们身后，一口一声"白哥"叫着。

敢情这个悍匪还养了头狼？这么乖的狼，像条狗一样，他是怎么驯服的？

真是匪夷所思。

何沣注意到她，带着白哥走过去。谢迟拉上窗上了锁，故意冷落他。

从前偶然听刘姨娘说过一句话：男人就是贱，你要让他得到，却又得不到，若即若离，才最挠心。

谢迟昨夜失眠了，满脑子都是何沣与那头白狼。

第二天一觉睡到日上三竿，随便吃点儿东西便继续画画。画到一半，听到远处有人唱歌，清脆的少年声，嘹亮绵长。

谢迟停下笔，望向碧蓝的天空，听着山歌，恍了恍神。前段时间在济南写生，曾在一个山民家吃过几次饭，那家的小儿子特别喜欢唱山歌，是她听过最好的嗓音。

如果没跟四哥来山东，没被抢进这山寨，九妹没有死，那该多好。

一只黑色的鸟飞过，墨从柔软的笔尖滴落，在宣纸上晕开。她画了个女子，正是宋青桃。

谢迟看着纸上的人，蘸了笔朱红，在她脑门上使劲戳下去。

离何长辉的寿辰还有六天，就快来了。

"想什么呢？"

谢迟心里一惊，抬眼看着来人："没想什么。"

"画的什么？"

谢迟趁他没看清，赶紧揉了纸，随手扔到一边去。

何沣胳膊肘抵着窗，自在地站着，丢了几颗紫红色果子到她面前。谢迟不认得这果子，但光看外表还不错。

"白哥昨晚找你了？"

"嗯。"

"没吓着吧？"

"没有。"

"果子很甜，"何沣朝她抬了抬下巴，"尝尝。"

谢迟看着毡上几颗颜色鲜艳的果子，没有动。

"没毒，洗过的。"

谢迟拿起一颗小咬了一口，顿时酸得皱起眉，眼泪都快掉下来了。

何沣格外开心，转身走了："出去一趟，晚点儿回来带你出去遛遛。"

谢迟看着他的背影，抬起手将果子狠狠地掷了出去，正中何沣的臀部。

何沣回头朝她笑，一手摸屁股一手指着她："等我回来再收拾你。"

下午，王大嘴的儿子过来玩，缠着谢迟画小人，她随手又给他做了只风筝。

何沨的院子够大，她抓着风筝，小男孩在另一头跑，成功将风筝放上了天。

小男孩乐不可支："看啊，这么高了！"

"还可以再高。"

风筝引来了许多客人，大门外传来一群孩子的吵闹声。

门口的守卫陈峥将他们堵在外头，孩子们你一言我一语地往里头挤，"让我们进去！""别拦着我们！"

陈峥装得一脸凶恶："不能进！"

几个小孩不怕他，陈峥搬出何沨来："这是少当家的住所，小心他回来拿弹弓打你们。"

"那阿金怎么在里头？！"

"阿金跟他娘进来的，他娘在这儿干活儿！"

"我们就去看一眼，马上出来。"

"不行，赶紧走！少当家马上回来了！"

"骗谁呢！一早就看他骑马下山去了！"

"走开走开都走开，再吵我要打人了。"

谢迟听见动静过来，问陈峥："怎么了？"

"一帮小孩，吵着要进来。"

小孩中的小老大朝谢迟招手："你是沨哥哥的小老婆吧？"

谢迟："……"

陈峥推了孩子脑门儿一下："怎么说话呢？！小心打你屁股蛋。"

阿金牵着风筝走过来："你们来啦！看姐姐给我做的风筝。"

那小老大突然抱住门卫的腿，几个小孩迅速冲了进去，陈峥气急败坏："都给我出来！胆子不小了！看我逮着你们！"

谢迟说："他们要进来就进来吧。"

"可是少当家说不让人随便进出。"

"小孩子没事的，回头我跟他说。"

陈峥有了担保，松口："那行吧。"他指着那群孩子，"不许乱碰乱跑！"

孩子们朝他做鬼脸。

转眼，谢迟被一群孩子围着："姐姐，给我也做一个吧。"

"还有我！"

"我也要！"

她看着一个个稚嫩可爱的面孔，喜欢得很，全答应下来，让阿金带着他们去把工具搬来，开始做风筝。

谢迟小时候经常做这个，动作也麻利，日近黄昏，做成了四只。小孩们将它们一个个放上天，比谁的更高、更远。

这几只风筝又将何湛引了来。虽同在山寨，可自打上次喝完鱼汤分别后，谢迟便再没见过他。

何湛是何沣的亲大哥，又是个没有威胁的残废，陈峥便没有拦。他看上去还是那副羸弱模样，不过随从被何沣换了，现在是个胖胖的小伙子，瞧着是个温柔和善的人。

"真热闹。"

谢迟闻声看去，见是何湛，朝他滑过去。她以为何湛是来找何沣的，便道："何沣不在。"

"我不是来找他的。"何湛笑着看她的轮椅，"轮椅还好用吧？"

"挺好的。"

"小沣为了给你做这个，把我的拆了又装，装了又拆，至今我坐着还有些担心，生怕突然散架。"

"他聪明，手艺好，不会的。"

何湛沉默片刻，笑着说："多日不见，已经为他说话了，看样子相处得不错。"

"没有，实话而已。"

"腿伤怎么样？"

"恢复得还可以。"

"那就好。"何湛看向那群孩童手里的玩意儿，"你做的风筝？"

"嗯。"

"自己画的？"

"对。"

一旁的孩子插嘴："姐姐画画可厉害了。"

"是吗？"何湛笑了笑，"那我得讨教一下了。"

后来，孩子们在院里玩，何湛跟谢迟进屋，看她作画，一直到天黑。

何沣提了只鸡进院子，是从山下酒馆带来的，几十年的老店了，滋味十分不错。何沣特意给谢迟带回来尝尝，没想到刚走近就看到何湛与她坐在一起画画，手还碰到一块了。

何沣想把她手剁了。他提着鸡走过去，站到窗外瞅着里头的两人："大哥来了。"

谢迟看了他一眼，不理睬，低头继续看何湛的画。

何湛说："回来了？"

"嗯，你怎么来了？"

"跟她学画。"

"她？三脚猫功夫。"

谢迟："……"

何湛："阿吱是高手。"

何沣："别画了，我带了只鸡回来，龚老头亲自做的。"

何湛："稍等，把这画完。"

谢迟专心看画，一声不吭。

何沣故意叫她一声："哑巴了？"

谢迟头也不抬。

"阿吱。"

谢迟装没听见。

何沣拿起一支笔砸向她："装什么聋。"

谢迟没生气，把笔放好："不吃，画画呢。"

这下何沣心里更不爽了，敢情自己搁这儿像多余的一样，人家两人在这儿诗情画意，还十分般配。他二话不说，从门绕进去，一手握住谢迟的轮椅，直接把人拖走。

"你干吗？"谢迟握住轮椅，防止自己掉下去，"你松开！"

"小沣，"何湛也开口，"你慢点儿。"

何沣装听不见，将她一路颠簸猛拽到自己房间，把鸡往桌上一扔，一脚踩在长凳上，不容置喙："吃。"

"……"

他拍了拍桌子："赶紧的，吃！"

"我不饿。"

"不饿也吃。"

"我不吃。"

何沣放下腿,潇洒地出去了,还把门从外头锁上:"不吃完不许出来。"

谢迟过去砸了砸门:"你有病吧!"她打量着这个房间,几乎比自己住的那间还大三倍。

何沣似乎是个极度分裂的人,他的桌椅干净得一尘不染,室内摆件收拾得整齐利落,可是这张床……谢迟看着这狗窝一般的床。床单极度拧巴,露出下面的被褥,被子堆在床角,枕头横在床中间。他是怎么把床睡成这个样子的?在上面打架了?

谢迟看不下去,移到房间另一边,看着一台留声机。这悍匪,还挺有情调。

谢迟在屋里转了一圈,发现何沣还挺喜欢小摆件的,不过都是些木刻品。粗拙的刀功,稀奇古怪的造型,看上去挺有趣。她没有触碰任何一样东西,回到桌边,看着那只鸡。

何沣还不知道什么时候回来,不过照他那较真的性格,自己八成真得把鸡啃得一干二净才行。

谢迟轻叹口气,无奈地动手拆开包装纸,鸡肉的香味扑面而来,可她一点儿都不想吃。前些日子吃太多肉了,鸡肉、鸭肉、鹅肉、牛肉、羊肉……导致她现在见到肉就觉得恶心,恨不得去路边刨点儿野菜煮煮吃才好。

她无奈地掰了个鸡腿下来,有气无力地咬了一小口,突然睁大了眼。

这是什么人间美味!

何沣被大当家叫去吃饭,又喝了不少酒,晚上醉醺醺地回来。

谢迟趴在桌上睡着了,听到外头的动静,立马坐直,朝门口看去。

何沣与她对视,脚步停了一下,晃晃悠悠继续走进去,看着桌上的鸡骨头:"好不好吃?"

"吃完了,我走了。"谢迟滑动轮椅往外冲。

何沣把她捞回来,两只大掌落在她的肩头,又问了一遍:"好不好吃?"

"好吃。"谢迟没有否认,她确实吃得一干二净。虽然何沣是个浑蛋,但她没必要跟美食过不去,横竖也是被关在这儿,倒不如开开心心地吃喝睡。

"特意给你带的,谢谢我。"

谢迟掐他的手:"谢谢你的鸡,我要回去了。"

"急什么?"何沨推着她就往床边去。

"你又干吗?"

何沨倒在床上,手握着谢迟的轮椅,不让她离开:"给我捏捏腿。"

"……"谢迟不动。

何沨瞟她一眼,坐起来,将她横抱到床上。

谢迟有点儿慌了,手抵着他的胸口,试图保持距离:"干吗?"

何沨再次倒下,紧攥她的衣服:"捏腿。"

谢迟真想一拳头再砸得他鼻血四溅,可她还是伸出手给他捏腿,重重地捏:"力度可以吗?"

"再重点儿,没吃饭吗?"何沨闭着眼笑了,"白给你吃一只鸡了。"

谢迟狠狠一掐,似乎是中了他的痒穴,何沨的腿往侧面缩了缩,轻轻哼笑一声。

谢迟给他从大腿按到小腿,左腿按到右腿,手上力道慢慢轻下来,试探性地唤了声:"何沨……少当家……睡着了吗……我走了。"

何沨松开她,翻了个身,背朝着她。

谢迟没有走,她盯着何沨腰后的枪入了神。她小心翼翼地抽出枪,拿枪口对着他的后脑勺儿。

这一枪下去,他也算死得毫无知觉吧。

谢迟将它塞回枪套里,默默挪下床,离开房间。

她丝毫不想杀他。抛开救命之恩不说,何沨这个人虽然讨厌了点儿,但是本质不坏。她要找宋青桃算账,还是得背靠这座大山才行。她希望他平平安安,好好活着,好好保护自己。

谢迟的新衣服送来了,她与何沨的赌注是两套,可他差人送来了五套:一条裙子,一件旗袍,两套上下装,还有件薄外套,款式蛮新潮的。

王大嘴摸着件件衣服,喜形于色:"真好看啊,这料子真好,值不少钱吧。"她连连感叹,"少当家是真疼你。"

谢迟笑笑,没说话。

"要试试吗?"

"好啊。"

"试哪套?"

"都可以，"谢迟随便指了条白裙子，"这个吧。"

"我来帮你换。"

"好。"

何沣并没有找人给她量过身，可裙子却出奇地合身，衬出窈窕的身材。

这条裙子是中厚款，即使在这十月天穿也不觉得冷。款式有点儿奇怪，像西式，腰间有缀着细珠的宽带，下摆略张开，像朵半开的白玉兰；上身却又有点儿旗袍的意思，立领上用白线绣着几朵小海棠。

王大嘴连连感慨："还真是人靠衣装，瞧瞧这是哪儿来的仙女哟。"

"哪有这么夸张。"

"这几件要不要试试？"

"不用，应该都可以穿。"

"总觉得差点儿什么。"王大嘴忽然拍手，"等一下，我去给你找胭脂！"

自打谢迟给那群孩子做了风筝，他们就时常过来找她，有时要她讲故事，有时要她教认字，有时又让她教画画。谢迟倒觉得自己像个沦落山沟的教书先生。

何沣白天很少在院子里，那日傍晚回来得早些，才撞见他们。孩子们正围着院角的大树画画，他没有过去，怕打扰他们，便远远地看着。

谢迟坐在轮椅上，微微弯腰，为一个孩子指导画。风吹树叶落在她的肩膀上，随后又飘落在地。她背对着他，穿上了新买的白裙子，头发编成一个麻花辫落在右肩，长长的脖颈还是同初见时那般细瘦。

在山寨待了这么久，她还是这样白。

何沣看着她的一举一动、一颦一笑，莫名地笑了起来。他的心底突然萌生了一个念头——想让她永远留在这儿。

谢迟像是感受到他的注视一般，突然回过头，与他的目光碰撞上。

何沣立马换了副嘴脸，轻佻地朝她一挑眉梢，笑着走近："这么热闹。"

孩子们纷纷叫"沣哥哥"，他们倒是丝毫不畏惧这个山大王。

谢迟淡淡道："偷看我？"

何沣哼笑一声："看你还用偷的？"

"我好看吗？"

何沣不答，看着她的嘴："你吃什么了？嘴这么红。"

"小花送了我一支口红。"

何沣并不记得小花是谁,也不了解口红是个什么东西,只觉得她这小嘴红红的,怪好看。

谢迟看着他的表情,轻笑一下,低头继续教小孩:"这样画,这里要用侧峰。"

何沣没有打扰她,静静在一旁看着。

谢迟挨个指导一遍,转着轮椅到何沣身边:"怎么?你也想学?"

"我?"何沣抱着臂俯视着她,一脸不屑,"你不配教我。"

谢迟不想与他作口舌之争,也对他的这类言语习惯了,丝毫不放在心上:"好吧,我不配。"

何沣没想到她会这么说:"你别走了,留在这儿教书,教他们写字画画。"

"凭什么?"

"我给你工钱。"

"给多少?"

"你要多少都给,"何沣轻轻笑了,"要这个山寨都行。"

"让我做大当家?"

何沣弯腰,捏她右脸:"压寨夫人做不做?"

"给你当妈啊?"

何沣揪住她鼻子:"我就是未来的寨主,你想什么呢?"

谢迟打开他的手,故意说:"嫁给你,我还不如跳崖。"

"这么讨厌我。"

"反正不喜欢。"

"那好吧,不逼你,爱留不留。什么时候走?"

"等我能站起来。"谢迟见他不吱声,又说,"这段时间我免费教他们。"

何沣笑着点头:"行。"

"听说过几天是大当家的寿辰。"

"又打什么鬼主意?"

"我想画幅画送给他,毕竟吃你的穿你的,还用你的人,我也不好意思。"

"那你应该送给我啊。"

"你想要也可以。"

何沣想了想:"给我画十张。"

"画什么?"

何沨提起她的辫子甩了甩:"画你吧。"

谢迟点头:"好啊。"

何沨笑着放手:"进去继续教吧。"

"嗯。"

何沨对谢迟没有禁足,有轮椅,她出入还算方便。少当家屋里藏了女人是稀罕事,寨里寨外早传了个遍。路上,大伙见了谢迟都得打招呼,有些叫少夫人,有的随何沨唤"阿吱"。

云寨很大,坐着轮椅从寨东到寨西磕磕绊绊得花上小半个钟头,谢迟还未完全摸清,慢悠悠地到处闲逛。她先去了趟何湛院里,想看看他的近况,不巧的是何湛正在休息,听院里扫地的阿胖说,何湛有些伤寒,午饭后吃下药便睡下了。

谢迟不想打扰他,与阿胖道了别便离开了院子。

她正往一处大围墙去,不远处有人唤了她一声,谢迟循声望过去,只见青羊子提了一只小布袋朝自己走过来,她转了个方向迎上去。

"你怎么跑这儿来了?"青羊子站到她面前,光照得他的眼睛眯成一道缝,笑着道,"三哥可不让你乱跑,出了事我们全遭殃。"

"院里太闷了。"谢迟见他孤身,"何沨呢?"

"三哥去大当家院里了,一会儿过来。"

谢迟目光落到他的手上:"你这是去哪儿?"

"打麻将去。"青羊子举起手晃了晃布袋,"花生瓜子。对了,"他解开绳子,从布袋子里取出一包皮纸裹着的方块扔给谢迟,"蜜饯,三哥专门给你带的。"

谢迟接了下来,随手放在腿上:"我可以跟你一起去玩吗?"

"你也会玩麻将?"

"会一点儿。"

"你早说啊!"青羊子麻溜推上轮椅,"早知道你喜欢这个,就告诉三哥让他备一副牌在院里了,闲了叫大嘴她们陪你玩。"

"不用麻烦,我跟着你们偶尔玩两次就可以了。"

青羊子与她一路闲唠着,东绕西绕进了一个大院子,只听各间屋都传来吵吵嚷嚷的声音，八成是个专供打牌赌博的地方。

院中央坐着个老头，躺在树下的摇椅上打着盹，进来两人也没注意到。青羊子带谢迟进了一间房，刚到门口就听到里头一阵起哄：

"瞧瞧谁大驾光临了。"

"这不是少夫人嘛！"

"少夫人请，快请快请。"

谢迟微笑着与他们打招呼："打扰了。"

黄泼赶紧道："不打扰不打扰，少夫人大驾光临，寒舍蓬……蓬那什么生辉啊。"

青羊子随手将布袋扔到桌上："还不收拾了，来两人陪少夫人打牌。"

桌边的几人赶紧清理着桌上的瓜皮碎屑，也来不及找抹布，直接用袖子把桌子扫了个干净，给谢迟让道。

谢迟坐到桌边："谢谢，麻烦你们了。"

青羊子瞧向戳在边上的几人："愣着干什么？坐啊。我要去隔壁，你们陪她玩。"

黄泼挠着后脑勺儿道："这……我们哪敢赢少夫人牌啊，少当家不得敲死我们。"

谢迟道："没关系，游戏而已。"

青羊子边往外走边催促："赶紧的。"

黄泼与另两人对视一番，大家相继坐下："那少夫人，输了可别跟少当家告状，说我们欺负你啊。"

谢迟："不会。"

谢迟没怎么打过麻将，谢家那群姨娘姐姐倒是时常打，不过向来是不带她的。前阵子在济南，九妹牌瘾上来，拉她和二叔家的两个妹妹玩过几局，谢迟就是那个时候学会的。不过她也不喜欢这玩意儿，有这闲工夫，她更愿画两幅画，读两本书。

一个地方有一个地方的玩法，不过规则大差不差，听上几句便懂了。虽然这些土匪成天蹲在这玩牌，但技术都不怎么样，脑子……更是不大行。谢迟擅长记牌，出去什么摸得门儿清，脑袋里一直算计着，基本能把他们猜了个透。

三人一直嚷嚷着要让着少夫人，若真让他们输个精光，也驳面子。谢迟没有钱，拿花生做筹码，她故意放了几次牌，叫黄泼赢得合不拢嘴。把他们哄高兴了，一上头，什么话问不出来。

谢迟里外套着他们说山寨内外的消息，从云寨吹到雷寨，把三人哄得团团转。聊开心了，甭说什么小道消息，寨里哪里藏了枪都兜了出来。

临近傍晚何沣才过来，他先去了青羊子那儿，看他们开了次骰子，才听青羊子说谢迟在隔壁打牌。何沣饶有兴致地摸过去，刚到门口就看到谢迟的背影。

"少当家。"

"少当家来了。"

谢迟刚回头，何沣就戳在眼前，她往后缩了一下，仰面笑着对他说："能不能借我点儿钱，以后还给你？"

黄泼立马带头起哄："少当家，你抠不抠，少夫人还要借的？"

何沣随手拾了个花生朝他砸过去："她的钱你也敢赢。"

李道笑得合不拢嘴："少夫人已经输了二十三块大洋了。"

谢迟还在看他："你借不借嘛？"

何沣一边笑一边掏钱，把钱袋扔到牌桌中央："拿去，多买点儿好吃的去。"

黄泼解开钱袋数了数，有三张大钞和八块大洋，发财了！他拍桌子感叹："少夫人，您以后想打牌随时叫我们。"

李道也扒来看，眼都直了，脱口一句脏话，感觉找到了一条致富之路。

王二伸过头来："少当家阔气！少夫人我们一定给您陪好了。"

"还没打完，"谢迟看着自己眼前这副牌，"我们继续。"

三人立马嘻嘻哈哈地坐回去继续看牌。

何沣按着谢迟的头将人推到一边，单手按在桌上将她拢在怀里，笑着讽刺道："就你这牌技，想把我输得倾家荡产吗？"

周围又是一阵起哄。

"少当家这么多钱，还怕倾家荡产。"

"媳妇就是用来宠的，输钱也舒服。"

"少夫人也赢了两把。"

谢迟躲不开他的怀抱，只能微微歪头，离他的脸远一点儿。何沣点了点桌子："别吵吵，到谁了？"

"我我我。"李道摸了张牌,随即出了张三条,贼眉鼠眼地笑着睨左右,"少当家来了,可不得让着点儿人家小夫妻。"

何沣轻笑一声:"你们仨尽管打,我要是输了,院里酒任你们搬。"

黄泼一拍桌子:"三爷,说话可要算话啊。"

何沣摸了张五万回来,刚要把八饼扔出去,谢迟握住他的手,把牌收回来:"不出这个,"她撂了张七条出去,"这张。"

何沣懒懒笑道:"成,你出,酒输光了我上你家搬去。"

两轮下来,谢迟推了牌:"和了。"

这是她今天和的第三把,一直输终归是不太有面的。黄泼跟着推了牌,马屁继续拍:"男人来了就是不一样啊,少当家福星啊。"

李道说:"什么福星,人家叫财神!"

何沣直起身,手随意地搭在轮椅上,没搭理他们,只问谢迟:"还玩吗?"

谢迟放下手:"改天再玩,有点儿累了。"

黄泼道:"少当家来玩两把?"

"我怕你们被我玩死。"何沣把轮椅转了个方向,"你们继续。"

"得嘞,少夫人慢走啊。"

谢迟忽然拉住手柄让轮椅停下,回头对他们几个说:"改天再一起玩。"

"少夫人,随叫随到!"

"争取把少当家的钱赢回来啊。"

天色将晚,篝火亮了几堆,何沣推着谢迟回去,忽听她淡淡道:"钱我会还你。"

"怎么还?打牌赢回来?"

"也不是不可以。"

何沣停下来,蹲到她面前,双手握着轮椅把,两人几乎平视。

谢迟莫名有些心虚:"怎么了?"

"看看你。"

"……"

"谁准你乱跑了?"

"你也没说不准。"

"你这笼络人心有一套,掏我腰包收买我的人,好处全让你占了。"

"说了会还你。"

何沨笑起来,将她脚上的花生碎屑掸掉:"再乱跑打断你另一条腿。"
"……"
何沨起身重新站到她身后,推着她往自个儿院里去:"晚饭吃什么?"
"给什么吃什么。"
"青蛙。"
"不要。"
"自己说的给什么吃什么。"
"那我吃蛇。"
何沨懂她的意思,想起那日被她用蛇甩的那一下,心里反倒有些乐,抬手去拽她的耳垂:"找打。"
谢迟打开他的手:"疼。"
何沨胡乱揉了把她的脑袋:"老子没用力。"
"少碰我。"
"刚被你输了钱,翻脸就不认人。"
"我给你写欠条。"
"好啊。"何沨眉开眼笑地看着她的头顶,"就写:你的后半生。"

谢迟身上的伤好得差不多了,只是腿上的还未痊愈,用些力还是吃痛。
何沨消停三天,终于按捺不住,一大清早把谢迟叫起来出去练箭。
没错,是箭,弓箭。
何沨新做了一把弓,是丁山送给他的木头,据说价值不菲。谢迟昨夜没睡好,头疼得很,睡得正香就被何沨拎了起来,眼睛都没睁开。
去的不是从前的靶场,而是西山。
山路不好走,谢迟在轮椅上被颠来颠去,头都有些发晕,她抱怨道:"你要练箭就自己去嘛,这么颠怎么走,你推着也累,何必呢?"
何沨突然停下来:"那你站起来走?"
"……"这半山腰的,连个拄的东西都没有,难道要她爬吗?
何沨像听到她的心声似的:"找两根树枝给你用,撑着也能走。"
"那还是劳烦你推着吧。"
何沨笑了笑,继续往前推。
"现在谁还玩弓箭,都是弩箭。"

"弩箭有什么好玩的，弓箭才有意思。"

"老土。"

"再说一遍。"

"老土。"

"啧，反了你了。"

"老土。"

"你信不信我把你扔山下去？"

"好啊，正好让我回家。"

"魂归故里吗？"

"那我也要先化成女鬼缠死你。"

两人你一言我一语，很快就到了目的地。何沣带谢迟来到一个乱树坑，将她丢在坑边，自己到远处伏在地上，盯着远处的山洞。

谢迟不明所以地看着他："你趴着干吗？"

"等啊。"

"等什么？"

"猎物。"

"什么猎物？"

"黑熊。"

"……"谢迟蒙了，"你趴好了，那我呢？"

"你？"何沣盯着山洞口笑，"当然是做诱饵了。"说着，何沣利索地翻了个身，滚到大树的另一边，藏得更深了。

谢迟手撑着轮椅站起来，想学他的样子趴下隐蔽，何沣叫住她："坐回去。"

"不。"

"那我不射了。"何沣抱着臂看她，"反正你瘸着，爬不了多远就会被黑熊追上，我可不救你。"

"你！"谢迟真想随手找个树枝插死他！她又坐了回去。何沣再不是人，也不会放着她的性命不管。看他这自信满满的模样，想必对付那黑熊应该没太大问题。

山洞口没动静，谢迟小声问："这要等到什么时候？"

"快了，要不你唱个歌，勾引一下它？"

谢迟别过脸去，一句话都不想跟他说。

忽然，山洞传来声音。谢迟目不转睛地看着洞口，紧接着看到一头无精打采的黑熊甩着脸走了出来。还好，不算太大。

何沣一脸轻松："来了哦。"

"你快射啊，"黑熊看到了谢迟，朝她慢慢走了过来，"它过来了。"

"等等。"

"等什么？"

越来越近！谢迟抓紧手把，眼看着黑熊与自己不过五米远："喂！何沣！"

一听到她的声音，黑熊就像受到刺激一样，突然张着血口发狂地冲过来。

谢迟人往后倒，感觉轮椅都快翻了："何沣！"

硕大的黑影盖了过来，何沣举起弓，嗖地出箭，精准地射入它的喉部。砰的一声，黑熊倒地，抖了两下，便没了气息。

谢迟回过神，怔怔地看着何沣。他在笑，他又笑！谢迟快气死了。

何沣走过来，用脚踹了踹黑熊："笨东西，跑得真慢。"

"你玩够了吧？"

何沣拔下箭，随手扔了："刺激吧，好玩吗？"

"你来当诱饵，看看刺不刺激，好不好玩。"

"好啊，那也得等你学会射箭。"

"这还不简单。"

何沣轻嘲地笑了一声，把弓扔给她："来，给你试试。"

谢迟接过弓箭，用力一拉，箭轻飘飘地射了出去，落在不远处的草地上。

何沣更加嘲笑："还简单吗？你这点儿小力气，也就能打打枪。"

谢迟不服气，伸手向他要第二支箭，何沣递给她。

谢迟使足了劲又是一箭，好了，比刚才那下远了一米。

何沣掸了掸手，叹气道："不是这么玩的。"

谢迟放弃了，她根本拉不动这东西，刚要扔了弓，何沣就凑过来，站到她背后，双臂从她的两肩抱过来，握住她的手拉着弓："看着点儿。"

他的鼻息太暖，在谢迟的耳边弥漫，令她不禁打了个战。

何沣轻松地拉了个满弓，对着树上的鸟："这才叫射箭。"

刚要射出去,谢迟突然晃了下手,箭偏了,从鸟的身侧飞过。

"你乱动什么?"何沣看向她的侧脸。

"别打它了。"

"怎么了?"

"你少杀生吧,这样会有报应的。还有这头黑熊,它在这儿生活得好好的,你没事招它做什么?就为了戏弄我一下吗?"谢迟皱着眉,转过脸来与他对视,一不小心鼻尖蹭到他的下巴,她赶紧转过脸去,耳朵有些发烫。

何沣突然捏住她的下巴,把她的脸转回来:"寨里有个人失踪半个月了,前几日在这儿附近发现了衣物,被这熊杀害吃掉了。"

谢迟微诧。

"吃人的畜生,留着干吗?"何沣凝视着她的双眸,"我不但要杀它,还要扒了它的皮送给我爹当坐垫。"

她看着何沣近在咫尺的脸,试图拽下他的手,不过没能成功。

何沣坏笑着:"用点儿力啊。"

谢迟放下手,不服气地噘起嘴。

何沣拇指按在她的嘴唇上:"猪嘴。"

谢迟趁机咬了他一口。

何沣没躲,看着她嘴巴里自己的手指,忽然用力掰了下她的牙齿,谢迟疼得松口。

何沣重重地弹了她的脑门儿一下,谢迟捂着额头,满脸委屈。

"要哭了?"

谢迟白他一眼。

"来,哭一个。"何沣挑起她的下巴,"不知道为什么,一见你哭,我心里就特别有滋味。"

谢迟弯下腰,抓了一把泥草就朝他砸了过去。

何沣掸了掸脸上的草:"长这么大,就你敢对我这么凶。"

"有病。"谢迟转着轮椅走了。

"喂,"何沣转着根草,优哉游哉地跟在她后头,"你走错方向了。

"那边是悬崖。

"慢点儿。

"摔倒了你别哭啊。

"阿吱。"

轮椅腿卡在一个坑里怎么都转不动,何沣就玩着一支箭在旁边看她,连个手也不搭,还言语逗她:"叫声哥哥,我帮你啊。"

谢迟连个眼神都没给他。

"一句话的事。"箭掉在地上,何沣弯腰拾了起来,突然感觉到一滴水落在后颈。他抬起脸,望着阴沉沉的天空,刚才一直在林子里没注意天色,看这情况是要下雨,"欸,怕打雷吗?"

谢迟还在鼓捣轮椅。

"怕不怕?"

"不怕。"她不耐烦地回他一句,哪料头顶上猝不及防一阵惊雷,吓得她一哆嗦。

何沣笑了:"不怕你抖什么?"

谢迟懒得理他。

"下雨了,再不叫你就待在这儿吧。"他这张嘴跟开了光似的,话音刚落,雨滴就哗哗透过树隙掉了下来,"不远处有个山洞,躲躲去。"

谢迟实在出不去这坑,她把脚落在地上,想试图站起来。不承想何沣两步走过来,抱住她的腰把人往肩上一撂,麻袋似的扛在身上,另一手轻轻松松拎起轮椅,朝西北方向拐去。

谢迟拍打他的背:"你干什么?"

何沣一言不发。

谢迟打了他一路,最终被放在山洞里的草席上,何沣的手按在草席上:"打得舒服吗?"

"不舒服。"

"继续打,让你舒服。"他压了过来,几乎趴在她的身上,"来,用力点儿。"

谢迟为了躲他,身体往后倒,直接躺了下去,声音弱弱的:"你离我远点儿。"

何沣的小臂被她压在腰后,搂起她的腰:"你躺下干吗?"

"……"

何沣看着她慌乱的小眼神,笑了笑,起身走开:"坐这儿躲躲雨,等停了再走。"

山洞里有人来过，遗放了许多木棍。何沣经常在山林里乱窜，随身带着打火机，他将木棍堆起来点上火，便要出去。

谢迟叫住他："你干吗去？"

"找点儿吃的，一会儿回来。"

谢迟看着消失在洞口的人，把外套脱了烤烤火。

不一会儿，何沣带了些果子回来。早上出来没吃东西，谢迟已经很饿了，她看着何沣递过来的蓝色小果："这能吃吗？"

"不能，有毒。"

"……"谢迟还是接了过来，刚到嘴边就想起上次他给自己的酸果，"不会又像上次那样酸吧？"

何沣没理她，咬着果子坐到火堆边。

谢迟说："我要你手里的。"

何沣睨她一眼："要不我吐给你？嘴过来。"

"恶心。"谢迟转过脸去不看他，轻轻咬一口手中的蓝果，又甜又水，很好吃。

山洞里蚊虫多，谢迟的脖子被咬了个大包，挠得一整片全红了。何沣见她不停地抓脖子，脱下外套给她盖到头上："别抓，忍一会儿就不痒了。"

谢迟还在抓。

何沣按住她的手："再抓破了。"

"这是什么虫？怎么这么痒？"

"我们这儿的特色。"

"怎么不咬你？"

"大概你比较香。"何沣笑着走开，出了山洞，很快拿了两片叶子回来，按在她的脖子上，清清凉凉，很舒服。

"好点儿没？"

"嗯。"谢迟对现在这个温柔的何沣很是不习惯，总觉得他在憋什么大坏一样。

"自己捂着，一会儿就好了。"

"好。"

何沣坐到旁边，继续烤火，因为出去找叶子，他的衣服几乎湿透了。

"你干吗对我这么好？"谢迟注视着他，"你是不是喜欢我？"

何沨斜眼看她:"是挺喜欢。"

谢迟没想到他会直接承认,一时竟无言以对。

"难得遇到你这么个好玩的。"

"……嗯,我就是你的一个玩物。"

"挺有觉悟。"何沨提眉,"你多大了?"

"十七。"

"几月生的?"

"十一月,二十一。"

"你还比我大半月呢。"

"叫姐姐。"

何沨笑了:"小娘们。"

他站起来,立到门口,忽然吹了几声口哨,似乎在召唤什么东西。谢迟有种不妙的感觉,紧盯着洞口。果然,一个白影飞快地蹿了过来。

何沨蹲下身,迎来白哥。白哥身上全湿了,与何沨闹了会儿,朝谢迟走过去。

"白哥,过来。"它回到何沨身边,乖乖坐到火堆旁。

谢迟看着这白狼:"你怎么驯的?"

"不告诉你。"

"沾了人气,狼群会容它?"

"不容。"何沨摸着它的脖子,"跟着我,比跟着狼王有前途多了。"

谢迟轻笑一声。

何沨抬眼瞧她:"笑什么?"

"自恋。"

"这叫本事。"

谢迟手撑着地挪到他们身边,小心翼翼地碰了碰白哥的脖子,白哥抬头看她,鼻子触了触她的手指。谢迟没躲,摸摸它的头。她从前虽常年在山里,偶尔也会听狼嚎,却从未这么近地接触过。

"不怕它咬掉你的手?"

"有你在,我什么都不怕。"

"少拍马屁。"

谢迟清楚地知道自己的地位。何沨贪玩,在他眼里,自己不过是一个暂时有趣的玩物，跟一支枪、一把刀、一张弓的差别并不大。她的地位，甚至还不如这头狼。谢迟轻抚着它的背，忽然问道："如果白哥咬死了你寨里的人，你会怎么办？"

"白哥不会乱咬人。"

"如果呢？"

"那肯定是那个人该死，犯了错。"

"如果死的是个地位高的人呢？"

"哪来这么多如果？"

"你会护着它吗？"

何沣听出了她话里有话，按住白哥身上谢迟的手："你想杀宋青桃，还是宋蟒？"

谢迟并不震惊。他是个聪明人，既然已经猜到了，狡辩是没有作用的："都想。"

何沣沉默地盯着她。

"我如果真的杀了宋青桃，你会护我吗？"

何沣嘲弄地笑了一声："你以为杀人这么简单？"

"不试试怎么知道。"

"迟迟不走，就是因为这个吧？"

谢迟默认："你会保护我吗？"

"我凭什么保护你，为了你去得罪整个青寨？"

"青寨的人烧杀抢掠，无恶不作，多次违背你的规矩，你早就想好好管管了，只是忙于矿上事务，分身乏术。

"你是个有抱负的人，不甘于只做个土匪，想带着你的兄弟、寨人活得更好。宋家几兄弟除了杀人放火并无雄才大略，帮不了你，还有几分异心，换个自己人不好吗？"

"要不把你换上去？"何沣松开她的手，"我看你倒越来越像个土匪了，天天琢磨着杀人。"

"好啊，我一定把青寨治理得妥妥当当，比云寨还好。"

何沣笑着戳她眉心："给你个梯子你能上天了。"

谢迟没躲，握住他的手指："我从小在山里长大，经验不比你少，我读过很多书，不仅限于诗词歌赋，治理一个小小山寨并不难。你身边都是不识大字的莽夫,正缺一个像我这样的助手。治到你满意了,再放我走。"

何沣点头:"有点儿意思。"

"你会送我平安回去的吧?你答应过的。"

何沣又笑了:"我可没说不会再把你抢回来。"

"……"

"山寨的事不用你操心,好好养你的腿,养好了我就送你走。"他揉了揉她的头发,"还想管青寨,给我做个小老婆还差不多。"

谢迟躲开他的手,挪到另一边,不想理他了。

中午,雨停了,乌云散去,天空渐渐明亮起来。

雨后山路不好走,他们在洞里多留了半天,想等路上干一干再回去。

谢迟睡着了,醒来时发现身上盖着他的衣服,还有一层厚厚的稻草。

何沣坐在洞口,白哥靠在他身上,谢迟看了他俩许久,心中莫名地温暖。若他是个普通人就好了。

何沣回头看她,正好碰上她的目光:"醒了。"

谢迟坐了起来。

何沣也起身:"不早了,回去吧。"

"嗯。"

"路上水洼多,轮椅不好走。"何沣走过来将她横抱起。

"那轮椅怎么办?"

"待会儿叫人来拿。"

"哦。"

何沣看着她笑了。

"你笑什么?"

"笑你真轻。"他猛地一颠,谢迟抱住他的脖子,"抱紧了,小心我把你扔青蛙窝里。"

"……"三岁。

远远的,寨里的兄弟们就朝何沣起哄。谢迟侧了下脸,对着他的胸膛,略有些不好意思。

"少当家,你这是从哪儿来啊?"

"大早上出去到现在才回来,三爷就是会玩!"

"瞧瞧恩爱的,天天抱着不撒手。"

何沣吩咐声:"把轮椅拿来,枫林西山洞。"

"这就去。"

"还有头黑熊,带人去扛回来。"

"打死了?不愧是少当家!"

"别废话,赶紧去。"

"得嘞。"

寨内张灯结彩,已经有了大宴的氛围,谢迟看着排排灯笼:"真漂亮。"

"有你们那儿的漂亮吗?"

"差不多。"谢迟看向他,"后天是不是各个山寨的人都会来?"

"敢不来吗?"何沣笑了笑,"要在这儿吃上整整两天酒。"

谢迟沉默,若有所思。

"收起你那些小心思,到时候你就在房里待着,一步都别想出去。"

"我也想看热闹,吃好吃的。"

"你是想看热闹还是想看宋青桃?"何沣把她看得透透的,"吃的我会派人送来,管你吃够。"

"……"

回到房间,何沣将她放到床上:"等会儿让大嘴来,我先出去了。"

"你去哪儿?"

何沣站住脚:"怎么,舍不得我走啊?"

"……"

他朝她走了过来,手撑着床,脸靠近她的脸:"去洗澡,想一起?"

谢迟假意搂住他的腰:"好啊。"

何沣无言片刻,一把搡开她:"做你的美梦去吧。"

谢迟抓着枕头砸过去,何沣接住:"你就这么喜欢扔枕头?以后你都别枕了。"他夹着枕头摔门离开。

谢迟的背屈下来,长叹口气。

计划全被打乱了。

何长辉寿辰前一晚,谢迟与何沣在东山练枪,一个小兄弟匆匆过来叫他:"少当家,大当家叫你去大殿。"

天色也不早了,何沣收了枪,推着谢迟回寨子。眼看不是回何沣院子的路,谢迟问他:"你带我去哪儿?"

"大殿。"何沣的手伸到她腰后,扯下枪套,"枪我先收了,等寿宴过了再给你。"

"那我不去了。"

"带你看烟花,院里角度不好。"

"不想看。"

"不想看也得看。"

"……"

酒肉已经上齐了,何沣刚推着谢迟进殿门,何长志就操着粗犷的声音吼道:"你小子!得八抬大轿去请啊!"

谢迟感受到四面八方的目光。不像外面的小喽啰,坐在这里的应该都是土匪窝数得上名号的匪,要么长相凶恶,要么脸上头上带疤,一个比一个狰狞。可谢迟一点儿也没害怕,她有何沣在后头撑腰。

何沣叫他一声"二叔"。这个何长志是何沣的亲二叔,从蒙山来,也是个名号不小的土匪头子。

何长志提着酒坛子朝他们走来:"自罚一坛!"

何沣道:"二叔,您可别为难我了。"

何长志哈哈大笑,拍了下何沣的肩膀,随后看向谢迟:"这就是你藏屋里那小娘们?"

谢迟主动叫了声"二叔"。

"哟,瞧这嘴,真他娘的甜。"何长志拍拍后腰,"这二叔都叫出口了,不得送点儿见面礼?"说着他掏出一把刀,递给谢迟,"拿着。"

谢迟看向何沣。

何沣说:"拿吧。"

谢迟接了过来:"多谢二叔。"

"听说你这腿是被桃丫头打的,明个喊她来给你赔罪。"

谢迟见缝插针,赶紧抓住机会:"那明日我定要陪二叔不醉不归了。"

何长志又大笑起来,搂着何沣的肩:"你这女人带劲,配你不亏。"

何长辉抽着大烟靠在虎皮上瞧他们:"都落座吧。"

何沣推谢迟到自己的座位边上:"想吃什么自己夹,我去喝酒。"

"嗯。"

何沣提着桌上的酒壶走了。

谢迟安静吃饭,不时眼观四周,青寨无人在,没有她想见的人。

今晚也许是家宴。

酒过三巡,两个男子领着三个女人进来。

"大当家!"一矮胖男子站到桌上,"这是小弟送给您的礼物,三个大美人,还请笑纳!"

何长辉眯着眼扫过去:"刘老四,你是要累死我?"

"哈哈哈哈。"

"看您说的!大当家雄武不减当年,三个算什么!"

又一个男子站到桌上,敲着酒瓶子:"刘老四,这你就没眼色了,咱大当家喜欢大的,边上两个还得过去,中间那个怕是毛都没长齐。"

又是一阵哄笑。

"小丫头片子添给少当家的屋里还差不多。"

谢迟正要倒茶,手顿了一下。

刘老四叫她:"少夫人,不介意吧?"

谢迟没有回答,看向何沣。他没听见似的,还在和别人喝酒。

刘老四又唤他:"少当家!"

"小沣!"

"何三疯!"

何沣转过身来。

"嘿,还非得叫三疯才答应。"矮胖男人指着中间那丫头,"送个女人给你,要不要?"

何沣喝得正高兴,顺着他的手看过去,点头答应了:"好啊。"

谢迟盯着他,心里突然堵得慌。她放下杯子,不再看他。

果然,土匪窝里的没几个好东西。

那女孩被送去何沣院里了。外头放起烟花,何沣喝上头了,完全忘记带她看烟花这个事。

满屋子的酒味与臭男人的味道,谢迟坐不住了,自己滑动轮椅离开。刚走不远,轮椅突然被人拉住,她回头,看到了何沣。五颜六色的烟火下,他的脸忽明忽暗:"怎么走了?"

"困了。"

"让你等久了。"

谢迟一听这话更来气。刚才他还要了个女人回去,这会儿又来与自己暧昧不清!

"你继续喝吧,我回去了。"

"烟花不好看?"

"难看。"

何沣沉默了会儿,松开手:"那你慢点儿,早点儿睡。"他招了青羊子来,"把她送回去。"

一路上,谢迟慢慢冷静下来。他收女人关自己什么事?最好纳上一百个,天天缠死他!

青羊子送她到院外便折回去喝酒了。谢迟进了院子,好巧不巧看到等在何沣房门口的女孩。

女孩也看到了她,两人对视一番,谢迟挪开目光,回屋去。

女孩叫她:"少夫人。"

谢迟头也不回:"我不是他夫人。"

女孩快步跟上去,走到她身边,笑着问:"你也是被抢上来的吗?"

"嗯。"

"我也是。"

谢迟看着她的笑脸:"你好像很高兴的样子。"

"当然了,本来以为要嫁给那个老头子,谁知道走了天大的运,被送到这里了。"

谢迟冷笑一声。

"我觉得这里挺好的。我家里穷,饭都吃不上,虽说我长得好一点儿,但顶多嫁个小门户,这里就不一样了。"

谢迟说:"这里是土匪窝,没几个好人。"

"少当家不一样。我在山下的时候就听说过他的名号,都说长得极俊,今日一看,比传说中的还好看,没想到有生之年竟有这等好事落在我头上。"

她越说越高兴,谢迟简直觉得不可思议:"你开心就好。"

"你的腿怎么了?你……站不起来吗?"

"受了点儿伤,你回去吧,我进屋了。"

"你知道少当家什么时候回来吗?"

"不知道。"

女孩跟在谢迟后头:"我叫宋婉,你呢?"

"阿吱。"

"阿吱,"宋婉手落到轮椅上,"我推你进去吧。"

"不用。"

宋婉并不管她的拒绝,推着她快速进了屋,"你这房间不错啊,不知道我的房间会是什么样。"宋婉到处看,"你说你不是少夫人,那你和他是什么关系?陪床吗?"宋婉看向她的腿,"你这样,也可以陪床吗?"

"我要休息了。"

"外面那么吵,你睡不着吧?"宋婉坐到床上,拍了拍被子,"少当家能带你去大殿,你在他心里肯定不一般。"

"我跟他一点儿关系都没有,非要扯点儿关系,我是他的枪靶子。你出去吧,我真的要休息了。"

宋婉噘了下嘴:"那好吧。"

谢迟目送她离开,宋婉走到门口又回头:"既然你说没关系,那明天可能就要换你叫我少夫人喽。"

"……"

宋婉挥挥手:"明天见。"

谢迟看着她关上门离开,突然一肚子火。都是些什么人!

何沣很晚才回来,谢迟听到外头的脚步声,翻来覆去睡不着,怎么躺都不舒服。

难道他不应该过来看看自己吗?

也是,有了美娇娘,哪儿还顾得上来消遣自己。

第二天中午,何沣过来敲谢迟的房门。

谢迟不答应,何沣直接推门进来掀开她的被子:"怎么还在睡?"

谢迟怒了,冲他一顿吼:"随随便便掀别人被子,无耻、下流、没礼貌!"

何沣看着她狂躁的模样,蒙住了:"你怎么了?"

"我要睡觉,"她夹着被子背过身去,"出去。"

何沣坐到床边,谢迟往里头挪了挪,贴墙躺着,何沣伸长手戳戳她的背:"欸。"

谢迟拉起被子将自己蒙住。

"都几点了,别睡了,外面这么吵你能睡着?"

谢迟不吱声,也不动弹。

"找了山下的杂耍,还有戏班子。"何沣又戳戳她的腰,"我还给你准备了新衣服,特漂亮。"

谢迟冷笑一声:"你不是说今天要把我关在屋里不放出门的吗?你不怕我找事啊?"

"你起来,我倒要看看你能不能在我眼皮子底下找事。"

"我不去,带她去吧。"

"谁啊?"

听听啊,还是人吗?装什么傻?

"问你话呢。"

"宋婉呀,人家温柔可爱,还特别崇拜你。"

"宋婉是谁?"

"……"还装,谢迟转身瞪着他骂了一句,"浑蛋。"

"骂我干吗?一大早吃了火药一样,我做什么了?"何沣忽然想起刘老四塞给自己的女人,笑着往床上爬,将她的身体转过来,"你吃醋了?"

谢迟推开他:"谁吃醋,好笑。"

何沣见她脸上慌乱的小样子,心里更加高兴:"他们都叫你少夫人,你当真了?"

谢迟想抓枕头砸他,可床上已经没有枕头了,她从褥子下拿出昨日何长志送给自己的刀。何沣翻身下床,站到远处:"你这么凶,山下的男人能吃得消吗?"

"关你什么事?"

"也就我能治得住你,留在这儿给我做小老婆吧。"

"你还想要多少老婆?"

"不多,十个就好。"

谢迟将刀鞘砸向他,何沣接住,随手放在桌子上:"越说越来劲,你伤不了我,把刀放下,别刺到自己。"

谢迟一脸的不悦。

"大嘴有家有孩子,不能时刻陪着你;昨天送来的那个给你做贴身丫鬟,你们年纪相仿,谈得来。"

谢迟抬眼看他:"她不是送给你的吗?"她停顿一下,嘟囔着,"你昨晚没有和她……"

何沣懂她的意思:"她不配。"

谢迟低下脸,胸口一团气瞬间通畅了。

"有服侍不当的告诉我。"刚说完,何沣又补上一句,"算了,用不着告诉我,你这脾气有人家小姑娘受的。"

"……"

何沣朝她走过来,突然俯身,谢迟往后躲,何沣趁她不注意,抽走了她的刀:"这个我先拿走了,宴会结束再给你。"

"那是二叔送我的。"

"你这二叔叫得挺顺口嘛。"何沣背着手凑过来,脸靠近她的脸,"这么喜欢随我叫,什么时候随我一起叫爹?"

谢迟一脚踹开他。

何沣抚着肚子:"脚力不错,看来快好了。"

"还给我。"

何沣转了转刀:"来抢。"

"无聊。"

"快起来。"何沣玩着刀吊儿郎当地出去了,"赶紧梳洗,换上漂亮衣服出来,别给老子丢人。"

"……"

何沣刚走,王大嘴就抱着衣服进来:"瞧瞧少当家开心的,嘴都快咧到耳根了。"王大嘴走到床边,"我看见那个新来的丫头了,说要给少当家做小老婆。那帮男人成天就想着三妻四妾,还好我当家的又穷又丑,没人盯上他。"

"听说昨晚那丫头等了一夜,坐房门口睡着了,哪料少当家在外头喝酒今早才回来,不仅不要她,还把她支来服侍你,笑坏我了。"王大嘴与谢迟朝夕相处,自是向着她的,"你别担心,我们少当家不花心,对女人没那么多心思。而且她也抢不着,相貌身材都不如你,也不像你似的有文化,最多就做个暖床的。"

"他娶多少都不关我的事。"谢迟嘴上硬着,心里却有种莫名的舒畅,她坐到床边,"我跟他没关系。"

"丫头啊,你是还想着离开山寨吧?"

"嗯。"

"唉,不是姊姊劝你,下山你也说不了好婆家啊。女儿家没了完璧之身,日后要遭男人嫌弃的,找个不三不四的人,还不如跟着少当家。"

"……"谢迟急忙解释,"我……我是。"

"是什么?"王大嘴怔愣片刻,"是个雏儿?少当家没碰过你?"

谢迟觉得脸上发烫,点了点头。

王大嘴笑得前仰后翻。

谢迟看着她巨大的嘴,脸更红了:"……你别笑了……这有什么好笑的。"

王大嘴揽住她的肩,笑得上气不接下气:"那他天天跟你待一起干吗?半夜还老钻进来。干说话?"

"嗯……"

"少当家血气方刚的,不应当啊。"

"反正……没有那个。"

"要不要姊姊教你几招御夫之道?保管拿得他死死的,下不了你的床。"

"……"谢迟推开她,"不用不用。"

"瞧瞧羞的,难怪他们都爱调戏不经事的小姑娘,我看着都想怜爱。"

"……"谢迟无奈,"别说了,姊姊。"

王大嘴拍拍大腿,站了起来:"好好好,不说了不说了,咱们换新衣服,今天外面热闹得很。"

"客人都到了吗?"

"差不多了。"

"青寨的人也都到了?"

"早到了,一会儿都开席了。"

宋婉揉着眼睛进来,哈欠连天:"阿吱,少当家不要我,让我跟着你。少夫人是没戏了,以后你可不要欺负我啊。"

王大嘴笑着看向宋婉:"她脾气很好的。"

谢迟心情不错。这个宋婉天真可爱,有话直说,不像什么有心机的人,她对她并无敌意:"你刚睡醒吗?"

宋婉懒懒地靠着桌子:"是啊,可把我困死了,早知道不等了,我这腰都疼。"

"那你坐会儿吧。"

王大嘴扶谢迟上轮椅,宋婉随口问一句:"要我帮忙吗?"

"不用,你去打点儿水,待会儿我把事情跟你交代交代。"王大嘴不舍谢迟,更不舍何沣给的大洋,"明天我就不过来了,丫头,你可要好好照顾她。"

"放心吧。"宋婉眯着眼懒懒地笑,忽然问道,"对了,一直守在院门口的那个男人是谁啊?"

"陈峥啊。"王大嘴推着谢迟往外走。

宋婉跟上去:"他长得还挺好看的,多大了?娶妻了吗?有没有兄弟姐妹?父母还在吗?"

第三章
久处之乐

外头锣鼓喧天,人喊马嘶。

何沣往大堂去,一路眉飞色舞,想起谢迟那个别扭样就觉得十分痛快。

大堂门口挤满了人,有的在摆桌赌博,有的在喝酒划拳,还有的围着姑娘动手动脚,他们见到何沣纷纷停下来打招呼。

堂里人已经喝上了,何长志正在门口敬酒,见何沣一个人过来,凑过去问:"你那小媳妇呢?"

"在屋里。"

"还睡着呢?"

"刚醒。"

"说好的陪二叔不醉不归。"

"女人家喝什么酒,我陪你喝。"

何长志看向旁边的兄弟:"你瞧见没,还没成亲就护上了。"

何沣还没来得及提酒杯,裴兰远就神色凝重地来找他,把人拉到偏处。

何沣见他面色不对:"出什么事了吗?"

"刚才老金来找我,说矿上出事了,死了两个人。"

"怎么回事?"

"具体不清楚,我现在下去看看。你就别去了,今天客人多,你陪他们喝酒。"

"一起去。"

"不用,有什么事我让人上来通知你。"

"毕竟闹了人命。"何沣拍他的背,"走了。"

宋青桃被宋蟒拉上来给何长辉祝寿,送完礼,闷闷不乐地离开了。刚走到寨门口,就遇到牵马的何沣和裴兰远。

她故意从他面前晃过去,不料何沣看都没看自己一眼。她有气出不去,心里堵得慌,主动叫了声:"三哥哥。"

何沣闻声望去,见是宋青桃,语气凉薄:"怎么了?"

"你没什么要对我说的吗?"

何沣跨上马:"没有。"

裴兰远笑着上马:"青桃,我们现在有事情,等回来再说。"

"不行!"宋青桃拦在马前,"听说刘四叔送了你一个女人,你还收下了。"

"让开。"

"你变了,以前你不是这样的。"

何沣不理她,直接驾马走了。

"三哥哥!

"何沣!"

谢迟刚梳洗打扮完准备出去,守在门口的陈峥就拦住了她,她道:"何沣让我去看戏。"

陈峥回:"刚来人通知,少当家让你待在院里,不许出去。"

"……"

宋婉一脸笑意,明目张胆地打量着陈峥。陈峥被她盯得浑身不自在,转过身去,看到远处赶来几个穿戏服的人:"来了,那是椿班的人,少当家怕你无聊,提了三人单独给你唱。"

谢迟没办法,不能冲出去,只好回院里。她看戏很挑,再加上心里有事,一句都没听进去。倒是旁边的宋婉看得津津有味,还抬着手学起那旦来。

陈峥也在一旁看着,宋婉悄悄凑近,与他聊天:"你每天都守在这里?"

"嗯。"

"不累吗?"

"不累。"

"很无聊吧?"

"还好。"

外头吵了一天。

傍晚,宋青桃醉醺醺地来到何沣院子门口,被陈峥拦了下来。

她左手持枪对着陈峥:"让开。"

陈峥虽怕,却不敢放行:"宋大小姐,您今天就算打死我,我也不能让您进去。少当家下了令,我也没办法。"

"你让开,我不想跟你动手。"

"大小姐,真的不行,您回去吧。"

"你让不让?!"

"不让。"

宋婉抱着被子从东面走到西面,刚好被宋青桃看到,宋青桃冲她大喊:"你给我过来。"

宋婉不明所以地走过去:"叫我?"

"你是昨天送给何沣的女人?"

"是啊。"

宋青桃打量着她,忽然抬手要把她拧出来。宋婉用力甩开,赶紧躲到陈峥身后:"你是谁啊?动手动脚的,粗鲁。"

陈峥护住宋婉:"大小姐,您别为难我,这院里的人,您一个都不能动。"

宋青桃红着眼,故意朝里头大吼:"我看你们能躲到什么时候?!"

谢迟正在屋里写字,听到声音,笔尖顿住,墨在纸上晕出一大片黑。

终于来了。

宋婉与宋青桃吵起来了。

陈峥很崩溃,不知该如何劝阻,女人吵架真是太让人头疼了。

宋婉不知道自己骂的人是谁,所谓不知者无畏,一口一个母老虎叫得宋青桃暴跳如雷。

"母老虎,瞧瞧你的脸,红得像后山的猴子屁股,猴屁股都比你好看。瞪什么!眼珠子快掉出来了!像你这样的女孩,哪个男人会喜欢?!"

"哟,手上还有洞呢。"

"你这种货色,放我们乡下就是喂猪的料,公猪都嫌你丑!"

"穿的倒是人模狗样的,这么好的衣服给你穿都糟蹋了!"

宋青桃口口声声要宰了宋婉,可她又担心重蹈覆辙,不敢下手,怕何沣再找自己发疯。

"这可是少当家的住所,你冲一个试试,小心他回来把你打成蜂窝。不敢了吧,有本事进来啊。"

"母老虎母老虎母老虎!赶紧滚吧,别在这儿碍人眼了。"

宋青桃忍不了了,抖着手举起枪。

宋婉吐舌头躲到陈峥身后,两手扒着他的肩,露出半张脸继续骂:"开枪啊,瞧你手抖的,枪都拿不稳了吧!还学男人打枪,母老虎!"

"你——"宋青桃舌头打结,愣是说不出一句话来。她长这么大,还从未和人吵过架,没被这么骂过,"我毙了你!"

她左手拿枪不熟练,再加上极度生气,手不稳,被宋婉轻松躲了过去。

宋青桃绕着陈峥追宋婉要逮住她,陈峥原地转圈,快晕倒了。

这时候,谢迟滑着轮椅出来:"宋大小姐。"

宋青桃闻声看去,脚步停住,一团火直冲上头,想直接点了这寨子,她压住脾气道:"哟,破烂货,还坐着轮椅呢?"宋青桃背着手,嘲笑她,"腿舒不舒服?"

"托你的福,舒服得很。"

宋青桃偏头看向谢迟后颈,她身上的鞭痕已经完全淡化了,不像自己的,留下两条骇人的疤痕。

想到那丑陋的疤痕,宋青桃更加愤怒。

"劳烦你来探望我,可惜何沣不让外人进来,你还是请回吧。"

"狗仗人势。"

谢迟平静地看着她,淡淡道:"可惜了,你连狗都不如,还想学狗,在这儿逮人就咬。"

"你再说一遍!"宋青桃抬起枪对着她。

陈峥立马挡在前头:"大小姐,您别冲动,真伤了人你我都不好过,您还是回去吧。"

宋婉也讥讽道:"看见没,这儿没人欢迎你,别恬不知耻地戳在这儿了,撵都撵不走,没见过你这么不要脸的。"

谢迟拉宋婉一下:"不用跟她计较,我们回房吧。"

宋婉白了宋青桃一眼:"呸,不要脸。"

宋青桃见她们离开，气得跺脚："站住！"

她要追上去，仍被陈峥拦住："大小姐，真不能进。"

宋青桃一巴掌甩在他的脸上："看门狗。"

陈峥默默受住了。

"你就一辈子守在这儿吧！"宋青桃哼了一声，愤愤离去。

宋婉推谢迟回房间，一路上神采奕奕："看看她气的那个样子，笑死我了。跟我吵架，我在我们村吵架就没输过！"

谢迟走神，没听到她在说什么。

到了房间。

谢迟道："我有点儿累，想睡会儿，我不叫你你别进来。"

"好吧，你休息。"宋婉关上门出去，见陈峥走过来，蹦蹦跳跳地迎过去，笑着问，"母老虎走了？"

陈峥脸上赫然一块巴掌印，宋婉眉心浅皱，心疼地看着他："她打你了？"

"嗯。"

"你没打回来？"

陈峥没回答，叹口气："以后你见着她少说几句。"

"为什么？"

"她是青寨大小姐，手段很毒辣的，别看她是女的，手里不知道有多少人命。也就是前段时间少当家刚教训过她，才收敛点儿，否则你骂那些话早死几十次了。"

"大小姐又怎么样，我才不怕她。"

"总之你听我的，以后看见就离远点儿。"

"我就不，我见一次骂一次。"

"姑奶奶，您就别给我惹事了。我拦一次拦两次，万一哪次没拦住，大家都得遭殃。"

宋婉瘪嘴："那好吧。"

"阿吱呢？"

"说累了，睡觉了。"

陈峥松口气："走吧，别吵着她。"

宋婉开心地跟着他："你饿不饿？我去小厨房拿点儿东西给你吃。"

"不饿。"

"那要喝点儿东西吗?"

"不喝。"

"那我陪你聊聊天吧。"

"……好。"

宋青桃不想在云寨多待一分钟,先独自回青寨去了。

今天宾客太多,山下来的马匹都拴在西山马场,过去要经过一段偏僻的林路。宋青桃气得拿树撒气,一刀一刀砍得它伤痕累累。

她的枪伤至今未痊愈,两根手指没了知觉,剩下三根弯一下都疼得要命,想起谢迟和那个新来的她就想杀人。

"死女人,看我怎么弄死你。

"敢骂我丑,你才是丑东西。

"两个臭婊子,都给我等着。"

身后传来窸窸窣窣的声音,宋青桃回头看过去,黑暗的树林空无一人,她继续砍树:"活扒了你们,喂狼,喂狗!"

忽然有人戳她背,宋青桃嘴里还骂着奶奶,一回头,看到一张脸悬在面前。

砰——她倒了下去。

宋青桃醒来时仍在林中,只不过换了一片林子。

她对云寨附近的树林很熟悉,知道此处偏僻,鲜有人迹,倒是有不少野兽出没。她被绑在树上,手脚被荆棘与麻绳束缚住,嘴里塞满了泥土,嘴唇被胶带封上,还缠了层厚厚的没有弹性的麻布条。

她一挣扎,荆棘刺入皮肉扎出血来,她只能忍着不动弹,发出痛苦的闷哼。

"你不怕疼就使劲挣扎。"

宋青桃愤恨地盯着她。

谢迟坐在地上,正在擦手上的泥:"没想到吧,我能在这儿蹲到你。"她笑了笑,"这得感谢何沣给我做了个轮椅,我天天坐着它到处晃,云寨的地形被我摸得一清二楚。"她扔了布,看向宋青桃,"还得谢他差给我的人,不然我也不会知道今天客人多,你们的马被拴在这鬼地方。"

谢迟看着她瞪大的双眸:"看什么?"她靠近她的脸,学宋青桃曾经对自己说过的话,"再这么看我,把你眼珠子抠下来。"

宋青桃一阵干呕,又吐不出来,泥掺着口水往喉咙流。

谢迟拍了拍她的脸:"味道好不好?"

谢迟今日束着高髻,她抬起手,从发带上取下针,缓缓站了起来。

宋青桃震惊地看着谢迟,谢迟知道她想说什么。

"我的腿早就能走路了,不过坐轮椅更招人同情而已,而且能让你们放松警惕。"她走到宋青桃身后,抓住她的右手,拿着针插进中指,"跟你说说我的事吧。"

宋青桃疼得呜呜哼,手脚挣扎,被荆棘刺出点点血痕。她竭力缩手指,但哪抵谢迟双手之力,又被掰了出来。

"我从小没爹娘疼,跟着爷爷过,跟着山兽跑。后来回了家,被姐妹叫野孩子、土山姑,明明打扮起来,我是姐妹里最好看的一个。"

宋青桃右手直抖。谢迟笑着撒开她的中指,又掰开食指:"有一次我爹去上海,带了很多巧克力回来,让二姐分给姐妹几个。我从来没吃过那玩意儿,特别想尝尝,可每个人都有十几块,偏偏我没有。"

"后来九妹给了我一块,我到现在都记得那个味道,苦苦的,甜甜的。"谢迟听着她的呜咽声,心里舒服极了,"这些日子我一直在心里安慰自己,我和她没感情,只是同一个父亲而已,我连她哪月出生都不知道,甚至连她的样貌都记不太清了。"

"可我总是想起那块苦苦的巧克力,一想起它,我就能回忆起九妹的脸,然后开始幻想她被你们糟蹋的样子,她死时候的样子,她的尸体被野兽吃的样子。"

"你的三哥哥真是不错,教我打枪、玩刀。可惜了,刀和枪都被他拿走了。"谢迟站起来,走到她的面前蹲下:"我在脑中设想了几十种杀你的办法,可刚才我思考了很久,发现下不了手,我连鸡都没杀过。"

她抬了抬宋青桃的脸:"那你就在这里,等野兽来吃掉你吧。"

宋青桃拼命地摇头,流下眼泪来。

"你也会哭啊?"谢迟擦掉她的眼泪,"我九妹也爱哭,之前在济南,她摔个跟头都哭,哭得烦人。你杀她的时候她哭了没?"

谢迟将手在她身上揩了揩:"你很喜欢何沣是吗?"

"那你知不知道,我一流眼泪他就心软;我一喊饿,他就满山给我抓野鸡野兔；我想玩枪，他就把他最喜欢的枪送给我；我抱住他的时候，他的心跳都不正常了。"

"我没怎么接触过陌生男子，也不懂情情爱爱，你比较了解他，你说他是不是喜欢我？"

宋青桃点头。

"是吗？"谢迟取下银针，戳在她的眼前。

宋青桃吓得闭上眼。

谢迟扒开她的眼睛，宋青桃惊恐地看着她。

"害怕了？"

宋青桃失踪了一天一夜，宋蟒得知她最后来过何沣的院子，恶狠狠地找了过去。这可把陈峥难为死了，拿命顶在门口，硬是没让进。

宋蟒走后，陈峥一屁股坐在地上，后背已经汗湿了。

这一个个的，非得把自己折腾死。

深夜，谢迟正收拾行囊，准备趁人多眼杂偷偷摸下山去，忽听有脚步声靠近。她一转身，就看到宋蟒凶神恶煞地扑过来，勒住了自己的脖子。

他是趁人不注意偷翻进来的。

谢迟对他拳打脚踢，宋蟒一巴掌甩在她脸上，打得她头脑发昏。

"青桃到底哪去了？！"

"我不知道。"

"她最后只来找过你，你跟她说了什么？"

"不知道。"

宋蟒身上有酒味，不重，应该只是小饮了几杯，他手上用力："你说不说？"

谢迟摇头。

宋蟒掐住她的脖子，口水喷了她满脸："臭婊子，和你那短命妹妹一个臭德行，不过你比她能耐多了，能让何沣那臭小子为你几次三番伤害青桃，她要有你半分本事，也不会被扔来扔去，被这个玩那个搞。"

谢迟掐着他的手，脖子、脸充了血。

"骚蹄子，经不起折腾，一碰就拼命号。老子没搞几回，人就提不起来了。"他撕开谢迟的衣领，"老子今天非得闻闻你什么味，怎么把那个臭小子迷得团团转。"

谢迟被勒得说不出话，艰难地吐出几个字："他……不会……放过你。"

"不过是山下抢上来的贱货，还真把自己当主子了，我倒要看看，那小子能不能为了个臭娘们动我一下！"宋蟒淫笑着，舔了口她的脸颊，"你可比你妹妹漂亮多了。"

谢迟快窒息了，她的手没力气，腿蹬着床，发出咯噔咯噔的声音，他的力气太大了。

宋蟒的手往她腰上伸，刚要扒下裤子，谢迟看着门口，竭力喊了声："宋青桃。"

宋蟒回头看去。

谢迟挣开一手，迅速地蹿到他后腰，抽出刀猛插向他的背。

"啊——"宋蟒的手伸到后背要夺刀，谢迟用力踹开他，骑到他身上，趁他张嘴要骂，一刀插进他口中，刀尖穿透头颅。

宋蟒没死透，手仍掐在她的腰上。

谢迟任他掐着："我本来没想杀你的，可你话太多了。"

她拔出刀，用力地插在他的喉咙上："那你就去死吧。"

陈峥听到动静，匆忙赶来，看到谢迟骑在宋蟒身上，浑身都是血。

她握着刀站了起来，揩去脸上的血，手在发抖，刀落下。

陈峥吓得愣在门口。

谢迟朝他走过去两步："何沣呢？"

陈峥这才回过神，赶紧关上门，冲过来探宋蟒的鼻息："没气了，死了。"

"何沣呢？"

"他不在寨里，矿里出事了！现在怎么办？"陈峥抱着头，不知所措地来回转，"怎么办？怎么办？少当家让我保护好你，你杀了宋蟒，青寨肯定不会放过你！不行，你得先躲起来，一切等他回来再说。"陈峥七慌八乱，这才注意到谢迟竟站立着，"你……你的腿好了？"

谢迟脑袋空空，木木地点点头。

"算了，没时间管这个了，外头很多青寨的人在找宋青桃，宋蟒死在这里很快就会被发现。"陈峥打开柜子找了件衣服扔给她，"换衣服，我先带你走。"

谢迟把自己擦干净,换上干净衣服,拿上刚收拾好的行囊随陈峥出去。

宋婉起来方便,迷迷糊糊似乎看到陈峥与谢迟的身影,她以为花眼了,去谢迟房门口轻喊了声:"阿吱。"

没人应。

宋婉打着哈欠走了,正到窗前,看到窗户没锁,被风吹得咔咔响,她顺手将窗关上,隐隐闻到什么奇怪的气味。

她嗅着鼻子,推开窗看了眼,只见床上被子鼓了一大块。

"阿吱?"

因为有陈峥,一路无人敢拦。

谢迟与他骑马下山,山路黑,陈峥打着手电照明。谢迟还沉浸在杀人的情绪里,明明能够如愿下山了,却没有一丝开心。

陈峥要带自己去哪里?去找何沣吗?

"站住!"

后面传来枪声,子弹从谢迟左侧过去。

陈峥立即掉头,对谢迟喊道:"我去拖住,你顺着这条路下两公里有条岔路,走左边的,一直往下就能看到灯光,奔着光去,就能到一矿,到了那里让人带你去找少当家,听到没?!"

她颤着声:"好。"

"快去。"语落,陈峥驾马往回路去。

不幸的是陈峥没能拦下追来的人。谢迟对这段路不熟,很快被他们追上,是青寨的人。他们将谢迟押回来,关到地牢里。

王大嘴花了几块大洋才混进来看她。谢迟被打了好几鞭子,趴在地上,爬到门边吃她送来的东西。

王大嘴心疼地流泪:"你怎么能做出这种事?你……你一个姑娘家……你哪来的胆子?这可怎么办!"

谢迟一心塞吃的,没空回话。

王大嘴喂她水:"别噎着,喝点儿。"

谢迟吃完喝完:"何沣还没回来?"

"没呢。"

"你去找找他,好不好?"

"我……我都不知道在哪儿。"

"求你了,"谢迟握住她的手,央求道,"救救我。"

王大嘴一边擦眼泪一边点头:"我让我当家的去找找。"

谢迟松开她的手,把她往远推:"我等你们。"

王大嘴走后不久,宋蛟又来了,对她先是一顿毒打,再盘问。

"说,青桃呢!"

"说!"

"青桃哪儿去了?!"

她不能说,只要死守住嘴,他们就暂时不会打死自己。

"你说不说!说不说!"

宋蛟一脚踩在她的头上。

谢迟咬着牙,手抓着地上脏湿的稻草,硬扛着。

你快来。

快来。

何沣回来之前,他们先找到了宋青桃。她运气好,没被野兽攻击,命还在,只不过人昏过去了。

死的是青寨寨主,不是小事,何沣又不在,没人保得了她。青寨的人上来讨公道,要把她活活烧死。大当家同意了。在他眼里,这不过是何沣的其中一个女人而已。

谢迟被捆在木桩上,准备活烧。她虽不想杀人,可事到如今,她并不后悔。想到谢迎,她就觉得杀得好,杀得值。即便怕死,可人还是要争口气的。谢迟看着周围的人,大多是青寨的,他们朝她扔石头,不停地呐喊,恨不得将她凌迟,将一片片肉吃进肚子里去。

宋青桃已然清醒,却很虚弱。她坐在大当家旁边,恨红了眼,见人刚要点火,突然说:"等一下。"

点火的兄弟停下。

"她不是会勾引男人嘛,把她给我扒了,一件都不剩,给兄弟们欣赏欣赏。"

青寨的兄弟们举手叫好,一个个抢着要动手。

"我来!"

"我来！"

一双黑手刚落到谢迟的领口，陈峥扑上去扯开那人的手，护住她："这是少当家的人，不能这样！"

宋青桃脚踝全是荆棘刺的伤，她艰难地站了起来："你给我滚开！"

"不行！"陈峥看向何长辉，"大当家！少当家会生气的！"

何长辉抽着烟，眯眼道："好歹是小沣的人，留几分颜面。"

无人再敢闹腾。

陈峥还挡在谢迟面前，宋青桃又喊："你还戳在那儿干吗？要陪她一起死吗？"

"大当家，等少当家回来再处置吧。"

何长辉不语，沉浸在烟熏雾绕的世界。

青寨的人喊："陈峥，赶紧滚下来，你是要与青寨为敌吗？"

"下来！不然连你一起烧！"

"下来！"

陈峥转身看向谢迟："我可能护不住你了。"

谢迟垂着脑袋，无力抬头。

陈峥知道何沣的脾气，她要真被活活烧死了，指不定能闹出什么事来，他仍要争取："大当家！"

青寨的人直接上去将陈峥抬了下来。

"放开！放我下来！大当家！你知道少当家喜欢她！不能烧！不能烧……"

声音渐远，一会儿的工夫，人已经被抬得不见踪影。

他们拿着火把将木棍点燃，炙热的烈火环绕着谢迟，浓烟蹿进鼻子，让人不能呼吸。

火外的人们还在叫嚣，比宴会的狂欢还要卖力。

谢迟半睁着眼，看着火向自己慢慢逼近。去济南之前，爷爷说要给自己说亲，那男的还是个大学生呢。爷爷说他家虽算不得名门望族，也没有大富大贵，但那孩子为人老实，有文化，思想进步。跟了他，以后受不了苦。如果没遇到这些土匪，没被掳上山，早就回到家，说不定已经可以定亲了。

那个男人叫什么来着？谢迟一时想不起来了，好像姓薛。

她闭上眼睛，幻想起来。不知他是个什么样的人，身高如何，长相怎样。若是像何沣那般……她弯起嘴角，脑海中浮现出他的样貌。若是如他那般，还是不错的，可惜了。

"少当家！"

"小沣！"

好像有人叫他的名字。

火热得她睁不开眼，突然一阵风拂了过来，带着熟悉的味道，落在她面前。

"醒醒！"

她努力地、艰难地睁开眼，看到眼下的黑靴。

初次见面，他就穿着这双黑靴，从那醉汉手中救下了自己。当时她看到鞋边的血，觉得自己更加九死一生，却没想到，他是个这样的人。

"阿吱！"

"阿吱！"

他捏着她的下巴，抬起她的脸。他的手上、脸上还沾着炭灰，眼里映着熊熊的火焰，充满了愤怒。

"你还要我救你几次？"

谢迟眼眶湿润，有种绝处逢生的错落感："你来了。"

何长辉见何沣跳进火里，腾地站起来，烟杆子都丢了去，冲前头怒吼："快灭火！愣着干什么？灭火啊！"

谢迟的手脚皆被缚在木桩上，何沣用刀一根根割开绳子，左手松绑，她直接倒进他的怀里，第一次觉得，浓浓的煤炭味这样好闻。

云寨的兄弟们接来水，一桶接一桶地往火上倒。

宋青桃急了，瘸着腿往下冲，脚不稳，从阶梯上连滚带爬地下来："不许灭！谁让你们灭了！停下！"她一边说一边掏枪，胡乱朝谢迟打过去。

谢迟脚上的绳子还未割开，何沣蹲在地上，听见身后的枪声，子弹从身边擦过。

宋青桃第一枪打偏了，她又拔枪，稳住手对着谢迟，不料何沣忽然站了起来，生生替她挡下一枪。

子弹打中何沣的右腹。

青羊子将宋青桃按在地上，她已然顾不得身上的疼痛，竭力挣扎："放开我，你个狗腿子！小畜生！放开！我杀了她！"

何沣的裤子着了火，好在水浇得快，烧伤不严重。

这一出闹的，连同青寨的人都看呆了，没想到少当家居然会直接跳进火海救下那女人，还替她挡枪子。再看他一身炭气的模样，众人一时皆不敢喧哗。

待何沣抱着谢迟走下来，才有个不要命的喊了声："不能放了她！"

随即有人躲在人群里起哄。

"她杀了我们大当家。"

"对！杀人偿命！"

何长辉站在大堂口叫何沣："小沣！臭小子，给老子滚过来！"

何沣没听见似的，抱着谢迟直奔自己院里。

宋青桃还被青羊子按着，冲何沣大喊："三哥哥！"

何沣突然停步，转身看向宋青桃："青羊子，放开她。"

青羊子这才松手。

宋青桃站起来，摇摇晃晃地走向何沣，颤着声对他说："三哥哥，我爹死了。"

"我知道。"

"那你还护着她？"宋青桃揩去眼泪，继续问他，"我们认识十几年，就不抵她这几日吗？你知道的，我这么喜欢你。她杀了我爹！那是我爹啊！"

何沣腹部的弹伤汩汩出血，抱着虚弱的谢迟挺立着，仿佛一点儿事都没有。

"她不是看上去这样的。她一直在你面前装弱小、装可怜，博取同情，利用你，就是为了报复我！其实她的心比谁都黑！她的腿早就好了，一直在骗你！"宋青桃抬起手，给何沣看手上的伤。她的指尖有几处血孔，手腕被荆棘磨得血肉模糊，袖口浸满了血，"她折磨我，拿针刺进我的手指，我的手脚全是这样的伤。她把我绑在树林里等死，好在我命大，才被兄弟们找到，迟一步我就被林子里那些畜生吃掉了，我听到了狼嚎，好多狼。"

何沣没有说话。

宋青桃委屈地看着他："三哥哥？"

"对不起。"何沣半边身子都疼得没知觉了，却没有泄下一口气，"你有错在先，她杀人不对，这次我替她挨一子弹，你觉得不够，我再替她受你一枪。"

"你就这么护着她？拿命护着？为什么？"宋青桃眼睛红了，"我也差点儿死了。如果今天是她杀了我，你也会为我讨公道吗？"

何沣沉默了。

宋青桃凝视着他，他的眸中尽是冷漠，比从前还要冷："她到底有什么好的？你喜欢她哪里？因为漂亮吗？"宋青桃上前一步，"漂亮的人这么多，你又不是没见过，为什么偏偏对她这么好？"她拿枪抵着何沣的脑袋，眼泪哗哗地往下落，"你真以为我不敢杀你？"

青羊子见状，举枪对着宋青桃，何沣眼神示意他放下。

谢迟闭着眼，无力地靠在何沣的胸前，轻轻抓了抓他的衣服。何沣垂眼，更紧地抱住怀里的人。

宋青桃眼看他们这些小动作，苦笑一声，痛恨地瞪着何沣："何沣，我恨你。"

她泪流满面，笑着往后退，终还是没舍得下手："杀父之仇，不共戴天！你这么爱惜她的命，那我就祝她不得好死，祝她像你娘一样，总有一天抛弃你！你最好把她看好了，别让我再逮着！"

宋蟒的尸体被青寨带走了，谢迟床上还遗留着大片血迹。何沣把她抱回自己房间，刚放到床上，青羊子就把大夫带来了。

大夫大致检查一番，松口气："还好，不重，都是皮外伤，我先帮你处理弹伤。"

"不用。"何沣表情严肃，重重地往凳子上一坐，"先帮她弄。"

大夫无奈："你捂着点儿伤口，别失血过多了。"

"嗯。"

大夫给谢迟缝好伤口，上完药，裹上纱布，何沣才同意治自己。

她的伤确实不算严重，除了后肩的一处刀伤和三道鞭痕，大多是撞击的瘀青，没伤到骨头与内腑。反倒是何沣，除了弹伤，小腿还有块烧伤。

王大嘴在给谢迟上药，何沣带大夫去了别的房间。

大夫给他取出子弹，陈峥在一旁细讲这两日发生的事情。他的脸青一块紫一块，是被青寨的人打的。

弹伤包扎完毕，大夫再给他处理烧伤："还好烧得不严重，不过怕是得留疤了。"

"大老爷们怕什么疤。"何沣看了眼自己的腿，没当回事，皱眉催促，"好了没？"

"好了，药记得抹。"

"嗯。"何沣心情不好，没等他完全包扎好就站了起来，"药给陈峥，回头再给青羊子。"

陈峥点头。

"等一下。"医生蹲在地上不让何沣走，"好了，最近别大动作，好好养着。"

"嗯。"

王大嘴刚给谢迟抹完药，穿上衣服，何沣就进来了。他脸色难看，瞧着吓人，王大嘴始终低着头，没敢吱声。

"出去。"

"欸。"

何沣坐到桌边，盯着谢迟。

谢迟趴在床上，正啃着一个馒头："你的伤……大夫怎么说？"

"我就走这么一会儿，你就这么按捺不住？"

谢迟沉默片刻，道："谢谢你赶回来救我。"

"腿能走路了？"

"嗯。"

"什么时候能走的？"

"打黑熊那天晚上，已经能站起来了。"

"五天前。"何沣一拳砸在桌上，震得茶杯乱颤，"你到底还藏了多少事？！"

猝不及防被他吓了一跳，谢迟手里的馒头掉在床上，她瞧着何沣怒不可遏的模样，有些心虚。

"说话。"

"没什么说的。"她又默默拿起馒头，紧紧握在手里。

"那我只问你一句。这么久，你真的就只是利用我？"他顿了顿，"没有一点儿别的感情？"

"我想下山，"谢迟低垂着眼，"可以让我走吗？"

何沣忽然站起来，拿起桌上的杯子往墙边猛摔："你永远都别想离开，到死都给我留在这儿！"

谢迟沉默不语。

何沣握紧拳头，满脸暴戾，仿佛下一秒要连她也砸个粉碎。腹部因为巨大的动作再次出血，染出更大一片，他控制住情绪，转身离开。

"喜欢。"

他停下脚步。

"我喜欢你。"

何沣大步走回来，一把握住她的脖子："到现在还在骗我？你真把我当傻子？还是觉得我爱你爱到放纵你到这个地步？撒谎，杀人，利用我，你还想做什么？放火烧山，还是连我一起杀了？"

谢迟握住他的手，眼泪掉了下来："不是的。"

何沣见她哭，更加愤怒："你不去当戏子真是可惜了。哭，使劲哭，我看你能挤出多少眼泪来。"

他手上青筋暴起，却没舍得真下力气勒她，谢迟的眼泪滑到他手上："这是真话。"

何沣觉得额头突突地疼，这娘们，太要命了。他觉得有点儿累，不想再听她的鬼话，松开手，转身要走。没承想谢迟抱住了他的腰，手刚好落在伤口上。何沣蹙了蹙眉，扯开她的手，大步离开。

身后砰的一声，他回头看去，见谢迟滚落在地，立马下意识地抱起她："你要想在地上睡，以后都不要上床了，我……"

谢迟忽然搂住他的脖子，亲向他的嘴角。

何沣愣住了，脑袋一片空白，连下面要恐吓她的话都忘了怎么说。

谢迟松开他，眼里噙着泪："我喜欢你，真的。我想，如果你不是土匪，我一定想嫁给你。"

这话像一盆热水，将他心口的火泼灭，滚烫的，还滋滋冒着烟，气顿时就消了。

何沣的目光顿时柔软下来，动容地看着她，忽然将她抱到床上，倾身压了下去："不管你他娘说的是真话还是假话，老子想睡你很久了。"

谢迟没有反抗，张开手："那你睡吧。"

何沣轻促地笑了声，看着她视死如归的模样，从她的额头亲到嘴唇，吻到脖颈。他从矿里来得急，手都没有洗，掌心滑过之处，皆留下灰黑的印记。

他吻得很生涩,谢迟猜到何沣也许没亲过别的女孩子,不然也不会咬得自己这么疼。她也愚钝地配合着他,感受到他的手落在自己的领口,单手扒开了衣服。

炽热的气息在她脖间蔓延,谢迟皱眉,抓紧了床单。

何沣停下动作,抬眼看她:"身上很疼吗?"

谢迟咬牙,摇了摇头。

何沣看着她这一身伤,有些于心不忍,不想再折腾她,就轻吻她的耳朵,停下动作:"算了,等身体好一点儿再睡。"

谢迟觉得自己的脸快熟透了,慌忙躲开他的目光,点了点头。

何沣躺到她旁边,谢迟害羞地转过身去,他从背后抱住她,吻了下她的肩膀。

谢迟觉得浑身的疼痛都被他温暖的怀抱缓解了,她的手覆上他的手指,摩挲着粗糙的掌心:"他们会怎么处置我?"

"那是我的事,你不用担心。"

"他们会为难你吧?"

"心疼我啊?"何沣笑道。

"嗯。"谢迟突然想起了自己的馒头,她手撑着床坐起身来,到处翻。

"找什么呢?"

"馒头。"

找到了!她将何沣推开,拿起被他压扁的馒头,一口咬了下去。

何沣要抢:"吃这个干什么?"

谢迟往后躲,牵扯到伤口,皱起眉,却还是不忘吃,掰起一大块馒头往嘴里塞,不清不楚地说:"一天没吃东西。"

"回头让厨房做点儿好的。"

"这个就很好。"

何沣瞧她的吃相,又想笑又心疼。

谢迟吃完馒头,见他平躺着看自己,视线挪到他上衣的血迹上。她伸过手去缓缓掀开他的衣服,目光落在腹部的红纱布上:"很疼吧?"

"不疼。"何沣注视着她的眼睛,忽然起身下床。

谢迟匆忙问他:"你去哪里?"

"去别的房间。"

"怎么了?"

"我在这儿怕忍不住,把你骨头都拆了。"

谢迟咬唇笑了。何沣看她这个表情,更加承受不住,转身离开,还锁上了门。

谢迟侧躺回去,又碰到伤口,疼得一头汗。她不敢乱动了,静静地躺在他的床上,感受着周围熟悉的气息。

刚才差点儿就……谢迟抿了下嘴唇,上面还遗留着他的味道。

脑中忽然闪过宋蟒的死相,谢迟忽然睁开眼,呼吸都变得凝重起来。她拉住被子,蒙住了脑袋,告诉自己,是他活该。

他该死。

何沣院外围了几圈青寨的人,他们披麻戴孝,还把宋蟒的尸体抬到院门口,一个个扬言要杀了谢迟为宋蟒报仇。

他们不停地喊话。

"少当家,如果你这样包庇,那还有什么规矩可言,以后谁还信服你?!"

"恕小弟直言!你们连亲都没成,她根本算不上咱们的人,为了这么个外人让弟兄们寒心,你对得起弟兄们吗?对得起山寨吗?"

"不过是个女人,犯不着跟大家为敌!"

"宋大当家待你不薄!"

"……"

太吵了,院里的人无法入眠。

何沣鼓捣许久留声机,给谢迟放音乐,微微盖过外面的声音:"现在好多了。"

"谢谢。"

何沣到床边坐下,摸她的脖子:"怎么谢?"

"只要我能做到的,你尽管提。"

"我要睡你。"说罢,他手不规矩地往谢迟怀里伸。

谢迟按住他的手,将其拽出来:"还疼着呢。"

何沣俯身,靠近她的脸:"我要十万块。"

"我……没有。"

"那我出十万块娶你,怎么样?"

谢迟沉默。

"你值吗？"

"不值。"

何沣笑着挑起她的下巴："还挺有自知之明。"

"……"

宋婉慌里慌张地进来："那帮人太凶了，就差破门进来了。"

何沣坐直："他们也就敢在外头喊喊，不敢进。"

宋婉锁上窗户："他们都穿上孝衣了，还有人烧纸，撒得到处都是。灰飘进院里来，到处都是。"

何沣没搭理她，问谢迟："晚上想吃什么？"

"都可以。"

"没有都可以，说两样。"

"粥。"

"说个肉。"

"……"谢迟随口说了个，"鱼汤。"

何沣对宋婉说："你让青羊子把大嘴找来。"

"好。"

宋婉出去了，自觉地带上门。

屋里只留音乐声。

"他们一直闹怎么办？"

"怎么，怕我把你交出去？"

"嗯，怕，不过你不会的。"

"为什么？"

"你喜欢我。"

何沣笑了笑，倒了杯茶喝："就因为喜欢，我就得护着你，去得罪我的兄弟们？你也听见他们的喊话了，我威信受损啊。"

"上次你打宋青桃的时候就已经受损了。"谢迟认真道，"宋蟒要强暴我，我杀了他只是出于自我保护，我是你的人，你可以充分利用这一点来与他们对峙。"

"要你教我？"何沣又凑过来，鼻子蹭她的脸，"你是我的人，你是我的什么人？"

"……"

"想嫁给我?"

"谁想嫁给你?"

"你昨晚说的。"

"我说的是如果你不是土匪,我可以考虑一下……"

"土匪怎么了?"

谢迟看着他:"我不喜欢土匪。"

"昨晚谁说喜欢我来着,还说了三遍。"

"……"谢迟狡辩,胡乱嘟囔着,"你听错了。"

何沣捏住她的鼻子:"还跟我嘴硬。"

谢迟笑着推开他的手。

何沣把她往床里抱抱,躺到她旁边:"你做我老婆,这两天就把事办了。"

谢迟不确定他这是在开玩笑还是真心话,她思考过这个问题。嫁给他,永远留在这山寨,做个土匪媳妇吗?她虽然讨厌这里,但是云寨的人还是不错的。

"真要冲进来抢人,寡不敌众,我也保不住你。"他的声音难得轻和,带着点儿疲倦,听上去舒服多了,"他们说你不是寨里的人。你嫁给我,进了何家祠堂,怀了我的种,我看谁敢动你。"

谢迟看着他的侧颜出了神,听上去不像是开玩笑。

何沣突然睁开眼,谢迟赶紧移开眼,心突然跳得厉害。

"还害羞什么?亲都亲了,差点儿睡了。"

"……"谢迟拉住被子盖住脸,"那我得考虑考虑。"

何沣隔着被子轻拍下她的屁股:"你慢慢考虑,我等着你,我看你能考虑到什么时候。"

"疼。"

他又拍了一下:"装。"

"……"

晚上,青寨的人终于急上头了,何沣的人堵着门不让进,有人要从围墙翻过去。

声势浩大,宋青桃的堂哥宋晔带头撞人墙,把陈峥几人冲散。

宋晔第一个冲了进去，紧接着，他举着双手，慢慢地退出来。

何沣用枪指着他的脑袋，跟着走出来。

众人面面相觑。

"谁给你的胆子冲进来？"

宋晔出了一头汗。

"跪下。"何沣轻歪了下头，"我数到三。"

他拉下保险："三。"

宋晔连连后退，一屁股跌坐下去，手撑着地往后挪。何沣见他这丢了魂的狗样子，哂笑一声，放下枪，一手把他拎起来，用力掸了下他的裤子："宋二哥，开个玩笑，别当真啊。"

宋晔的脸都白了，往侧边躲一步："小沣，不过一个女人，二哥劝你一句，犯不着寒了这么多兄弟的心，我这也是为你好。"

何沣淡然地扫视围在院外的一群人："你们这阵仗是非得逼我交人啊。"

"杀人偿命，天经地义。"人群里一人说。

何沣朝他看过去："什么？没听清，再说一遍。"

那人被何沣看得心慌，弱弱地重复一遍："杀人……偿命。"

何沣勾了下手指："你出来。"

那人犹豫，没敢上前。

"出来。"何沣没多少耐心，手背至身后，语气变了，"要我去请？"

那人紧张得后背出汗，后悔不已，早知就不该多嘴。他举步维艰，缓慢上前一步。

"叫什么？"何沣见他低着头，"怕什么，我又不打你。"

"李虎。"

"杀过人吗？"

"杀过。"

"几个？"

"一个。"

"那你怎么还站在这儿喘气？怎么不偿命？"

李虎吓蒙了，有弟兄替他说话："那不一样！"

"怎么不一样？"

"她杀的是大当家，我们杀的都是贱命。"

"贱命?"何沣笑了,"你来说给我听听什么叫贱命。"

"反正就是些不值钱的。"

"那照我看,你也是贱命。你把脑袋伸过来,让我开一枪。"

那人不说话了,宋晔将他拉到身后:"小沣,扯这些就没意思了。"

"怎么没意思?我看挺有意思。"何沣转着枪的手停下,"行,不扯远的。杀人偿命,宋青桃杀了人家妹妹,我小姨子,这账怎么算?"何沣拿颗子弹砸向李虎,"问你话呢。"

李虎身体一震,看着落在脚下的子弹,身子凉了半截:"不……不知道。"

"想带走人也不是不行。"

众人眼睛一亮。

"从我身上踩过去。"何沣原地坐下去,背后倚着右边门框,脚踩着左门框,用身体把门挡住,"谁先来?"

没人想死,没人敢动。

僵持之际,蔡叔来了。他是何长辉最亲近的人,不管是云寨、青寨还是雷寨,对他都有几分忌惮。

蔡叔看着青寨一众披麻戴孝的人,劝说道:"都回去吧,大当家说这件事他自有处理,一定给你们一个交代,不要聚在这里闹了。"

"不行!"说话的是宋蜂,从远处来,一脸凶样,"不能就这么算了!"

见宋三当家来,青寨人顿时涨了气焰,身板都挺直了许多。

宋蜂走至人前:"老蔡,死的可是我大哥!何沣,你现在把人交出来,我们既往不咎。"

"宋三叔,你不来找我我还得找你去。"何沣悠闲地坐着,"你大哥大半夜翻墙进我院子想要欺负我女人,给他两刀算便宜了。我要是在,"他抬起眼漫不经心地看着他,"非把他命根子剁了喂狼,眼珠子挖了喂狗,再剁个七零八碎扔到后山给蛇虫鸟兽加餐。"

宋蜂气得手打战:"你——"

"我怎么了?"何沣轻松地笑了笑,手里又转起枪玩,"听说你们青寨就喜欢换女人,宋三叔要是觉得女人可以随便玩的话,不如把三婶送来陪小侄几天,小侄这儿人多,定陪三婶玩个开心。或者把你老娘送来也行,我这扫地的刘叔正夜夜寂寞。"

"你……你大逆不道!"

"我就是大逆不道。"何沣站了起来,俯视宋蜂,背着手,一副不可一世的模样,"这屋子里的任何一个女人,谁敢动,我杀他上下三代。您也知道,我说到做到。"

无人敢动。

"谁不服,站出来。"

无人出头。

蔡叔拉了拉宋蜂:"宋三当家,先回吧。"

宋蜂知道在此僵持也讨不来结果,干脆先退一步,带他们离开,回去与二哥商议再计:"既然大当家发话了,那小弟们就等着消息,走。"

何沣微笑:"慢走。"

人都退了,蔡叔白了何沣一眼,手指着他摇了摇头:"你啊。"

何沣按下他的手:"劳烦您跑一趟,进去坐坐。"

"不进了。"蔡叔弯腰,想掀他的衣服看看伤势,"没事吧?"

何沣推开他的手:"小伤。"

"你这不要命的。"蔡叔朝院里看一眼,"你啊,跟你爹一样,不愧是父子。行了,进去歇着吧,我回去了。"

"欸,蔡叔,"何沣叫住他,"你回去告诉我爹一声,抽空我成个亲。"

"成亲?你小子脑袋也被烧坏了?她命都难保,还成亲?"

"那你就去告诉他一声,他要做爷爷了。"

蔡叔愣住了,半晌才狐疑地问一句:"真的假的?"

"不信让他叫老郑来看看呗。"

蔡叔还是不信:"你小子又打什么鬼主意呢?"

"快走吧你。"何沣把他往外推,"小心点儿,别摔断您这老腿。"

"别推,你要跌死我。"

"别忘了,大孙子。"

"走了。"

第二天一早,蔡叔就带着一个陌生的大夫过来了。

一号脉,大夫笑容大开,握拳恭贺:"恭喜少当家要做爹了。"

蔡叔抓住大夫:"没搞错吧?"

"您还不信我?"

"信信信。"蔡叔拍了何沣胳膊一巴掌,"行啊,你小子。"蔡叔拉上大夫高兴地走了,远去路上还嘱咐伺候的人:"好好照看。"

谢迟百思不得其解。什么呀?

等人都走了,谢迟才问他:"什么当爹?"

何沣坐到床上,指了指她的肚子,谢迟愣愣地看着自己。

"你傻吗?"何沣弹她脑门儿,"骗骗我爹而已。"

"和那大夫串通好的?"

"我不认识他。"

"那他怎么帮你撒谎?"

"只能说他聪明。"

"什么?"

"人家心里有数,该听谁的,帮谁说话。得罪了我,以后山上山下都没的混。"何沣靠近她,"要不加急怀一个?"

谢迟推开他:"我伤还没好,疼。"

何沣捏她脸:"行,我等着,我看你还能疼几天。"

宋青桃披麻戴孝跪在何长辉院前,抱着宋蟒的牌位,不吃不喝跪了一天。

何长辉不出面,让蔡叔出来说话。他要拉宋青桃起身,宋青桃死活不起。

蔡叔劝道:"大当家已经说过了,你们先回去,这事日后定给你们一个交代。"

宋晔问:"日后?日后是什么时候?"

蔡叔说:"总之,先让宋大当家入土为安吧。"

有弟兄在后头喊:"还入土为什么安?宋大当家死不瞑目!"

"对!死不瞑目!"

"求大当家给个说法。"

宋青桃面无表情地跪着,一言不发。

蔡叔叹了口气,对宋青桃小声道:"那丫头怀了少当家的孩子,大当家说了,等孩子生出来,人保准交给你们。"

宋青桃震惊地仰视着他。

"现在这种情况,你们就是跪死在这儿也没用。她不值钱,可肚子里那个值钱啊,甭说少当家,大当家也不能撂了孙子不是?"蔡叔拍拍她的肩,"先回去吧。"

"她真的有孩子了?"

"如假包换,刚动了胎气。"蔡叔故意提高声音,说给后头的兄弟们听,"幸亏他们没往肚子上踢,孩子保住了。各退一步,这么僵持着也不是事。大当家说话向来算话,等孩子生下来,到时候你们再来领人,还不是随你处置?"

有人说:"十月怀胎,到时候都多久了,谁知道会不会再生什么变故?"

"就是!不能这么偏袒!"

"怀没怀都不一定!"

蔡叔看向说话的人:"要不你去亲自检查一下?"

那人闭嘴。

宋青桃思忖片刻,抱着牌位站了起来,冲屋里喊道:"青桃十个月后来要人,还望大当家说话算话。"

宋晔不肯走:"就这么放过?明摆着骗人。就算怀了,被打成那样,孩子还能保住?"

宋青桃恶狠狠地看他:"不然你在这儿跪着,或者去摸摸她的肚子,看看真假,看看他们现在放不放人。"

"我……"

大小姐松了口,青寨的人自然闹不下去,跟着她一块回青寨了。

蔡叔回院里,何长辉还在抽烟。

"他们信了。"

何长辉笑了:"你以为真信?找个台阶下而已。"

"您也不信?"

何长辉懒洋洋地看他:"我孙子石头做的?那丫头被这么毒打,就是石头也掉咯。"

蔡叔笑:"少当家的种,也不是不可能。"

"小沣一肚子鬼点子,女人没碰过几个,谎话倒是随口来,还大孙子。"何长辉眯着眼哼笑一声,"真要给我弄个大孙子,我可得笑死了。"

"那几个月后怎么办?肚子不见大,下头必然来要人啊。"

"打发下山,还能把你难着不成?"

"问题是少当家那儿。"

"哼,"何长辉销魂地吐着烟雾,"先随他去吧,玩两天再说。"

青寨的人撤了,何沣的院子被打扫干净。何湛自个儿滑着轮椅进来,见谢迟房间空着,遇到一人便问:"阿吱呢?"

宋婉第一回见何湛,从前听闻过此人,看这长相气质,又坐着轮椅,猜想定是何沣的哥哥,于是她带着何湛去了何沣房间。

刚进门,何湛就看到何沣坐在桌上刻木头,谢迟靠在床边看书。

瞧着像对新婚夫妻。

"大哥。"何沣听到声音,抬头看他一眼。

谢迟闻声也叫了声"大哥"。

何沣回头笑着看她:"谁让你叫大哥了?"

"……"

"他就是嘴不饶人,你别理他。"何湛滑到谢迟床边,"还好吗?"

"她好得很。"何沣抢在她之前回答,"看她自在的,还看起书了。"

宋婉坐到何沣对面:"少当家,你在刻什么?"

"不知道,随便雕,打发时间。"何沣吹了吹木头,"你去拿两瓶酒来。"

"大夫说你不能喝酒,青羊子已经把酒全藏起来了。"

"事儿多。那你叫陈峥打两条鱼来,晚上喝汤。"何沣扭头看谢迟,"想喝吗?"

她点头。

何沣笑着回头:"多打几条。"

"可是他不是要看院子?"

"我在这还用他看?"何沣轻笑着看她,"去吧。"

宋婉开心地跑了。

谢迟看的是他们母亲留下的书,上面全是英文,谢迟不认得,只能看看图画。何沣嘲笑她:"看又看不懂,非要看,难受不难受?"

"说的好像你能看懂一样。"

"欸,我还真能。"何沣专心雕木头,不屑地笑了一声,"别以为就你读过几本书,我可精通三国语言呢。"

何湛笑着夸耀弟弟:"小沣语言天赋好,从前母亲教我们外语,他一天可以学我三天的量。"

谢迟有点儿印象。王大嘴与她提过，他们的母亲是被抢上山的，是个留过学的富家小姐。这么一想，这兄弟俩会点儿外文也不奇怪。

何湛滑到何沣身边："听说你中弹了，打到哪儿了？"

"又不是第一回中，小伤。"

"别不当回事，还是要注意休息，少弄这些小玩意儿，费神费力。"

"人家占着我的床呢，碰一下都叫疼，我哪敢上床休息啊。"

谢迟别过脸去，不想理他。

何湛仔细看着何沣手里的东西："刻的什么？"

"这叫艺术，你看不懂。"

谢迟"噗"地笑出声。

何沣这下来劲了，起身就要去教训她："你再笑一声。"

谢迟用书挡住嘴，立马示弱："我错了。"

何沣没折腾她，坐了回来。

"这么大的人了，还像小孩子一样。"何湛看着他大起大坐的，"你慢一点儿，别动到伤。"

"知道。"

何湛待了一会儿，滑动轮椅要走。

何沣道："不留下吃饭？"

"不吃了，我就是来看看，你们没事就好。"

"那你慢点儿。"

"嗯。"

屋内又只剩他们俩。

谢迟偷瞄他一眼，哪料何沣像背后长了眼一样："偷看我干什么？"

"……"

她在心里骂了一声。

"还骂我。"

这……是不是人？

何沣雕好了，擦了擦木雕坐到床边："看看。"

谢迟打量许久："猪？"

何沣弹她一个脑瓜崩儿："你才是猪。"

谢迟揉了揉额头:"那是什么?"

何沣按下她的手,亲一口被自己弹的地方:"母猪。"

谢迟用力推他:"有什么区别吗?"

何沣纹丝不动:"母的啊。"

"……"

傍晚,裴兰远又来看他们,还带了上次何沣带回来的烧鸡。光看那包装,谢迟就有点儿流口水了。

何沣用筷子把肉从骨头上一点点剔下来给谢迟吃,裴兰远在一旁不停地嘲笑他,何沣来气了,拿着鸡骨头往他嘴里堵。

剔到一半,裴兰远要拉何沣去别处谈事。

何沣不肯:"就在这儿说,她傻,听不懂。"

谢迟:"……"

裴兰远无奈地笑了:"他就这死性子,对一个人好的方式就是欺负她,因为不喜欢的人压根儿不会看一眼,所以欺负得越厉害,越喜欢。"

何沣笑着默认:"骨头都堵不住你的嘴。"

裴兰远敛笑:"行了行了,说正事。"

"嗯。"

"上次那个小日本又来找我了。"

何沣嗤笑一声:"非得老子打他们一顿才能安稳。"

青羊子正好进屋,看到鸡腿就要摸,何沣打开他的手:"跟女人抢食,没出息。"

青羊子委屈地缩回手。

何沣扔给他一个鸡翅:"坐下。"

青羊子高兴地接住,坐着啃起来。

裴兰远继续说:"这回叫了几十个人来,看那架势跟要硬抢似的。"

"嗬,能耐了。"

青羊子不明所以:"说什么呢?"

裴兰远又与他解释:"田中久智又来找我谈煤矿的事。"

青羊子顿时扔了鸡翅,腾地站起来:"狗日的还敢来!让他来,我他妈毙了他!"

"别激动,坐下。"何沣淡定地剔骨头,谢迟坐在旁边默默吃,听他们说话。

"小日本急吼吼的,不就是想占中国?他们挖我们的煤、用我们的人,往他狗娘的日本运。"何沣朝谢迟挑眉,"老子就是炸了矿洞也不给他们。"

青羊子吃不下去了,一言不发,闷闷不乐地出去。

何沣心情也不太好,用筷子猛戳两下鸡肉:"让他直接来找我,看老子不扒了他的皮。"

谢迟笑了一声。

何沣睨她:"笑什么?"

"笑你一副要吃人的表情。"

"喜欢吗?"

谢迟不答。

裴兰远看不下去了:"我还在这儿呢,你们俩能不能照顾一下我这单身汉?"

谢迟忽然问:"青羊子刚才怎么了?"

裴兰远说:"他的弟弟,前年去济南奔亲戚,被日本兵打死了。"

"是五月的时候?"

"嗯。"

谢迟刚好知道这件事,上次去济南听二叔说过。前年日本以保护侨民为借口出兵济南,意图阻止国民革命军北伐,杀了很多中国兵与无辜百姓,手段极其残忍。

提起这个何沣就来气,折了筷子,随手把肉扔到谢迟碗里:"不剔了,自己啃去。"

何沣走了出去。

裴兰远叹口气:"别当青羊子的面提,也别再问小沣了。"

"我明白。"

下午,何沣带裴兰远出去,让谢迟休息。傍晚,谢迟醒过来,窗外光照了进来,为万物镀上一层暖橘色。谢迟挪到轮椅上,想出去透透气,顺手拿上画本与笔。

今天的晚霞很漂亮,西边的云一层层交叠,宛如几条煎熟的鲤鱼停在天上，缓缓地、几乎看不出变化地游动。谢迟往院中去些，一抬首便看到屋顶坐着的人。她见他耷拉着脑袋发呆，唤了声："青羊子。"

青羊子立马回头朝下看去："你醒了。"他转过身来，面对谢迟坐，"三哥和裴二哥被花爷叫去喝酒了，估计一时半会儿回不来。"

"哦。"谢迟见他心情不好，想起白天裴兰远说的事情，不想打扰他。正要回屋，青羊子看见她手里的纸笔，叫她一声："要不要上来坐会儿？今儿个天好看。"

"好。"谢迟扶着椅把站起来。腿伤痛，但没到不能走路的地步，只是略有些艰难。青羊子见她一瘸一拐，起身往西边走去，不一会儿又从墙东绕过来，来到她的身边，拿过她手里的东西夹在腋下，抬起手臂让她扶住自己，"你慢点儿，摔了我可倒霉了。"

谢迟握住他的胳膊借力："谢谢。"

房顶并不难上，屋侧堆着很多木箱子，在受伤之前谢迟就上过几次，再有青羊子帮扶，她很顺利地就坐到顶上。高处的视角更好，谢迟看向西方的晚霞，心情都变好许多。

青羊子杵在她身侧："我在这儿会不会打扰你？"

"嗯？"谢迟没明白。

青羊子将纸笔递过来："你不是要画画吗？"

谢迟已经忘了这茬，接过来放在腿边："是我打扰你，你坐吧。"

青羊子在离她一米远的地方坐着，不说话了。他心事重重，情绪低落，不用看表情谢迟都能感受到。两人一直沉默，直到完全不见落日。

青羊子见她一直不动笔，才开口："我有个弟弟，从前他喜欢看日落，我们小时候经常坐在这儿，拿着弹弓想打太阳。"他的唇角露出点儿笑意，却是苦涩的，"他叫青桥子，可惜他死了，再也看不到了。"

"我不知道怎么安慰你。"

青羊子挠了下头："没事，早就不难受了，就是想起来又气又恨，都是那帮该死的小日本。"

"听裴兰远说他们打矿的主意。"

"可不是！"提到这，青羊子的满脸悲伤顿时变成了愤怒，"三哥不搭理，他们就不停地骚扰裴家。听说那个日本头子有些军方背景，要我说就该带人下去全给杀了，省得他们以后作孽。"

"哟，丫头，你怎么爬上头去了？你可得小心着点儿，身上还有伤呢！"是王大嘴，"青羊子，你赶紧把她送下来，这多危险！"

谢迟俯视她："没事的婶婶，很安全，我坐一会儿就下去。"

青羊子摆摆手："大嘴，快去做你的饭吧。她要是掉下去，还有我垫背呢。"

王大嘴摇着头进小厨房，不停嘟囔："一个个的，瞎折腾，回头摔了，看你三哥不揍你，不省心的……"

青羊子屁股往下挪挪，躺着看天，长叹一声："大嘴不愧是大嘴。"

谢迟沉默，继续看向西边。天暗下来一些，渐渐变成橘紫色，只有远处最高的山顶沐浴着金光，神圣又好看。这样的画面她从前在山中生活的时候也常见，是谢兆庭最喜欢的景，每每画画时他都会念上几句诗，有古人的，也有自作的。

谢迟又想爷爷了，想听他念诗，想看他作画，想和他诉说这几个月来遭遇的事。身上的伤隐隐作痛，宋蟒的死相不时出现在她的脑子里，变成挥之不去的阴影。她看着那金顶慢慢消失，变成了阴沉的石色。她忽然好后悔，后悔跟四哥去济南，后悔没有早点儿回去。或许错开一两天就不会遭遇劫匪，不会被掳上山，九妹不会死，自己也不会搞成这个德行。谢迟的心情不比青羊子好。

寨里到处炊烟袅袅，饭菜的香味渐渐从四面八方飘了过来。

"真香。"青羊子叹了一声。

谢迟看向不远处玩闹的孩子们，他们正在捉迷藏，甩着胳膊到处跑，快速找地方躲起来。一个小男孩爬进了狗窝，地方不够大，露出个屁股在外面，他左扭右扭，终于把自己完全塞了进去。

这让她的心里生出一丝温暖。谢迟没忍住笑了笑，青羊子睨她一眼："笑什么？"

"笑那些小孩，玩得真开心。"

青羊子微微抬身顺着她的视线看过去，又一脸嫌弃地躺下去："那帮孩子成天闹死了，看到就头疼。"

"你们不也是这样过来的？听说何沣小时候更不安分。"

青羊子"哎哟"一声："三哥那真是上天入地，没有到不了的地方。我这大腿上有条疤，是六岁时候跟少当家爬山留下的。你是没看见，那悬崖峭壁，三哥跟猴子似的到处翻，可怜我从坡上掉下来，幸亏有棵树挡着，没给摔死。"

谢迟幻想那番画面，不由得又扬起嘴角。

青羊子绘声绘色地描述自己与何沣童年的事，气氛好了许多。

何沣今晚没怎么喝，想着早点儿回来看看屋里那个，哪知刚进院门就见人家和青羊子坐在屋顶上欢声笑语。何沣往前走几步，手叉着腰望上头的两人，他们还在聊天，丝毫没感受到自己的存在。何沣往地上看看，没找到石头，冲屋顶吼一声："干什么呢？"

这声也不大，却叫青羊子心里一"咯噔"，他缓缓气往下看过去："三哥，你要把我吓得摔下去了。"

何沣不想搭理他，直勾勾盯着谢迟："你伤好了是不是？"

谢迟赶紧道："没有，屋里太闷，我心口疼，喘不过气，出来透透。"

"胸口疼？"何沣勾勾手，"下来，我给你揉揉。"

"……"

青羊子笑着起身，自个儿先溜了。谢迟跟他后头慢慢下去，卡在屋檐上下不来，就见何沣走到箱子边仰面看着自己。谢迟这一拉一扯的，伤口疼得出汗，浅浅皱了下眉心。

何沣一口酸不啦唧的语气："风景好看吧？"

"还不错。"

"不再看会儿？"

"天快黑了。"

"还可以看星星。"

"……冷。"

"我给你拿件衣裳？"

"算了，不看了。"谢迟看他这眼神，有些心虚，总觉得事情不妙，"回去吧，我给你画画。"

何沣把她这小心思摸得透透的："下来啊。"

"下不去了，有点儿高，你扶我一下。"

"怎么上去的怎么下来。"

"不扶算了。"谢迟往边上坐坐，脚尖往下试探，鼓着劲自己下。

何沣瞧她憋着疼的模样，又心疼，抬手拖住她的脚掌，让她踩着自己下来:"踩稳了。"

谢迟没敢用力。

何沣用力握一下她的脚:"要不你在这儿坐一夜?"

谢迟踩下去,另一只脚落在箱子上,刚站稳,何沣就抱住她的腿把人直接扛了起来。谢迟一阵吃痛,掐他的肩膀:"疼。"

何沣在她屁股上拧一下:"你再掐一个?你掐一下我就拧你一下,让你这屁股蛋变成猴屁股。"

谢迟不动了:"悍匪。"

何沣哼笑一声,把人送进屋里放下:"你这身体棒啊,早上还下不来床,傍晚都能上屋顶了。"他俯身压过去,紧贴她的身体。

谢迟双手按在他胸前,挡着一些:"疼死了,早知道不去了。"

"是吗?"

"嗯,都怪青羊子。"

"怎么,青羊子拿刀逼你上去的?"

"……"谢迟别过脸去,躲开他的目光,"也不是。"

何沣捏住她的下巴将她的脸转了过来:"我看你活蹦乱跳的,是该把正事办了。"

"哪有,疼得后背都是汗。"

"是吗?我摸摸。"说完他就把手往她腰间挤,谢迟赶紧抓住他的手。胸前的阻碍没有了,何沣更近地贴过来,嘴巴快贴到她脸上了。

谢迟推不动他:"你太重,压得我喘不过气了,挪挪呗。"

"亲我一下,我就放开。"

"不。"

"那就这么耗着,"何沣抽出手,按床支撑身体,防止真把她压出事来,"看谁耗得过谁。"

"无耻。"

"我无耻?"何沣笑了,"好,我无耻。我就无耻了,你能怎么样?"

谢迟又侧过脸,鼓着嘴不说话,何沣用鼻子顶一下她的脸蛋:"亲不亲?"

"不亲。"

"那我亲了。"

何沣刚要靠过来,谢迟一巴掌捂住他的嘴巴,何沣的声音闷在她的掌心里:"拿开。"

"不。"

"我剁了。"

谢迟看他被自己捂到变形的半张脸,没忍住笑了:"你不敢,你舍得吗?好不容易救下来的。"

何沣扯开她的手压在床上,手指硬塞进她的指缝里与她十指相扣:"我有什么不敢的。"

外头传来王大嘴的叫声:"青羊子,饭好了。"

谢迟弯弯手指点了点他的手:"我还没吃饭呢,饿。"巧了,她的肚子刚好咕咕两声响,"你听,肚子都叫了,好饿啊,头晕。"

何沣看她这装模作样的表情,乐得不行:"要我喂你吗?"

"……那倒不用。"

何沣没有跟她扯七扯八,干脆地起了身:"饿就多吃点儿,好好养你的伤。"

"噢。"

何沣一出门,就撞上端着饭菜进来的王大嘴,她立马笑起来:"少当家在呢,没打扰你们吧?"

"没。"

"你也吃点儿?"

"吃过了。"何沣往后看一眼坐在床上的谢迟,对王大嘴说,"吃不完告诉我,我来给她灌下去。"

王大嘴:"啊?"

谢迟:"……"

何沣笑着走了:"送进去吧,别把她饿死了。"

天气变得有些快,晚上下起大雨来。

谢迟这腿酸疼得厉害,躺在床上看着床帘发愣,忽然一声惊雷,吓得她脚后跟一蹬。谢迟转个身面朝窗户,看外头刺眼的闪电,忽然一个黑影快速地走过来。谢迟可对这太熟悉了,她赶忙扯过被子蒙住头。

门被敲两下,谢迟没搭理,谁料他推门就进来,几个大步走到床边坐下,拽了拽她的被子。

谢迟仍在装睡。

何沣注视着她的背影，手撑床，直接从她上方翻到了床里侧，但见谢迟闭着眼一动不动。何沣朝她吹口气，谢迟眼皮子微微动了动，何沣笑了，手往被窝里伸，刚要碰到人，谢迟就往后退去："干什么？"

"摸你。"

"……"谢迟挂到床边去，"我困。"

"我不困。"何沣挨过来，"日落好看吗？"

话题转得太突然，谢迟愣了两秒，答："还可以。"

明知无事，可何沣一想起她和青羊子有说有笑的样子，心里就酸不啦唧的，他拦腰把谢迟搂起来："这么爱看风景，我们去看点儿好看的。"

谢迟敲他的背："你又带我去哪儿？外面在下雨。"

何沣没走远，把她放在西屋角檐下的长椅上坐着，他坐到谢迟旁边，随手揽住她的肩，让她依偎在自己身上："太阳有什么好看的，看闪电。"

轰隆隆——

一道白光划破天际，分裂出无数触角向大地蔓延。

何沣揪了下她的耳垂："比日落好看吧？"

谢迟不想理他。

又两道闪电同时出现，像两条不分伯仲的紫龙竞相游走。

谢迟被大自然的美吸引，紧绷的身体慢慢放松："今天青羊子和我说了你们小时候的事，还有青桥子。"

何沣的情绪顿时低下来，手从她肩上放下，抱臂放在胸前："说什么了？"

"爬树、抓鱼、打架，很多事。"

"嗯，还有呢？"

"没有了，就一些有趣的事。"

何沣回忆年少时，山寨里年龄相仿的人很多，玩得最好的就只有青羊子、青桥子，还有个重病身亡的陈行。那会儿，他们四个几乎算是上天入地，如今只剩自己和青羊子了。"他们俩本来是乞丐，没爹没娘，在街上要饭，被我爹带上山就一直跟在我身边，后来大点儿才敢找家人。当时寨里忙，我没让青羊子走，青桥子自己先去摸门，没想一趟把命丢了。"何沣咬下牙，气息都重了些，"去他娘的小日本，杀我上万中国人，老子要是在济南，非带着兄弟们跟那帮狗杂种拼命。"

谢迟注视着他:"没看出来,你这土匪还挺有血性。"

何沣睨她一眼,面色缓和些:"你以为老子只会打鸟?"

"听说你们……"谢迟没继续说下去,"裴兰远下山了吗?"

"喝多了,客房住着呢。那么点儿酒量,还非逞能。"

谢迟看向被闪电照得明亮的天空:"也不知道明天天气怎么样。"

"就是山寨淹了,也湿不到你一根脚指头。"

雨越下越大,风向也变了,吹着雨滴飘到他们的腿上。谢迟打了个喷嚏,何沣这才注意到她穿得有点儿少:"冷?"

"嗯,有点儿。"

何沣蹲到她面前,背对着她。

"干什么?"

"背你进屋。"他回头看她,"怎么,真想坐这儿看一夜?"

谢迟自个儿站了起来:"腿没断,我自己能走。"

何沣起身跟上去将她横抱起来:"别又说我欺负你。"

谢迟没挣扎,既然逃不走,干脆挂住他的脖子让自己舒服些。他年纪不大,气势却拿人,又宽又暖的胸膛给人沉甸甸的安全感;也不像别的土匪那样邋遢,十天半月换一次衣服,身上总散发着汗臭。何沣身上很好闻,形容不出具体什么味,有花香、草香、木香,偶尔还夹些酒味,谢迟不排斥,反而觉得清冽好闻。

何沣将她放到床上,谢迟又打了个喷嚏。

"你感冒了?"何沣捏起被子扔到她身上,"裹好了。"语落,他便转身离开。

谢迟有些愕然,这就走了?她没想到何沣竟这么轻松地放了自己。隔了好久,就在她快睡着的时候,又被何沣叫醒。

何沣端着个碗坐到床边,谢迟迷迷糊糊地看着他:"又干什么?"

"姜汤。"

"你煮的?"

"当然,亲自煮的。"

瞧瞧他这得意的嘴脸。谢迟坐起身,何沣把枕头竖过来给她靠着,把姜汤递了过来。谢迟刚看清碗里的东西,忍不住笑出声:"你这是什么?"

"姜汤啊。"

只见碗里腾腾冒热气,大半碗清水,碗底落着三颗完整的生姜,还真是……好手艺。

"哪有姜汤这么做的,你没喝过吗?"

"没。"

"那也得见过吧?"谢迟往下躺去,"我不喝,您慢慢享用。"

何沣攥住她胸前的衣服,不依不饶:"熬这么久你说不喝就不喝,给老子起来。"

"……"谢迟被他拎起来,气急败坏地接过碗,也不顾烫嘴,呼噜呼噜喝了个干净,再没好气地还给他,继续背对着他躺下,"睡了。"

何沣满意极了:"要不你把这生姜啃了,扔了怪可惜。"

谢迟扯过被子蒙住头,声音被掩盖住,咕哝咕哝的:"不吃!"

何沣也没逼她,拉拉被子盖住她的脚:"冷不冷?"

谢迟不吱声。

"要不我留下给你暖床?"

谢迟把自己裹成个蚕蛹:"赶紧走吧。"

何沣笑了笑,拿着碗出去了。

天还没亮,何沣就与裴兰远去矿上了,这一走就是一天。回来前,何沣专程绕到镇上,给谢迟买了些糕点。

到云寨已经是深夜,他没敢进屋,怕吵醒她,于是把糕点放在门口便去别的房间睡了。

第二天一早,宋婉哼着小曲来看谢迟,发现她醒了才进来:"醒这么早。"

"昨晚睡得早。"谢迟坐在桌边,面前放着没拆的糕点。

"这是什么?"宋婉看着包装,上头印着三个字:蓉月斋。

"好像是小点心,放在了门口,可能是何沣送来的。"

宋婉忽然叫出声:"呀,我想起来了!这家的桂花糕特别好吃!"

这一惊一乍的,吓得谢迟心不平静:"那你吃吧。"

"那我不客气啦。"

宋婉抿唇笑,小心拆开包装,捏出一块栗子糕,轻咬一口,满足地踮起脚来:"太好吃了,你快尝尝。"

"我不爱吃甜食。"

"真的好吃，你尝尝嘛！"宋婉揪一块戳到谢迟嘴边，她无奈地张口吃下，味道确实还不错。

宋婉又打开另外两包，分别吃了两块，见谢迟一直不动，有些不好意思，掸掸手："你洗过了吗？我去给你打点儿水来。"

"洗过了。"谢迟身上没有重伤，除了手臂高抬不起来，其他地方恢复得都不错，也不再用轮椅，"麻烦你帮我换件衣服吧，我一直拉不上来。"

"好。"

宋婉帮她换完衣服，又帮她梳头，忽然面色凝重，声音低沉："阿吱……有件事我要跟你说。"

"什么事？"

"就是……他们抓到你那天，本来陈峥已经带你跑了，正好我起夜看到，就去你房间看了一眼。宋蟒的尸体是被我发现的，我吓得大叫，才把别人引来，所以青寨的人才会那么快追到你。"宋婉撇嘴，"对不起啊，都怪我。"

"没事，都过去了。"

"要不是我把他们引来，你可能就跟着陈峥跑掉了，不会挨打，还差点儿被烧死。"

谢迟看着镜子里她噘起的嘴，笑道："真的没关系，我现在挺好的。再怎么说我也杀了人，其实被这么打一顿，心里倒舒服很多。"

宋婉蹲下，大眼睛快速眨了眨："你欠揍啊？"

"……"

"我发现你这几天总是睡不好，是因为杀人吗？"

谢迟沉默了。

"你不用觉得罪恶，我听说那个宋蟒杀人夺财，做了不少坏事，他这种人死不足惜，你也算为民除害了。"

"嗯。"

宋婉仰视她，弯起嘴角："你真好看，难怪少当家眼里容不下别人。"

谢迟也笑："你也很漂亮。"

宋婉摇头："不一样，总感觉你身上的气质很特别，一看就是大户人家的千金小姐。"

"我有近十年都是在山里长大的，不是什么大家闺秀。"

"那也不一样。"宋婉手撑着脸看她,"你原来是哪里人啊?"

"南边一点儿。"

"你家乡好玩吗?"

"还不错。"

"好吃的多吗?"

"多。"

"那你想家吗?"

谢迟怔愣片刻,这句话像小棒槌似的敲击在她胸口。

想家吗?

实话实说,不想。谢家与她情浅,不管是父亲还是兄弟姐妹,一直以来都是可有可无的。唯一挂念的,就只有爷爷。

可在她心底还是有道声音,一直提醒着她,要回家,回家。

"阿吱?"

"阿吱!"

宋婉推了她一下,谢迟回过神,听她道:"他们说你怀孩子了,是假的吧?"

"你怎么知道?"

"大嘴说的,"宋婉捂着嘴笑,"她说你还是雏儿。"

"……"这个王大嘴,真是什么事都往外说。

"你放心,没多少人知道的,我嘴很严。"宋婉突然凑近她些,"告诉你个事。"

"嗯?"

"那天我和陈峥去抓鱼,"她娇羞地笑起来,两根食指尖对了对,"然后我和他那个了。"

谢迟瞬间明白了:"在外面?"

宋婉点头。

"他欺负你了?"

"没有,我自愿的。"

"可你才认识他几天。"

"那有什么,喜欢就在一起咯。男欢女爱,人之常情。"宋婉挠挠她的手背,"听大嘴说你来这儿的时间也不短了,怎么还没跟少当家发生点儿什么?听说他先前也没有过别的女人,少当家不会那方面有什么问题吧?"

"没有。"

"你怎么知道?你们又没睡过。"

"我猜的。"谢迟有点儿害羞了,支支吾吾的,"可能吧……我也不知道。"

"那你想不想听听那个事是怎么做的?"

"……"

宋婉也不顾她感不感兴趣,靠近她的耳朵就描绘起来,把谢迟听得面红耳赤。

忽然,何沣出现在门口:"你俩说什么见不得人的话呢?"

谢迟惊慌,俨然一副做贼心虚的模样。

宋婉淡定地站起来,笑着答话:"女孩子的悄悄话,怎么能告诉你?"宋婉瞥了眼谢迟,笑着走了,"不打扰你们咯。"

谢迟不想她离开:"欸,别走。"

宋婉已经跑了出去。

何沣朝她走来,盯着她绯红的脸:"发烧了?"他碰了下她的额头,"没烧啊,脸怎么这么红?"

谢迟打开他的手,站起来走开:"热的,屋里闷,我要去吃饭了。"

何沣跟上去,看到桌上被拆开的点心:"糕点好吃吗?"

"一般般。"

"一般般?"何沣嗤笑一声,背着手走到她旁边,"改天跟你去江苏,我倒要看看你们那儿的东西有多好吃。"

谢迟原先的房间早被清理干净,只是何沣担心她害怕,就让人把那间房用木板彻底封死。谢迟这几日一直在何沣房里住着,他没有缠着她做那事,一来身体未康复,二来谢迟总是推三阻四,他也不愿强迫。

近来矿上总出事,何沣三天两头往矿上跑。

谢迟日日无聊,别无他事,只能靠画画打发时间。她的伤痊愈得差不多了,又有了下山的念头。

寨里的鸡还没叫,谢迟就醒了。她看着床顶发呆,直到天蒙蒙亮,才起了身。一直困于室内,脑子空空,毫无灵感。她想出去走走,看看新鲜风景，顺便收集一些绘画素材。

天色尚暗，寨里大多数人还在睡觉，路上没遇到一个人，连守门的小兄弟也撑着脸打瞌睡。寨门关着，谢迟不想扰小兄弟的美梦，她体瘦，就从大门不远处的一道小栅栏挤了出去。

就这么轻松地出来了？

谢迟夹着画纸，看着外面的世界，一阵恍惚。

这个时候溜走，机会还是很大的。可是何沣说过，从正道下山必过青、雷两寨，偏路又容易迷路，且暗藏陷阱。被抓回来还好说，万一遇上青寨的人，不得被扒皮抽筋……

唉，她不敢冒险，还是指望何沣更稳妥些。

于是她往寨东走，择一处风景适宜的地方取材。

太阳出山头，何沣才发现谢迟不见了，他气得差点儿把屋顶掀了。于是，全寨子的人都睡不好觉了，里外找人。

谢迟刚画完几张小稿，就听到身后一声惊呼："找到啦！"这一声吼，把她吓得心头一震，回头只见那人指着自己大叫："在这里！"

不一会儿，何沣就被人领了过来。他看上去很不高兴，气势汹汹地朝她走去。

谢迟坐在悬崖边，瞧他一副要吃人的表情，心头发怵，又进退不得。

何沣攥着她的衣领直接把人提了起来，一顿暴吼："你跑到这儿来干什么？！"

声音在山间回荡，吓得远处山林的群鸟飞起。

"我来画画。"谢迟咽了口气，抬起手。

何沣一手拎着她，一手抢过她手中的画稿，揉成团一把扔下悬崖。

"欸！"谢迟抓着他的胳膊，用力捶他几下，"你干什么？我的画！"

"你再动一下，老子连你一起扔下去。"

谢迟气得用脚踹他："你扔！现在就扔！"

何沣拿她没办法，任由她拳打脚踢："你不知道要找个人跟着？我有没有告诉你不要一个人到处乱跑？我看你是活腻了。"

"腿是我的，关你什么事！我就是活腻了，求你扔了我吧。"谢迟脚尖着地，被他提得难受，猛拍他的手背，"扔啊！"

何沣倏地放手，谢迟没站稳，坐到身后的石头上。屁股刚沾石头，又被他拎起来，直接抱进了怀里："以后去哪儿告诉我一声。"

谢迟还处在愤怒的情绪中，一把推开他，哪料何沣纹丝不动，自己却朝后栽去。

何沣及时搂住她的腰，把她腾空抱起来，表情柔和下来："好了，别闹了，对不起，不该凶你。"

谢迟用力地扯了几下他的头发。

何沣却亲了口她的下巴。

谢迟又气又羞，一巴掌轻拍在他的嘴上，何沣笑着说："打吧，打到你开心。"

谢迟别过脸去："放我下来。"

"不放。"何沣晃了晃她的身体，"以后想出来画画告诉我，我陪你。"

"你不在。"

"让人去找我，反正不许自己乱跑。"何沣揉了把她的屁股，"听到没？"

谢迟身子一颤。

"再问一遍，"他又掐她的屁股，"听到没？"

谢迟无奈地说了句："好。"

"好什么？"他的手往下移，挪到她的大腿上，"说听到了。"

"听到了听到了。"她看着不远处偷笑的几个人，扯了扯何沣的衣服，"放我下来。"

何沣把她放下来："好了，你继续画吧。"

谢迟哪还有心情，气愤地背过身，往山崖下看："画稿都被丢了！好不容易画的，你真是太烦人了。"

她转身踢了他一脚，愤愤地回寨。

陪何沣吃完早饭，谢迟回房睡了一天，再醒来已经是傍晚了。她的肚子有些饿，刚起身准备去厨房找点儿吃的，就看到桌上的一沓画纸，是上午被何沣扔下山崖的那些。

只见它们被摊平，完好无损地放着，旁边还放了一枝花。

几张小稿而已，没了就没了，谢迟并没太当回事。万万没想到何沣居然会把它们捡回来。那崖深不见底，倒真是难为他了。

她拿起那枝白色的花，不经意地笑了笑。从未见过的花种，不知道它叫什么名字。

159

她嗅了嗅那花的味道，淡淡香，是她喜欢的。

何沣跑到悬崖底下给谢迟找回了画稿，还在陡崖上摘了枝花。因为摘花，拉到伤口，又流血了。

画纸被窝成团，怎么捋都不平，还沾了山底露水，晕了墨。

谢迟在屋里睡觉，何沣没敢进去，坐在门口晒纸。他后悔不已，怎么就一时冲动把它给揉了。

他坐在门外思考了好一阵，还是觉得自己早上对谢迟太凶了，一枝花似乎不够。

青羊子说，女孩子都喜欢漂亮的首饰，于是他把画稿与花悄悄放在屋里的桌上后，拉上青羊子骑马下山，想送谢迟一些珠宝首饰。

挑了一圈，觉得大的太俗气，小的不好看，没有一个看上眼的。他觉得买东西实在烦，最后直接闭着眼摸了一个，付钱带走。

回山寨的路上，遇到一群人，被雷寨的几人拦下，正在盘问。

何沣无意间看到那车里坐着的女人，眼都直了。

穿长袍的男子手里捧着金条递给雷旺，点头哈腰不知道在说什么。

何沣直勾勾地盯着那女人："漂亮不？"

青羊子回话："漂亮。"

"我去抢了来。"

"啊？"

雷旺见何沣骑马过来，赶紧下马迎接："少当家去镇上了？"

"嗯。"何沣见这一行人开着四辆车，应该是大户，"哪儿来的？"

"县长的三姨太。"

何沣摆摆手，让他边上去，直奔车里的人。他下了马，走到车后座，弯下腰，小臂搭在车窗上瞧着她。

这姨太太有几分姿色，打扮得花枝招展，一点儿也没带怕："看什么？"

何沣没说话。

姨太太笑眯眯地："你这小兄弟长得倒是还不错，可惜了。"

何沣勾了勾手："过来。"

姨太太还真凑得更近了些。何沣的手伸向她的耳朵，拽了一下她的耳环，没能拽下来。

姨太太一阵吃痛，往后躲："轻点儿。"她摸着自己的耳垂，意味深长地看着他，"动手动脚，你看上的是我还是它？"

何沣盯着她的耳环："摘下来。"

"我要是不摘呢？"姨太太目若秋波，故意与他调情，香肩碰了碰他搭在车上的手。

"不摘啊……"何沣心平气和地说，"那就把你的耳朵割下来，一并带走。"

"……"姨太太淡定地取下耳环，"喏，拿去吧。"

何沣伸手接，不想姨太太握住他的手指尖不放，他用力一甩，将她甩开。

姨太太揉了揉手腕，细着嗓娇嗔："还真是莽汉子。"

何沣不想搭理她，那一身香味熏得他头昏。他直起身，看到身旁的青羊子，手搁他身上捱了捱。

姨太太见状，摇头笑了笑："经我手还没有逃得走、不动心的男人，你这小土匪倒是有意思。"

何沣从腰上取下钱袋，往车里一扔："不够的话我让人再去取。"

姨太太笑着打开钱袋，大致看了眼："够了。"

何沣点头："谢了。"

姨太太见他上马，叫了一声："欸，你叫什么？"

何沣连个头都不回，与雷旺说："放行。"

随从吓得一头汗，弓着腰问她："您没事吧？"

姨太太扒在车窗上，翘着嘴角看何沣的背影："没事，再给我拿对耳环来。"

只听雷家人哼一声："少废话，赶紧走。"

何沣高兴地带着耳环回来，直奔谢迟的房间。

她正在檐下画画，何沣将耳环扔给她："拿去。"

谢迟提起来看了看："耳环啊。"

何沣偷瞄着她的表情："嗯，下山打了个劫，看着好看，给你了。"

谢迟扔还给他："我不要。"

"怎么？"何沣愣了愣，"不好看？"

"我不要别人用过的东西。"

何沨掂了掂耳环:"我看我那枪你用得也挺舒服的。"

"……"谢迟不想与他争辩,低头画画。

何沨从口袋里掏出自己买的那枚戒指,举在她眼前:"这个不是抢的。"

谢迟看都不看:"丑死了。"

"……"

何沨收回手:"爱要不要。"

恰好宋婉路过,何沨朝她吹了个口哨,宋婉看过来,笑着唤声"少当家"。

何沨将耳环与戒指一并扔给她:"送你了。"

宋婉接住,提起来看了看:"好漂亮。"她收下它们,转头就跑回自己房间,"谢谢啦。"

何沨又看向谢迟,她对自己的一举一动毫不关心。他敲了敲桌子,谢迟还是没反应,他又敲了两下:"给我画一张。"

谢迟没看他:"画遗照啊。"

"随你。"

"好啊,改天。"

何沨见她对自己爱搭不理,心里有些不爽,用些力推了她一把:"你的画我给你捡回来了。"

"看到了。"谢迟故作冷漠,心中却乐不可支。

"还生气呢?"

谢迟不说话。

何沨戳了一会儿,默默转身走了。

"你上哪儿去?"谢迟赶紧问。

"出去一趟。"

何沨又下山了,深夜回来时手里提着三个箱子。

谢迟睡得正沉,被何沨推搡起来,只见他一一打开箱子展示,里头放着戒指、耳环、项链和手镯。

谢迟看得眼花缭乱:"这又是抢的?"

"不是,买的。"何沨提起一根项链摇了摇,"你说不喜欢别人用过的,这些都是新的,不知道你喜欢哪种,就都拿了点儿。"

谢迟虽对这些物件没多大兴趣，心里却还是感动的，她口是心非道："买这些干吗？我又不喜欢。"

何沣将她拽到镜子前，按着她的肩膀坐下："不喜欢也给我戴着。"何沣为她戴好项链、耳环，再把她的十根手指套满了戒指，然后举着她的手，满意地说："漂亮。"

谢迟没忍住，唇角轻翘："你这么有钱啊，这些不便宜吧？"

"你男人钱多得你这辈子都花不完。"

"……"谢迟取下戒指，"我可不想欠你的，我不要。"

何沣按住她的手："不是白给你的，陪我睡觉去。"说着，他的脸就凑过去要亲她。

谢迟赶忙站起身躲开："我还有事找宋婉。"

何沣懒洋洋地坐下来，冲她说："早知道那天就睡了你。"

谢迟装作听不见，捂着耳朵跑出去。

"你就使劲吊老子胃口，等哪天被我逮住，有你好受。"

谢迟搬到宋婉房间与她同住。不管怎么样，没有成亲，一直睡在何沣那儿终归是不太妥当的。

这几日温度骤降，山上更冷，个个翻出袄穿上。

何长辉的小老婆回山了，听说何沣有了个女人，一进寨门就奔过来看她。

何沣正与谢迟、青羊子一桌吃饭，远远就听到陈蓉蓉的大嗓门儿："人呢？快出来给我看看！真是稀奇事，老三居然动凡心了！人都哪儿去了？"

何沣起身出去，谢迟问青羊子："谁来了？"

"蓉哥，大当家的小老婆。"青羊子也跟了出去。

谢迟一直以为何长辉没有老婆，上回同宋婉一起被送上来的那两个女人也分给了别的兄弟。原先她还猜测是不是因为用情至深，放不下何沣的母亲，所以不近女色，现在看来真是高看这土匪了。

陈蓉蓉被何沣领进来，谢迟站起来，欲言又止，不知道该叫她什么，只好笑着点头："你好。"

陈蓉蓉长得很英气，眉角有道短疤，头顶一根麻花高辫，脚踏黑布长靴，下身是锃亮的皮裤，上头穿着紧身短俏的蓝褂，绑了许多皮扣与铃铛，走起路来身上跟唱歌似的。她上下打量谢迟："眼光不错嘛，是个美人坏子,过两年更不得了。"

谢迟看了眼何沣,他笑着坐过来:"蓉哥,坐下喝点儿?"

陈蓉蓉不客气,潇洒地坐下,拉谢迟一把:"坐我边上来,让我仔细瞧瞧。"

谢迟被她这么盯着,浑身不自在:"我该叫您什么?"

"随你叫什么,小娘、蓉哥,都行。"

谢迟随何沣他们叫了声"蓉哥"。

陈蓉蓉从脖子上取下一块玉给她:"这可是从前宫里的好玩意儿,我回来得急,没带什么礼物,这个就送你了。"

谢迟推托:"太贵重了,谢谢您的好意。"

"欸,别不给面子啊。"陈蓉蓉把玉蝉挂到她脖子上,"美人配美玉,好看。"

"那谢谢了。"

陈蓉蓉摸向她的肚子:"听说你怀了?"

何沣轻笑两声,脚踩着长凳,自在地喝酒:"看她这一脸不开窍的模样,像怀吗?"

"说得好像你开了窍一样。"

何沣夹个花生米朝陈蓉蓉砸过去:"少废话,青羊子倒酒。"

陈蓉蓉拾起花生米又扔向何沣:"小崽子,回头再治你,我还没去见你爹,你们慢慢喝吧。"陈蓉蓉站了起来,一口饮尽杯中酒,拍了拍谢迟的肩,"小闺女,听说青寨那帮杂碎打了你,改天小娘亲自带你去算账。还有,这个混账小子要是欺负你,你就来找我,小娘给你做主。先走了,明儿再来找你。"

谢迟要站起来送她,陈蓉蓉按着她不动:"不送。"

谢迟目送她离开,何沣在桌底踢她一脚:"吃饭,看什么看?"

谢迟搬着凳子离他远些坐:"你小娘挺年轻的。"

青羊子说:"快四十了吧。"

"看不出来。"

何沣直勾勾地盯着谢迟。

谢迟有些不自在:"看我干吗?"

"看不得?"

谢迟放下筷子："我吃饱了。"

"洗干净等我。"

"……"谢迟头也不回地离开，回屋把门窗都锁上了。

刚躺下，门被敲响，她心头一紧。

"阿吱，你锁门干什么？"

她松了口气，起身去开门。

宋婉小跑进来收拾了衣服就要走。

"你要走？"

"我要去陈峥那里住啦。"宋婉高兴地竖起手，"看，他送我的，他说这个月底娶我。"

是一只金镯子。

谢迟替她高兴："好看。"

宋婉放下手："我虽然出去住了，不过每天都会过来服侍你的。"

"不用，我已经康复了。"

"那我就来陪你说话。"

"好。"

宋婉没什么家当，一个布兜子全包上，开开心心地走了。

谢迟躺回床上，心底一阵莫名地空。好想爷爷，也不知道他身体怎么样了，可一想到要离开这里，就有种难以面对的不舍。

她闭上眼睛，试图抛除杂念，却听到何沣与青羊子谈笑着走出院子。

她拉过被子蒙住脑袋，把自己裹成蛹，烦躁地来回翻滚。

到底还在留恋什么啊？！

阿金趴在桌边用手蘸颜料乱画，忽道："阿吱姐姐，他们说你是未来的压寨夫人。"

谢迟的笔顿下，朝他看过去："谁说的？"

"爹、娘、狗哥、帽子叔、陈大爷，还有……"

"我知道了。"谢迟转回脸来继续画画。

"那是真的吗？"

"不是。"

"那你为什么天天跟沣哥哥在一块？他还对你这么好，买这么多好吃的,还有新衣服。"阿金用手指画出个圈,"娘说沣哥哥很喜欢你,让我不要缠着你,讨你的嫌,不然以后日子不好过。"

谢迟不知道该怎么回答。

"你一定是不好意思承认,我懂的。"

"……"

"阿吱姐姐,你以后要是真做了压寨夫人,可不可以罩着我?你放心,我一定对你鞍前马后,排第一,沣哥哥都排第二的那种。"

谢迟心里笑得不行。这孩子人小鬼大,简直是马屁精。

"我也不喜欢青寨的人,他们要是再敢来欺负你,我保护你。我虽然现在还小,但我长得很快的,再过三年我就可以学打枪了。"

谢迟用笔轻敲他的脑袋一下:"你还要不要学画画了?"

"也要!"

谢迟抽出根笔给他:"好好画。"

何沣不知从哪儿走过来,不声不响地来到窗口:"聊什么呢?叽里呱啦。"

"沣哥哥!"阿金一声大叫,激动地跳下板凳。谢迟被他吓一跳,笔重重摁在纸上,毁了一幅好字,只听阿金跑到外头拽住何沣的衣服:"阿吱姐姐说等她当了压寨夫人要罩着我。"

"……"谢迟忙解释,"我没有。"

何沣面上眼里全是笑,嘴上却不饶人:"压寨夫人多委屈她,人家想当寨主。"

阿金当真了,想了片刻,一脸认真地问:"那你做压寨老爷吗?"

这下谢迟没忍住,笑出了声,何沣揉了揉阿金的脑袋:"哪用你这么操心,那边玩去。"

阿金懂了,贼分分地笑道:"那我就不打扰你们恩爱了。"说着就跑开了。

何沣叠臂搭在窗台上,弓着腰悠闲地站着:"你这人心收买得够快,再过段时间我这寨子都是你的了。"

谢迟低眼画画,哼笑一声:"我可不稀罕。"

何沣捏起一支毛笔,挑起她的下巴:"我稀罕。"

谢迟抢过笔来挂回笔架上:"挡光了,让开。"

何沣侧了个身站着,瞧了她一会儿:"写个我的名字。"

"不写。"

"写一个。"

谢迟换掉纸,写了两个大字。

何沣坐在桌角满意地看着自己的名字,没想谢迟揉了纸,扔到一旁的木箱子里。

"干吗扔了?"

"这个不好,重新写。"谢迟推他转身,"不许看。"

何沣乖乖背过身去,心里乐得很,以为她要给自己什么惊喜。

"好了没?"

"没。"

"好没好?"何沣等不及了,转身期待地看过来,认清纸上的二字,皱起眉来,"这是什么?"

"不识字?"

"河蚌?"

谢迟憋着笑:"嗯。"

"让你写我的名字,你写河蚌做什么?"

"你不觉得这几个字很像吗?"

"……"

这一看还真是像,何沣不想承认:"一点儿都不像!好好写,何,沣。"

"就这个,给你了。"

何沣竖起手:"信不信我打你?"

"不信。"

何沣轻轻拍了她的头:"恃宠而骄。"

谢迟又提笔,在纸的右下角画了只小河蚌。

何沣有点儿不爽:"重新写,不是河蚌。"

"是。"

"改了!"

"不改。"

何沣要抢纸,谢迟趴到纸上,护住纸:"不改,就是河蚌,你是河蚌。"

"你才是河蚌。"

"你是河蚌。"

"那你是蚊子。"

"你是河蚌。"

"你是螃蟹。"

"你是河蚌。"

"你是纸,草纸。"

"你是河蚌。"

何沨没词了,揉她的脑袋:"你再说,我把你裤子扒了打屁股。"

"不说了,你还不如河蚌。"谢迟整理好被他揉乱的头发,"河蚌有珍珠,你有什么?"

何沨握着她的手放到自己胸前:"我有心。"

谢迟与他对视,心跳加快,气血翻涌直冲头顶。她赶紧缩回手,平了平呼吸:"说得好像谁没有一样,还不如珍珠。"

"你喜欢珍珠?"

"嗯。"

"你早说啊。"何沨手指刮了一下她的耳尖,转身走了。

"你去哪儿?"

"给你找珍珠。"

"我随便说的。"

何沨背着身摆摆手:"我当真了。"

第四章
国仇家恨

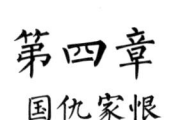

有了上次的教训，谢迟出去写生都会告诉何沣一声。今日天气大好，何沣与她一起去山顶晒太阳。

这块地平时没什么人来，草与野花长得十分茂盛，谢迟也没有画山画云，而是照着地上的小花画线稿。

何沣带了块毯子来，侧躺在上面，嘴里还叼根草，悠闲地看谢迟画画。

谢迟见他一直看自己，问："要跟我学画画吗？"

"我的手是拿枪拿刀的，拿不动笔。"

谢迟坐累了，趴在地上画，何沣看着她的侧脸，忽然问道："你还想下山吗？"

谢迟愣了一下，转脸与他对视："那你之前说我腿好了就放我走，还算数吗？"

"算啊。"

"真的？"

"什么时候骗过你？"何沣拿开嘴里叼着的草，被太阳晒得懒洋洋的，平躺下去，眯着眼望着蓝天白云，"只不过我陪你一起走。"

"一起？"

"上你家提亲啊，再把你娶回来。"

"我家人要是不同意呢？"

"不会的。"

"我家是书香门第，姐姐们嫁的都是名门，最不济也是商贾家庭。"

"我也是啊,何家,多有名,整个山东省都有名有姓。"

谢迟忍着笑:"我爷爷喜欢文化人。"

"我也有文化,还会洋文呢。"

"那我要是不同意呢?"

"你不同意也得同意。"何沣睨她一眼,"怎么,天天念着回去,家里有情郎?"

"还真有。爷爷想把我嫁给一个好友的孙子,是个学生,听说还要申请公费留学,学成再回来报效祖国,日后定是国家栋梁之材。不像你,占山为王,欺压百姓。"

"你哪只眼看到老子欺压百姓了?"

"人家就不会用'老子'形容自己。"

"行,改了。"何沣继续看白云,"我可不欺压百姓。"他说着说着邪笑起来,翻身压到她背上。谢迟哪儿经得住这重量,气都出不来。

何沣笑着咬一口她的后颈:"压压你倒是不错。"

谢迟挣扎不开,反扣手拽他,这一动,后肩的伤疼了起来。何沣见她皱眉,放了她,翻到旁边去。

谢迟脸都被压红了,坐起来顺顺气,随手扯两根草砸他:"悍匪。"

何沣浑身舒畅,手支着脸侧躺着看她:"要不我也去留个学,带你一起去。"

"你去学什么?"

"什么都能学。"何沣忽然嗤笑一声,挪开视线,"我才不去洋鬼子的地盘,我的山我的国就很好。再说了,学生有什么好的,禁不住我一棍子。"

谢迟偷偷笑了下,又听他说道:"他敢拦,我就剁他手脚;你不嫁,我就硬娶;谁敢拦路,我就崩了谁。"何沣翻身过来,从怀里掏出一颗紫红色的珍珠,"给你。"

谢迟怔了怔。

何沣塞到她的手里:"挑了很久,这颗最大、最好看。"

谢迟心里一阵暖意,麻酥酥的,竟一时不知道说什么。

"喜欢吗?"

谢迟没有回答,捏着珍珠看:"以后不叫你河蚌了,"她轻翘着嘴角看他,"叫你珍珠。"

"你就不能起个威猛点儿的爱称？我一爷们，叫我珍珠。"

"珍珠，"谢迟开心地笑起来，"珍珠。"

何沣看着她的笑容，心里更痒了，他拉住她的手腕，把人按在身下。谢迟要推他，何沣扣住她的手："别动，让我亲一口。"

谢迟看着他的脸，没有挣扎。

何沣没有亲她："为什么躲着我？那天晚上不是愿意了吗？"

谢迟沉默片刻，与他坦白："那天情况特殊，没想太多。"

"后来想了什么？"

"想很多。"

"说说。"

"我害怕了。"

"怕什么？"

"怕你只是一时兴起，得到了玩腻了就不要了；怕像九妹那样，被送来送去，真要是落在别人手里，我更走不了了；还怕跟你有了关系，就不想下山了。"

"你这脑袋里成天琢磨些什么乱七八糟的？"他轻捏住她的耳垂，"我哪儿舍得把你送给别人？他们是他们，我是我，睡了你就会对你负责。我会娶你，八抬大轿迎你过门。不，八抬不够，最起码八十抬，让你风风光光出嫁，羡慕死你的姐姐妹妹。"

谢迟翘起嘴角，无奈地笑了。

"等咱们成了亲，你想回娘家就回，爱住多久住多久。不过你要是长时间不回来，我三天两头带着一帮兄弟去找你，可别吓着老丈人。"

"谁是你老丈人，我爹可不认你。"

"他认不认我不管，你认我就行。"

谢迟轻咬着舌尖，没有否认。

"你要是不喜欢住在山上，我们就在山下住，老裴家隔壁刚好空了间大宅子，我去买下来给你。你想爷爷，我们就把他接过来，我让青羊子他们都躲得远远的，保证不吓着他老人家。你喜欢家乡的食物，我就隔三岔五差人去给你买。我不要三妻四妾，女人太多烦得很，叽叽歪歪吵得我头疼，我就娶你一个。"

谢迟忽然红了眼。从小到大，除了爷爷，便无人这般疼爱自己。涌上心头的不仅仅是感动,更是无边的委屈。在这山寨的近一个月里,心里憋了太多的事、太多的话。她经常想起从前九妹撒泼的样子,梦到宋青桃的鞭子,以及宋蟒死前狰狞的面孔,难受到彻夜难眠。

"哭什么?"何沣擦掉她的眼泪,"这么感动?"

谢迟噙泪笑着打他:"你好讨厌。"

何沣也笑:"身上还疼?"

"嗯。"

"什么?听不见。"

"疼。"

"我聋了?"何沣戳了戳耳朵,"怎么听不见呢?"他的脸低下来,吻她的眼睛。

谢迟的手撑在他的胸口,想要推开。她看着他漆黑的双眸,身体脱离控制一般,双手从他的胸口慢慢滑到背后,搂着他的腰:"不疼了。"

何沣的手伸向她的衣领,谢迟握住他的手腕:"等一下。"

"怎么了?"

"在这里……不好吧?"

"没人会过来,这是周围最高的山顶,只有鸟看得到。"

"万一有人?"

"没有万一,我让青羊子守在路口了。"

"你是有预谋来的呀?"

"是啊,今天不睡到你不回去。"何沣抱着她滚到毯子上,"要不我带这个过来干什么,怕你细皮嫩肉的,刮伤。"

"以后再也不信你的鬼话了。"

"爱信不信。"何沣一件件解开她的衣服,笑着打量她的身体。

谢迟捂住胸,又去捂脸,可什么都盖不住。她羞红了脸,去挡他的眼睛。

何沣扯开她的手:"挡什么,把你从青寨带回来那晚就看得一干二净了。"

何沣倾身下来吻她,他的声音变得嘶哑起来,在她耳边呢喃:"我也是第一次,哪里不舒服你告诉我。"

谢迟点点头。

谢迟臊得脑袋发沉,不想让他看自己,便将他的脸按在自己胸前,何沣顺势咬了她一口。

她太紧张了，身体绷得像个铁棒，咬着牙不敢大喘气，何沣翘着唇角看她纠结的情动的脸："你现在就像一头被烫熟的大白猪。"

谢迟恼了，这种时候他还不忘调侃自己！

谢迟浑身酸痛，尤其是双腿。她想自己走回去，可是身体告诉她，需要抱。

两人在山顶厮磨到天黑，下来的时候青羊子还守在路口，只不过蜷缩在大石块上睡着了，还打起了呼噜。

谢迟看见他，实在难为情，抱着何沣的脖子，将脸埋在他胸前藏起来。

何沣踢了青羊子一脚："欸，别睡了。"

青羊子弹坐起来，恍恍惚惚地看着他俩："办完了？"

谢迟："……"

青羊子打了个寒战："天都黑了，你也太猛了。"

谢迟攥住何沣胸前的衣服，轻轻拉了拉，示意他让青羊子不要再说了。

何沣不管她的小动作，反而得意地笑起来："那是。"

谢迟："……"

何沣往下看着谢迟，她的脸是藏住了，耳朵却跟煮过一样，红透了。何沣回忆起咬在上面的触感，又有了感觉，他不敢再看她，对青羊子说："回去了。"

今夜月明，照亮山路。

青羊子跟在他身后，一会儿打哈欠，一会儿偷笑。

小厨房空空，人都已回去睡觉。

何沣将谢迟放到自己房间，说要去给她弄点儿吃的来。折腾一下午，自己也饿得够呛，恨不得打只鸟就往嘴里塞。

谢迟等了许久，何沣还没回来，她想起身去看看，但脚刚落地，腿就软了下来，差点儿跌下去。

她扶住床站好，适应一番，慢慢往厨房去。

何沣正在骂青羊子。

谢迟老远就闻到一阵烟味，以及厨房里传出来的叮叮当当的声响。

见她过来，何沣迎上去："你怎么出来了？"

"看你在做什么好吃的。"

青羊子举着柴，委屈地看她："三哥让我把菜一锅炖了，我都说了不能这么炖，现在没炖好又来骂我。"

谢迟走过去瞄了一眼，一锅烂菜，分不清具体是些什么东西，她无奈地想笑："我来弄点儿吧。"

"不用，我来，做饭而已，简单。"何沣要扶她坐下。

谢迟推开他："等你做好，我也饿死了。"

青羊子见何沣吃瘪，蹲在灶口偷笑。

谢迟找出些面粉来，指挥他们俩和面切条。青羊子把面切成手指粗，被何沣狠狠嘲讽一番。

"你行，你来！"

何沣还真行，切得细长平均，有模有样。他成天舞刀弄枪、骑马打猎，看上去是个粗糙的人，却也有细致的一面，时常刻木头，雕些奇怪的小玩意儿，手下轻重把握得十分不错。

谢迟捏着面团玩，看这悍匪弓着腰认真地切面条，不由得笑起来："你不做土匪，去开个面馆也是不错的。"

何沣抬眼瞧她一眼："好啊，老板娘。"

谢迟揪一小块面砸他："快点儿切。"

"遵命，老板娘。"

青羊子去刘老太的鸡圈摸了几个鸡蛋回来，高兴地举着蛋："看！"

啪嗒，一个鸡蛋没握稳，掉在了地上。

青羊子嘶吼："好不容易偷的！"

何沣切完面条，谢迟才起身下厨。他们俩站在旁边看着她，看上去格外乖巧。

不一会儿，香喷喷的面出锅了。

青羊子闻着面味，哈喇子都快掉下来了。

三人沉默地吃着。

何沣将青羊子碗里的鸡蛋夹给谢迟："多吃点儿。"

青羊子早就猜到鸡蛋会被抢走，只不过没想到来得这么快。他认了，刺溜刺溜继续吸面条。

谢迟见青羊子闷声吃面，把鸡蛋还给他："你吃吧。"

青羊子瞧向何沣，又夹还给她："你吃你吃，你累着了。"

"她累什么，躺着爽就完了。"

"……"谢迟狠踢他一脚。

"姑奶奶，疼。"

青羊子心中暗爽。他这三哥，也就眼前这位制得住。

何沣边吃边看谢迟，看着看着还笑起来。

谢迟受不了他，端着碗坐到对面。何沣跟过去，与她同坐一边，还蹭了蹭她的大腿："这是我吃过最好吃的面。"

青羊子全当没看见，吃完喝完去盛了一碗，端着蹲到门口继续吃。

谢迟把腿放到另一边，不想碰到他，何沣又死乞白赖地贴过去："那里还疼吗？"

谢迟羞得想打他，还有外人在呢！她戳着鸡蛋胡乱往他嘴里塞："你安静吃饭不行吗？"

何沣嚼了嚼囫囵咽下去："哦。"他几口吃完了面条，开始催促谢迟，"快点儿吃。"

一连催了五遍。

"快点儿，吃完继续。"

谢迟明白他口中的继续是什么意思。下午已经折腾了好几次，再来她非得死在他手里不可。

碗里的面见了底，何沣急吼吼地拖她，谢迟抱着碗不走："我饿，还要再吃一碗。"

何沣站在身后蹭她的背："吃，多吃点儿有力气。"

后来，何沣扛着她回到房间，没有再做什么，抱着她睡了一宿。

第二天一早，天还没亮，他又开始一顿揉捏，硬生生把她摸醒了。谢迟只觉得脑袋发沉，浑身酸痛，疲惫得眼睛都睁不开。

她如死尸般躺着，一动不动，任他来回翻腾。

雷寨抓了个日本女人和两个孩子送上来，寨里很多人都去看热闹。

何沣正在院子里教谢迟扔飞刀。

他从厨房要了一把筷子来，根根削尖了头，拿起一根随手往远处的笼子扔去："看见没，只要准，力道够，任何东西都能成为杀器。"

谢迟愣愣地看着被他射穿喉咙的灰兔子，是上回何沣送来的那只，她一直养在院子里，有时无聊，便会与它说说话。

谢迟小跑过去，把兔子抱了出来。它的身体还在轻抖，动了两下便彻底没了气，她气愤地骂何沣："你干吗杀它啊？！"

何沣一头雾水："怎么了？"

谢迟看他满不在意的样子："你能不能不要随随便便猎杀这些动物？"

"从小就这么打过来的。"何沣笑了，"兔子而已。别说这些畜生，就是人我也没少杀。"

"……"谢迟紧追着问，"什么人？"

"忘了。"

"多少人？"

"这哪儿记得清，"何沣点手指数了数，"大概二十五六七个？"

谢迟见他语气轻松地形容着人命，骂了一句："臭土匪。"

何沣见她转身就走，转着筷子跟上去："你跟我算这些干吗？杀都杀了。"

陈峥与宋婉在院口的树下坐着，见状面面相觑："他们怎么了？"

宋婉宝贝地看自己的金镯子，举着手在太阳下晃来晃去："小两口吵架，正常，正常。"

谢迟回到房间，把门锁上，何沣站在外头敲门："你生什么气？我不杀了行吧？以后光练枪练刀练箭，保证不杀生。"他听里头没动静，继续说，"我杀的那些人也都不是什么好人，有杀人犯，强奸女人的。"

谢迟背靠着门，听他唠叨。

"虐待爹娘的，挪用救灾款的。"

他突然没声了。谢迟开门，看何沣蹲在门口，仰脸看着自己。

"还有吗？"

何沣站了起来，嬉皮笑脸："还有日本来的狗东西。"他把她搂到怀里哄，"瞧你气的，我再赔你只兔子。"

"不要了。"谢迟垂下眼去，"我没有资格嫌弃你们，我的手跟你们一样，沾满了血的味道。"

何沣听她的语气，立马收了玩心，松开她，屈下腰看她的双眸："那不是你的错。"

"我知道。"谢迟将他推出去，又关上门，"我累了，要睡会儿。"

何沣敲敲门:"兔子怎么办?"
"埋了。"
"死都死了,埋了多可惜,烤了给你吃。"
"埋了!"
"好好好,这就埋,立马埋。"

何沣拎着兔子去挖坑,刚拿起铁锹,就有个小兄弟过来让他去大堂。
日本女人抱着两个孩子恐惧地蜷缩着,弟兄们嚷嚷着要宰了他们。何沣到的时候,山寨的弟兄正押着他们往后山去,何沣拦住了人:"雷老三,干吗去?"
雷福见何沣,笑着停下来:"小沣来了。这几个日本人过山路,被弟兄们劫了,看到这狗崽子老子就来气,今儿个非得宰了他们。"
日本女人抱着两个孩子,吓得眼泪直流,低声央求。
雷福听不懂日语,气得冲那女人就是一脚:"说人话!"
日本女人和孩子被他踹倒,跪在地上求饶,雷福又要抬脚踢,何沣拦住他:"行了,拿女人孩子出什么气。"
雷福气哼哼的,狠瞪着那三人,吐了口唾沫:"畜生的女人和种,都不是好东西!"
何沣对那日本女人说了句日语,女人流着泪频频点头。
雷福一听这叽叽歪歪的鸟语就头疼:"小沣,你跟他们说什么呢?"
"放走。"
"放走?"雷福不解,"你逗我玩呢?"
"不许杀女人和小孩。"
云寨有人插嘴:"他们在济南乱杀的时候可不管什么手无寸铁的老人、女人和孩子!"
"就是!要我说杀了都便宜,就该活剐!"
"杀了他们!"
青羊子闻讯赶来,他咬牙切齿地站到何沣身边,大家都知道他的弟弟死在日本人手里,雷福赶紧说:"青羊子,你来得正好!你说这几个人该不该杀!"
青羊子握紧拳头,看着护住两个孩子的母亲,恨得身体都在发抖。

何沨按住他的肩:"交给你,你看着办。"

青羊子与他对视,拳头松开:"大老爷们,不难为女人孩子,枪子是留给那帮害人的畜生的。"

他的回答在何沨的意料之中。

雷福不服:"人是我劫的,就这么放走,门都没有。"

何沨道:"我们是中国人,不是日本人。他们是畜生,滥杀无辜,你们也是?"

"小沨!"

"我看也得放。"陈蓉蓉来了,"雷老三,对这孩子你下得去枪?"

"我……"雷福愤恨地叹了口气。

"实在气不过,打两拳撵下山去。小沨说得对,我们不是他娘的日本狗,不做杀人崽子这种下作事,都给老娘放了。"

青羊子心里憋屈,控制着情绪,不想再看到他们,转身出了大堂。

何沨看了他一眼,心里也郁闷,对陈蓉蓉道:"脏眼睛,走了。"

雷福被陈蓉蓉一顿劝,同意押送三个日本人原路返回。途经青寨,可巧被站在瞭望台上的宋眸看到,他迎上去打招呼:"雷三当家。"

"哟,眸子。"

"这几人干吗的?"

"日本娘们和崽,上头让放走。"

"何沨让放的?"

"还有陈蓉蓉,大当家也是这意思。"

"妇人之仁。"宋眸嗤笑一声,"青桥子不就是死在日本人手里?我可听说头都没了。亏他拿何沨当好兄弟,还真是义气。"

"可别提了,他亲哥都不让杀。"

"云寨的人一个德行,变得越来越没血性,真丢老当家的脸。"宋眸背手站着,"你们雷寨还这么听话,我看也快被同化了,迟早被招安。"

"这话可不能乱说,以后藏肚子里。"雷福捣他的肚子,"青寨、雷寨都是上头分下来的,各方面还得依靠着,不过也不得不承认咱们三疯是有几分能耐的。你得空劝劝你爹,分些人下矿去,钱赚得叮当响。"

宋眸听得心烦。

雷福摆摆手，骂了那日本女人一句："安稳点儿！别他妈哭哭啼啼的！"他转头又对宋晔说："算了，想想也是，冤有头债有主，虽然是日本货，但杀女人孩子说出去也不光彩，就这样吧，走了。"

"嗯，慢走。"

雷福刚下山，宋青桃就走出寨，宋晔赶紧凑上去："青桃。"

宋青桃看都没看他一眼，直奔自己的马。

宋晔虽是她堂哥，却自小心存爱慕，知道她心里放着何沣，情感闷在心中多年，不敢抒发。近来见青桃被如此欺负，他想杀了那浑小子的念头更深了。

"青桃，你去哪儿？"

"打猎。"

"我陪你。"

"不用。"

这马与何沣的小白是一个母亲，宋青桃极为喜爱，轻抚着它的鬃毛。

宋晔憋一肚子话，终于说了出来："你还记挂着他。他每天和那个婊子恩恩爱爱的，连多年的情谊都不顾了，这种人你还想着他干什么？"

宋青桃听此，脸色愈加沉重。

"青桃，何家这么对我们，你就打算不了了之？一直受制于他们？"

"那又能怎样？"宋青桃狠狠看了他一眼，"你有本事去帮我宰了那小贱货？"

"我……"

"不敢就闭上你的嘴。"宋青桃拉走白马，"亏你还是个长几岁的哥哥，在他面前连个气都不敢出。"

宋晔蹙眉："这些年对上头言听计从，我是受够了。"

"怎么，你还想反了不成？"宋青桃瞧不上他，眼里尽是鄙夷，"也得看看有没有那能耐。光是一个青羊子，都能要你十条命了。"

宋晔被她如此否定，心中更加愤然，没再跟上去。

宋青桃驾马远去，宋晔抽出腰上的刀，猛地扔了出去，扎进一匹幼马的脖颈。他咬牙看着地上的死马，拔出刀，在它的身上擦去血。

"臭小子，看老子不搞死你，和你那个狗屁云寨。"

何沨先前说过要送谢迟一匹马,但因为她的身体一直耽搁着。寨里养了不少好马,何沨选三匹让她挑,可谢迟偏偏看中了何沨的小黑。

何沨有两匹马,一匹黑的,一匹白的。小黑性烈,常随他下山,见刀见血;小白温柔,只在山里转一转。

何沨说:"你能降得了它就拿去。"

谢迟骑术不精,小黑对她来说确实有挑战。

她刚要上马,何沨嘱咐她:"它很野,除了我谁都不服,摔疼了别哭啊。"

"你这么野我都拿下了,区区一匹马算什么?"

这话何沨爱听,乐着说:"行,你拿。"

谢迟摸了摸小黑的头,它一点儿不给面子,偏脸躲过去,侧身对着她。谢迟绕过去继续抚摩它,等小黑不像先前那般抗拒自己了,才骑上马背,拉住缰绳。

小黑纹丝不动。

何沨抱着双臂笑她:"你能让它跑到前面那棵树,我给你当马骑。"

"当真?"

何沨眉梢轻挑:"跑不到,你给我骑。"

谢迟看他那得意的表情,明白他说的是那档子事。不管谁骑谁,怎么看都是他占便宜。

"换个赌注,我赢了的话不许再碰我。"

何沨点头:"好啊。"

谢迟弯下腰伏在马背上,轻抚小黑的鬃毛,对着它小声说了句话。

何沨抱臂仰视着她:"偷偷跟我的小黑说什么呢?"

"不告诉你。"她拉上缰绳,夹紧马肚,一声"驾"后,小黑慢悠悠地往外走了几步。

何沨在后头笑着看他们。小黑正要跑起来,何沨吹了声口哨,小黑立马回头,乖乖走到他身边。

谢迟不悦:"你耍赖。"

何沨跨上马背,握住她的手,摩挲一番:"不碰你,想得美。"

"无赖!"谢迟气得要下马,何沨圈住她不放,"小娘们,给你看看什么叫真正的骑马。"

谢迟还未反应过来,小黑"嗖"地蹿了出去,她的后背撞在何沨的胸膛上,感受着刺激的速度与疾风。

她从未这么快过,还是在这陡峭的山路上。

忽然,右前方蹿过一抹白影,与他们一同奔跑。

谢迟定睛看清它:"白哥!"

何沣笑着看白狼。

前方一处断崖,谢迟紧张地扼住他的手腕:"停,停!"

何沣非但不停,反而加快追上去,如踏风云,驱着小黑跟着白哥飞跃而过,落至断崖另一边。

谢迟惊魂未定,长嘘了一口气。

何沣的嘴巴贴到她耳边,两个字说得她浑身酥麻:"爽吗?"

何沣带她在山间浪了一圈,最后停在河道旁。

远处的山上挂着一道细长的瀑布,谢迟对这里印象深刻。与他初次见面,就是被带到这个地方。那日何沣跳下河后她便往山下跑,不想掉进一个深坑里,才又被抓了回来。

何沣开始脱衣服,谢迟以为他又想行那事,往后退了几步。

"躲什么?不碰你。"

"那你干什么?"

"下去游一圈。"

"不冷吗?"

"老子热得很。"

"……"

"哦,我热得很。"

"……"

何沣跳进水里,谢迟坐在石头上等他。

不一会儿,何沣游回她身边:"会水吗?"

"嗯。"

"下来。"

"不要,太冷了。"

"不冷。"

"我怕冷。"

何沣伏在石头边仰视她:"想不想知道下山最快的路径?"

"嗯？"

"就在河底。"何沣笑着抹了把脸，"那天我都这么明显地提醒你了，没想到你这么蠢。不过幸亏你蠢，不然我上哪儿找这么带劲的媳妇？"

谢迟已经记不得他说过什么话了，问道："河底有什么？"

"上面看不出来，得下水。你面前这座山底有两条河道，往左边游，找到一个缺口，穿过去就能到山的另一边；顺着水下去，就是瀑布，瀑布挡住了一条很窄的梯道，直通山下；游上岸后找到一棵老槐树，往东十几里地就是镇子。"

"你现在告诉我这个干什么？"

"这条路没多少人知道，万一遇到特殊情况，可以逃生，而且不会被人发现。"

"你不怕我偷跑了？"

"你跑啊，我让你跑，被我逮回来睡到你哭。"

谢迟习惯了他的荤话，不以为意："那你不怕我告密，带人上来剿了你们？"

"你舍得你男人吗？我死了，你不得哭死？"何沣握住她的脚，手往上摸，"阿吱，你说在水下是什么感觉？"

谢迟一脚将他踹进水里："滚开。"

何沣揉了揉被她蹬的地方，笑着沉入水底。

何湛过生日，他不好热闹，每年何沣要给他办宴席，他都推三阻四不愿意，最后只请几个相熟之人来屋里聚聚。

下午，小厨房一阵忙活。

阿金带着小伙伴到处跑，何沣坐在院里刻木头，不时举起刀吓他们玩。

孩子们不怕他，反而缠着他做弹弓。何沣心情好，再加上无所事事，便顺手给做了两个。他喜欢小孩，边做弹弓边看他们在旁吵闹，若是旁人如此聒噪，早上拳头就将人打远了。

何沣做好第三个弹弓，对围在旁边蹲着等的两个小孩说："我累了，这是最后一个，谁抢到就是谁的。"

他扔了出去，黄衣小孩扑过去拿起就跑："我的我的！抢到咯！"

阿金急得跺脚，明明是他带几个朋友进来的，偏偏自己没有拿到！

何沨见他红了眼，进屋把从前雕刻的木刀取了送给他："拿去玩吧。"

阿金顿时笑起来，眼里放光："哇，这个好帅。"

"少当家，菜都好了。"王大嘴端着碗筷过去，"阿金，别缠着少当家，赶紧回家去。"

阿金抱住何沨的腿："我不想回去，我能在这儿吃饭吗？听说有蛋糕吃。"

何沨摸了下他的光头："就你贪吃，进去吧。"

谢迟一下午都在厨房帮忙，顺便学做些菜式。

晚上肥鱼大肉全上齐，才差人去叫何湛过来。

何湛今日穿了新衣服，浅蓝色长衫，还是一副儒雅的公子哥气质。谢迟对何沨说："突然感觉你们还挺像。"

"亲兄弟当然像。"何沨睨她一眼，"那你觉得我跟他谁更俊？"

谢迟走开，不想理他。

何沨跟上去："谁更俊？"

"他。"

"不信。"

"你丑。"

"我丑，你还抱着我亲。"

"……"

今儿个好日子，何沨让宋婉、陈峥等人都上桌，开了几壶陈年好酒。

阿金给大家唱山歌；王大嘴一个笑话接一个笑话地讲，惹得大伙哈哈大笑；宋婉酒量不行，两杯就醉了，歪歪扭扭地跳舞，还把酒壶打碎了，趴在何湛肩上问他"你爹真是日本人啊"，被陈峥捂住嘴，按在怀里轻啧。

谢迟多喝了几杯。何沨先前总是捉弄她，让她喝酒玩，可真正喝起来又不停地劝阻。谢迟不听话，喝得有点儿上头，被何沨拉出去坐着。

她趴在何沨的腿上，听着王大嘴震破屋顶的狂笑声，难能不被感染，跟着扬起嘴角。

"让你少喝点儿，醉了吧？"何沨拽了拽她的耳朵，"要吐吗？"

"没醉，"谢迟拂开他的手，"我酒量好着呢。"

"后天老裴的奶奶过寿，我带你下山逛逛。"

谢迟怔愣片刻,应了声:"好啊。"

谢迟看着远处的山,山顶的月又近又明亮:"好想爷爷啊。"

何沣摸了摸她的头发:"等去完寿宴,我就陪你回家。"

谢迟咬了他的膝盖一口:"谁要你陪,我自己回去。"

何沣轻拽她的耳朵:"你是狗吗?这么喜欢咬我?"

谢迟咬住不松口。

何沣横抱起她:"去房里,让你慢慢咬。"

床上放了件红色的斗篷,谢迟展开它:"真好看。"

"试试。"

谢迟听话地披上,还戴上了帽子:"好看吗?"

"漂亮,简直就是寨花。"

"寨花不是宋青桃吗?"

"她才几斤几两,跟你没法比。"何沣搂住她的腰,把人拉近,"别说寨里了,这方圆几百里都找不出比我老婆漂亮的。"

谢迟扭着身子往后退:"谁是你老婆?"

"你啊。"何沣又揽住她,"过几天就去你家提亲。"

"不行。"

"怎么?"

"会吓着他们。"

"不会吓着,我长得又不吓人。"

"不许去。"

"怎么着?不想嫁了?"何沣的手伸到她的衣服里,"那可由不得你。"

"不嫁。"酒劲上来,三分醉意,眼神迷离得恰到好处,谢迟用手指戳一下他的眉心,"有本事宰了我。"

"哟,威胁我啊。"

"殒命事小,失节事大。"

"弄半天你还是个贞洁烈女呢。"何沣抱她躺下,"别跟我整那套,在我身下扭的时候没见你贞洁到哪儿去,"他回味起来,"叫得真好听。"

谢迟盯着他滚动的喉结:"男人为什么会有这东西?"

何沣轻促地笑了声,声音软下来:"哪个东西?"

谢迟触上他的喉结:"这个。"

何沣觉得口干舌燥,他解开她的斗篷,随手扔到一旁,手往她裤子里伸。

谢迟抓住那只手:"干什么呀?"

"你说呢?"

"……"谢迟夹紧腿,"外面这么多人。"

"不用管他们。"

"不要。"谢迟翻过身往床里头躲。

何沣又把她捞回来,紧抱在怀里,却听她突然说:"你是我第一个男人。"

"嗯?你还想有几个?"

谢迟张开手:"这么多。"

"就你这?"何沣轻笑一声,"我一个都折腾到你腿软,还想要那么多。"

谢迟不服,拳脚相向。

何沣紧紧扣住她:"乖,别动。"

她安静下来。

"不听话我整一堆娘们回来,气死你。"

"你去找,越多越好,最好把院子,不,寨子装满,那么多绝对够你发泄了,然后我……我就趁机跑掉。"

何沣看她一张一合的嘴,笑着亲了上去,不顾她的反抗,三两下将她扒了个干净。

他单手提了提她的腰,笑看她的眉眼:"别人我都看不上。"

何沣刚要解裤子,门突然开了,宋婉醉酒往里头横冲直撞:"阿吱,我刚才……"

"滚出去!"

何沣这一吼,吓得宋婉蒙在原地,愣愣地看着他俩,陈峥紧蹙眉头过来拉她出去:"对不起,你们继续,继续。"

人退了出去,门被关上,房间恢复安静。

"这么凶干吗?"

"凶吗?"何沣回脸看着她。

"嗯,凶神恶煞。"

"你亲我一下,我就温柔点儿。"

"走开。"

"知道我不会走。"何沣继续解裤子,"这时候走,我还是人吗?"

"对女人要温柔点儿。"

"在我眼里,天上飞的、地上爬的、水里游的,两条腿、三条腿、四条腿,只有你是母的。"

谢迟扯过被子挡住自己的上身。

"挡什么挡,扭扭捏捏,又不是第一回。"何沣粗暴地扯开被子,直接扔到了地上,他直白地打量着她的身体,"这多好。"

裴老太寿辰,一大清早,谢迟就跟着何沣骑马下山了。

这是被困在山上两个月来日夜期盼的事,现下真如了愿,心里头却没有预料中的那般喜悦。

山路长,平时若是何沣一人,快马加鞭不到两个小时便能到镇上。这回带着谢迟,行动缓慢不少,到裴家的时候已经宾客满座。

裴兰远的父亲裴恪州亲自上迎,一阵寒暄。

"这位是?"裴恪州打量着何沣身后的谢迟。

"我媳妇,"何沣将她拽到身旁,"未过门的。"

谢迟道:"您好。"

"幸会幸会。"裴恪州把人往里迎,"里面坐吧,兰远去镇口接人,稍后就回。"

跟老太太祝完寿,何沣将谢迟安排至女眷一桌,并请同桌人照顾着点儿。临走时,他弯腰靠近谢迟的耳边:"你坐这儿慢慢吃,吃饱了让人接你去客房休息。我现在去喝点儿酒,有什么事就差下人叫我。"

"好,你少喝点儿。"

"怕我喝醉啊?"何沣嘴巴碰了下她的耳垂,"放心吧,你男人酒量好着呢,他们轻易干不倒我。"

大庭广众!众目睽睽!谢迟臊得脸红,赶紧推他走:"你走吧。"

何沣没动:"晚点儿带你去外头逛逛。"

"快去吧。"

何沣直起身来,笑着走了。

外头噼里啪啦地放起长鞭炮,开席了,唯有谢迟所坐这桌无一人动菜。

谢迟见她们不动,也不好意思第一个下筷,一桌人就这么干坐着,面面相觑。

良久,谢迟问旁边的女人:"你们怎么不吃啊?"

她们哪儿敢?

那女人颤颤巍巍低下脸:"三奶奶,您先请。"

"……"

三……奶奶……

谢迟顿时明白了。她可是跟着草莽来的,这些妇人难免有所忌惮。她拿起筷子随手夹了块眼前的菜,极度不自在地放入口中,却见她们还不动:"你们吃呀。"

众人接连提筷:"三奶奶,您爱吃什么,端到您面前去。"

"是是,紧着您先吃。"

"……"

对面穿金戴银的婶婶举起酒杯:"三奶奶,我敬您。"

谢迟赶紧端着酒杯站起来,杯子却是空的,身旁的妇人赶紧为她倒酒,谢迟连连道谢。

接下来,一桌人挨个敬她一遍。

盛情难却,好在谢迟酒量可以。

宴席过半,裴家来了几个生人。

家丁跑到院中告知裴兰远:"二少爷,那几个日本人又来了,说是来给老太太祝寿,还带了礼物。"

何沣正高兴地喝着酒,听到这三个字,重重地放下手里的杯子:"小狗日的,找死来了。"他手背到腰后,正要拔枪,裴兰远按住他,摇了摇头。

来的有四个日本人,领头的穿着黑色大衣,戴着眼镜,小眼笑成一条缝,瞧上去斯斯文文;身后站着一个同着大衣的矮个子随从,还有两个武士,皆配一把长刀、一把胁差,个个神色严峻,嘴唇紧抿,审视着院内的人。

裴兰远了解何沣的脾性,怕他生事,又拉住人嘱咐一句:"你别冲动啊,今天人多,脾气收收。"

何沣甩开他的手走到前头:"知道。"

田中久智送上一幅画,与裴恪州微微点头:"裴老板,小小心意,还望笑纳,此为我大日本著名画家井……"

裴恪州打断他的话:"田中先生客气,裴某今日不收礼。"

田中久智微笑地直起身:"裴老板不请我进去坐坐?这不是中国的待

客之道吧？"

"此为家宴，不招待外人，望田中先生海涵，还请回吧。"

田中久智看向与裴兰远一同走来的年轻人，瞧这配刀配枪、不可一世的架势，猜得几分："这位莫不是何少当家？"

何沣往前两步，一脚踩在长凳上："叫你爷爷干吗？"

田中久智笑了笑："在下正想见少当家，前去拜访多次，你们的人都不放行，在下很是苦恼啊。借此佳日，不知可否同坐下喝上几杯？"

"老子喝你妈。"何沣已经很控制情绪了，不让自己一脚踩扁这狗日的脑瓜壳子，"想打老子煤矿的主意，做你娘的春秋大梦。"

裴恪州轻咳两声，低下脸去偷笑一番。田中久智依然保持淡定的笑容："久闻何少当家性格暴烈，今日一见，还真是名不虚传。"

"别学中国人说话，听得老子想扇你。"

田中久智看向何沣腰后的刀柄，忽然起了兴致："听说少当家功夫了得，不知可有兴趣与我这手下比试一二？"

"比试？"何沣嗤笑一声，"你们不配老子拔刀。"

那左边的武士目露凶色，朝前一步，田中久智拦下他，说了句日语，武士气哼哼地退到后面。

裴兰远道："我早已与你说清，煤矿的事免谈，我们不与日本人合作，更不会卖给你们。"

"跟他废什么话？"何沣放下腿，语气不耐烦，"今儿个好日子，老娘们小娘们都在，见不得血，赶紧给老子滚蛋！"

田中久智轻叹口气："就真的没有谈判的余地了？"

裴恪州道："这事没的商量，请回。"

田中久智点头："那今日便不打扰了，不过这画还请收下。"

他将画放到桌上，谁知老太太被丫鬟搀扶着过来："慢着。"

田中久智转身，点下头："老太太，祝您寿康。"

老太太拿起那画就朝他扔过去，挂着拐杖狠狠砸着地："我呸，我们不收小日本的东西！你们在济南造了什么孽，还有脸来这里？你们就是畜生，不是人！还想来掠夺我们国家的煤矿，你们想做什么？还想做什么？！赶紧带着你的东西滚！别脏了我的地，脏了我的眼！"

裴恪州见老太太情绪激动，赶紧扶住她："母亲，您别气坏了身子，这边儿子来应对。"他吩咐丫鬟:"快扶老太太回屋歇着。"

"是。"

"血仇!血仇啊!"老太太被丫鬟扶走,"赶紧给我滚!"

田中久智的随从弯腰,要将画拾起,田中久智拉住他,对院里各位道:"再会。"他的目光落到站在人群中的谢迟身上,朝她点头微笑。

谢迟面无表情地看着他,心里有点儿不舒服。

何沣顺着他的视线看过去,见他盯着自己的女人,突然拔刀甩了出去,刀尖擦过田中久智的发边,插进身后的木柱。

"再看老子扎爆你的眼珠。"

武士骂了一句,怒目圆睁,拔刀就要上前。田中久智呵斥他一声,武士哑忍下来,退后一步。田中久智带着几人走出裴宅。

裴恪州指着地上的画,对家丁道:"给我扔出去!"

家丁拾起画猛地就朝外砸去,落在田中久智的脚侧,暗骂了一句:"滚吧你,小日本。"

田中久智回头,只见大门砰地被关上。

武士握紧刀:"田中君!"

田中久智松了松牙,望向天空,轻笑一声:"走。"

家丁去柱上取何沣的刀,使了好大的力才将刀拔出来,交还给他。

"扔了,晦气。"

"欸。"

何沣转身朝谢迟走过去,手指滑过她的脸:"去吃饭。"

谢迟被他推着走,问道:"他们还想要煤矿?"

"嗯。"

"日本人毫无人道,会不会报复?"

"小娘们家家,不关你的事。"何沣嗅了嗅她身上,"喝酒了,还喝了不少。"

"她们太热情了,不停地敬我。"

"谁让你是草莽的媳妇?"何沣笑着带她回到座上,"多吃点儿。"

"嗯。"

妇人们低眉顺眼,没敢出气。

何沣忽然对她们道:"家妻不胜酒力,望各位多担待些,我来陪姐姐婶婶们喝一杯。"说着他就拿起谢迟的酒杯。

一桌人不约而同,登时全站了起来。

何沣一饮而尽,悬了下杯子:"各位尽兴。"

谢迟这顿饭没吃饱,去后院走了走。

裴家很大,但建筑颇旧,设施简单,虽是镇上首富,但一点儿也不铺张浪费。不像谢家,光是家具三年就换上好几轮,两个姨太太赶时髦,兴什么换什么。院子不停地改建,一会儿这个假山位置不好,一会儿那片花园太小了,还养了一群家丁丫鬟,祖宗基业快被败了个光,谢嘉兴搞些布匹生意赚的那点儿钱还赶不上姨娘哥姐们花的速度。

也正因为这,谢兆庭不想在谢家住,带着自己一进深山就是好几年。好在谢嘉兴虽人品不行,却还算孝顺,没给爷爷一丁点儿罪受。

前前后后快四个月了,她还从来没有离开爷爷这么久过,看着这大院,又开始思念起来。

裴家用人都去前殿忙了,何沣又在喝酒,若此时翻墙出去就是离开这里的最好机会。她戳在假山前,举步维艰,看着这围墙,紧攥着衣角,朝它缓慢地走去。

若真跑了,他会如所说那般,天涯海角也把自己抓回来吗?

忽然,一个丫鬟自后叫了她一声:"小姐。"

谢迟竟松了口气,立马转身。

"小姐,有什么需要帮忙的吗?"

谢迟摇摇头:"我随便走走。"

"小姐要喝茶吗?或者用些点心?"

"不用,谢谢了。"

一老妈子吆喝着过来:"三奶奶。"

"……"谢迟实在难以习惯这个称呼。

老妈子小碎步跑过来:"我到处寻您,三爷让我送您去客房歇会儿,他还得喝一会儿,让您累了就睡会儿。"

丫鬟这才知道眼前这位是何小三爷带来的,赶紧低下头去。

谢迟跟着老妈子离开,进了间客房。

何沣酒量虽好,但也耐不住几桌子人轮番敬酒,有些醉了。主家的仆人扶他进客房休息，小睡了一会儿。

他醒过来的时候，房间很暗，谢迟正坐在窗边的桌前看书，黄幽幽的小台灯将她的几缕头发丝笼得金黄。

何沣不想惊扰她，轻轻翻了个身，床却还是咯吱了一下。谢迟回首，见他醒来，合上书起身，去倒了杯茶送来："还难受吗？"

何沣伸了个懒腰，笑眯眯地看着她："没难受。"

"不喝水吗？"谢迟握着杯子，手杵在他右上方，"喝口水。"

何沣双手枕在头下："你喂我。"

"水怎么喂？"

"用嘴喂。"

"不喝算了。"谢迟转身就要走，何沣迅速握住她的手腕。

"喝，喝。"他坐起身，拿过杯子一饮而尽，"再来一杯。"

谢迟直接将茶壶给他提了过来，何沣也懒得用小茶杯，直接对着壶嘴灌，动作太猛，倒出嘴，水顺着滚动的喉结落进衣服里。

"没人跟你抢。"

何沣放下茶壶，袖口随意将嘴边的水揩去："我睡这么久？几点了？"

"没有多久。"谢迟将茶壶拿走，"我怕光刺眼就把窗帘拉上了，你还要睡吗？"

"想睡你。"

她放下茶壶，走到窗户边，回头看他："我要拉开了。"

"好。"何沣躺回去，懒洋洋地看着她，招招手，"过来。"

谢迟当然不会过去，坐到桌边继续看书。

何沣静静地看了她好一会儿，掀开被子下了床，将她的肩膀一搂："走，出去逛逛。"

何沣带谢迟去了隔壁院子，大门锁着，里头也无人看守。何沣翻坐到墙上，要拉她上来，谢迟不愿意："我才不做贼。"

"你做贼老婆，下个月就是你的房子了。屋主人在上海，过几天回来给房契。"

谢迟看着这长长的围墙："你要买的就是它？"

"嗯，"何沣朝她伸手，"来吧。"

谢迟握住他的手，借着他的力翻了过去。

院子定期有人打扫，草木也被修剪过，整体看上去干净敞亮。何沣牵着她的手往里走："先前过来看了一次，这院子从三年前就一直空着，房间都挺新，池子模样挺有意思，可以养很多鱼，还有这个假山。"何沣扶着她往山缝里钻，"我们可以在这里睡，想想就刺激。"

谢迟拔手就退出去："谁要住这里，我要回家的。"

何沣笑着跟上去继续牵她："好好好，不说这些，去后面看看。"

谢迟任他拉走。

踏上挨近的二层阶梯，从长廊穿过，一边是带镂空窗的白墙，一边是腊褐色的长木椅。各间房门都锁着，谢迟往里看了一眼，屋内挺宽敞，设施也都齐全，摆放得十分工整。

后门边上还种了一片小竹林，根边长了几棵蘑菇。

何沣随手摘了片竹叶插在她头上："满意吗？"

说不满意是假的，就在刚才他牵着自己走过池上石桥的时候，她动了留下来的念头。她不想欺瞒于他，又不想承认，只好沉默不语。

何沣搂住她的肩："不满意我们就换一个，换到你满意为止。"

"这宅子不便宜吧，而且太大了。"

"不大，以后你给我生一堆娃娃出来，到处跑，小怎么行？"

谢迟心喜，却佯推他一下："谁要给你生娃娃？"

"你啊。"何沣吧唧亲了她一口，"我喜欢小孩，特别喜欢。"

"我不喜欢。"

"那就不生。"

谢迟睨他一眼："这么惯着我？"

"你最大，你说了算。"

谢迟的笑意藏不住，轻翘下嘴角："那你不做土匪了。"

"好啊。"何沣比她高大半个头，俯下脸用鼻尖蹭了蹭她的鼻子，"你男人样样都行，做什么都能养活你们。"

谢迟往后躲："那我考虑下。"

何沣拽着她懒懒地走着："还考虑什么，多美的事。"

翻出院墙，何沣带谢迟去街上溜达，路过一个玉器店，谢迟突然拉着他停下来:"能不能借我点儿钱?"谢迟指了指身旁的店,"宋婉要结婚了,我想给她送个结婚礼物。"

"不借。"

"……"谢迟低下脸,"好吧。"

他抬起她的下巴:"我的钱都是你的,不用借,爱怎么花怎么花。"

"不行,就是借,我不想欠你,包括之前你送我的东西,我都会算好了日后还给你。"

"你怎么还?"

"我……卖画。"

"那我买你的画。"何沣笑了,"你只要乖乖嫁过来,陪我过日子就行。"

谢迟扭开脸。

"说到礼物,你们那边有什么风俗?提亲需要准备什么?"何沣跟着她转,"怎么办,我现在就想去见老丈人,明天就想娶你过门。"

"那你去吧,我好几位姐姐待嫁,个个貌美如花,看看我爹能不能同意。"

"我就要你。"

"那你借钱给我。"

"好好好,借给你。"何沣把钱袋给她,"去挑吧。"

谢迟看中四对玉坠耳环,她挑不中,问何沣:"哪个更好看?"

"都好看。"

"选一对。"

何沣随手指了一对,谢迟又不舍另外两对:"我觉得这个也不错。"

"老板,全包上。"

"不用这么多。"

"一对送那个小丫头,另外的你自己戴。"

"我不要,你已经买很多了。"谢迟点了点一个圆玉坠,对老板说,"就要这个。"

何沣又说:"全要。"

老板迷惑了:"那我包哪个?"

何沣皱眉:"啧,要我说几遍?"

老板吓得赶紧去装上。

"不要浪费钱,"谢迟拉了拉他的袖子,"你太浪费了。"

何沣左手搂住她的腰:"还没过门就想着替你男人省钱。"右手撩了下她的碎发,"不错,适合娶回家,就缺你这样的压寨夫人。"

谢迟推开他:"别人看着。"

"看呗。"

"真不用。"

"少废话,老子就爱给你买,又没让你掏钱。"

"……"

何沣意识到态度不对,立马哄她:"慢慢戴,你不要回去分给别人,好歹是未来的压寨夫人,拉拉人缘也不错。"

"什么乱七八糟的,走了。"谢迟掸开他的手,走了出去。

老板高兴地将东西奉上:"您拿好。"

"谢了。"何沣笑着转身,追她而去,一把搂住她,"媳妇,害羞了?"

谢迟不想搭理他。

"我就想宠着你,你就让我如了愿吧。"他晃了晃她的肩,"你要觉得欠了我,今晚好好表现就行,叫大点儿声让我高兴。"

"……"谢迟甩开他跑了,"下流。"

何沣笑着追去:"别跑啊,媳妇。"

他们在街上溜达一下午,去赌坊开了两把,还去照相馆拍了张照片。

裴家晚上还在摆宴,差人来请何沣回去。谢迟不想跟不熟的人坐一起吃东西,何沣便没去,带她去吃了顿江南菜。饭后,两人又去看了场戏,晚些才找间旅馆住下。

谢迟有心事,一直未入睡,又不敢翻来覆去吵醒他,干脆起身到阳台站着。

很晚了,家家灯火皆灭,远近一片漆黑。风有些凉,谢迟打了个寒战,似乎感到手臂起满了鸡皮疙瘩,她长吸口气,风灌进喉道,凉透了。

"干吗呢?"

谢迟吓得一惊,微微侧脸看向自后头抱住自己的人:"睡不着,出来透透气。"

"我还以为你跑了。"

谢迟愣了愣:"如果我真的跑了呢?"

"打断你的腿。"

谢迟听着竟笑了起来。

"骗你的,我可舍不得。睡不着叫我啊,搞两次就好了。"何沣半眯着眼,下巴抵在她的肩上,手开始游移,"要吗?"

"不要。"

"不要也得要。"何沣突然把她横抱了起来,往屋里走。

谢迟没有挣扎,任由他将自己放至床上。何沣忘了关阳台门,风吹了进来,纱帘乱舞着,隐约中看得到夜空中几颗不明的星星。

"看什么呢?"何沣捏住她的下巴,将她的脸转了过来,"看我。"

旅馆的床不稳,发出嘎吱嘎吱的声响。谢迟怕外面听到,抓着他的背,忍着一声不吭。

何沣掐着她的脖子,看着她放纵的神情忽然问了句:"你爱我吗?"

谢迟扭过脸去,不答。

何沣忽然停下动作,将她的脸拧回来:"爱不爱我?"

"你非要在这个时候问吗?"

"我要听,爱不爱?"

"不爱!"

"没听到,重新说。"

谢迟不理他,要躲开。

何沣把人翻过来,扣住她的手压在后腰上,动作近乎惩罚:"爱不爱?"

克制不住的声音从她的牙缝里蹦了出来,仿佛精神和身体都不受控制,这条小命与他拴在了一起,再顾不得什么意气:"爱。"

"爱谁?"

"爱你。"

"谁爱我?"

"我爱你。"

何沣心满意足,俯身下来吻她的肩,动作温柔下来:"我也爱你。"

宋婉跟着陈峥去打猎,他做了个陷阱,带着宋婉在不远处的山洞候一下午,什么也没等到,反倒在洞里缠绵了几番。

两人累瘫了,相拥在草席入睡。

深夜，木头烧光，冬夜山洞没有火冷得很，陈峥被冻醒，叫醒她回去。

寨门开着，没有上锁，陈峥奇怪地看向瞭望台，却无人看守。他没太在意，以为人或许去方便，或许去偷喝酒了，便个儿关上寨门，压了锁。

宋婉走累了，让陈峥背自己，两人嬉闹着慢悠悠地往住处走。忽然，不远处一个暗紫色身影闪过，快速地翻过何湛的院墙。

陈峥愣了一下，以为自己眼花，宋婉轻轻提提他的耳朵："怎么不走了？"

陈峥把她往上颠颠："没事，走啦，抱稳了。"他刚走不远，那个紫色影子又从院墙翻了出来。陈峥这回看清了人，登时偏身躲到墙侧。

宋婉疑惑："怎么了？"

"嘘，别说话。"陈峥偏头看了一眼，背着宋婉撒腿就往家跑。

"怎么了啊？"宋婉觉得他不对劲儿，"你跑什么？"

陈峥飞快地回到房里，放下宋婉，宋婉被他颠得头晕："你见鬼了？跑这么快！"

陈峥捂住她的嘴："小点儿声。"

宋婉拽开他的手："疑神疑鬼的，怎么了呀？"

"我看到日本人了。"

"日本人？"宋婉不信，"日本人怎么会在寨里，你看错了吧？"

"不可能。带着两把刀，头发，还有衣服，分明就是日本人的打扮，第一次能看错，第二次绝不可能。"陈峥额头冒汗，越想越慌，"他鬼鬼祟祟翻墙进了大少爷的住所。"

宋婉见他表情严肃，不像是开玩笑，咬了咬手指："日本人进大少爷的院子干吗？"

"不知道。"

"大半夜偷偷摸摸溜进来肯定没干好事。"宋婉忽然惊呼，"大少爷不会私通日本人吧？都说他是日本人的种！他们是不是在密谋什么？占山寨？吞煤矿？不会要杀了我们吧？"

"别乱猜。"陈峥按着她坐下，"我先出去看看，你在家待着别出来，把门窗锁好。"

"不行，不能去。"宋婉拽着他的手，"肯定有什么秘密，小心他们灭口，那些人杀人不眨眼的。"

"大少爷不是那种人。"陈峥苦恼，"如果真私通了，得及时通知少当家和大当家。"

"我不……你别去……"

"乖,我一会儿就回来。"陈峥亲一口她的脸颊,轻声出门去了。

陈峥躲在墙边的木堆旁查看周围,又见两个日本忍者从何沣的院子翻出来,暗语几句,分别朝不同方向去。

如果真是何湛有鬼,他们鬼鬼祟祟地去少当家的院子干吗?

等人离去,陈峥压着身子快速跑过去,刚跑到院口,宋婉在后头叫了他一声。

陈峥吓得魂都快掉了,匆忙拉她进去:"你跟来干吗?"

"我一个人害怕。"

"声音小点儿。"

"哦。"

宋婉跟陈峥往里走去,地上有一行血迹,陈峥用手抹了下,血还是新鲜的。宋婉吓得搂紧他的胳膊,声音哆嗦起来:"怎么有血啊?我害怕。"

"别怕,我保护你。"

何湛的院子有两个房间,一间他住,一间二黄住,血迹通向两个方向。陈峥意识到不对,匆忙到何湛房间敲了敲门。门掩着,被他敲得缓慢打开,陈峥往里头探去:"大少爷?"

无人应声。

"大少爷?"

只见何湛躺在床上,被子盖住脸,一动不动。陈峥走到床边,掀开他的被子。

"啊——"宋婉尖叫起来。

陈峥迅速捂住她的嘴:"别叫。"

宋婉看着床上的尸体,吓得蒙了,头不停地点着:"他……他他……他死了?"

只见何湛面容安详地躺着,脖子上一道细长的刀痕,看上去死得毫无痛苦。

宋婉坐到地上,眼泪吓得流出来:"日本人杀人了!"

陈峥把她拖到床后面蹲着:"肯定是因为煤矿的事。"陈峥越猜越慌,"寨里男人本就不多,少当家还带人去给裴家老太太祝寿了,小鬼子怎么上来的？"语落，他起身出去。

宋婉拽着不让他走："你去哪儿？"

"我去叫人啊。半夜大家都睡着，毫无防备，还不是任小鬼子宰割。"陈峥摸她的脸抚慰，"他们刚来过这里，应该不会过来了，你就在这儿躲着。"

"我害怕，这儿有死人呢……我跟你一起。"

"跟我一起太危险。"

忽然，外面传来叫骂声，还有枪声，想必有人醒来，与日本人打了起来。

宋婉吓得躲到陈峥怀里。

陈峥骂了一声，拔刀就要冲出去，宋婉按住他的手："我们跑吧，别管这些事了。"

"我不能抛弃兄弟不管。"

咚的一声，门被踹开。

陈峥将宋婉护在身后，看来人束着辫子，唇上留着一撮小胡子，双手执刀，长刀上的血借着月幕闪过来。

陈峥果断出刀，挡了过去。

谢迟猛地惊醒，她又做噩梦了。

何沣在身旁沉睡，她躲进被子里，抱住了他的腰。

何沣被她弄醒，闭着眼睛摸摸她的头："怎么了？"

"我梦到我杀人了，"她蜷起腿，把自己缩成一团，"梦到宋青桃浑身是血。"

她的手脚冰凉，何沣翻身将她搂在怀里，握住她的手，吻了吻她的头发："别怕，我在这儿，睡吧。"

天微明。

谢迟彻夜未眠，脑袋发昏，困得睁不开眼，断断续续地听到何沣在走廊上与人说话。

"哪条路上来的？"

"下面的人都是死的吗？"

"来了多少？"

谢迟眯着眼看了眼窗外，天还没亮，她翻过身，闭上眼继续睡。

良久,何沣坐到床边摸了摸她的脸,与她轻语:"寨里有点事儿,我先回去一趟,你多睡会儿,等我回来。"

谢迟半睡半醒,没听清何沣具体说了什么话,就迷迷糊糊地答应了。

青寨。

宋青桃破口大骂,一脚踢在宋晔下巴上。他翻倒在地,舌头磕到牙,不停地流血。

"我青寨怎么养出你这种吃里爬外的东西,做什么不好做汉奸!"

宋青桃气急了,一脚踩在他肚子上:"我这辈子最讨厌两种人,一种是乱勾引人的小贱货,还有一种就是卖国贼!亏我还叫你一声堂哥,我们宋家没有你这种败类!"

"青桃,何家那群人怎么对我们的,你还看不清吗?!宋叔死不瞑目!我们对付不了的人,让他们去解决,不是省了很多事?"宋晔吐了口血,"你不要被感情冲昏了头,杀父之仇都忘了!"

"他们再该千刀万剐,你也不能做日本人的狗,背叛我们。"

"我没有背叛你!我只给了他们进山路线和雷寨、云寨的地图。田中久智答应过我,不会动我们青寨的人,而且寨里大部分人已经被我提前转移了,很安全。他说事成之后矿也有我的两成。日本人不要山寨,只要煤矿。没了云寨,以后我们再也不用看任何人的脸色了,我们就是四山之主!"

"二叔和三叔也知道这件事?他们人呢?寨里其他人都被弄哪儿去了?!"宋青桃掏出枪抵着他的脑袋,"你还做了什么?"

"你放心,他们很安全。"宋晔咬了咬牙,"总之,何沣这次跑不掉了。他年初带人杀了一百多个日本人,埋在后山的大坑里,他……"

未待他说完,宋青桃一脚踹在他脸上,打断他的话,暴怒地大吼:"你告诉那个什么狗屁田中了?"

宋晔的头撞在桌角上,血淋淋的:"是!是我告诉他们的!谁让他不知天高地厚去惹日本人!我还亲自带他们刨了坑!尸骨全堆在那儿!云寨一个也别想跑!"宋晔痴笑起来,干脆一次与她坦白个清楚,"雷寨抓了一个日本娘们和两个崽子送上云寨,何家那几个没用的居然把他们放了,老子追上去全给杀了。你知道那几个是谁的人吗?他们是田中久智的弟媳和侄儿!人是他们抓来的,死在路上,给他们一百张嘴都说不清。"

宋青桃看着他这副丑陋的嘴脸，拔枪就要打他，忽然有人来报："小……小……小鬼子……"

宋青桃大骂他一句："舌头捋直了再说话！"

"小鬼子从雷寨打上来，来撞我们寨门了。"

宋晔愣了："不可能，他们就是路过，他答应过我的！对，肯定是路过，让我去看看。"

宋青桃气得发抖："这个时候你还信那帮畜生的话。你给我老实待在这儿，等会儿再跟你算账！"宋青桃持枪往寨门走，"狗日的，敢爬到姑奶奶头上。"

宋晔翻爬起身，追了上去："等等，有误会，一定有误会。你让我跟他们说，别冲动！"

宋青桃转身又给他一脚："窝囊废，滚！"

"他们是有武装的，不是表面那么简单，混了很多军人在里面！你不能跟他们起冲突，我们打不过的！"宋晔紧抱住她的腿嘶吼，"你就让他们过去，他们找的是何家，跟我们无关！"

宋青桃被他抱着腿走不了，抽出刀冲他的肩狠插了进去："狗汉奸！你给我放开！我宋家人即便战死，也不与外贼低头。"

宋晔捂着伤口在地上打滚，见宋青桃走出去，趴在地上喊："站住！青桃！宋青桃——"

寨门紧闭，宋青桃三两下上了瞭望台。寨外的日本人并不多，有的身着武士服，配着刀；有的穿着老百姓的衣服，拿着枪。她火冒三丈地看着他们，吼道："小日本，来你姑奶奶的地盘找死吗？！哪个是狗屁田什么智？"

领头的日本武士骑在马上，穿着蓝灰色武士服，头顶的小辫上扎了红绳，朝宋青桃微笑："这是宋大小姐吧？你好，我叫田中次郎，田中久智是我的哥哥。不要紧张，我们是朋友。"

"谁跟你们是朋友！我呸！"宋青桃朝下面吐了口唾沫，"识相的赶紧滚下山，想过青寨，除非跨过你姑奶奶的尸体。"

"宋大小姐，你最好乖乖放行，我不为难你们。"

"为难？你倒是为难一个试试！"宋青桃踩着身前的木箱，胳膊抵着大腿，嘲笑道，"雷寨那帮没用的守不住门，姑奶奶可不是吃素的。"

宋晔跟跟跄跄地跑上来，见她口无遮拦，急得冲田中次郎俯身道歉：

"太君,您听我说,我们大小姐脾气暴,说话不过脑子,她不是这个意思,您千万别当真,有事好商量。"

宋青桃拧住他的衣领,直接把人从瞭望台推了下去,一枪打在他的背后:"认你娘的日本主子去吧,要打就打,废什么话!"

夜里云寨死了一百多人,不仅是年轻男人,连老弱妇孺都难逃死手,全都是在毫无防备的情况下被迷晕、暗杀。

雷寨被日本人占了,何沣人手不足,过不去,只能抄近道从水路上山。

到云寨的时候,何长辉正在大殿里抽大烟,他一把夺过烟枪:"你怎么还有心思抽!"

何长辉眯着眼,扶着虎皮站了起来:"最后一口。"

陈蓉蓉浑身是血,手指被切掉了两根,寨里的大夫死了,她只能自己包扎:"那帮狗娘养的,搞暗袭,把我们的地形摸得一清二楚。"

何长辉从何沣手里拿回烟枪,混浊的声音闷在喉咙:"小沣,寨里有鬼。"

青寨打了起来,枪音在山谷回声荡荡。何沣领弟兄们带上家伙,下去支援。

宋青桃看到他来,心里高兴,嘴上却骂:"谁要你帮!给我滚!"

何沣没理她。

宋青桃又贴过来:"小鬼子不多,枪倒是快,打完了抢过来,武器全归我青寨。"

何沣揉开她,占了狙击位:"让开。"

宋青桃不服:"这是我的寨子,你凭什么让我让,你给我让开!"

何沣不想与她废话,看都不看她一眼。

"二叔三叔叛逃了,宋晔那个狗汉奸通敌,被我乱枪打死了,现在青寨我做主。"宋青桃盯着他嗤笑,"你的小陪床呢?不敢出来了?遇到危险还不是我和你并肩作战,那个小贱货除了冲你张开腿还能干吗!"

何沣揉开她:"再废话割了你的舌头,滚那边去打。"

"你……"宋青桃咽下气,心甘情愿地去旁处架枪。

一场恶战,打到最后双方弹尽,开始拼刀拼弩箭。日本武士训练有素,哪儿是这群土匪能敌的,几乎已经到了以一敌十的地步。

田中久智骑马姗姗来迟,候在寨外。他的随身武士早就按捺不住了,请示他要出战,田中久智嘱咐:"要活的。"

黑衣武士提着刀直奔目标。

何沣一身血,正按着一个鬼子的脑袋,听到身后有人用磕绊的中文叫了自己一声:"小子!"

何沣回头,看着眼前人,是昨日跟田中久智来宴席的其中一个。他把刀从手下人的喉中拔出,揩了下脸边的血,冷笑一声:"看来你不死在老子手里是不死心了。"

武士跟着田中久智在中国一年多,虽对中国话不精,却也能依稀明白他在说什么。他分开两腿,双手握刀,一套战前准备动作行云流水。

何沣随手拿根铁棍,武士觉得他在侮辱自己:"拔刀!"

何沣转了下铁棍,重重地插在地上:"老子说过,你不配我拔刀。"

武士更怒,紧抿着唇,气势汹汹地朝何沣砍过来。何沣提棍迎上,刀与铁摩擦出火花。

这武士看上去肥硕笨拙,刀法却颇见精深,出刀快而稳。何沣轻敌,被他的刀尖划过左臂,割出深长的口子。他挥棍砸去,武士偏身躲开,以刀抵御,挡住了他的棍。武士看着何沣肩上的血嗤笑一声,用中国话嚣张地讽刺了句:"废物。"他使足全力拨开铁棍,挥刀砍向何沣的腰。何沣身体后倾,手掌撑地弹起来,从他的腋下斜绕过去,一棒打在他的大腿上。武士站稳脚跟,握稳刀又朝他砍来,何沣只守不攻,带着他转圈。

迂回几番,何沣摸清了他的刀势。

武士恼急,龇牙怒吼,朝他的脖子横砍过去。何沣身体后倾,铁棍撑着地,借它力一个翻身在空中飞跃而过,落在武士身后,一脚踢在他背上,紧接着拦腰就是一棒。

武士跟跄几步,用刀划地,撑住身体,又高举起长刀,以声助势迎面大劈而来,拼上全力想了结这场战斗。何沣闪身躲避,抬脚落在他的腹部。武士的手降下来,何沣顺势以棍击其手腕,将他的刀挑飞了。武士丢了刀,立马慌了手脚。

何沣没给他反应的机会,举棍向他四肢砸去,武士"啊啊"的惨叫声响彻山间,骨头在皮囊中碎裂,重重地倒了下去,震起大片尘土。

何沣下手向来狠,把他打得生不如死,最后一棍插入喉间,握着棒头用力一压,几乎快把他的头断下来。

突然,背后另一武士举着刀朝他砍来。

"三哥哥!"

何沣迅疾回身,本是能躲过去的,没料一个人影忽然挡在面前,何沣一把拉开她,拔出铁棍甩了出去,正中那武士额心。

宋青桃木木地转过身,又唤了声:"三哥哥。"

她的脸被刀斜划开,从右眉一直到左下巴,白肉往外翻卷,鼻翼被削掉一块,嘴唇被分割成四瓣。她低头看了自己一眼,肚子上汩汩出血。

何沣将她抱到墙后,扯下她手腕上缠着的红布条,一根裹住她的脸,一根扎住她的肚子。

宋青桃颤抖地紧攥着他的手:"三哥哥。"

"别说话。"

宋青桃摸向自己的脸,感觉到面上横着一条巨长的沟壑,血顺着手指往下流,像密集的瓜皮纹路,瞬间蔓延整只手:"我的脸。"

血流太快,根本包不住肚子上的口子,何沣脱下外套给她捆着。

"我是不是快死了?"

"不会的。"

"小日本的刀真快,刚才还没感觉的,现在好疼啊。"宋青桃的血手扼住他的手腕,"你别包了,我的肠子都出来了。"

何沣不听她的,继续包扎。

"三哥哥,我尽力了,没让鬼子进来。"她的嘴唇疼得没了知觉,只能从喉咙出声,"你那一枪没打在我的手上就好了。我要是右手还能拿枪,就不会老打偏,就能多杀几个小鬼子了。"她委屈地流下眼泪来,"左手不听话,我老是打偏。"

何沣紧蹙眉:"别说话了。"

"我要说,再不说以后更没机会说了。你以前就不理我,以后更不会理我,只有这一刻,你才能听我说说话。"宋青桃抓住他的胳膊,"我也没那么坏的,只是太喜欢你了。杀了她妹妹,是因为那个小贱货骂我,她骂我有娘生没娘教。你知道的,我最讨厌别人说我没娘了。"

外面的兄弟们还在拼杀,何沣没心情听她诉苦:"你在这儿别动,我等会儿回来。"

"我不等。"宋青桃不让他走,"我救了你,你会对我觉得愧疚的吧?

你会记住我的吧?"

何沣看着她分裂的脸,点了点头。

"我比她好多了,她能帮你砍小鬼子吗?"宋青桃笑了起来,因为嘴唇拉扯起弧度,刀口更显狰狞,"她配不上你。"

日本人架起了机枪与迫机炮,何沣在扫击声中起身。

宋青桃勾着他的手指:"三哥哥,你还从来没抱过我。"

"你能抱我一下吗……三哥哥。"

谢迟醒来后,发现何沣和青羊子都不在,她拿上点儿钱直奔车站。没有直达无锡的车,要先去南京。

离发车还有两个小时,她攥着车票坐在长椅上,不停地掐着票边。终于可以离开这个地方了,她却一点儿也高兴不起来。

旁边坐了一对夫妻,男人剥开鸡蛋递给妻子,眼里充满了宠溺的笑意。

那一瞬间,她那摇摇欲坠的理性终于在微妙的感情中溃败,头脑一热,撕了车票冲出车站。

回到旅馆,谢迟就后悔了。

她一个人在旅馆待着,几次想要离开,却还是想等等何沣。她睡了一天一夜,粒米未进,夜里想出去找点儿吃的,各家都关了门,她只能喝水充饥。

谢迟白天睡多了,夜里睡不着,盯着天花板发呆。

何沣干什么去了?一天不见人影,他就不怕自己跑了?

她的心里萌生出一些幼稚的小别扭。自己早该逃走,却为这个浑小子留下来,他倒不知踪影了。

怎么?睡够了?不想要了?臭男人!

谢迟当下决定,如果天亮再不见他,她就回家。

第二天一早,何沣还未出现。

谢迟出去买了早饭回来,顺便跟旅馆老板要了纸笔,给何沣留字条。

我先回无锡。

她啃着馒头,瞧着这几个字。

不该这么写。"先"字不好,好像有种等他来找自己的感觉。

她揉了纸,重新写了一张。

走了。

她在心里暗骂何沣一声,又撕了纸。

你别来找我了。

谢迟请旅馆老板等何沣回来将字条交与他,再到街上买些干粮,又去了汽车站。

她捏着票站在车前,眼皮莫名地跳了起来。她回头看向远处的山,干戳了半晌。

"还上车吗?走不走?"

谢迟毅然回头:"走。"

谢迟在路上颠簸了两天才到无锡。

进了谢宅,直奔爷爷的房间。端茶的丫鬟见她,吓得手中的盘子差点儿跌掉:"七……七小姐。"

"环儿。"

环儿怔愣半晌,赶紧上前:"七小姐,你不是……我们以为你们……"

管家听见动静,出来见人:"七小姐!"他掉头往里屋走,"小姐回来了……老爷!小姐回来了。"

谢嘉兴被下人搀扶着出来,他好像断了腿,还拄了根拐杖。

谢迟迎上去,应付地叫声"爹"。

谢嘉兴见了她,表情从惊愕慢慢转化为严肃,伸长脑袋往她身后看去:"小九呢?"

谢迟沉默了。

谢嘉兴重复一遍:"迎迎呢?"

"对不起,我没能把迎迎带回来。"

二姨太与两位姐姐闻讯赶来:"哟,这不是小七嘛。老爷,咱们小七也是厉害，进了草莽窝还能全身而退。瞧着这一身，还是新衣服呢，看来是深得那帮草莽的喜欢，怎么就放你回来了？"

她的话音刚落，远远就听见三姨太哭着跑来："迎迎，迎迎，迎迎回来了。"

三姨太走近不见谢迎，拽着谢迟发问："迎迎呢？怎么不见迎迎？她怎么没和你一起回来？"

谢迟平静道："九妹不在了。"

"什么叫不在了？"

谢迟低下脸："她死了。"

三姨太怔愣片刻，忽然坐倒在地，捶着胸口哭号："我的迎迎啊！她才多大啊！这天杀的草莽！"三姨太站起来，又去打谢嘉兴："都是你！都怪你不去赎人！为了你的脸，连女儿都不要了！是，你是女儿多，不在乎一两个，日后等一个个都死干净了，你的脸面留给谁看？！"

二姨太听见这话便不让了："妹妹，你这话什么意思，什么叫等一个个都死干净了，你这咒谁呢！"

三姨太转身骂她："闭上你的臭嘴，别以为我不知道你在老爷枕边吹耳边风！你的闺女要是被土匪劫了，我看你去不去赎！"

谢迦怒了："三姨娘，您这心肠莫不是太恶毒了，自己死了女儿，还想让我们也陪着。"

谢遥道："小九可是自己吵闹着要跟四哥去济南的，家里人都不让去，最后自己偷偷跟了去，可没人逼她。自己找死，怪谁呢！"

谢迦道："就是，怎么死的还不一定呢。那帮臭土匪都不是人，满山的男人，啧啧啧，想想都可怕。小九娇气，性子又烈，受不了委屈，脸皮又没小七这厚，被土匪糟蹋了还能理直气壮地回家来。她这么去了倒也干净，省得惹人非议。"

三姨太扑上来给她俩一人一巴掌："你再说一遍！"

大大小小缠打起来，谢嘉兴怒吼："够了！都给我消停点儿！"

三姨太又哭起来，抓着谢嘉兴缠打："你还想消停，亏你之前还那么疼她！你就不怕她变成鬼来找你吗！你夜里睡得着觉吗！"

谢嘉兴听着烦，将她推搡开："把三姨太搡回去。"

"是。"

二姨太窃喜。三姨太生得漂亮，先前深得老爷喜爱，有了这一遭，怕是以后的日子也不好过了。现在的谢家没有正牌夫人，她若失了势，这后院可就唯自己独大了。她见谢迟一直不言，故意问道："小七，小九是怎么去的？你得给大家个交代吧。"

谢迟想了想，还是决定不将实情道出，毕竟人多口杂，传出去对九妹的名声不好，便道："逃跑的路上坠崖了，没有受辱。"

二姨娘佯装伤痛，用巾遮鼻："可怜的小九，唉，也算是个贞洁烈女了。"

谢迦问谢迟："那你呢？你怎么活了下来？"

谢遥紧跟着问："可有被那些土匪糟蹋了？他们怎么放你回来了？还有你这衣服，土匪给你买的？"

谢迦讽刺地笑了声："还挺好看的呢，看来土匪对你不错。没看出来啊七妹，还藏着这些招数呢。"

谢迟没有说话。

大家全当她默认，二姨太幸灾乐祸地哼笑一声："造孽哦，还用问吗？从土匪窝出来，哪儿还能是姑娘家嘛。"

谢嘉兴正在气头上，用拐杖戳了下谢迟的左肩："你还回来干什么？谢家人宁死不屈，真乃有辱家门！你怎么不跟着你妹妹一块死了！"

谢迟并不意外他会说出这种话。谢嘉兴虽数典忘祖，却极看中脸面，他不会接受一个名声败坏的女儿，让自己在外抬不起头。早在云寨时何沣便告诉过她，谢家不赎她们，盖棺下地，全当没这两个女儿。

二姨太借机添油加醋："再怎么说我们也是名门，出了这种事，若要像小九那般，也能保下好名节，你这……唉……少不得街旁邻里的议论，人言可畏啊。"

谢迦立马接话："就是，本来这种丢人的事就不好瞒，我们家不知散出去多少封口费才堵住谣言，就说你和九妹外出遇险死于途中，碑都立了。现在突然回来了，免不得别人多问，到时候事情瞒不住，街坊邻里都知道谢家的姑娘被土匪劫上山，又放了回来。自己不要脸面，我们几个姐妹还怎么嫁人？"

谢迟不想听她们废话，看向谢嘉兴："我去见爷爷。"

谢嘉兴顿时火冒三丈："还有脸提你爷爷。"他见谢迟往后院走，举起拐杖朝她后背猛砸了一下，谢迟向前倾倒，双手按在地上。

二姨太嗤笑一声:"小七,你还不知道呢,他老人家已经去世一个多月了。"

谢迟愣住,脑袋空了一下,心中闷痛难忍,刚站起来,又听谢嘉兴大骂一声:"你给我滚出去!"

她努力保持镇定:"爷爷怎么死的?"

二姨太故意讽她:"气死的!"

谢迟觉得脑袋嗡嗡的:"我要去见他,带我去见他。"

谢嘉兴看着她,又想起她母亲那桀骜不驯的模样,更加生厌,吩咐家丁:"把她给我撵出去。"

家丁迟疑,不敢拿她。

谢嘉兴举起拐杖,冲着谢迟的胳膊又打了一下:"聋了!滚出去!"

连打三下,谢迟跌倒在地,突然对谢嘉兴拔枪。

院内一众人惊呼。

谢嘉兴愕然地看着她:"行啊你,谢晚之,进了趟土匪窝自己都变成女匪了!开枪,开枪啊!打死你老子!"

谢迟迅疾起身,扑向二姨太,攥住她的衣领把她勒在怀里。二姨太猝不及防被扼住,吓得直号。

谢嘉兴气红了眼:"反了!反了!来人!"

谢迟用枪口戳二姨太的脑袋:"我只要见爷爷。"

二姨太吓得直抖:"我带你去,你别乱来!我带你去!"

谢兆庭埋在谢家墓园,谢迟押着二姨太到墓前,看着墓碑上的字,眼睛发酸,倏地跪了下去。

二姨太跟着她趴到地上,见她松开自己,摸爬着滚到谢嘉兴身边。

谢家做生意,家中备枪,家仆将枪送来给谢嘉兴,他举起枪对着谢迟的后脑勺儿:"逆子,丢了名节不说,还想弑父!你还有何颜面苟活于世,有何脸面面对列祖列宗!"

谢迟突然站了起来,转身对着他们,吓得众人退后一步:"你以为我想做你女儿?!母亲惨遭你强暴,最后抑郁而终,她当初就该杀了你,堕了胎!"

谢嘉兴气得发抖,举起枪,砰的一声,子弹擦过谢迟的左臂。他还是留情了:"谢晚之,从今日起,你与我谢家毫无关系,我就当没生过你这个女儿,你给我滚得越远越好!"

谢迟受伤受惯了,这点儿擦伤无足轻重,她看着周围这些与自己有些血缘的人。这就是她拼尽全力,不惜谄媚土匪想要回的家。

她轻笑一声,转身又给谢兆庭跪下,磕了几个头。

一瞬间忽然感觉心里放下许多,再无任何牵挂。

谢迟无处可去,好在何沣给她留了些钱,可以暂时支撑一段时间的生活。

她在谢家附近找了家便宜的小旅馆住着,选了个背阳的房间,刚好透过窗户能看到谢家的大门。

她怕万一何沣来了,找不到自己。

第四天,没有人来找她。

谢迟不等了,她不想把自己的未来完全押在一个男人身上,她得找个谋生的活。

除了写字画画,谢迟不知道自己还能做什么,可现在她连买笔墨纸砚的钱都拿不出来。后来,她去一家画铺接了描线的活,勉强维持吃住。

那日下班回家,谢迟在铺子前买烧饼,一位穿着长衫的小公子叫了她一声:"晚之?"

谢迟转头,看到一个陌生的面孔。那男子仔细打量她一番:"晚之!真的是你!"

谢迟不明白,接下用油纸包好的烧饼,朝他走近两步:"你是?"

"薛丁清。"

谢迟隐隐觉得在哪里听过这个名字。

"家父与谢老先生是朋友,我们三年前见过面,不过你应该不记得我了。"

谢迟顿时想了起来,他应该就是爷爷口中那个要介绍给自己的学生。

"我听说了你的事,有什么需要帮助的地方可以来找我。"

"不用,谢谢。"谢迟侧身走开。

薛丁清跟上来:"你不必跟我客气,家父曾与谢老先生给你我订下婚约,你去济南了,可能还不知道。"

谢迟停下脚步:"你没听说吗?"

"嗯?"

"我被土匪劫上山了。"

"我知道,"薛丁清皱了下眉,"你没受伤就好。"

"我跟土匪有染,不是清白之身了。"

薛丁清登时脸都红了。

谢迟继续往前走:"而且婚约我不知道,爷爷也去世了,不算数。"

薛丁清又跟上来:"你家人把你赶出来了,你住哪儿?"

谢迟没理他。

"我要出国读书了。"

谢迟并不感兴趣:"恭喜你。"

"我……我听闻了一些不好的传言,你要是没好的去处,可以跟我一起走。"

谢迟觉得他莫名其妙,轻笑着看他:"我和你并不熟,你若看在长辈的面上照顾我大可不必,谢谢你的好意,请不要再跟来了。"

薛丁清停在路中,远看着谢迟的背影。

三年不见,她变得更加疏离了。

谢迟带了些稿子回来描,她现在唯一要做的就是多挣点儿钱,把自己这条小命给养活了。

她描累了,眼睛发酸,想睡觉,倒了杯冷茶一口气灌下精神一番,继续描线。忽然外面传来马蹄声,还伴随着一阵爽朗的笑声,好像何沣的声音。

她心头一震,顿时精神起来,丢下笔就往外跑。

旅店外路过两个男人,一胖一瘦,光看背影就知道不是他。

谢迟戳在冷寂的街道,觉得自己有些可笑。她用力掐了自己一下,回到房间,继续耐心描线。

第二天傍晚,谢迨等在谢迟住的旅店楼下。

谢迟自打回来还没见过他。当初在山路被劫,只知道他的腿中了一枪,如今看他走路微有跛脚,应是落下病根了。

谢迟带谢迨来到房间,谢迨立在屋子中央,看着房内简陋的设施:"跟我回去吧。"

谢迟没答他的话:"四哥喝水吗?"

谢迨走过去拉住她:"我去和爹说说,让你回来。"

谢迟推开他的手:"我在这儿挺好。"

"哪里好?哪里都不好。"

"我更不想回谢家。"谢迟笑了笑,"之前在土匪窝里天天想着逃出来,起码有个奔头,现在爷爷不在了,我也没必要留在你们家。再说,谢嘉兴都和我断绝关系了,大家都巴不得我死远点儿,别辱了门风,我还是不去碍眼了。"

"那四哥给你换个地方住。这里阴潮,得住出病来。"

"不用,我觉得挺好的,至少住得舒心。"

谢迨叹了口气:"是四哥对不起你们。"

"关你什么事,"谢迟拍了下他的胳膊,"回去吧。"

谢迨看着桌上的线稿:"你画这个干什么?"

"赚钱啊。"

"你的才气画这个可惜了。"谢迨心疼地看着她,"不然这样,你来画画,我帮你拿出去卖。"

"我过几天就走了。"

"走?上哪儿去?"

"去苏州。"

"你去苏州干什么?"

"投奔爷爷的一个学生,杨叔叔,杨知致,认识吗?"

谢迨摇了摇头:"没听说过。"

"从前我跟爷爷隐居的时候他常来喝酒作画。他在苏州有个小画院,我去投奔他,他应该能帮我谋个差事。"

"真的不留下来?"

"嗯。"

谢迨叹息一声:"那我送你去。"

"不用,我都一个人从山东跑回来了,苏州这么近,没事的。"谢迟思忖半刻,道,"四哥,如果有人来谢家找我,你就告诉他我去苏州了,让他来致安画院。"

谢迨大抵猜到:"山上的土匪?"

"嗯。"

211

"你既然逃了出来,又为何想让人知道你的行踪?"谢迨皱眉,"你莫不是与土匪生了感情?你这两个月都发生了什么?"

"四哥别问了。"

"你不愿说就罢了。"谢迨取下钱袋给她,"这些钱你一定拿着。"

谢迟接下:"我缺钱,就先收下了,以后会还给你,谢谢四哥。"

"跟哥哥还说什么还。"谢迨摸摸她的头,"四哥没用,护不住你。"

谢迟笑着拉拉他的手:"你又来了。"

谢迨也笑了下:"对了,我买了你最喜欢的糕点,还有糖果。"谢迨打开包装。

"我不是小孩子了,"谢迟还是拿起一块塞入口中,"不过还是谢谢哥哥。"

去苏州那天,谢迨要送她上车,临走前被谢嘉兴发现,拦在了家里。

谢迟在站口等他许久。

路边有人看报,边看边骂:"贼坏的小日本,搁济南杀这么多人,现在又不要脸地抢矿。说这土匪坏,我看小日本更坏。"

谢迟本无意听他说话,只是"土匪"二字太敏感,她转头看去,见那人咬牙切齿的模样,问了一句:"什么土匪?日本人怎么了?"

男人唉声叹气:"灭了土匪,占了煤矿,政府还不管。"

谢迟忽地从他手里抢过报纸,看着短短几行字,气到手都在发抖。

"怎么了你?"

谢迟快把报纸掐通了。

"欸,小姑娘,你没事吧?"

谢迟改去了山东,转好几趟车才进兖州。她不敢贸然往山上跑,先去了裴家,却见裴家大门被贴上"封"字,门匾都掉了下来。

谢迟去附近的一个茶棚想找人打听一二,可巧有两人在议论土匪的事,她要了壶茶,坐到旁边的桌子竖着耳朵默默听。

黄衣道:"这王二狗真是命大,死里逃生,说是掉河里,被水冲下来的,泡得浑身都发了,大难不死必有后福啊。据说日本人在山上杀红眼了,甭管老的小的,没一个活的。"

蓝衣道:"这么狠?那帮土匪跟他们结什么怨了?下这狠手。"

黄衣说:"听说先前山上那土匪头子带人杀了很多鬼子,还把一日本娘们和孩子杀了,日本人上山报复。说是报复,其实就是奔着煤矿去的。他们在镇上待了那么久,一直谈不拢,借着这个由头正好把土匪一锅端了,好占矿,谁看不出来啊!"

蓝衣感叹:"那也不至于屠满山啊,得几百上千口呢吧?"

黄衣无奈摇头:"可不是,那山上住的又不全是土匪,有不少老的小的,可鬼子管你什么人,见人就杀。"

蓝衣蹙眉:"县长不管?"

"管个屁,他敢得罪小日本吗?别说县长,扛枪的都不敢说什么。"黄衣斜瞟四周,低声道,"扛枪的两大势力打得火热,哪儿还顾得上土匪。我看小日本在咱们国土为所欲为,早晚要打起来。"

蓝衣忧心:"真要打起来会不会抓壮丁,把我们都拉去打仗?"

黄衣抿茶:"说不准。你看鬼子现在在东北一跳一跳的,狼子野心昭然若揭啊!整个山东被他们占多少煤矿了!现在什么都得用到煤,以后真要打起来,物资多重要!"

蓝衣恼骂:"唉,这帮狗日的。"

黄衣不紧不慢地放下茶杯:"唉,都是煤矿惹的祸。前脚土匪被灭,后脚裴家就出了事,以后小日本算是在咱这驻扎下来了,还不知道又会作什么孽。"

蓝衣拍大腿:"要煤矿给了就是,干吗和日本人硬干,落得这下场。"

"你懂个屁,土匪是什么人,能认那厌?"黄衣起身掸掸屁股,"时间不早了,我做活儿去了,茶钱你付啊。"

黄衣刚要走,谢迟赶紧拦住他:"等一下。"

黄衣见是个如花似玉的小姑娘,笑开了花:"咋了丫头?"

"我刚听你说山上土匪的事,那你知不知道何沣怎么样了,就是寨里的少当家。"

黄衣问:"是不是和裴家好的那个?"

"是。"谢迟直点头,期待地看着他,"有听说过他的消息吗?"

"没听说。"黄衣挠头想了想,"不过擒贼先擒王,他们几个当家的肯定都跑不掉。"

谢迟急促问:"不是有人逃出来了?那个王二狗人在哪里?"

黄衣答:"这我就不知道了,我也是听别人说的。"

谢迟脸色惨白。

黄衣打量着她:"你打听土匪干什么?那山上有你亲戚?"

谢迟没有回答:"日本人还在山上吗?"

黄衣问:"你不会是想上山吧?我劝你别,现在山上山底全是鬼子。"

"我知道了,谢谢你。"谢迟转身就走了。

黄衣好心又叮嘱一句:"那帮狗日的都不是人,你可别犯傻乱冲啊。"

谢迟打听半天才找到王二狗的住处,他正收拾行李准备去青岛投奔亲戚,一见谢迟吓得赶紧点头哈腰,手里的花生掉了一地:"少……少夫人,您还活着。"

"何沣呢?"

"我不知道啊。"王二狗忽然跪下来,猛扇自己两巴掌,"少夫人,我不是人,我怕死。鬼子火力太猛,我就跑了,后来掉进河里,头撞到石头昏了过去,再醒来时就到了下游。"

"你起来。"

王二狗不起。

谢迟蹲下来,与他平视:"你最后看到他是什么时候?"

"当时打得太乱,我没看到少当家。"

"那其他人呢?大当家、陈蓉蓉、何湛、老蔡,还有雷寨、青寨那些人呢?"

"青寨出了叛徒,就是宋晔给了鬼子地图,才让鬼子夜里不声不响进寨子暗杀了那么多人。我是运气好,他们没来得及摸过来就有人醒了,然后就打了起来,好像一共来了九个,全被杀了。"

"宋晔是谁?"

"宋二当家的儿子,宋青桃的堂哥。"

"那宋青桃呢?整个青寨都叛变了?"

"没有,听说宋青桃亲手把宋晔毙了,然后和鬼子打了起来,少当家还带人去帮他们了。"

"然后呢?"

"打不过,鬼子装备好。当时我们抵了好一阵,打到最后已经连箭都没了,谁料鬼子搬来了炮,还有好几把机枪,根本挡不住。"

"然后你就跑了?"

王二狗低下头:"少夫人,您毙了我吧。"

"还有其他人逃出来吗?"

王二狗摇头。

谢迟的心都凉了。她觉得问不出什么有效信息来,缓缓站起,转身离开。

王二狗叫她:"少夫人,您去哪儿?您要上山吗?山上危险,不能去。"

谢迟转过身冷冷地看着他,王二狗心里一震,不敢与她对视。

谢迟道:"人都怕死,怕死没错,你要走就赶紧走吧。"

谢迟要去找何沣,哪怕是见到一具尸体,也得确定是不是烂透了。

日本人占了山,她不敢从正道上去,想起何沣跟自己提过的山间密道,找了一天才找到那棵老槐树,顺着水路梯路上山。

山间变得乌烟瘴气,空气里弥漫着灰烬与一股奇怪的味道。

等谢迟到山顶的时候,已近黄昏。

云寨建筑被烧毁近半,遍地尸骸,还有些肢体未被烧干净,堆成一座座小山。

谢迟被眼前的人间地狱惊得舌挢不下,她崩溃地坐在地上,看着鹰鸟啄食残存的人肉。没有一具完整的、辨得清面貌的尸体,她要去哪里找他?

谢迟在山寨翻了个遍,试图寻到些蛛丝马迹。

她在何湛的院内看到一对拥抱的尸体,透过他们的缝隙,谢迟隐约看到一抹金色,似乎是只金镯。她再三辨认,确定是宋婉与陈峥两人。

谢迟无法想象他们死前发生了什么。看这动作,陈峥应该是拼了命地护住她。

他们怎么会死在何湛的院子里?

谢迟昏头昏脑地往房里走,看到了床上何湛的尸体。他没有被烧光,因为暴尸多日,身体腐烂,发出让人难忍的恶臭。

谢迟实在受不了了,趴在门边哕地吐了出来。

那些人是畜生,没有人能幸免。

何长辉、陈蓉蓉、厨娘、王大嘴、老人,还有孩子们。

欢笑明明就像昨天的事,她还清晰地记得每一个细节,记得那晚明亮的月，记得何湛优雅地吹灭蜡烛，记得阿金清脆的歌声、宋婉轻盈的舞姿、王大嘴疯狂的大笑……

记得何沣清澈明亮的双眸，宛若翻涌着波澜壮阔的星河，温柔地抚摩自己的长发，在耳边轻语："醉了吧……"

今夜无云，星星月亮照亮山顶。

仇恨让人愤怒，死亡让人悲痛，可她自问还没有爱何沣爱到愿为他殉情、为他不自量力去找日本人报仇的地步。

她要离开这里。

可夜路太险，夜间兽类又频繁出没，她不想死在下山的路上。

她找到一辆小推车，将四下的残肢收好，堆放进一处没被炸毁的房间。

谢迟信鬼神，她为他们寻一处遮风挡雨的坟墓，不求心安，但求千百亡灵佑她余生顺遂。

第五章
白云苍狗

一九三六年，七月。

南京的夏天热得像个蒸笼，也不知哪里的树上趴着知了，没完没了地叫了一早上。

店里的风扇坏了，昨个送去修，到现在还没有送回来。谢迟被屋外的嘶叫声吵得半睡半醒，迷迷糊糊拿着只小团扇慢悠悠地扇着热风，额头上扑了层细碎的汗珠。

因为翻来覆去，绾着的长发松散开，连木簪都竖戳戳地掉在地毯上。

她身着黑色旗袍。不管是什么时候，黑色总显得沉闷，这令本就不舒服的天，看上去叫旁人也跟着觉得捂得慌。

谢迟喜欢穿黑色，从夏天旗袍到冬天大衣。头上要么插着发簪，要么绑着白布带或者黑的，别人奇怪，有时会问上两句。

前些年，她答的是：守丧。

可这一年两年三年过去。

还守着丧？

她便又说：习惯了。

远处的知了终于不叫了。

楼下的阿如又喊了起来："老板！"

"老板！"阿如穿着皮鞋，踩得楼梯咚咚响，"老板，有客人。"阿如推开门，探进去半个头，"醒了吗，老板？"

谢迟翻了个身，腹部的团扇掉在地上。她慢悠悠地坐起来，将它拾起来丢至一旁,手撑着椅子站了起来,耷拉着眼皮懒洋洋地瞧着她:"叫魂呢。"

阿如把门大开,掀起帘穗儿,笑着道:"看上去有点儿眼熟,好像是个老顾客,点名要找你呢。"

谢迟捡起木簪,随意将头发绾上,有气无力地往楼梯下走:"男的女的?"

"是位先生,戴个紧巴巴的软呢帽,挤得一张脸像个大泥盘子。"阿如跟在后头,压低笑声,"好笑得很。"

谢迟见了在楼下等着的客人,面不改色地走过去:"您好,有什么需要?"

"我要定制两件西装、两件衬衫,不要西裤,半月内赶着用。"

"款式、布料有什么要求?"

男人随意指了款架上的:"就这样的。"

"那先给您量身?"

"不急。"男人在店里转一圈,挑了块口袋巾,又问,"你这里有怀表吗?"

"有的,楼上请。"谢迟带他上楼,打开柜子拉出抽屉,将里头的怀表拿了出来。阿如跟上来,站在旁边看着。

谢迟见男人满头大汗,不停地咽口水,忽然问了句:"您要喝点儿什么吗?"

"那就麻烦了。"

"咖啡还是茶?"

"凉水吧,这天太热。"

"您能喝冰的吗?"

"那最好了。"

谢迟与阿如说:"你去隔壁拿点儿冰块来,多要点儿。"

"欸。"

阿如下楼去了。

脚步声远,男人才抬眼看她:"你该换个自己人了。"

"不好找。"

"我申请帮你调派一个,随便找个碴儿换掉她。"

"算了,先这样吧。"谢迟手指摩挲着一根表链,"她的手艺好,我都赶不上,人勤快,一个人顶两个,省我很多事。"她抬眼看着男人,嘴角轻提了一下,"你也知道,我不太好相处,换个人不知道又得磨合多久。"

男人笑了笑:"行吧,你要用人就跟我说。"

"嗯。"

"说正事。"男人提起箱子,小心打开,"差点儿拿命换来的。"

"这么多。"

"这是一部分,你先准备着,明天我再把剩下的送来。"

"你别来了,我去找你,老地方。"

"好。"

"本来是要与老周交接的,三天了,他不知所终,怕是出了什么事,所以我才来找你。我还有其他任务,明晚就要离开南京了,可能又得让你跑一趟。"

"现在关口查得这么紧,我一个人怕是不容易送进去。"

"所以,我的意思是你先去北平找肖先生。"

"好。"谢迟找了个箱子,将它们一一挪出来。

男人掏出手帕擦了擦汗:"昨天昊业银行死了个日本员工。"

谢迟轻轻"嗯"了一声。

"'嗯'是什么意思?"

谢迟摘了烧尽的香,去抽屉里拿出根新的点上,漫不经心地说道:"太久没动手了,无聊,杀一个助助兴。"

男人沉默地瞧着她。

谢迟清了清掉落在案上的香灰,看他凝重的表情,唇畔勾起笑意:"说着玩,还真信啊。"

"没纪律。"

"我又不是正儿八经你们的人,谈什么纪律。"谢迟撩了下弯弯曲曲的细烟,"小鬼子半夜偷偷画地图,画到我门口了,自己循着死路过来,我有什么办法。"

"慎行。"

谢迟轻飘飘地看着他,敷衍道:"知道。"

男人打量她这细长的手指:"不过你这拿绣花针的手使起刀来还真是一点儿不含糊。"

"小声点儿。"

说着,阿如端冰水来了。

谢迟拿出一块怀表:"这一块比较适合您,雅致,内敛。"
"就它了。"
阿如将冰水放下:"您的水。"
男人点头:"谢谢。"
"您客气。"
"去帮先生量身吧。"
"好,"阿如为他让路,"先生您请。"

谢迟在火车上睡了一天,醒过来的时候天色昏暗。她头有些痛,倒杯酒喝下,两杯下肚,精神许多。谢迟握着空杯头靠着窗,看外面缓缓滑过的风景发呆。她是每天都要喝酒的,哪怕只来上一口,也算了了今日事。

离开山寨那半年,她老做噩梦,梦到在遍地尸骸里爬不出来,醒来也觉得慌,时间混乱似的,分不清现实与梦境,非得来上两口才能清醒一下,慢慢便养成这么个臭毛病。

她轻叹口气,放下杯子,忽然想起那个小土匪来。

这一晃,都五年多了。

那时,尸体都被烧得面目全非,分不清哪个是哪个,一块块、一具具全被她堆到一起。下了山,她累得活活昏在一条沟里。

再醒来,她身上的钱财被人掏走了,那可是跟四哥借的活命钱啊,还有陈蓉蓉送的玉坠,何沣先前给她买的玉坠耳环。本来要送一对给宋婉当结婚礼物的,现在人死了,只能塞给她的尸体。剩下四对揣在怀里,原本想留个念想,或是日后应急当了,如今也不见了,就连那把驳壳枪也一并被摸走了。

这下好了,男人死了,钱也没了。

她坐在沟边思考一番,要不再上山把那耳环拿来?宋婉手上还套着只金镯子呢,走运没被鬼子掏去,应该值不少钱。

随即,她捶了自己一拳头,心里骂了声:死人的东西都想,做个人吧。

浑身上下就剩一把何长志送的刀,上头镶了块宝石,怕是贼人不识货,才没一同顺走。虽然这是山寨留下的最后一件东西,虽然何沣死了,虽然她对他动过心,可情怀不能让她饱腹、活命。

谢迟毫不犹豫地将它当掉,换了点儿钱。

镇上不少日本人，谢迟不敢明目张胆地到处跑，那日宴席日本头子见过她，她得赶紧离开。现在谢家不要她，何家被灭门，苏州是唯一的希望了。

时运不好处处倒霉，致安画院关门了，杨知致举家搬迁，谢迟又白跑一趟。

可车到山前必有路，谢迟遇上一个老裁缝，要去上海开店，正好缺个学徒，她没什么更好的去处，便跟着去了。

她不想在一条路上扛死，画画相对来说还是虚无缥缈的事，没有名气，画不好卖，倒不如多门手艺，也好谋生。她白天跟着老师傅学裁衣服，赚些微薄的薪水，晚上回去接点儿小画单子卖，日子逐渐好了起来。

那日，老师傅让她跟着小厮去给一家主人上门量身，是个风趣的富太太，不停地与她拉呱。谢迟不喜欢聊天，敷衍地配合答话，几个回合下来，太太觉得她无趣，便闭了嘴。

量完身，太太让她自行离开，没让仆人领着。

从走廊过，谢迟注意到墙上挂着许多画，她多看了几眼，最终伫立在一幅半尺的油画前。

"喜欢？"

谢迟闻声看去，廊头立着一位戴着眼镜的青年，气质好，长得十分斯文，谢迟顿时想起薛丁清来。文化人的儒雅劲还真是差不离。她并没有惊慌，与他淡淡道："不好意思。"

"不用道歉。"肖望云看向她手里提的箱子，"你是来给我母亲量身的？"

"是的。"谢迟忍不住又看了一眼画，"这是新现实主义？"

"你懂画？"

"看过一些画报，略懂一点儿。"

"会画画吗？"

"会，不过我画的是国画。"

"怎么改行做这个了？"

"画技不精，难糊口。"

肖望云微笑着走近："我幼年学中国画，后来转了西画。"

"现在不是流行中西融合嘛，你的画里有几分意思。"

"我以为你们纯国画派会反对这种。"

"还是要与时俱进的，这是艺术与文化发展的必然阶段，继承和创新同等重要。"

"我还有些画,有兴趣评鉴一下?"

谢迟目光平淡地看着他:"刍荛之见,不好意思,我得回去了。"

肖望云没拦她:"那下次见。"

谢迟朝他礼貌地点头,便离开了。

后来,肖望云亲自去裁缝店取衣服,两人再次见面,渐渐熟悉起来,常一起切磋画艺。再后来,肖望云去中央大学任教,谢迟跟他一起去南京,开了一家裁缝铺。两年后,肖望云被调到北平艺专,而谢迟就一直留在南京。

距上次见面,已近半年了,得知谢迟要来,肖望云很早便等在车站。

火车晚了一个多小时才到。

谢迟拎着两个大箱子出来,肖望云一见她便立马迎上去:"来了。"

"嗯。"

他接过她的箱子:"这么重。"

"塞满了团线。"

肖望云笑了笑:"半年不见,清瘦不少。"

"那你得请我好好吃几顿。"

肖望云带她去旅店住下。一路风尘仆仆,来不及喝一口水,谢迟便打开箱子,给他看一堆捆线:"你记好了,除了红色、黑色和黄色,其他里面都是空的,如果偏巧被查到,能跑就跑。"谢迟盖上箱子,"这次数量多,小心点儿。"

"放心。"

"我先送出去,帮你叫点儿吃的,等我回来晚上再带你出去。"

"好。"

肖望云转身要走,谢迟叫住他:"慢点儿走,小心,救命用的。"

他笑了起来:"轮到你来教训我了。"

谢迟坐到床上,向后倒去:"去吧,我先睡一觉,累死了。"

"晚点儿见。"

谢迟来过北平两次,没听过这里的戏。与他们一道来的,还有肖望云的朋友,叫姜守月。乍一看,这两人的名字还有些般配。

一台戏唱完，姜守月起身："我去后面打声招呼。"

肖望云柔情脉脉地看着她："去吧。"

谢迟见姜守月离开，抿口茶，抵了他一下："她喜欢你。"

肖望云顿了良久："哪种喜欢？"

谢迟挪开目光，看着座上的人们："装什么傻。"

"何以见得？"

"都说艺术家解风情，你倒是一点儿也不上道。"谢迟睨他一眼，唇角微翘，"真没感觉到？"

"你这么一说，似乎有点儿感觉。"

谢迟轻叹口气："相貌、身世、才学，人家配你绰绰有余。"

"一直觉得她对我冷淡，还以为没那意思。"

"冷淡是性格。眼里藏着爱意，只有你看不出来。"

肖望云颔首轻笑："那便好。"

谢迟又看向他："看来是好事将近啊。"

"承你吉言。"

谢迟举起茶杯，与他的哐当碰了一下："那不能叫姜小姐了，得改口叫嫂子。"

"她性子内敛，你可别乱叫。"

忽然，楼外传来嘈杂声，一群穿着便服的日本人闯了进来。

谢迟听到日语，手下用力，紧握着杯子，肖望云握住她的手："放松。"

日本人要清场，凶神恶煞地将人们赶出去，桌椅被推得颠三倒四。

谢迟站了起来："走吧。"

"把你们管事的叫出来。"

她正下着楼，突然被这一叫镇住了。

肖望云没反应过来，撞到她的背，怕她跌下去，赶紧握上她的肩："怎么不走了？"

那人的声音像仓促的夜半钟声，沉重地敲在她的心口，太熟悉了。

谢迟缓慢走下楼梯，跟着人群往门口走。只见那为首的男人身材颀长，穿着白衬衫，黄裤黑靴，搂着戏楼老板的肩膀说话，把人吓得直哆嗦。

谢迟视线紧随着那人，直至他转身。

他的脸上挂着戏弄的轻笑，看到了从身前走过去的女子，她的目光宛若一片清霜，顿时将他的笑容凝住。

谢迟心头一震，脚面如压重石，步步沉重。

"快点儿走，看什么！"日本浪人重重地推了她一下，肖望云赶忙扶住她，"这就走。"

白衬衫盯着肖望云的手，忽然大步过来，一把握住谢迟的手腕，将人拽了回来。

两人四目相对。

谢迟盯着他，没有说话，也没有挣扎。她岿然不动，定定地看着这张熟悉、又极度陌生的面孔。

不料眼前之人忽然弯腰靠近她的脸，一副不认识自己的模样，轻浮地挑了下她的下巴："哪儿来的小美人，陪我坐会儿？"

他没死，他居然没死，难道当年他没有上山？侥幸逃生了？或者是那个时候就投了日本人？

肖望云将谢迟拦到身后："不好意思，她不懂事，冲撞了先生，还望见谅。"

白衬衫直起身，手背在身后，直勾勾地盯着谢迟。

姜守月听到动静从后台赶过来，与白衬衫打招呼："小池先生。"

白衬衫看向她："这不是姜小姐嘛。"

谢迟挪开目光，握紧手里的包。

什么小池先生？难不成认错了？可这也太像了。

姜守月与他好像很熟："他们是我的朋友，望小池先生莫要为难。"

"为难？"白衬衫又看回谢迟，"我为难你了吗？"

谢迟没有吱声。

门外又进来个穿白西装的日本人，见几位脸生，用不怎么顺溜的中国话问白衬衫："这几位是？"

"这是姜小姐，姜涟姜会长的爱女。"白衬衫又与姜守月介绍，"这位是花井君。"

"既然都是朋友，那便坐下来和……"

白衬衫忽然冲老板吼一嗓子，打断了他的话："你戳在那儿干吗？还不赶紧叫人收拾了！"他双手插裤兜，拉着椅子坐了下去，抬起腿，嚣张地把脚搭在身前的桌子上。

老板被吓得一头汗:"欸欸欸,您稍坐,马上来。"

姜守月与花井点了下头,微笑着与白衬衫说:"那小池先生慢慢欣赏,我们还有事,便不打扰了,告辞。"

白衬衫抬眼,又朝谢迟看过去,不紧不慢地吐出两个字:"不送。"

肖望云拉着谢迟出去,姜守月的司机把车开到门口,接上他们。拐过弯,姜守月松口气,对谢迟道:"先送你去住处吧。"

谢迟没有回应。

肖望云回头看她:"你怎么回事?心不在焉的。"

谢迟回过神,手紧握着自己的手腕,低头不语。

姜守月给他使了个眼色,覆上谢迟的手,关心道:"你怎么了?"

谢迟手下松了松:"没什么。"

"你可知道那是谁?"

"谁?"

司机抢先开了口:"呸,一群日本狗,占了东北还不够,跑这儿来撒野。丰台车站那群小鬼子隔三岔五挑衅,我看早晚得打过来,老常这个没用的!"

"小心说话!"姜守月拍了下前座,又对谢迟道,"他叫小池泷二,不觉得有点儿耳熟?"

谢迟摇头。

"他是小池良邑的二儿子,小池太一的亲弟弟。"姜守月将车帘拉了拉,"这个小池泷二据说是在中国长大的,后来认祖归宗回了日本,去年年底刚来的中国,在特务机关挂了个闲职,虽不算是正儿八经的军官,但在日本人里地位很高,毕竟家族势力在那儿,哥哥又是个少将。"

"好在有惊无险。"肖望云回头看姜守月,"你在后台,没看到他刚才看晚之的眼神。"

司机看着后视镜笑道:"谢小姐下回见了他可得躲远点儿。听说这个小日本有那方面的怪癖,喜欢打女人,有一回把一女的带回家,结果呢,拿皮带活活把人抽死了。"

肖望云见谢迟一言不发:"晚之?"

谢迟抬眸看他:"嗯。"

"吓着了?"

"没有。"谢迟弯下嘴角,故作轻松,"我有那么胆小吗?"

车子停在旅馆前。

谢迟与他们道别,便进去了。

车子刚发动,肖望云让司机停下,对姜守月说:"稍等我一会儿,我去与她说几句话。"

"好。"

谢迟已经到了门口,肖望云快步跟上去:"走那么快做什么?"

她打开房门,放下包:"我累了,你回去吧。"

"有心事?"

谢迟沉默片刻:"没事啊。"

"好,那你早点儿休息,有什么事给我打电话。"肖望云走出去,"把门锁好。"

"嗯。"

谢迟起身闩上门,对着锁发呆。

小池泷二?狗屁,分明就是何沣。

谢迟闭上眼,心里格外烦躁,脑袋撞了几下门,突然听到身后有脚步声慢慢靠近。她睁开眼,转身去锁来人的喉,没想到他动作更迅速,一个闪身扣住她的手,轻轻松松将她压在门上。

"你这三脚猫功夫,吓唬谁呢?"

谢迟被他按住一动不能动:"何沣。"

后头的人无言片刻,笑着应下来:"欸。"

他贴了上来,胸膛靠着她的背:"找了你这么久,原来在这儿躲着呢。"他将她翻转过来,继续扣着她的双手,举在头顶,"让我看看。"他弓下腰,仔细打量她,"变漂亮了。"

"放开。"

何沣刚松手,谢迟就要打他,他又将她压制住:"你打不过我。"

谢迟放弃挣扎,仰视着他。五年未见,他比从前瘦了些,面相成熟了,轮廓更加分明,鼻根似乎都挺拔不少。

"那个男的呢?"

"待会儿回来。"

何沣笑了声:"他是你男人?"

"嗯。"

"少诓我,你没嫁人。"

"那你还问。"

"他喜欢你?"何沣眉梢轻挑,吹开她脸边的一缕乱发,"还是你喜欢他?"

"跟你有关系吗?"

"怎么没关系?你是不是喜欢他?"

"对,我就是喜欢他。"

何沣盯着她的双眸,突然笑了,撒开手,理理衣袖,坐到了床上:"你骗我。你这点儿小骗术,拿去诓诓别人还行。"他拍了拍床褥,"我找了你很久,他们说你死了,我不信,一直在找你。"

"找我干什么?"

"找你……"何沣顿了下,忽然笑起来,"找你还能干什么?除了在床上让我高兴,你还有什么用处?"

谢迟随手拿了个瓶子朝他砸过去,何沣稳稳接住,放至一边:"脾气还是老样子。"

"小池泷二?"

何沣挑眉看她:"嗯?"

"你什么时候有了个日本爹?"谢迟从他身前走过去,坐到镜子前,理了理被他弄乱的头发,"他们知道你的中国名字吗?何沣,还是何湛?"

何沣轻笑着看她:"不愧是我的女人,聪明。"

"难怪寨里都在传你大哥是日本人的种,他才是小池良邑的儿子,你冒用了他的身份。"谢迟透过镜子看着他,"你想干什么?"

"老子现在只想睡你。"

谢迟挪开目光,轻笑一声。

何沣问道:"你从哪儿来?来北平做什么?"

"来嫁人啊。"

"不信。"

"你爱信不信。"

"什么时候认识的?"

"好多年了,"谢迟倒上半杯酒,"离开山寨就认识了。"

"不许嫁。"

"为什么？"

"不准嫁。"

"凭什么？"

"就是不准，我不准。"

"怎么，我若非嫁，小池君莫不是要带日本兵来杀了我？"

何沣站起来，走到她身后，粗暴地将她拉了起来："杀你干什么？我杀他，杀他全家，我倒要看看他有没有胆子娶。"

谢迟甩开他，笑着揉了揉手腕："真吓人。"

"瞧瞧那文文弱弱的样，你要找能不能找个强悍点儿的？他能伺候得了你吗？"

"我还就喜欢文弱的。"

"尽骗老子。"何沣忽然搂住她的腰，将她往身前一揽，贴着自己的身体，"不管他是真是假，你是老子的女人，就算老子不要你，你也不能跟别人，这是何家的规矩。"

"你也配提何家。"谢迟嘲弄地笑一声，"少当家今非昔比，小女子甚是惶恐。"

何沣捏住她的脸，手下用力："你记住了，老子叫小池泷二。你说的少当家，我的弟弟，五年前就死了。"

"怕我说出去？影响你的大好前程？"谢迟握上他的手腕，目不转睛地看着他，试图观察他细微的表情变化。她隐约觉得何沣有些不可告人的秘密，隐晦地问出句："你是哪边的？"

何沣不理她的话，忽然抓住她的头发，将她翻了个身，重重地压在桌子上："这几年睡过男人吗？"

谢迟被撞得手臂发麻，故意说道："有啊，很多。"

"看样子经验见长，让我见识下有什么不一样。"他搂着她的腰将她粗暴地扔到床上，一把撕开她的旗袍。谢迟的脸埋在被子里，反着手对他又捶又掐。何沣单手握住她的两只手，不让她乱动，另一只手伸到前头，胡乱摸了一把，笑道："长大了。"

谢迟挣扎不动，骂他一句："你这个败类。"

"败类算什么，老子是禽兽。"他将她翻转过来，撩着这块破碎的衣服，轻轻拍了拍她的嘴巴，"管好你的嘴，不然，老子把你扔进伺候人的地儿，让你尝尽苦头。"

谢迟不再挣扎，平静地看着他。

何沣没有下一步动作，倏忽笑了起来，温柔地摸摸她的脸："记住了吗？"

谢迟一脚踢在他的腹部，将他踹到床下。何沣起身掸了掸衣服，没有生气，走到窗口，回头看她一眼："好自为之，谢小姐。"

他从窗户跳了出去。一阵热风吹来，纱帘忽高忽低地起伏。

谢迟躺在床上，一动不动。

谢迟一夜未眠。

第二日，肖望云带了早点过来。

她没什么胃口，头疼得厉害。

肖望云站在窗口，絮絮叨叨好久，谢迟一句话没听进去。

"晚之。

"晚之。"

谢迟回过神，看向他："嗯？"

"你听没听我说话？"

"不好意思，你再说一遍。"

"我说最近日本兵忽然加大巡查，前段时间有三个同志被杀了，现在各个路口都有日本兵盘查。据交通员说，每个行李都要打开一点点仔细查，女人的胭脂水粉盒都不放，车站查得更严。"

谢迟沉思片刻："我倒是有个办法，就是有点儿冒险。"

"说说。"

"不告诉你。"

肖望云走近，坐到沙发上："不告诉我？"

"交给我吧。"

"你想怎么做？"

"我有一个日本朋友，"谢迟一脸认真地看着他，"总之你别管了。"

"什么日本朋友？我怎么不知道？"

"你不知道的事多了去了，"谢迟站起身去倒酒，"别问了。"

"我和你一起。"

"人多反而不安全，相信我。"

肖望云夺走她的酒杯："别喝了，一大早。"

谢迟又抢了回来："少管我。"

何沣这几天除了在驻屯军里，就是和花田巳去梨园听戏。

谢迟暗中跟了他几次。

晚上，何沣从戏楼出来，与花田巳说了几句话，便一个人往西边去了。他一路慢悠悠地晃着，还买了串糖葫芦。

谢迟跟了他两条街，就朝别处看了一眼，居然就跟丢了，于是她立马往回走。还没走几步，她忽然被一只大掌握住手腕，径直拉进一条巷子里。

何沣一手拿着糖葫芦，一手摁住她的肩膀，按在墙上，用力地吐出两颗籽来："跟着我干吗？想我了？"

他喝了酒，一身重重的酒味。

谢迟淡定地看着他："是啊，想问问你什么时候走，多看你两眼。"

"怎么？想跟我走啊？"

"你带吗？"

何沣咬下一颗糖葫芦，叼在嘴边，朝她抬了下嘴，话不清晰："吃了就带你走。"

谢迟凑过去咬住糖葫芦，嘴唇轻轻碰到他的嘴，衔了过来。

何沣舔了下嘴唇，靠近她的耳边沉着声道："大晚上别乱撩！"

她缓缓地咀嚼，轻轻将籽吐在他的身上，一颗圆润的小东西落在他胸前，被衬衫兜住。何沣抬起手，把那根糖葫芦放到她嘴边："再来一颗？"

"不要了，有点儿酸。"

"我倒是觉得挺甜。"何沣忽然直起身，掸了掸胸口，山楂籽啪嗒坠落下去，"你这小脑袋里又打什么鬼主意？"

"没什么鬼主意，就是好久不见，想和你叙叙旧。"

"去床上叙？"

谢迟沉默了。

"不然老子跟你谈人生吗？"何沣轻浮地笑一声，轻轻拍了拍她的脸，"今天老子高兴，不跟你计较，滚回家去吧，安稳点儿，别找死。"

说着，他懒洋洋地走了。

吃着手里的糖葫芦,留下一个顾长高大的背影。

谢迟望着他远去。

时隔五年,他长大了,长高了,却长得更不像人了。

何沣走远了。

他拐了个弯,到她看不见的地方停住,垂下手,嘴里的酸物还未咽下去。他微微低头,看着地面出神,忘了要吐籽,竟连带着一起咽了下去。

人力车从旁边路过。

他立马抬起头,又一副纨绔不羁的模样,衔了颗糖葫芦,继续前行。

谢迟受不了罪,买了头等座,包厢软床舒服得很。何沣也在这节火车上,她特意去了好几次茶房,终于"碰巧"遇到他。

何沣穿着一身黑色西装,人模狗样。是花田巳先发现谢迟的,漂亮姑娘总是让人记忆犹新。他抵了抵何沣,想去打招呼。

何沣直接把他推进包厢。

谢迟接上水,优哉地回来,被何沣堵在走廊上。他一手插着口袋,一手抵着车身,一言不发。

谢迟抬起眼,轻飘飘看了他一眼:"好狗不挡道。"

何沣放下手,让她过去。

他跟着谢迟进包厢,还带上了门。他背倚着门,俯视着坐到窗边喝茶的谢迟:"你想干吗?"

"没干吗。"谢迟吹了吹茶水,看向他,"久闻长春繁华,去看看。正好有个亲戚在,蹭几顿饭。"

何沣坐到她对面:"现在叫新京,不要乱叫。"

"管它是长春还是新京旧京,跟我没关系。"谢迟淡笑着,放下茶杯,"一日夫妻百日恩,我们也算多日露水情缘了,你的同伙烦人得很,总是盯着我看,你不管管?"

"你还怕看?"

"我倒是不怕,就怕你再拿着刀子乱甩出去。"

何沣伸手将她的杯子拿了过来,喝一口。

"狗嘴碰过,我可就不要了。"

"你骂,使劲儿骂,"何沣将杯子推到她面前,"多骂几句。"

231

"浪费口舌。"

何沣睨一眼她的两个箱子："你这箱子里头装了什么？"

"女人的东西，你也感兴趣？"

"进了我看你不乖乖打开。"

"少当家可以先打开看看。"谢迟提起箱子，放到桌子上，"要我来？"

何沣没有动箱子，却动了身子，他站起身朝谢迟压过来，捏住她的下巴拧高了对着自己："想拿捏我？"

"你好拿捏吗？"

何沣轻浮地笑出声，握住她的脖子将她按在软榻上："那得看你想拿捏哪里。"

说着，谢迟就用力掐了下他的腰。这一下，差点儿乱了他的神志："你不怕我兽性大发在这儿睡了你？"

"你可以试试，大不了你死我活。"谢迟的手落在他的背上，"拉个俊俏的男人陪葬，不亏，何况还是何家剩下的唯一的种呢。"

何沣手下用力，捏得她面色酡红："你觉得我舍不得杀你？老子这双手沾了多少人的血，你知道吗？"

"不想知道。"

忽然有人叩门。

何沣扯了扯领口，拉开门，顿时变了张脸，暴躁地吼："干什么？"

是查票员。头等座的客人一般惹不起，他们总会小心问候。本身就面带微笑地过来，见是这么个骇人的高汉子，更加低眉顺眼，他刚要开口。

"滚蛋。"

门砰地被关上。

谢迟静静地看着他："少当家的脾气不减当年，还总是把滚字挂嘴边。"

何沣把她拎起来，抓住她的头发晃了晃她的头："你再提这三个字，我现在就把你扔下去。"

"疼，"谢迟皱眉看着他，"不提了，松开。"

何沣喉结滚动，松开她，张着腿坐下去，一口灌了桌上半杯茶。

谢迟也坐回去，揉了揉脖子，又问："你也是去长春吧？啊，不对，新京。"

何沣没回答。

"我这弱女子人生地不熟的,见了日本兵怕得很,下车捎我一段?"

何沣面不改色,瞧着冷森森的。

谢迟靠近他些,挥了挥手:"小池君?"

何沣忽然起身,按住她的头,靠在自己脖子间,在衣领上留下隐隐的口红印。他哑着声,在她耳边轻语:"小娘们,学会威胁人了。"

谢迟用力推开他:"我可没威胁你。"她抬着眼皮,可怜巴巴地看着他,"我是真的怕。"

装,跟从前一模一样,可何沣就偏偏吃她这套。他心里又痒又麻又酸又闷,什么话也没说,转身直接开门走了。

谢迟回过脸,看向窗外,忽然握住何沣刚才用过的杯子,刚要砸了,手顿在半空,默默放了下来。

她轻呼口气,往后靠去。

火车又缓慢爬了一夜,这一路上查得真是严许多。

今天上午,谢迟逃过去两回。过了夜,下一站就是新京,大概还有二十分钟。谢迟正琢磨着找个什么理由去见何沣,他就来了。

何沣在鬼子里混得确实不错,下车一路上都有日本兵挨个仔细检查,谢迟跟在他后头,径直地离开车站,没一个人敢拦。

谢迟让何沣把自己送到旅店。她设想好接下来会出现的每一种可能,想好了对策。

可何沣有事,放下她就走了。

谢迟办好入住,只等着晚上去见交通员。

她进了房间,锁上门,安放两个箱子,躺在床上歇了会儿。房间太黑,窗帘紧闭,她又起身走到窗口拉开帘子,俯视着这片被日本人控制的土地。

路上尽是和服,还充满了嗒嗒的木屐声。

到处是小旗子、日式灯笼、日本商铺……

谢迟猛地又拉起帘子。

她还是宁愿待在这片黑暗里。

何沣回了趟特务机关。晚上佐川少佐请他去和椿屋喝酒,一起的还有花田巳。何沣酒量一如既往的好，可是他总装醉，这些日本人并不知道他的底线在哪里。

佐川喝多了，提到一批要往黑龙江运的军备，是整整五大车的枪支弹药。

这顿酒喝得值，何沣把佐川和花田巳喂得双双不省人事。往常，不管是应酬还是私下聚会，他总会留上三四分保持清醒，这回他也上头了，连手脚都控制不住。

他与两人搀扶着出了酒屋，让司机分别送回家，最后才回到自己的住处。

他有一套两层别墅，一个人住。

司机见他躺在后座不省人事，扶着他上楼歇下便离开了。

何沣听到车子开出去的声音，登时滚下床，颠三倒四地去了卫生间，手指插进喉咙，把酒抠着吐了出来。

可还是头晕，酒精麻痹着身体，快要淹没他仅存的意识。他一遍遍在脑中重复着佐川说的那条运输路线，努力地把每个字刻在心里。

他放了一浴缸的冷水，一头栽了进去。

后半夜，谢迟回到旅店。

她十分高兴，总算把东西顺利送了出去，下面的事就不归她操心了。她要洗个澡，然后喝上几杯酒放松一下，睡一觉，明天回南京。还没擦干身体，外头就传来砸门声，她不予理会。谁知那人用脚踹，咚咚大响，仿佛地面都跟着震动。

谢迟猜到个大概。这种疯狗事，除了何沣没人干得出来。她淡定地穿上睡衣，去开了门："你有病吗？"

何沣直接滚了进来，摔在地上。他酒醒了，可就想赖在她腿边，躺在地上也是好的。他傻笑着，看上去很高兴。

谢迟没关门，抱着臂踹他一脚，现在她可不怕他了："什么好事？笑成这样。"

五大车军备啊，消息递出去，马上就是他们的了。

能不笑吗？笑死了。

何沣被她连踢五脚，揉着肚子缓慢起身，躺到床上。

谢迟关上门，又踢了他的脚一下："装醉？"

何沣一动不动。

谢迟本想用酒倒他,刚打开又觉得浪费,默默放回去后又接了一杯水,泼在他脸上,何沣还是一点儿反应都没有。

于是,她准备再去接一杯。刚转过去,一只手伸过来,握住她的手腕直接将她拉到床上。何沣虎虎地盖过来,从后头抱住她。

谢迟双手去掰他扣住自己腰的手臂。何沣的脸埋在她的颈后,深吸了一口,不顾她的挣扎,抬起腿压住她。

谢迟不得动弹:"放开。"

何沣当然不会放,并且他还会抱得更紧:"阿吱。"

不知是他的呼吸还是这一声低唤,她不由自主地打了个战。谢迟麻木地任他缠抱,不再挣扎。

"阿吱,我想你了。"

谢迟心中冷笑一番。

"这些年你去哪儿了?"

"无可奉告。"

"有没有想我?"

"若不是近日再见,我连你长什么样都忘记了。"

"是吗?"何沣的手往上,扣住她的肩,脸埋在她的后颈,"我倒是时时想你。"他微转,将她压在身下,双手插进她的头发里,双目迷离地打量着她,"夜夜想。"

"你要干吗?"

"不干吗。"何沣半眯着眼笑了笑,声音酥哑,叫人听着头皮发麻,"不过你想干点儿什么也可以。"他的手往下摸,"试试现在和五年前有什么不一样。"

谢迟打开他的手,猛地将人推开,她翻身到床尾,又被何沣拉了回来,揉在怀里。谢迟被他捂得快喘不过气来,他的身体滚烫,胸口的衬衫浸着汗与酒渍,却并不难闻。

"别动,让我抱会儿,"何沣吻了下她的头发,"就让我抱一会儿嘛。"

谢迟怔愣片刻,侧脸问:"你是在跟我撒娇吗?"

他笑着在她耳边呢喃:"你就当是吧。"

"你还真是不要脸。"

"好想睡你，翻来覆去地折腾。"他的鼻尖蹭了蹭她的额头，"难得相见，要不要重温一下？"

"你现在脑子里只有这点儿事了吗？"

"是只和你有这点儿事。"何沣更紧地抱住她，长叹口气，"老子也是挑人的，不是随随便便一个娘们都能得我宠幸的。"

谢迟嗤笑一声："当你是皇帝呢？"她自知挣脱不开，双手抵着他的胸膛，给自己留下一片空隙，"是新欢不够惹人疼爱，才来撩拨我这个旧人？不应该啊。"

"哪有什么新欢。"

"是吗？我倒是听说小池先生风流得很。"

"谁说的？"何沣松了松手臂，看着她的脸，"那个四只眼？"

谢迟没有回答他。

"他放屁，"何沣按住她的脑袋，继续把人按进怀里，"我没有。"

"有没有已经不关我的事了。"她忽然想起姜家司机说的话，抬眸看他，"什么时候养成的怪癖？"

何沣自然懂她话里的意思："怕了？别怕，我可舍不得打你。"

谢迟不动声色，被他抱出了一身汗，感觉自己也快要烧起来了："再不放我叫人了。"

"叫啊，叫大点儿声，老子最爱听了。"

"让那些日本娘们给你叫，排着队叫，叫到你满意。"

"闭嘴，"他克制着自己，下巴抵着她头顶，长嘘口气，"不要再说话了。"

谢迟趁机像一条鱼一样溜下去，反压他在身下。这几日被他掐脖子、拧下巴，按来按去，她可是记仇得很。谢迟竖起拳头就要打下去，何沣忽然睁开眼看着她，一副楚楚可怜的模样："你要打我吗？"

谢迟顿时心软了，她松了松拳头，随即又握拳猛地砸在他的耳边。

何沣眯眼笑起来："砸吧，床砸坏了去我家睡，比这舒服，还很大。"

他这张嘴真是负了一对含情眼。

谢迟还就一拳砸在他脸上。

嘴巴磕到牙，顿时流出血来，何沣没管那血，任它流着："你个小娘们，下手这么狠。"

谢迟扯出他的枪。

何沣闭上眼，任她上膛，慢慢道："别走火了，老子这条命宝贵着呢。"

谢迟拿枪抵着他的脖子："你当真为日本人做事？"

"怎么，要一起吗？"

"你忘了你的家人、朋友是怎么死的了？"

"他们不识时务，怪得了谁？"

"畜生。"

"骂吧，多骂几句，骂得我浑身舒坦。"

谢迟心里闷得难受。

何沣察觉到她的走神，迅疾抢过她手中的枪，卸了保险，随手扔到墙边，一把把她搂进怀里。谢迟挣扎不了，咬着牙，与他紧紧相贴。不知道他下一刻会做什么。她的枕下藏着刀，如果真到了那一步，她会毫不犹豫地抽出它，刺向他的胸膛吗？

谢迟想了半晌，没想出个结果来。

"阿吱啊，这些年……还好吗？"

这一句话，忽然将她仅存的意志彻底瓦解，仿佛落入不见边际的腐朽的巨网。而他变成了一只庞大的长满刀刺的毒蜘蛛，此刻忽然收起所有尖锐的脚，蜕换上茸茸的短毛，却能根根扎进她的心。

还没忘吗？

没有。

想吗？

想。

还爱吗？

不确定。

即便是十七岁时问这个问题，她也不能给出一个肯定的答案。唯一一次说出口，还是在床上受他逼迫。近几年，自己这脾气越发见长，若是旁人对她说那些污言秽语，她怕是得恶心得不行，或者干脆一刀了结他。可到了何沣这儿，这些上不得台面的荤话怎么就听着这么有滋有味？她觉得自己多少有点儿不正常。

谢迟不是个平淡如水的人，她有欲望，尤其是在尝过那些禁果后……就像何沣说过的，嘴上叫嚣着不要、滚开，身心却早已臣服。

她总是很嘴硬，从前，现在……骗他说有过很多个。有个屁，半个都没有。

像中了什么魔咒,总去想着一个死人。现在,那个死人活了,他倒还不如死了。

何沣睡着了。他的呼吸有些重,至少比起五年前是重了不少。

谢迟推开他。这一次,他轻松地放开手。

杀了这个汉奸。这个念想在她的脑中循环了半个钟头。

谢迟数不清自己多少次拿起枪,又放下。

她对他仍抱有两分……不说两分,至少是一分希望。所以她宁愿冒险赌一把,赌他的心,赌他眼里最后一点儿良知。即便真做了卖国贼,真强要了自己,睡一觉,舒服够了再杀他,临死带走一个大汉奸,也不亏。她这几年杀过的汉奸、鬼子、间谍,哪抵这个值钱。

谢迟仔细端详着他的脸。

从前,他就有着比同龄人成熟的身体与面容;现在二十二了,倒像是个二十八九岁的,难怪冒充得了何湛。如果不知底细,不识过去,她也不会怀疑的。

谢迟画过不少人像,画画的总喜欢观察人。道貌岸然的斯文败类有,粗莽放荡的谦谦君子有,可她更信相由心生。何沣这张一脸正气的皮囊,怎么就去做鬼了?

他虽然混账,但不至于到这个程度,或许是别的什么原因,或许是那些不能说的秘密。

"何沣?"

他轻轻"嗯"了一声。

"你什么时候去的日本?"

"三一年。"

"你一个人去的?"

"嗯。"

"谁派你去的?"

何沣不回答了。

谢迟靠近他的脸,盯着他的睫毛,隐隐渴望些什么:"你是国还是共?"

何沣哼哼了一声。

"你是卧底吗?"

何沨不吱声。

"你还是中国人吗?"她用手指轻轻触了下他的耳尖,"如果是,你就哼一声,我就不问了。"

她静静地等着,期盼着他能发出一丝一毫的声音。

何沨翻过身,睡死过去。

谢迟坐直了,沉默地看了他一会儿。她被他抱得一身酒味,于是又去卫生间冲了个澡。

水声哗哗。

房间里没有开灯,极暗。何沨的脸对着窗户,静静地看着垂落的纱帘,和依稀有些亮光的窗外,那是一个更黑暗的世界。

谢迟洗完澡出来,何沨已经离开了。

她在床畔干坐了很久,一点儿困意也没有。房间里有点儿闷,她将窗户打开些,换换气。窗一推,就听到楼下不远处传来刺耳的欢笑声。她挨到窗边往外看去,是个日本人,穿着深蓝色和服,十分矮小,显得身上的衣服又长又松。

他搋着腚冲居酒屋里头叫喊,未得回应,忽然进去扯了个中国老头出来,一边拍着他的腰,一边在他耳旁笑着说话。

离得有些远,谢迟听得断断续续,总之是些侮辱人的字眼。

谢迟立在窗前,看他玩弄那老头,推拉拍搡,又拿出刀来戏耍,吓得老头连连鞠躬。

自九一八事变,东北沦陷,日本人在这建了个伪满洲国,定都长春,改名叫了"新京"。表面看上去一片祥和,可他们就是披着人皮的鬼,甚至还不如鬼。

现在,日寇得寸进尺,恶爪又伸到了华北。政府不抵抗,前面签了个"塘沽协定",紧跟着又来了个"何梅协定",日后不知又有什么丧权辱国的这个协定那个条约。

而高官在后方灯红酒绿,放着日本人为非作歹,指着军队追自家人打来打去。可怜抗日联军艰难抵抗到如今,还在为粮食棉服发愁。

日本人临走前,一脚把老头踹到地上,还吐了口唾沫。他心满意足地走了,后面的老头点头哈腰,直到他没影才丧气地回去。

谢迟看得心酸。统治者都不作为，小老百姓能有什么办法呢？

这日本人腰间别着两把刀，穿着这身皮，也不知是武士、浪人还是兵。

他一路哼着日本歌，摇摇晃晃地往西走去。他喝多了，又有了尿意，四下扫了扫，往一个偏僻的巷子钻去。他仰着头，闭着眼，惬意地撒尿，嘴巴噘着，还吹起了哨。

忽然，他的声音停了下来。

他半张着嘴，瞪大了眼，看着面前的一堵墙上溅满了自己的血。下头的尿还在放着，他顾不上稳住那玩意儿，捂住脖子，怎么也挡不住喷发的鲜血，"呃呃啊啊"地倒了下去。

不一会儿，他没了动静。死得不明不白，裤子还没提上。

谢迟若无其事地走过去，仿佛逛了个大街，顺便买条人命。

她用的是何长志的刀，这两年她用这把刀了结过不少鬼子汉奸的命。别的不说，它是真的锋利，出刀快一点儿的话，杀人不沾血。

十七岁第一次杀人，宋蟒那张死脸夜夜在她梦里徘徊；二十一岁杀了第二个，她连那鬼子什么模样都不记得了。事情总是一回生二回熟的，她那寥寥的慈悲心早在爬出云寨的时候便消失殆尽了。

可事实上，到如今她还是连鸡也不敢宰一只，因为鸡是无辜的，可鬼子该死。你对他们留情，他们就来欺负你、杀你，灭你的家、占你的国。

南京作为首都，明里暗里数不清有多少日谍汉奸，尽做偷鸡摸狗的事。那地图画的，一个店铺、一棵树都标记得仔仔细细。小鬼子把中国摸得清清楚楚，哪天真要打起来了，到时候他们的飞机八成也是一炸一个准。

比鬼子更可恨的是汉奸啊，偏偏汉奸队伍不断庞大。

他们就该被千刀万剐。

谢迟将刀藏进袖里，淡定地走回主街道，随意走到一个未关门的酒坊门口，要了三两酒。

慢悠悠地晃回旅店。

谢迟这后半夜睡得十分安稳，一觉到第二天中午。她出去吃了点儿东西，就听到有人议论昨夜死了个关东军小队长的事。

她吃得更香了。

今天没有车走，谢迟还得在这儿待上一天。大白天没法乱来，她安安稳稳地在咖啡店坐了半个下午,翻翻报纸杂志。

有个漂亮女人与她打招呼:"你好,我能坐这儿吗?"

谢迟从报纸上抬起眼,见她穿着细格子裙,黄色小皮鞋,烫着最时兴的长卷发,甜甜地朝自己笑:"坐吧。"

漂亮女人愉快坐下,开门见山:"你这件旗袍在哪里做的?真好看。"

"地下做的。"

"啊?"

谢迟抬起眼看她,这才认真道:"南京。"

"这是什么绣法?真好看。"

"乱绣。"

"乱绣?还有这种绣法?"漂亮女人见她低笑,噘了下嘴,"你逗我玩啊。"

"真的是乱绣的。"

"那我能仔细看看吗?"

谢迟没有拒绝。

漂亮女人坐到她旁边:"绣得真好。"

谢迟见她这亮晶晶的双眼,忽然说道:"你要是喜欢,我可以帮你绣个小玩意儿。"

"你是绣娘?"

"算是吧。"

谢迟从包里拿出一小团针线。她总是随身带这些,必要的时候,绣花针也能有大用处。

"你怎么随身带着这些啊?"

"无聊的时候绣两下,打发时间。"

谢迟看向她的白色圆领子:"我觉得绣这里比较好。"

"可以呀。"

"想绣什么?"

"跟你这个一样的。"

"我这是黑莲,绣在黑色布料上恰到好处,到你这衣服上就太跳眼了。"

"那怎么办?"

"用白线。"

"会不会看不出?"

"隐隐约约才好看,若是绣上一朵红色,不觉得显俗吗?"

"有道理。"

谢迟靠近她些:"不要乱动了。"

"好。"漂亮女人看着她的眉眼,"你皮肤真好,细皮嫩肉的,你是南方人吧?"

"嗯,江南。"

"你们那边水土好,美人多。"漂亮女人往下看,又问,"这个要多少钱?"

"不要钱。"谢迟微笑着,"我刚来新京,人生地不熟,要不你给我讲讲这里的事吧。"

"可以啊,你想听哪一类?吃喝,还是好玩的地方?"

"讲讲人吧。"

"人?"漂亮女人扫了眼周围,"你不会是想听那位的事吧?"

"哪位?"

"从前紫禁城里那位啊。"

谢迟见她溜溜直转的眼珠子,压低声笑着说:"没兴趣。"

"那你想听什么?"

"小池泷二。"谢迟盯着她的眼睛,"偶然听人聊过几句,似乎挺有意思,听说过吗?"

"当然听说过!"漂亮姑娘一听这个名字就嫌弃地摇起头来,"他可是臭名昭著,尤其是在女人里。"

"怎么了?"

"心狠手辣。"

谢迟没套出什么新鲜话来,漂亮姑娘絮絮叨叨讲了一堆男女之事,听得她心烦,她快速绣好一朵莲花便离开了。

谢迟回到旅店,等天黑,又下了楼。刚走出去不远,便被何沣拦住,他说:"你乱跑什么?"

谢迟从他旁边绕过去:"腿在我身上,要你管?"

何沣跟在她旁边:"信不信老子把你腿砍了,装两个轮子一路滑到北平。"

"吓死我了。"

何沣跟在她后头，盯着她的腰臀。几年不见，变了不少，走起路来都摇曳生姿的。

谢迟回首幽幽看他一眼："跟着我干吗？"

何沣学她话："腿长在我身上，要你管？"

谢迟冷笑一声，继续走。她去打了半斤酒。何沣站在酒坊路对面看着她，等她提着酒走回来，上去一把抢过来："娘们家家的喝什么酒。"

谢迟又抢回来："拿来。"

忽然，有人叫了何沣一声："小池君！这里！"

"小池君，又有新欢啦。"

何沣迅速拉过谢迟的手腕，将她搂在怀里，宽大的手掌拖着她的后脑勺儿，将她按在自己胸口，完美藏住了她的脸。

"高桥君。"

高桥走过来："这位小姐怎么了？"

何沣笑着说："喝了两杯，醉了。"

谢迟安分地贴在他怀里，抬眼看着他纤长的睫毛。

高桥看向谢迟手里提着的酒瓶子："该带她尝尝我们大日本的酒。"他忽然贼眉鼠眼地奸笑一声，凑近些，用手挡着嘴，"我不会告诉美知小姐的。"

何沣朝他微点头："那我就先走了，改日一起喝酒。"

"哈哈哈哈，快去吧。"

何沣揽着谢迟离开。

走远些，谢迟问他："美知小姐是谁？"

何沣不搭腔。

"你的日本相好？"

"不该你问的别问。"

"藏着我，怕被相好的发现啊？"

"你这么漂亮，万一被他看上怎么办？"

"小池君这么厉害，护不住一个女人吗？"

何沣移开视线，笑着道："哪有你厉害。"

进了房门，何沣扯了扯衣领。

谢迟背靠墙看他。

何沣从口袋里掏出一张车票塞进她手里："滚回去，别再来了。"

谢迟举起来弹了下票边，慢慢将它撕了。

何沣上前一步，握住她的后颈："你非要惹我生气？"

"我有钱，不用你的肮脏票。"

何沣点了下头："好。"

谢迟将碎纸扔撒给他："滚出去吧。"

何沣没动弹："昨夜死了个日本人。"

"嗯。"

"就在这儿附近。"

"噢。"

"没人过来检查吗？"

"有啊，一大早扰人清梦，我一个手无缚鸡之力的弱女子快被吓死了。"

何沣揉了揉她的后颈："什么时候走？"

"明天。怎么，怕……"

未待她把话说完，嘴巴就被何沣猝不及防地堵住。她愣住了，竟一时忘了推开。

何沣松开她："亲一下，不介意吧？"

谢迟一巴掌甩了上来，打得他脸麻麻的。

何沣直起身，居高临下地看着她，捏着她的下巴揶揄地笑了一声："都跟我上车了，装什么清高？以前不是挺配合的？"

"是啊，我一直贱得很，用身体跟你换活命。"

何沣敛起笑容，放下了手。

谢迟往里走，将桌子挪开，从里头拿出一把刀来。

何沣不动声色地盯着它，心却在战栗。

谢迟走回来，将刀给他："这是之前你二叔送给我的，你应该是不记得了。在我这儿放了这么多年，现在还给你。"

何沣接了过来。

谢迟道："上面的石头被我抠了卖掉了，后来又找了颗差不多的镶上。"

何沣没有说话。

"不知道因为什么让你变成现在这个样子，忘了国仇家恨……我下不去手杀你。如果你真是在帮日寇，那祝你不得好死，如果不是……"她无力地看着他，"这里的空气都让我觉得屈辱。除了鬼子和汉奸的血，否则什么都冲不走这儿的乌烟瘴气。"

"你放心，我不会乱说话，我不认识你。云寨的少当家，在三〇年的冬天干干净净地死在了山上。"

何沣轻笑一声，不屑地扔了刀："一把破刀，你不要就扔了吧。"

谢迟垂眸看着地上的短刀。

"走了。"

何沣立在门口，戳了一会儿，开门离开。他快步走下楼，打开车门，坐到驾驶座上，一路狂飙，忽然停在路的尽头。

他紧紧握着方向盘，忽然拿起旁边的枪狠狠甩向自己的脸。

他咬着牙，头撞了两下方向盘。

鸣笛声被磕响，吓到从前面路过的一男一女。又是个日本人，还搂着个日本女人，冲车内骂了几句。

何沣正没处撒火，猛地打开车门，两步走上去一脚踹上男人的胸膛。

八成是断了肋骨，疼得他倒地哇哇叫。

何沣踹的是《盛京时报》主编的一个什么什么亲戚，他没仔细听，一直盯着桌上的绿罩台灯发呆。

佐川敲了敲桌子，何沣回过神，轻飘飘看他一眼。

"菊池君很生气，打电话到了东京，你父亲联系不上你，电话打到我的办公室，让你亲自去道歉。"

"不去。"

"他断了三根肋骨，吵闹着要登报，你也知道他在沈阳的关系，真要闹大了，大家都不好看。"佐川长叹口气，"现在国际对满洲的关注十分密切，前段时间还差点儿爆出了药品研究的事。你在新京太嚣张了，上次打死那个中国女人的事好不容易才压下来，你也不想让家族蒙羞，让大日本帝国蒙羞，被你的父亲召回东京吧？"

啰里啰唆，何沣听得实在烦，无奈地站了起来："我去。"

今天下午只有一班去北平的火车，何沣算好时间，先去了趟医院。

小菊池一见他进来，气得快七窍生烟，疼得紧皱眉头，嘴里吐出噢噢

245

嘎嘎的日语。

何沣淡定地走到床边,把一束花放下。

"我不会放过你的!道歉也没有用,我一定要举告你的恶行!"

何沣单手插在裤子口袋里,站到窗边一言不发。

小菊池见他莫名其妙,不把自己放在眼中的样子,更加愤怒:"你聋了?你有没有听到我说的话?!"

何沣转过身,看到床头柜上放着一包烟,他走过去,倒出一根点上:"还有心思抽烟,看来是不够疼。"

"你给我滚出去!"

何沣深吸了一口,弯下腰,把烟吐在他脸上。

"你!"

何沣挑衅地笑了起来,把烟塞进他嘴里。小菊池呸一声吐出来,不敢动弹,只能躺着不停地咆哮。

何沣又点上根烟,到窗口站着,默默听他发泄了一会儿。一根烟抽完,他走到床边,将烟头用力地摁在缸里,面无表情地俯视着小菊池。

小菊池的脸涨红,骂得气都不够喘,胸口起伏很大,疼得龇牙咧嘴。

何沣瞧着他这副面孔,着实想笑,弯下腰顺了顺小菊池的气:"我都来了,够给你面子了。谁让你骂我?你再骂一句,我把你脊椎骨也给踹废,让你一辈子坐轮椅。"

小菊池抬起手无力地拂了他一下,手都在颤抖:"我……我要告诉我叔叔。"

"告诉你祖宗都没用。"何沣拍了拍他的脸,"听说你第一回来新京,还没怎么听说过我吧?"他忽然摆出个八字手势,指尖落在小菊池的瞳孔前,吓得他赶紧闭上眼。

何沣笑着直起身:"别紧张,我又不会真戳瞎你。"

"来人!来人啊——医生!把他赶出去!"

何沣看一眼手表,时间差不多了。他拿起一个橘子三两下剥开,一口吃掉一半,把另一半塞进小菊池嘴里。小菊池被呛得不停咳着,吐在脸边,面目狰狞地看着他。

何沣抚了抚他胸上盖着的被子:"别激动。"

小菊池艰难地抬起手,疯狂地按呼叫器,可何沣在这儿,没人敢进来。

何沨握住他的手腕，把他的手臂放回被子里盖好："好了，别折腾了。"

小菊池一脸要哭的表情。

何沨将他的另一只手臂也摆好："对不起，不该踹断你三根肋骨。等你痊愈，我站着不动让你踹回来，怎么样？"

小菊池撇着嘴，一脸的不甘。

"还不满意？"何沨笑着掏出枪，小菊池吓得往床边躲，何沨把枪放到他手里，"要不你给我来一枪？"

小菊池不敢。这枪开下去，不说小池家不会放过自己，光他那个哥哥小池太一就能扒他十层皮了。事实上，他并不敢大闹，就是吓唬吓唬这个小池泷二。既然已经道歉，给了个台阶下，就当自己倒霉，遇上个活鬼，算了吧。

他刚要开口，却又听何沨道："我最讨厌被别人威胁。你也知道我不好惹，我哥我爸我妈通通不好惹，所以别乱找事，乖乖在这儿养你的伤，再闹下去，我让你去地下告我。"

小菊池干张着嘴，一个字也说不出。

何沨又剥了个橘子，塞给他："挺甜的，尝尝。"

小菊池看着他冷冷的眼神，乖乖吞了下去。

"这不就行了，都是大日本子民，要和谐相处啊。"他吃着橘子优哉地离开，"祝你早日康复。"

何沨刚拐出门，迎面碰上等在门外走廊上的护士："进去吧。"

护士刚到门口，何沨抬起手臂挡住去路，轻佻地朝她挑了下眉："你家住哪儿？"把护士吓得脸一会儿白一会儿红，低下头从他手臂下钻了进去。

何沨笑着回头看她一眼，随手将橘子皮砸向她的屁股。

护士羞红了脸，加快步子绕到病床里面，始终不敢抬脸。

何沨散漫地离开了医院。他来到离车站不远的楼顶，坐在天台上吹了十几分钟的风。

谢迟坐着人力车停在路边。何沨视力好，目不转睛地盯着她，看她只提着一个箱子下来。何沨猜不到她那箱子里具体装了什么，不过对她来此的目的倒是摸得八九不离十。

那年，他断断续续找了谢迟一个多月。中国那么大，不知道她到底跑到哪个城市了，无权无势，找个人就像大海捞针一样。

矿洞被炸了,家人死光了,他无法一直专注于儿女情长,仇恨几乎占据了他整颗心。于是,何沣与青羊子想要去东北。临行前,有一个人找到他们。他叫沈占,原本是个读书人,不知道什么原因落草为寇,成了东北一座山的土匪头子。他与何长辉年轻时有过交集,关系匪浅,何沣五岁时见过这个叔叔,只不过后来他被收编,为政府做事,便渐渐没了联系。

何沣想跟着他打鬼子去,可沈占只收了青羊子,却没有要何沣,为他选了另一条路。

何沣的母亲罗灵书在日本留学,未婚先孕,毕业后回国,过山路时不想遭遇土匪,被抢到山寨,肚子里怀着的确实是日本人的孩子。何湛的亲生父亲叫小池良邑,是罗灵书的老师,也是日本经济界有名有姓的大人物。后来罗灵书狠心抛下他与何湛,再次去了日本,又与小池良邑旧情复燃,还结了婚。她一直觉得落入土匪窝是这一生的耻辱,始终没有告诉过丈夫这件事。

而小池太一是小池良邑与前妻的儿子,和何湛是异母兄弟。罗灵书嫁给小池良邑后,没有再生育,突然亲儿子找过来了,不管出于什么原因,她心里是十分高兴的。

何沣与何湛的长相都随母亲,自小便有四五分像,再加上十年未见,罗灵书也分辨不出这是哪一个。岁月不败美人,她还是从前那个样子,优雅、端庄,美得不可方物,小池良邑对她视若珍宝,千依百顺。于是,何沣就这样在东京扎根,忍辱负重四年多,被他们安排的各种老师包围着,不停地学习,学习,学习……

终于在去年年初回到中国,可政府无能,先是把东四省拱手让人,后又任由鬼子在华北造孽。沈占明面为政府效力,实际与共产党暗中联系,帮助东北人民革命军抗日。何沣没有政党立场,逢国家危难之际,只要能打鬼子,都是自己人。

这一年多来,他在东北把自己搞得声名狼藉,是日本人眼里的废物,中国人眼里的垃圾,汉奸眼里的嘲讽对象。表面上是个依靠家族、不学无术、混日子的关系户,事实上深入日本军部高层,获取情报,传送给沈占。

这世上只有三个人知道他的身份,一个是参了军的青羊子,一个是沈占,还有一个就是他自己。他不敢轻易暴露给谢迟,即便她行踪诡秘,有可能是自己人。可是这个身份太宝贵,不容许一分一毫的差错。

他相信，也许有一天，他们会在蓝天白云下再次相逢。

到了那个时候，他可以光明正大地对她重新介绍自己：

"我叫何沣，是个中国人。"

谢迟没在北平待多久，刚好有趟天津的车要开，与肖望云道了别，便前往天津转车回南京了。

再回来，什么都还是那个样子，却又什么都不一样了。

再见肖望云，已经是冬天，他来中央大学做讲座，要在南京待五天。

谢迟的旗袍店做得还不错，这些年挣了不少钱，大半都捐给东北抗日武装了。前段时间接了个大单子，收入不菲，请肖望云去福昌饭店大吃了一顿。

肖望云看着一桌菜，直呼浪费。

谢迟白他一眼，只说："一年也就这么一两次。"

吃完饭，谢迟请他去听戏。

肖望云总是喜欢听戏，每一回来，非拉着她听上个四五场。

谢迟带他去了个不知名的小戏楼，桌椅都是破旧的，也没什么观众。

肖望云觉得，也许是唱得好。可那旦一开口，他就没了兴趣。

谢迟倒是听得有滋有味，还嗑上了瓜子。

戏楼忽然来了个穿长袄的男人，谢迟踢了肖望云一脚，靠近他些，睨着那胖子道："看见刚坐下的那个胖子没？"

"怎么？"

"最近这个人老在雨花台转悠，鬼鬼祟祟的，我盯了两天，发现他和一个米店老板有来往，偷偷往长椅下的砖缝里塞字条，塞完了走掉没多久，那米店老板就坐过去摸走字条，有两次了。"

"不该管的别管。"

谢迟哼笑一声："你就当我闲的。"

一个扎着双辫的姑娘下来上茶，走到他们旁边，不小心被起身的大汉撞了一下，差点儿摔倒，肖望云扶住她："小心。"

姑娘惊魂未定，看向搂住自己的男人，忽然移不开眼了。

肖望云托她站稳，放下了手。

姑娘直勾勾地盯着他。

肖望云有些不自在:"小姐看着我做什么?"

姑娘笑起来:"喝茶吗?"

"不用了,谢谢。"

谢迟瓜子吃多了,有些嘴干:"给我添点儿。"

姑娘绕过去给她倒上:"二位是夫妻?"

肖望云说:"不是。"

姑娘点点头,笑着离开了。

谢迟边喝茶边笑。

肖望云侧眸看着她:"你高兴什么呢?"

"你这张脸还真是人见人爱啊。"

"……莫要乱开玩笑。"

"你和姜小姐怎么样了?还不定下来?"

"我还没说。"

谢迟差点儿呛着:"你们俩等什么呢?"她摇摇头,"两情相悦,放别人身上孩子都有了。"话音刚落,她脑中忽然闪过何沣的脸。

她顿时不大高兴了,重重放下茶杯。

"阴一阵阳一阵。"肖望云端正坐着,理了理袖口,"你这脾气,哪个男的受得住?"

谢迟不吱声了。

肖望云又看向不远处那胖子:"你想怎么做?"

"再观察看看。"

第二天,谢迟从雨花台回来,看到旗袍店坐着一个姑娘。外头下雨了,她以为只是个躲雨的客人。

阿如接下她的雨伞,抖了抖,挂到钩子上。

里头的姑娘见谢迟回来,赶紧站起来:"你回来啦。"

谢迟不明所以地看着她。这姑娘奇怪,话说的,自己倒像个主人。谢迟与她打招呼:"你好。"

姑娘走近些,甜甜地笑:"你这里的东西太贵了,等我有钱了再来买。"

"好。"

"我叫孟沅。"

"嗯，孟小姐。"

谢迟走到柜台里头，看着堆着的账本，正好雨天没事，算算账。她拿起算盘摆弄起来，见孟沉还不走："还有事吗？"

"没事。"

"伞可以借给你。"

"不用，我等会儿。"孟沉立到柜台外看她算账，"你这儿缺小工吗？"

"不缺。"

阿如在旁边绣花，闻言笑着道："倒是可以再招一个，咱们生意越来越好了。"

谢迟专心算账。

孟沉手撑着脸看她："那日跟你在一块的先生，什么时候再来？"

谢迟眼皮都不抬一下："别盘算了，人家有心上人。"

"他单身，我打听过了。"

谢迟笑了一下："我想起来了，你是戏楼倒茶的丫头。"

"我也是角儿，只不过今年戏楼生意不好做，我顺带着端茶送水。"

"嗯。"

"那他什么时候再来南京？"

"不知道。"谢迟停下手，看向她，"回去吧。"

"下着大雨呢。"

谢迟继续算账："那你就坐一会儿。"

店里陷入一阵安静。

只有嗒嗒的算盘声，和外头淅淅沥沥的雨声。

学生运动闹了一下午，一直喊到了总统府前，警察拿着枪出来维持秩序，不一会儿就把学生全冲散了。

晚上，谢迟在店里多做了会儿衣服，阿如很早就回去了，周围的店也全关门了。

黄包车也没有。

她锁上门，走回家。

一个男子骑着自行车快速地过去，撒了一地传单，谢迟随意拾起一张，还是宣传抗日的。

她折在手里，走一路卷一路，走出街口，传单已经被折得只剩下一小块。

有人跟踪她。

谢迟立马换了条路线走。

这个人的脚步有些重，虽然刻意轻声轻脚，却还是掩不住笨重，不是个胖子就是个高汉。

谢迟往巷道里绕，那里比较容易甩掉，也比较容易动手。

男人跟岔了，发现她没了踪影，步子加快，没头绪地乱窜起来。到了一个拐弯口忽然被扣住脖子，一把刀悬在他的下巴下。

巷子黑，却也不难辨清容貌，可不就是白天跟着的在雨花台互传情报的米店老板。

谢迟与他装傻："大半夜跟着我干什么？劫财，还是劫色？"

"我才要问你，最近一直跟着我干什么？"话音刚落，男人迅疾握住她的手腕，试图折压在墙上。谢迟手臂吃痛，握着刀不放，抬脚就要踢他。男人力气大，抓住她的脑袋使劲撞墙。

这狗汉奸力气太大了，谢迟没半分抵抗能力。她松开刀，让它坠落，随即用左手接住，朝男人肚子上刺。

可他反应很快，登时又抓住她的手。

"够凶啊，再凶也是女人，想偷袭，你还太嫩。"他夺了谢迟的刀，将她猛地一推，摔在旁边的木堆上，"长这么漂亮，可惜了。"

他举刀过来，谢迟随手拿了根身边的木棍，一棍砸在他脑袋上。

男人不顾疼痛，又刺过来。谢迟双手握住他的手臂，挡住那压下来的刀。眼看着刀子就要插进胸口，她忽然放手，身体往下滑了几寸，刀尖入肩，没了一半刀身。男人露出得意的笑容。谢迟趁机用手戳进他的眼睛，活活把他眼珠子抠下来一颗。男人疼得松开刀，嘶叫着去抓她的手。谢迟从肩上拔出刀，快速划过他的脖子，顿时血喷了她一脸。

路上没人，即便有人她也不敢呼救，在小道里顺着墙走着。不一会儿，有警笛声，刚才那狗汉奸叫唤了好几声，应该是惊动了附近的居民。

谢迟捂着肩加快步子，却觉得越发没有力气。刀口太深，止不住地流血，就快要摔倒的时候，一个男子接住了她："坚持一下。"

她还没有看清那人的脸便晕了过去。

薛丁清不敢带她去附近的诊所，背着她跑去了二里外；他也不敢在诊所逗留，处理完伤口，开了药就背着她火速离开。

谢迟失血过多，第二天一早才头晕目眩地醒过来。

她躺在一张架子床上，房子看上去又老又旧，多年未修葺，也没有打扫，顶梁上还悬着蜘蛛网。

她掀开充满霉味的被子，欲下床。

"你醒了。"薛丁清拿着毛巾从外头进来，"你别起来。"

谢迟见他，立马坐起身，拉扯到伤口，疼得钻心。

"你快躺下。"薛丁清走到床边，见她警惕地看着自己，又道，"晚之，你认不出我了吗？"

似乎是有几分熟悉。

"我是薛丁清啊。"

谢迟从前便对他印象不深，时隔多年依旧一点儿也认不出，可她记得这个名字："你怎么在这儿？"

"我来南京工作，昨晚睡不着，下来散散心，就看到你了。你浑身是血，我一开始没敢认，跟了你一段，没想到真的是你。"薛丁清坐到床边，"你怎么在南京？这些年你一直在这儿吗？"

"前年过来的。"

他把毛巾给她："你脸上的血我给你擦了，别处的自己擦一擦吧。"

谢迟没有接："谢谢你，我该走了。"

她要下床，薛丁清连忙起身："外面在找你，查得很严，你这受伤太明显了，还是等等吧。"薛丁清放下毛巾，"你放心，我不会出卖你的。"

说的也是，还是等晚些再走吧，于是她又躺了下去："那就麻烦你了。"

"你……杀的人是干吗的？你……是不是……"薛丁清尴尬地笑了两声，"算了，你就当我没问。"

谢迟看着他干净的双眸："这是你家？"

"不是，我二姐的家。他们一家去年搬去广州了，这房子就一直空着。我也刚来没几天，住在外面，本想找人来打扫一下，事情多总是忘记。"

谢迟擦着脖子上的血，没有搭话。

"有点儿脏，你别介意啊。"

"没事，我还得谢谢你。"

薛丁清找来一件深蓝色棉衣："干净的，我姐姐的衣服。"薛丁清抖了抖衣服，"就是压太久可能有点儿潮气，我拿去外面晒晒。"

"谢谢。"

薛丁清转眼又回来，还拿些吃的给她："不知道你喜欢什么，买了点儿甜食，之前听你四哥说你喜欢吃。"

"谢谢。"

"你不要这么客气，"薛丁清紧接着倒杯水给她，"别再说谢谢了。"

谢迟接过来，轻促地笑了一下："好。"

"这些年没回去过吗？"

"没有。"

"听说你爹身体不太好。"

"我没有爹。"

薛丁清自然明白，沉默了一会儿，又问："那你结婚了吗？"

"没有。"

他的表情顿时松弛下来，笑着道："我也没有。"薛丁清坐到床尾，"你变好多。"

"是吗？"

"比从前漂亮了。"

谢迟想想自己这蓬头垢面一身血的模样，他还真是睁眼说瞎话。

"不过性格倒没怎么变。"

"你倒是活泼了不少。"

"可能是在国外待久了，受了影响。"薛丁清的眼神变得小心翼翼起来，"是不是不好？"

"挺好的。"

"你现在在做什么？还在画画吗？"

"不怎么画了，开了家旗袍店。"

"也不错，改天去参观参观。"

"嗯。"谢迟吃光了一整盒酥饼，把纸递给他，"麻烦了。"

"你又客气起来了。"薛丁清拿过来，折起来放到桌子上，"虽然我们之前不熟络，但到底是世交，还差点儿定……"

"过去的事就别提了。"

话噎在喉咙,生生咽了下去。薛丁清坐到桌边,默然不语。

谢迟觉得自己似乎有些不礼貌,主动说:"你现在做什么工作?"

"律师。"

"挺好。"

气氛有些尴尬,薛丁清起身:"你再休息会儿吧,我今天请了假,在隔壁房间,你有事就叫我。"

"好。"

天刚黑,谢迟就要离开。

棉袄很大,谢迟穿着空空的,她把自己沾血的衣服拿去烧掉,便与薛丁清道别。

"衣服我洗干净了再还回来。"

"不用,二姐既然没带走,应该是不需要了,你找个地方扔掉就行。"

"那就多谢了。"

"我送你。"薛丁清没等她拒绝,抬起手,"你出了很多血,可别再晕倒了。"

"没事。"谢迟直着背走到门口,看上去一点儿也没有受伤的样子,"我先走了,得空可以来我店里喝茶,离福昌饭店不远,到那儿一打听就知道。"

"我一定去。"谢迟迈出大门,薛丁清嘱咐,"世道乱,注意安全。"

她回首看他:"你也是。"

"再见。"

"好。"

薛丁清目送她离开,还是不放心,追了过去:"我还是送你一段吧。"

谢迟是租的房子,一个二层小别墅,房主是个美国人。黄包车停在路边,薛丁清要扶她下来,谢迟没接他的手:"我没那么娇弱。"

薛丁清笑着收回手:"那好吧。"

"今天就不请你进去坐了。"

"你好好休养,都在南京,以后有的是机会。外面冷,快进去吧。"

"嗯。"

谢迟租了二层,楼下房主住着。她是女院的老师,在学校有宿舍,很少回来,但每周都会让刘婶过来大清扫两次。

碰巧，今天刘婶就在。

"谢小姐回来了。"刘婶见她脸色不好，关心道，"你生病了吗？"

"昨晚没回来，在店里睡得着凉了。"

"有没有去医院啊？"

"去了，您忙吧，我上去睡会儿。"

"好，我帮你烧点儿热水吧。"

"不用。"谢迟脚步平稳地走上楼梯，刚到二楼，她就绷不住了，弓着腰靠在墙上，慢慢往房间挪。

阿如一个人在旗袍店忙得焦头烂额，谢迟怕她看出端倪，在家养了五天，等伤好些才回店里。

晚上，她没回家，在店里睡了一晚。

外头风呼呼的，谢迟夜里醒了好几遍。被冻醒两次，做梦又醒了两次，第二天还早早醒了。

她漱了漱口，擦了把脸，倒上杯酒。

今天好冷，她又找了条披肩披上，拉开窗帘才看到外面下雪了。

今年的雪还真是早啊。

烈酒下肚，暖了几分。她放下酒杯，慢悠悠地走下楼，想去买点儿早饭。刚开门，看到门外一个穿黑色大衣的男人，弓着腰，背对着自己。

这背影，捂上十八层她都能认得出来："你怎么来了？"

何沣直起腰，转身看她。他戴着帽子，围着厚厚的围巾，挡住了大半张脸，两只眼黑溜溜的，还带着笑意："醒了。"

"怎么，我睡了一觉，日本兵进城了？"

"没有。"他手冻得通红，雪化成水，浸湿了衣袖，"脸这么苍白，多穿点儿。"

"那你来干什么？"

"前两天高兴，没控制住喝多了，一上头刹不住脚，就来找你开心一下。"

谢迟冷笑一声。

何沣让开身，把背后的雪人给她看："可不可爱？"

"丑。"

"哪里丑？"

"哪里都丑。"

"你来你来,我看你能滚出什么样。"

谢迟不屑搭理他,关上门要出去。

何沣拦住她:"上哪儿去?"

"上天。"

"我也去。"

"让开。"

他当然不让,谢迟转身又回屋。

何沣跟上来,谢迟挡住门不给他进:"你继续玩雪吧。"

"雪哪有你好玩。"何沣见她不让,忽然横抱起她,轻笑一声,"小娘们,想拦我,下辈子吧。"

"……"

谢迟不敢挣扎。她的伤刚好,可不想再加重了。

何沣抱着她不放,谢迟冷冷看着他:"放下啊。"

何沣慢吞吞地放下她,搓了搓手:"给老子生火,快冻僵了。"

"滚。"

"不生火往你怀里揣。"说着他就伸过手来。

谢迟打开他的手,给暖炉放了点儿炭。

"再来杯酒。"

谢迟倒了满满一杯过来,顺着他的头顶倒了下去。

何沣随手扯了块布擦了擦自己:"泼得好,信不信我让你舔了?"

谢迟走到门口将门锁上。

"锁门干吗?想跟我做点儿什么见不得人的事?"

"店里有狗,怕咬着外人。"

"狗就喜欢暴脾气的猫,猫刺得越厉害,越有意思。"

谢迟搂着披肩去绣花。

何沣半蹲着,一边烤火一边看她:"明天我生日,送我点儿什么?"

"要不送你下地狱吧。"

"行啊,来吧,杀了我。以后生日忌日一起过,记得给我烧点纸。"

"想死死远点儿,别在我这儿碍眼,晦气。"

何沣站起身,笑着往里走了走,看着挂着的各式旗袍:"手艺不错,给我做一件。"

"做件旗袍？您这口味还真特别。"

"西装。"何沣走过来俯视她，"记得我的尺寸吗？"

"不好意思，不记得。"

何沣挑起她的下巴，他的手指凉得像块冰："那就量一下。"

谢迟幽幽地看着他："一千大洋。"

"好啊。"

"定金。"

何沣放下手，懒洋洋地半张开手臂："来吧。"

谢迟随手扯了个皮尺走到他面前，随意地量了量："转身。"

何沣笑着背过身去。

"转过来。"

何沣慢悠悠地转了回来，忽然道："之前没注意，你怎么这么矮了？"

谢迟看都没看他一眼，手从他的胯绕到后面，因为贴得近，闻到几丝烟与雪的凉味。她快速量了一下臀围，退离他的身体："看够了没？"

"没。"

谢迟仰头，与他对视："量好了。"

何沣盯着她的胸口，勾着嘴笑："你这五年吃了什么？大了一圈。"

他刚要伸手，谢迟一把打开。

何沣提了下眉梢，放下手，插回裤兜里："摸一下能死？"

谢迟走到柜台将东西放下，何沣跟在她后面，双臂撑在台上将她笼在怀里，嘴巴凑近她耳边："你哪儿我没摸过？"

谢迟拿出册子记下尺寸，任他在身后发骚。

何沣盯着她的手："别开店了，我养你。"

"你对多少女人说过这种话？"

"就你一个。"

"那我真荣幸。"

"我送你去美国。"

笔尖顿住。

"中国不安全，很快就会打起来。"

谢迟转过身仰视着他："从哪里打？"

何沣没有回答。

谢迟抬起手，揉了下他大衣上的纽扣："小池君透露下呗。"

何沣握住她的手，举起来亲了一下："我也不知道。"

谢迟抽出手："我哪儿都不去。"

"那也别待在南京。"

"覆巢之下安有完卵。"

"往西边去，地广人稀，安全点儿。"

"你跟我一起？"

何沣沉默了。

谢迟拿起一根硬尺，抵着他的胸膛把人往远推："你可以走了。"

"以后不要没事往北边跑，听到没？"

"没有。"

何沣忽然握住她的肩："那就竖起耳朵好好听。"他这一捏，好巧不巧地偏偏按在她的伤口上，疼得她皱眉，"怎么了？"

谢迟咬着牙，推开他。

"你受伤了？"

谢迟转身，何沣把她拽回来，三两下扯开她的衣服，看着包着的纱布，怔愣半晌，冷不丁吼了一句："谁弄的？"

谢迟又推开他。

"谁弄的？"

谢迟平静地看着他："你乱叫什么。"

何沣怒不可遏，眉头紧蹙，捏住她的下巴："你是活腻了吗？"

"我惜命着呢。"她扯开他的手，嘲弄地笑了一声，"你知道的呀，我最怕死了。"

"那你就给我滚出南……"

话没说完，外头传来敲门声。

是阿如："老板？你在里面吗？门怎么锁了？"

何沣立马松开她。

谢迟整理好衣服，对他道："我不想惹人非议，滚上楼从窗户跳出去。"

何沣真从窗户跳了下去，刚立稳，拐了个弯，一个女人撞上来。

"啊——"孟沅一脸栽进他怀里,撞到鼻子,差点儿疼出眼泪。她捂着半张脸看着这个包裹得严严实实的男人:"疼死我了。"

"抱歉。"何沣低着头离开了。

孟沅揉着鼻子往店里去,一脸哀怨地跑到阿如面前:"刚撞了一个人,奇奇怪怪的,裹得像个粽子,快看看流鼻血没?"

"头低点儿,"阿如笑着瞧她,"没事的。"

孟沅抽抽鼻子,她从路边买了包子带来,这会儿还热乎呢。

谢迟正好没吃早饭,拿起一个捏着上二楼。孟沅一路跟着她,从二楼又下到一楼:"那他什么时候再来南京?"

"我不知道。"

"你就告诉我嘛。"

吃人嘴软,谢迟纵然心情不太妙,却还是笑着道:"我真的不知道,好久没联系了。"她又捏了个包子,"味道不错,哪里买的?"

"我也不告诉你。"

谢迟几口吃掉包子,看着她噘着的小红唇:"早跟你说了,别想了,人家两情相悦。"

"两情相悦还不结婚,都三十二岁了。"

"那是他们的事。"谢迟擦了擦手,拿着剪刀去裁布,"拆人姻缘,不道德。"

孟沅不说话了,蔫头耷脑地趴到桌子上,隔了半晌,叹了口气,说道:"可我好喜欢他,自打那天见一面,我天天做梦梦到他。"

"你又不了解他,也没相处过,何来的喜欢?"谢迟微微弯下腰,觉得肩疼,又直起背,"一时的错觉,莫要受惑于皮相。"

"我又不是没见过俊秀的人,就是喜欢,一见倾心。"孟沅手撑着脸,又揉了揉鼻子,"你没有喜欢的人吗?"

谢迟沉默了一会儿:"有过。"

阿如闻言看过来,眼中顿时现光:"真的假的?老板,谁啊?"

"绣你的花。"

阿如撇嘴:"噢。"

第六章
十面埋伏

谢迟今晚做废了两块布料,她一直走神,想过去、想现在、想未来……

看着歪歪扭扭的线,她有些泄气,生撕了布,随手丢到一旁,起身走到楼上,拿上包回了家。

谢迟一直是自己换药,本来已经结痂的伤口今天被何沣一捏,似乎又严重了一些,她在心里暗骂了他十几遍,艰难地将伤口重新包扎好。她用水擦了遍身子,立在镜子前看着自己的身体,脑中忽然闪过曾经与何沣亲热的画面。

她抬起手,覆上胸,就像他说的那样,是比年少时变了不少。谢迟晃了晃脑袋,耻于往下想,捧起水,扑了扑发热的脸。她的手按在洗漱台上,微弓着腰,脸上的水滴滴答答地掉下去,映出无数个自己,好像每一个都与他在一块儿。

谢迟直起背,觉得自己有点儿神志不清,扯了块毛巾,一把将水滴擦去。

她躺到床上发了会儿呆,觉得无聊,准备去外面找本书看。

书架很高,她拿了把椅子踩上,书抽出一半,听到阳台有动静。她轻声走下椅子,随手拿了个铜雕,背在身后,朝阳台走去,却并未看到人,只有白色的纱帘随着风轻缓地拂动。

难道听错了?又或许是野猫?

最近总是有野猫乱窜。

她放松警惕,回到书架前,发现刚才抽至一半的书本竟不在了。

"西画。"声音从她身后传来。

谢迟立刻转身，见何沣手里翻着那画册，语气随意："你现在改画这种了？"

"你现在只会翻窗了？"

何沣提眉看她："我只翻你的窗。"

他将书抛来，谢迟稳稳接住，听他嘲笑自己："拿着那破玩意儿能干吗？"

谢迟将手里的铜雕朝他砸过去，何沣一偏身，利索地闪躲开，铜器"咚咚咚"在地上滚，最后停在墙边。

何沣拾起它，放到桌上："这么好看，不是用来打人的。"

"你又来干吗？"

"看看你。"

"看到了，滚吧。"

"没看够。"

谢迟穿着厚厚的睡袍，不知道是什么料子，看上去极软。何沣的目光从她的脸一路向下，落在微微走光的胸口上，他咧嘴一笑："里面空的？脱了我看看。"

谢迟把书放回书架，这个时候她已经没心思再去琢磨艺术了。

"站稳点儿，别掉下来。"何沣靠在墙上，抱臂仰视着她，"我可不会接住你。"

谢迟不理他的话，放好了书便往卧室去："我要睡了，你走吧。"

"那就晚点儿睡。"何沣放下手，慢慢几步跟着走进去，四处看了看，"人生苦短，干睡觉多没意思。"

"当汉奸有意思，"她转身看他，"当日本人有意思。"

何沣睨她一眼，笑了笑："是啊，有滋有味。"

谢迟白他一眼，坐到镜子前，取下耳钉。

何沣站在书桌前，看着玻璃下的一张纸上画满了横线，问她："这是什么？"

"是我杀的人。"她将耳环放进盒子里，淡淡道，"左边是鬼子，右边是汉奸。"

何沣一眼扫遍，约莫有了个数："不多。"

谢迟侧脸看他："你算哪一边？"

"都不是。"

谢迟心里一紧。

"你得为我专门开辟一栏,鬼子兼汉奸。"

谢迟默默回过脸来:"不要脸。"

何沣走至她身后,手按着桌子弯下腰来,看着镜子:"你能动得了我一下,我叫你姑奶奶。"

谢迟与他对视:"这么喜欢给人当孙子。"

"我不跟你拌嘴。"何沣从怀中掏出一个小圆盒,放在她的面前,"一个老中医从前给我配的方,很有效,专门去给你抓的药,磨了半天,手都酸了。"

谢迟扫了小圆盒一眼:"难为你了,谢谢啊。"

"怎么谢?"何沣撩起她脸边的一缕发,绕在指间,"来点儿实际的。"

"给你也来一刀吗?"

何沣放下她的头发,将手悬至她眼前:"帮我揉揉,或者亲一口。"

谢迟拿起梳子打了他的手背一下,何沣抬起手,反倒摸了摸她的头。

"别碰我。"

他收回手:"早上不小心碰到伤口,疼吗?"

"不疼,特别舒服。"

"有多舒服?"

"……"

何沣抽出她的发簪,谢迟一头黑发散落下,盯着镜子里的他:"插进来。"

何沣忽然笑了起来:"往哪插?"

谢迟恼羞成怒,抓了抓头发,起身走开。

何沣瞧着她的木簪:"哪儿买的?真丑,有机会给你雕个好看的。"他随手将它揣进口袋里,"这个配不上你,我帮你扔了。"

谢迟无心与他抢夺,任他收了去,找根发带随意绑住头发。

何沣问:"有没有吃的?"

"有啊,多得很。"

"我饿了,"何沣坐到床上,"给我拿点儿。"

"好。"

谢迟去楼下拿了些糕点来,还有半瓶酒。

"谢谢。"何沣接过来,一大块茶糕整个一口塞进嘴里,"还不错。"

"不怕我下毒？"

何沣又塞了一块："美食美景加美人，死在你床上，我也认了。"

谢迟将酒给他："干得很，别噎着。"

何沣看着只剩小半瓶的酒："女人家，少喝点儿。"他干咽下茶糕，这玩意儿确实噎得慌，堵着他的喉咙，说话都不清晰，"怪我，从前给你养的臭毛病，就不该带你喝酒玩枪。"

他盯着她笑，接过来刚要套嘴喝上一口，谢迟将酒瓶子抢了过来。何沣依旧翘着唇角看她："真下了毒啊？"

谢迟转过身去，将酒放到桌上。

何沣舔了舔牙："舍不得我死。"

"我生平最厌恶汉奸，比日本人还要厌恶。"谢迟低着头，紧握瓶身，始终背对着他，"你滚吧，别死在我这儿，脏了我的屋子。"

何沣没有说话，也没有走，默默吃完剩下几块糕点。

谢迟忽然回头："好吃吗？"

何沣点头："美味。"

谢迟嗤笑一声："你还真是厚颜无耻。"

何沣将空盘子放到桌上，手顺势按下去，将她笼在自己的身影下："我什么样，你还不清楚吗？"

谢迟看着他近在咫尺的脸，没有退缩，平静道："亏我还心存希望，觉得是不是有别的原因，才使你……"

话音未落，她的腰被他一把搂住，轻盈地抱了起来，慢慢放至床上。谢迟往旁边滚，躲开他盖过来的身体，何沣把她抓回来："往哪儿跑。"

谢迟抬脚朝他下身踹过去。何沣反应倒是极快，立马握住她的脚，笑着道："男人，要保护自己的命根子。"

刚才上药，她里面没穿衣服，一拉一扯，露出白色四角衬裤来。

何沣长吸口气，再与她闹下去，就控制不住了。他松开她的手，拉着被角盖住她的长腿："你要绝我后啊。"

"反正何家已经绝后了。"谢迟往床头挪，对他冷嘲热讽，"哦，不对，你还得留着生日本崽子。"

何沣不想听她说这些话，下了床，故意回道："对，生日本崽子，生他妈一窝。"

谢迟拿起枕头就砸他，何沣拾起地上的枕头，抱着它坐在床尾，不再与她闹腾。他从口袋里摸出烟，点上一根："我没时间了，等会儿就要走。"

"赶紧走。"

"我也不是那么自由，可以到处乱跑的。好不容易跑来见你一面，下次见面就不知道是什么时候了。"

"地下见。"

何沣无言片刻，忽然仰头长吐口烟："我可不想这么早死。"

"你还怕死呢？"

"怕，当然怕，活着多好。"何沣垂下头，看着指间的烟，"活着就还有希望，活着，才能有希望。"

谢迟看着他宽宽的背，和那缕弯弯寥寥的烟，忽然觉得有种说不出的凄凉。

"好好陪我聊两句。"

谢迟无言。

何沣扭头看着她，收起那些玩世不恭的态度，静静地凝视她良久。

谢迟直视着他的双眸，试图从他的眼里读出什么，可这浑蛋忽然又嬉皮笑脸起来："再说了，我死了你可怎么办？我可舍不得留你一个人。你要敢嫁人，我做鬼也不放过他。"

"你舍不得的多了去了，不差我一个。"

"她们哪能跟你比。"何沣摸了下她的脚，"要不给我留个种？"

谢迟一脚踹开他："滚吧。"

何沣被她踹得腰疼，心里却欢喜得很："行，滚就滚。"他起身，将枕头放下，没再说什么，翻过窗跳了出去。

谢迟拿起床尾的枕头就往窗外扔。

它立马又飞了回来，落在地毯上。

"还是这么喜欢扔枕头。"

一句话，仿佛将她带回了多年前，她这心里忽然空落落的。

正发愣，何沣又翻了进来。

"你又干吗？"

何沣没有回答，走过来抱住了她。

谢迟微张着嘴，如鲠在喉。

他什么也没做,也没说什么浑话,静静地抱了她一分钟,然后一本正经地说:"尽量离开南京,这里是首都,不管他们先打哪个城市,总有一天会打到这里。"

谢迟有些不适应他这严肃的语气:"噢,我等你打过来。"

何沣松开她,捏了下她的鼻子:"傻瓜。"

谢迟打开他的手:"浑蛋。"

"好好保护自己。"他的手绕到她身后,在她屁股上狠掐一把,"不许跟别人好,等我回来睡你。"

"……"

何沣头也不回地跳了下去,帘子被他带走的一阵风吹得拂起又落下。

谢迟看着外面黑黑的天,忽然笑了起来。

他说的是"他们"。

是他们。

鬼子抓了个交通员,审了三天,一句话没问出来。高喜德得上头命令,要活剐了他。

锋利的刀子片了几块肉,眼睁睁看着自己身上暴露出的骨头,他还是没有招。

一大早,何沣来到刑室,刚到门口就闻到一股血腥味。被鬼子抓到这儿,无非两种结果:死,降。

然而进了这一间的人,不管招不招,是绝无可能竖着走出去的,要么被活活打死,要么被生生折磨死。

高喜德正撸着袖子剥花生,手边放一瓶白酒,瓶身还沾着血。何沣拍了他一下:"这么自在。"

高喜德见他来,赶紧放下酒,低眉顺眼地打招呼:"太君。"

"听说来了个硬骨头,我来见识见识。"桌子不高,何沣腿又长,倚坐上去,随手拿个花生在两指间揉着,"问出什么没?"

"一个字也不说,什么刑都上了。"

何沣看着那人血淋淋的大腿:"这是要活剐?"

"是是是,看他能扛到什么时候。"

"你剐的?"

"对。"高喜德十分自豪,"我这刀法祖上传下来的,片片匀称,薄厚相当,您瞧瞧。"

"可别血流干死了。"

"那不会,下一刀上一遍药。少佐刚交代了,再给两天时间,交不出联络站,就交出一身白骨。"

何沣心里梗着口气,看着那人旁边搁着的带血的刀和一盘血肉,想把这刽子手剁了。

"下一刀就是切把子。"高喜德哈着腰笑着看何沣,"给太君见识一下?"

何沣扔了手里的花生,没有说话,直起身走过去。只见这男人的指甲被拔光,手指被剁了两根,连头皮都被削掉一大块,左眼肿得睫毛深埋在血肉里,嘴巴里被塞满棉花,露出点儿红色的棉絮在嘴角。

他垂着头,只剩下一口气。

"醒醒。"何沣拍了拍他的脸,"死了?"

他一动不动。

"太君,您别跟他废话,脏了您的手。"高喜德随手拿着鞭子走过来,抽在他头上,"装什么死!"

何沣一脚把高喜德踹翻:"老子问话要你插嘴?"

高喜德爬起来,乖乖在旁边弓着腰:"不敢,不敢。"

何沣抬起那人的下巴,把他嘴里的棉絮掏了出来。

男人朝他呸了一口,因为没力气,血唾沫刚出口就顺着嘴巴流下来,吊在下巴上。

何沣理理他残破的衣服,盖住胸口的骨头:"一句话的事,说出来,以后吃香的喝辣的,还有人服侍你下半辈子,趁着还有人形,何必呢?"

"滚!"

何沣从口袋里掏出一块糖来,缓缓剥开糖纸,拿出里头晶莹的糖块:"听说你是哈尔滨人,这种糖你应该常见吧。"

男人看也不看一眼。

何沣将糖块塞入他口中,往里戳了一下:"招了,以后天天可以吃。"

男人嘴唇微颤着,甜味在血腥味里蔓延,他顿时咬紧何沣的手指。

高喜德吓坏了:"松口!"

何沣任他咬着,高喜德刚要上来撬开他的嘴,何沣抢在他前头,用另一只手捏住他的鼻子，想让他张嘴。

何沣抽出手指，上头沾满了血，有自己的，有这个人的。

高喜德赶紧去探那人的鼻息，已经断气了："死了。太君……这……少佐说的是两天……我没法交代啊。"

何沣抬起手，在高喜德肩上揩了揩："就说是老子弄死的。"

高喜德看着他手指上的牙印不断渗血："您没事吧？"

何沣拍了下他的脸："你说呢？"

高喜德不敢说话了。

何沣甩甩手，走出刑室。他紧咬着牙，从口袋里掏出方巾，使劲地裹住了颤抖的手指。

高喜德擦了擦脸上的血，皱着眉看架子上的死人，长叹口气。

何沣径直往车的方向走，突然被佐川叫住。他回过头，见佐川站在墙边朝自己招手，他走过去，听佐川问："手怎么了？"

"在刑室被咬了一口，"何沣随意打了个结，"小伤。"

"看看谁来找你了。"话音刚落，墙的另一边蹦出个人来，带着清脆的声音，"泷二哥哥。"

是藤田美知。她见何沣的手沾着血："泷二哥哥，你怎么受伤了？疼不疼？"

何沣任她翻来覆去看自己的手："没事。"

佐川拍何沣一下："那你先带美知小姐逛逛，我要去一趟将军那里，晚上一起吃个饭。"

"好。"

佐川走了，藤田美知小心地吹着他的手："不行，我们去医院吧。"

"不用，破了个皮而已。"

"那也得去！"

何沣拗不过她，被缠着去了医院。

藤田美知见不得血淋淋的场面，在走廊等着。

护士给何沣清理好伤口，包了层纱布。何沣一直在走神，满脑子都是那血淋淋的白骨。

直到护士出去，藤田美知再进来："泷二哥哥？

"泷二哥哥！"

何沣收起手。

"你在想什么？"

"想等会儿带你去哪儿。"

藤田美知开心地抱住他的胳膊，将他拉起来："哪里都不去，去你家。"

"去我家干什么？"

"你受伤了，要好好休息。"

谢迟睡到天黑，是阿如的脚步声吵醒了她，也把她从并不美好的梦中拉了出来。谢迟很少梦到何沣，一只手便能数得过来，这是五年来的第四次。

梦里，她与何沣在山上骑马，后面追来了一路日本兵，忽然何沣拉起弓，朝后面的鬼子射过去，一箭一个，一支不偏。

"你醒啦，我要回去了，王小姐的旗袍做好了，我顺带送过去。"

谢迟觉得头晕，身上还莫名地酸痛，她摸了摸头，并没有发烧。

"外面是下雨了吗？"

"没有。"

"我听到了雨声。"

"不是雨，是树叶。风太大了，吹得叶子像下雨似的。"阿如关上窗，"灰尘都吹进来了，我就知道你没关窗。"

"嗯。"

阿如见她没精打采的："哪里不舒服吗？"

谢迟放下手："没有。"

"那你睡了一整天。"阿如闻到些酒精味，"怎么有酒精味？你受伤了吗？"

"腿磕了一下，小划伤，没什么事。"

"要吃什么？趁我走前还能给你跑一趟。"

"我不饿，你回去吧。"

"那好吧，我走啦。"

"嗯。"

空荡荡的房间又剩下谢迟一个人。

她半躺着，忽然觉得有些冷，将毯子往身上拉了拉。

纱帘没有拉上，她看着窗外的天。

总觉得快下雨了。

因为藤田野雄的到来，长春大多经济、政要人物皆到场。宴会厅金碧辉煌，藤田野雄一番讲话后，大家纷纷上去敬酒或求聊上几句。

何沣远远地看着，喝了口闷酒。青田少佐过来与他打招呼，两人碰了个杯，闲聊了几句。

忽然，一阵掌声响起。

何沣朝台前看过去，是藤田美知，她穿上了军服，似乎是量身定做的，分外合身。在场的大部分人都认识她，即便没见过，也听过她的名字。藤田野雄站在她的旁边，再次与众人介绍她。

青田少佐拿着酒杯，感叹道："上一次见到美知小姐还是两年前，感觉成熟了不少。"

何沣没说话。

藤田美知朝他笑起来，何沣也弯了下唇。

"小池君真是好福气，能得到美知小姐的青睐，日后定前途无量。"

何沣睨他一眼，抿了口酒："你也可以。"

"小池君开什么玩笑。"

藤田美知与几个长辈打完招呼，便来找何沣。

青田少佐放下酒杯："美知小姐。"

藤田美知朝他点头："你们在聊什么？"

何沣淡淡道："夸你好看。"

藤田美知低头笑了笑，莞尔抬脸看他："真的吗？"

"真的。"

青田少佐笑着拍了拍何沣的肩："你们聊，我去那边。"

"嗯。"

"我这一身怎么样？"

何沣从头到脚打量她一番："还不错。"

"就只是还不错？"

"你穿裙子更好看。"

藤田美知沉默了一会儿，噘了噘嘴："那我去换裙子。"说着人就跑开了。

何沣敛笑，余光扫过四周，重新拿了杯酒，看着不远处正在交谈的木村等人，正要过去，藤田野雄便叫住了他。

何沨行礼："将军。"

"跟我过来。"

何沨跟着藤田野雄去了阳台。大家有眼色得很，见他们单独交谈，没有一个靠近。

"美知跑哪里去了？"

"去换衣服了。"

"泷二，我听闻你在此地有些不好的传言。"藤田野雄的手落在他的肩上，"作为一个男人，我可以理解，可作为一个父亲，我绝不允许自己的女儿受到伤害。美知很喜欢你，我看得出来。"

何沨低头，他并不惧怕这个中将，可是身为小池泷二，他应该畏惧。

"美知还小，不懂事，一直在学校读书，心思单纯，希望你不要辜负她，也不要伤了我们这些长辈的心。我相信你的父母也不希望听到一些不好的事情，你说对吧？"

"是。"

"难得过来一趟，最近好好陪她玩一玩，我这小女儿可是天天念叨着她的泷二哥哥。"

"是。"

藤田野雄笑着拍了拍他的肩："不必拘谨。"

何沨故意垮了垮肩。

"走吧，出去喝酒。"

除了睡觉洗澡，近日藤田美知几乎对何沨寸步不离。

天还没亮，她就带着亲手做的点心来到何沨的住处，何沨穿好衣裳开门，眼皮都睁不开。

藤田美知将点心放好："泷二哥哥快去洗洗吃早餐了。"

何沨揉着眉心，重新趴到床上。昨夜他去见了沈占，四点才回来睡觉，实在没精神。

藤田美知去拽他的被子："泷二哥哥，快起来。"

何沨将脸埋进枕头里："再睡会儿。"

藤田美知拉不动他，轻叹口气："那好吧，再让你睡半个小时，只准半个小时。"

藤田美知掐点叫醒他,何沣被她烦得睡不着了,干脆起来冲了个凉精神一下。

他揉着头发出来,看到藤田美知坐在他的床上,手里拿着一根发簪。是谢迟的发簪,他一直放在枕下。

"这是谁的?"藤田美知顿时像变了个人,眼睛瞪圆了盯着他。

"路边买的。"何沣随手将毛巾往椅子上一搭,"觉得好看。"

"你不会是带别的女人回来了吧?"

"怎么可能。"

"泷二哥哥,你要是骗我,我会生气的。"

"没有骗你。"

"送给我。"

"我再送你一个。"何沣伸手要去拿,藤田美知背过手去。

"我就要这个。"言罢,她已将发簪插进头发,笑盈盈地仰视着他,"好看吗?"

"不好看。"

何沣将木簪抽了出来,握在手心,一把折断了,投入垃圾篓:"不适合你,下午我带你出去逛逛,送你个好的。"

这么轻易折断,应该不是什么重要之人的物件,藤田美知便没有放在心上。

何沣拾起毛巾又揉了揉头,往餐桌走去:"我看看你都带了什么好吃的。"

藤田美知开心地跟上去:"好多好多,你一定会喜欢的。"

何沣带藤田美知买了两件玉饰,走累了,就去家茶屋歇歇脚。

藤田美知这一路上都在说中国这里不好、那里不好,到日本人开的店里也不忘唠叨几句:"没有东京的好吃","中国的食材就是没有我们那里的好","什么时候回日本呀","不想待在这里了","这次跟我一起回去吧,你的母亲很想念你"。

何沣有一句没一句地应付她,傍晚又陪她看了场电影。

是一部爱情片。男女主人公亲吻在一起的时候,藤田美知抓住了他的手。

何沣没动弹,对她笑了一下。

电影结束，两人又去吃了顿日餐。饭后，何沣送她回家，下了车，藤田美知忽然站住脚。

何沣回头："怎么了？"

藤田美知踮起脚就要亲他，何沣立马躲开。她愣了一下，脚跟落地："泷二哥哥。"

何沣轻咳了声，假意清清嗓："你还小。"

"我不小了。"藤田美知皱起眉，"我已经十七岁了。"

"在我面前还是小孩子。"

"你总说我小，可是我长大了你也在长大，我永远跟不上你。"

"再等两年，好不好？"

藤田美知盯着他的眼睛："你是不是喜欢别人了？"

"没有。"他笑了下。

"最好没有。"

何沣理了下她的头发："好了，快进去吧。"

"那我明天早上去找你，你可不要再睡懒觉了哦。"

"好。"

"泷二哥哥，再见。"

"再见。"

何沣见她进了大门才上车，一路飞飙回家。他直奔卧室，开始翻垃圾篓，从里头找出被折断的木簪。他疲倦地坐在地上，背靠着床，一手握着一截断簪。窗户没关，一阵阵清爽的风扑进来，却吹得他格外烦躁。

他不知道这样的日子什么时候才是个头。

究竟还要忍受多久。

何沣几乎每晚都出去喝酒，一方面为了躲藤田美知，一方面套套情报，比如战略部署、军备运输、物资开采，以及哪个国民政府官员亲日了，哪个富商有生意方面的往来……

一到白天，他就装成烂醉，躲在房间不出来，任藤田美知在外面敲喊。

今天，长春飘小雪。

藤田美知一大早带个开锁匠过来，把他的门给开了。

何沣没睡着，清晰地听着每一个动静，直到藤田美知揭开他的被子，

273

忽然趴到他背上。

何沣一个翻身,故意将她掀滚下床。藤田美知撞到头,趴在地上快哭了。

何沣半眯着眼把她拽起来:"怎么是你?"

藤田美知捂着额头,眼睛红了:"好疼。"

疼死你才好。

"我看看。"何沣拿开她的手,"没事,一会儿就不疼了。"

"……"藤田美知坐到床边,搂住他的腰,"你不许睡了,陪我出去逛逛,今天是新年。"

何沣推了推她,没成功。若非她的父亲是藤田野雄,他定要拎着她的脑袋把她狠狠甩到墙边。这一身日本专有的香脂味,熏得何沣胃里翻江倒海:"不睡了,陪你出去,你放开。"

藤田美知扭了扭,与他撒娇:"我想再抱你一会儿。"

何沣一把推开她,赤着脚跳下床。

"你去干什么?"

"肚子疼。"

门砰地被关上,何沣皱着眉,嫌弃地掸了掸身上,从架子上拿起半包烟,倒出一根衔在口中。

他倚坐在洗漱台上,抽了两根烟才出去。

这是1937年的第一天,小雪。

藤田美知拉着何沣出来逛街,看看演出、吃吃美食。

下午,他们去了一个日本人办的剧院,演的是《白春》。

"要是二哥在就好了,他写的剧本特别有意思。

"上次他和父亲闹僵,至今还在伦敦没回来,我都好久没见过他了,好想他。

"二哥好像还没来过中国。"

何沣心不在焉,没有理她一句话。

藤田美知浅浅皱眉:"你有听我说话吗?"

"在听。"

"那我说了什么?"

"说清野写的剧本有意思,人还在伦敦没回来。"

藤田美知见他一脸敷衍:"你是不是不想和我出来?"

何沣没搭理她:"看演出。"

她气得鼓着嘴不说话了。

演出结束,他们一前一后走出去,藤田美知故意摆出一副不高兴的模样,原以为何沣会哄哄自己,可他一点儿反应也没有。

"累了吧?我送你回去。"

藤田美知不吱声,闷闷地独自往前走。

何沣懒得理她,又怕她出什么意外,影响自己的事,只好默默跟着。

藤田美知忽然回头:"泷二哥哥不想看到我的话,明天我就回日本了,本来我也待不了几天。"

何沣心道:太好了,赶紧滚。

他走近些:"没有不想看到你,我就是最近喝多了,有点儿累。"

"好不容易才请到假来看你,我就是想多和你待一会儿,可你每次都心事重重,你在想什么?"

"想睡觉。"

"你——"藤田美知转身就走。

何沣拉住她的袖子:"好了,别生气了,我们去吃东西。"

藤田美知哼一声。

何沣随手摘了一朵路边花童的花,付了钱,将花摆到藤田美知面前:"再耷拉着脸就变丑了。"

女孩子好哄,她立马笑着接过来:"谢谢泷二哥哥。"

四天后,藤田野雄派人将藤田美知送回日本。

何沣终于清净了,继续心无旁骛地做他该做的事。

一日,他与几个日本人聚会,中途去了趟洗手间,刚出隔间,一个老妇人举着刀刺了过来,他握住她的手腕,把人按在一步开外。这种事不常有,却也不是从未发生过。日军在此地驻扎多年,表面上双方和谐相处,暗杀活动却也从不间断,这种明里的做法无非是找死,好在是遇到了自己。

何沣收了她的刀,扔去了远处,没好气地撒开手:"你找死呢。"

老妇人腿脚本就不方便,一个不稳坐到了地上,一手捶着地一手颤抖地指着他:"你们会遭报应的!你们会下地狱的!"

何沣看着她痛心疾首又泪流满面的模样,猜得出一二,他没办法解释,他在世人面前必须是罪孽深重的。

"你们这些蛆虫!恶鬼!你们不得好死!"

有脚步声来,何沣一把抓住老妇人:"别让你的血污了老子的枪,赶紧滚。"他攥着她的后领,一把将人提了起来,拖拽着往女洗手间里去。老妇人一路挣扎,嘴里不停叫骂,可又脱不了身,恨得冲着何沣的手就是猛地一口。

何沣任她咬着,占着嘴巴也免得祸从口出。老妇人忽然松开嘴,不知哪儿来的大力,跳起来一拳砸在何沣的鼻子上。

何沣没生气,将她扔进隔间,只用了小半分力。老妇人跌坐在马桶上,脖间一痛,有些头晕,只听对方一阵严厉的呵声:"再让我看到你,抄了你的家。"

"小鬼子——"老妇人扶着头,声音虚弱了不少,"小鬼子,你们还我儿子……还我儿子……"她晕了过去。

何沣关上隔间门,才感觉到鼻间温热,垂眸看过去,落在地上两滴血。他掏出方巾擦了去,淡定地走出卫生间。他站到镜子前,看着自己流出的鼻血,苦笑一声,随手给揩了,刚擦干净,又汩汩流了出来。最近天气干燥,再加挨上这一拳,这血就跟人的脾气似的,止也止不住。

何沣越揩越生气,看着镜子里自己这人模狗样的德行,一拳砸向镜子。可他没有砸下去,他的手被鼻血染红,紧紧握着,青筋暴起,骨节贴着镜面停下。人太多了,不是可以放肆的地方。他放下手,耐心清理脸上的血迹。

一个女服务生从身后路过,何沣转身叫了她:"过来。"

女服务生胆战心惊地走过去,始终低着头:"先生有什么吩咐?"

何沣从她端着的方盘上拿起一块白毛巾捂着鼻子,从她身旁擦了过去,直奔包厢:"女厕有动静,好像有人晕倒。"

女服务生听他的脚步声远去,匆忙往里头走去。

包厢里的几人喝得正高兴,见何沣回来,赶紧举手招呼:"小池君,你怎么去了这么久……你的鼻子怎么了?"

"地上有水,滑了一下,磕到了。"何沣随手扔了沾满血的毛巾,拿起冰镇过的酒,半瓶倒在了手心,往鼻子上捂了一下,忽然把酒瓶子砸到墙边,大骂一句,"破地方,差点儿摔死老子。走了,去长濑家。"

四月上旬，肖望云与两个同事来到南京筹办第二届全国美术展览会，安置好一切后抽空去了谢迟的旗袍店。她正被一个麻烦的客人缠着，一时脱不开身，肖望云站在门口看了她好一会儿。

谢迟看到他，点了下头，招了下手，示意他进来，便继续与客人讲话。

阿如将肖望云领上楼："肖先生，您先坐会儿。"

"好。"

阿如给他倒茶："您好像黑了些。"

"前阵子带学生出去写生晒的。"

"最近店里忙，本来老板要去接您的，这个客人啰里啰唆一堆事，一会儿这个要求一会儿那个要求，我听着都要烦死了。"

"让她忙，不着急。"

"那我也先下去，您有什么事就叫我。"

"好。"

阿如下楼去了，肖望云端着杯子走到阳台，看着外面的街景。

所谓"江南佳丽地，金陵帝王州"。

朱楼绿水，玉郎佳人，好美的南京城。

不一会儿，谢迟揉着脖子上来："在看什么？"

肖望云转身，背靠着栏杆，喝了口温茶，直起身走进屋来："挺热闹。"

"这片太闹了，天天吵得我头疼。"谢迟为他添杯茶，"就你一个人来？"

"你想几个？"

"我还以为要带你的心上人。"谢迟瘫坐在睡椅上，闭上眼睛，"她不是南京人嘛，上次坐车还路过姜家老宅了，挺气派。"

"北平现在闹得厉害，学生三天两头游行，做演讲宣传抗日，她忙得抽不开身。"

"那你还跑这儿来。"

肖望云靠在她旁边的矮案上："教育救……"

"教育救国，艺术救国。"谢迟打断他的话，叹了口气，"最近看了几篇文章，全在喊口号。"

"十八号的美术展览会，我倒觉得，你应该参加。"

"来不及。"

"来得及！我这筹委会是个摆设吗？"

277

"我手生了,好久没拿笔了。"

"可惜了,不该落下。"

谢迟半睁开眼瞥他:"你要在这儿待多久?"

"有些日子,还有几场讲座要做。"

"大忙人啊。"

肖望云看她一脸疲惫:"最近没什么事吧?"

"有,"谢迟指了指酒瓶,"帮我倒一杯。"

肖望云走过去,倒了一杯茶给她。

"我要酒。"

"看你迷迷糊糊的,别喝酒了。"

"我清醒着呢。"谢迟还是接过茶杯抿了两口,"日谍活动频繁,又发展了不少汉奸,老鼠一样乱窜,前天还被我发现一个,钢笔店的员工,你猜用什么传情报?"

"钢笔?"

"对。"

"老板——"

阿如噔噔噔跑上来:"刘太太派人来取衣服。"

"你拿给她就好了。"

"那我先收下钱,待会儿你点一下。"

"好。"

阿如小跑着下去。

肖望云放下茶杯:"晚点儿再说,我还有事情,先走了。"

"好。"

孟沅跟了谢迟一下午,缠问肖望云的消息。谢迟在附近的小店吃晚饭,孟沅抢着把钱付了。

"他不是你的,断了这个念想。"

"断不掉,魂牵梦绕。"

"好男子多的是,他心牵旁的女子多年,不会轻易变心的。"谢迟轻轻吹了吹滚烫的元宵,接着道,"你想代替她,还是做小的?国家明文规定一夫一妻制,虽然形同虚设,但我与你接触下来,看你也不像有封建思想的人,更何况以我对肖望云的了解,这是绝无可能的事。"

孟沅哀叹一声:"我没想这么多。"

"别丧气了,你这么漂亮,又有才华,会遇到一心一意待你的人的。"谢迟笑着吃了一口,"挺好吃的,你也来一碗。"

"没胃口。"

孟沅叠手趴在桌子上:"他喜欢的那个女子是什么样的啊?"

"我也只见过两次,不熟悉,不过看上去温柔贤淑,端静得很。"

"漂亮吗?"

"漂亮是比较出来的。"

"跟我比呢?"

谢迟又抬眼看她:"比你好看点儿。"

"比我还好看?!"孟沅直起身,"那跟你比呢?"

谢迟端起碗,喝了两口,嘟哝道:"那差我几分。"

"……"孟沅哼一声,"你倒是一点儿不谦虚。"

"事实如此。"

孟沅忽然凑近看她。

谢迟任她观摩着:"怎么样?好看吗?"

孟沅缩回头去:"好看。"

"我也觉得。"谢迟笑了,放下勺子站了起来,"吃完了,谢谢你请客。"

下午,肖望云和筹委会的人去忙画展的事情,直到晚上才来找谢迟。

门锁着,店里亮着灯,肖望云站在门口等。不一会儿,谢迟回来了,还带了一位女子。

孟沅大老远看到旗袍店门口站着一个身材笔挺的男人,可不就是肖望云!她心中大喜,缠问谢迟一下午未果,没想到在这儿见面了。还好她把外套落在旗袍店,要随谢迟回来拿。

她性子直,心里想什么嘴上就说出来,从不遮遮掩掩。打了一通腹稿准备跟肖望云表明心意,一见着人什么话都不会说了。

"还是被你撞上了。"谢迟睨了她一眼,翘起嘴角来,"怎么蔫了?"

孟沅戳了戳她的腰:"先别说。"

谢迟"嗯"了声,加快步子,孟沅默默跟在她后头。

肖望云见生人,朝她礼貌性点头,孟沅也直点头。

谢迟插在中间，介绍道："这是孟沅，上次在戏楼见过。"

肖望云并不记得她："你好。"

孟沅平日张狂得厉害，乍一看许会以为是个情场老手，到要紧时候却弱得像个站不稳的小黄鸡，耷拉着脑袋腼腆地抠着手指："肖先生好。"

谢迟打开门："别站着了，进来吧。"

她给肖望云和孟沅分别倒上一杯茶，便去织盘花。

他们俩一言不发。

有外人在，很多话确实不怎么好说，肖望云起身："那我便先回去了，改日再来。"

谢迟也不留他："嗯。"

孟沅跟着站起来："别，你们聊，我走了。"说着她就跑出去了。

谢迟抬眼看肖望云："吃了吗？"

"吃了。"

"等我把这两个盘完，去见老周。"

"好。"肖望云走近些，看了一会儿。

"好看吗？"

"好看。"

"不好看。"谢迟轻笑一声，"可客人非要改成这种囍字扣，跟她要的旗袍纹样完全不搭。"

"看来生意也不是好做的。"

"当然了，哪行都不容易。"

"是啊。"

肖望云在南京待了一个多月，五月中旬才回北平。

孟沅又见过他三次，却始终没有表明心意，默默喜欢着他。临走前，她带了亲手做的米糕，却没赶上车，见他最后一面。

孟沅垂头丧气地在站前大街上坐了会儿，将米糕带去旗袍店给谢迟她们吃，碰巧薛丁清也在，他要做一套西服，阿如正在给他量身。因为谢迟的原因，他与孟沅见过几次，两人似乎有些水火不容。

孟沅将木盒放在桌上："还热着呢。"

薛丁清睨视着她："他没要？"

"我晚了一步,正好碰到学生游行,黄包车过不去,绕了一圈,都没见到最后一面,唉。"

薛丁清笑了起来:"这就叫天注定。"

孟沅白他一眼,随手拿个线团砸过去:"瞧你这幸灾乐祸的嘴脸,活该晚之姐看不上你。"

"……"

阿如笑出声来:"你们俩真是一见面就吵嘴,我看你们俩就挺合适。"

"我才看不上他!"

"说得好像我能看上你。"

谢迟从楼上下来,匆匆出去了。

孟沅与薛丁清异口同声:"你去哪儿?"

她头也不回:"出去有事,晚上回来。"

阿如放下量尺,故意叹道:"唉,简直天生一对啊。"

"你跟他天生一对去吧,我也走了。"说着孟沅就离开店。

阿如见薛丁清默然不语,对他道:"您别生气啊,我就是随口说着玩。"

"没事。"

六月底,天气转热。

二十九号下午,小池太一忽然到长春,把何沣叫了过去。原因是小池良邑病重,罗灵书通知他们兄弟俩一起回去。

何沣虽不想待在这里,可更不想再去东京,而且最近日本人总开会,似乎在秘密谋划着什么。何沣并不是所有核心军要都能接触到的,拉着高桥和花田巳喝了几次酒,也没套出话来。

同时,小池太一丝毫不给他拒绝的机会,连杯茶都没有喝,等何沣来了直接将他带走:"不用收拾行李,直接跟我走吧。"

在日本的每一天,何沣都如坐针毡。小池良邑身体一直不佳,去年罗灵书就从大学请辞,一是为了照顾丈夫,二是协助他处理内外事务。

小池良邑手术完两天,小池太一便急匆匆地又去了中国。何沣也要跟着一起回去,小池太一却让他留在东京照顾家人,不许外出。

这些日子,藤田美知每晚都会掐点过来。她对时间的把控异常严格,误差不允许超过两分钟。

281

晚上七点四十分，藤田美知又准时到了，何沣正在看报纸，连脚步声都没听到。

"泷二哥哥……在看什么？这么入神？"藤田美知弯下腰看了眼报纸上的内容，"太好了，终于打起来了。"

何沣折上报纸。

三天前，日军打上卢沟桥，与二十九军激战，开始了全面侵华，与之而来的也是全面抗战。

他的心情很复杂，喜悦、焦急、亢奋与担忧交杂着，恨不得立马飞回祖国，扛着枪与同胞们奔赴战场。

心中藏了头蓄势待发的雄狮，只不过多年来的蛰伏，早已让他充分学会了忍耐、克制。他藏住所有情绪，对藤田美知笑了一下："看战况。"

"希望能早点儿结束，父亲就能回来了。"藤田美知抱住他的胳膊，"你还会去吗？"

"会。"

"我不想你去。"藤田美知晃了晃他的胳膊，"要不等打赢了再去吧，我们可以去上海逛一逛，或者南京。"

南京……也不知道阿吱还在不在南京。

何沣推开她的手，站起身来："我上楼看看。"

"一起去。"

小池良邑睡了，何沣与藤田美知刚到房门口，罗灵书就走了出来，让他们莫发出声，关上门领两人又下楼去了。

罗灵书穿着淡青色长裙。她是不太喜欢穿和服的，除非什么特殊节日，才会迎合小池良邑裹上一层又一层。

她未施粉黛，唇色淡淡，头发随意绾着，甚至掉了一缕搭在肩上，看上去不修边幅，却有种颓废的优雅。

到楼下，罗灵书才开口，对何沣说："让你看的那些文件都看完了吗？"

"没有。"

"明早需早起，跟我出去一趟。"罗灵书缓缓抬起眼皮，轻飘飘地看着他。这狭长的柳叶眼，不管是抬着、垂着、平着，都各有味道，"不早了，去看吧，我与美知说几句话。"

"好。"

何沣转去书房了。

罗灵书带着藤田美知坐到沙发上:"这几日你辛苦了。"

藤田美知端正地坐着。她自然是把眼前这位看作未来婆婆的。大概因为罗灵书总是冷着脸,不苟言笑,给人不好相处的感觉,再加上她是中国人,总觉得隔了厚厚的一层,亲不起来。

藤田美知敬畏地回话:"这是我应该做的。"

罗灵书面无表情地靠在靠垫上,手抚额揉了揉太阳穴。

"要我帮您按摩一下吗?"

罗灵书没回答,反问:"最近学习怎么样了?"

藤田美知顿时更蔫了。她讨厌学习,偏偏这个未来婆婆从前是个大学教授,听说还是个特别严厉的!

"我还在努力。"

罗灵书看向她:"要专注学业,不可懈怠。"

藤田美知乖乖点头:"我会的。"

"泷二也有自己的事情要忙,不能时时陪着你,就算不在一起,你们也要共同努力。"

"是。"

罗灵书拿起旁边放着的报纸:"以后就不要天天过来了。你二哥是很有才华的戏剧人,你也要跟上才是,准备读什么专业?"

"还没想好。"

罗灵书专心看报,不理她了。

藤田美知觉得自己说错了话,不该说没想好,哪怕随便编一个都会比这个回答好。罗灵书一言不发,这让她心里更慌,坐得无比煎熬。

她酝酿许久终于开口:"那我就先回去了,不打扰您了。"

"嗯。"

藤田美知站起来,恭恭敬敬地轻轻鞠了个躬:"您早点儿休息,再见。"

"去吧。"

藤田美知快速走出去,直到出了院子,才停下来长舒一口气,往后看了一眼。

这个女人……太可怕了!

以后嫁给泷二哥哥了,一定要搬出去住!

白天，姜守月一直在募集物资，深夜才去找肖望云。肖望云白天在外忙，晚上便去学校指导学生们画抗日画报，姜守月到的时候他正在帮一名学生修改。

"这只手握着拳比较好，更有力，标语放在这里不够显眼，竖板放大。"

"好。"

姜守月不想打扰他，在门口站了好一阵，等肖望云起身，才悄声进去，冲他招手。肖望云看见她，迎上前把人带出去："你怎么来了？这么晚了。"

"来看看你。"姜守月揩去他脸颊的铅笔灰，"都成花脸了。"

肖望云淡淡笑了，掏出方巾擦脸："还有吗？"

"干净了。"姜守月抬手，举起手中的提盒，"饿不饿？给你带了糕点。"

"学生们都在。"

"我知道，"姜守月将提盒塞进他手里，"所以带了很多，够分。"

肖望云握紧它："谢谢。"

"你进去吧，我就不打扰了。"

"我送你回去。"

"不用了。"姜守月拉住他的手晃了一下，"你忙，不用管我，刘叔在外面等我，放心吧。"

"那我明日去找你，一起吃饭。"

"我可没空，"姜守月松开他的手，"还要去一趟棉纱厂。"

"辛苦你了。"

"好啦，进去吧。"姜守月轻推他一把，"我走了。"

"让刘叔慢点儿开。"

"好。"姜守月转身先走了，刚拐过长廊，肖望云追了上来。

"守月。"

姜守月回头："怎么又出来了？"

"难得见面，陪你多走一段。"他握住她的手，"走吧。"

姜守月温柔地笑起来，白天遗留在脸上的不安与忧愁顿时烟消云散，她靠着他的肩膀慢悠悠地走，刚好路过一片夹竹桃林。姜守月站住脚，同他看了会儿花，没有什么甜甜蜜蜜的话，各自说了今天发生的事。

一阵风吹过来，带着花与叶轻轻飘动，姜守月靠近他一些："有点儿冷，你冷吗？"

肖望云道："最近气温很高，我倒是觉得热得不舒服。"

姜守月沉默片刻，轻轻笑了："肖望云，你还真是榆木脑袋，怎么就这么不开窍。"她面向他，理理他的衬衫领，"我走了，你留步。"

"好。"

姜守月刚转身离去，就被身后的人拥抱住，她踉跄一步，及时停下。肖望云的手不知该往哪儿放，身体格外僵硬，这是他第一次抱女人："我可以抱你吗？"

"你已经抱了。"

两人一阵沉默。

姜守月偏头："说话呀。"

"不知道说什么。"

姜守月的手落在他的手背上，轻轻握住他的几根手指："你这个人是浪漫至极，又无趣至极。"

"那你可喜欢？"

姜守月偷笑一番，看向天空的明月，故意问："喜欢什么？"

"我。"

她转身仰视着肖望云："我若说不，你会如何？"

肖望云顿时神色紧张起来，尴尬地往后退一步。

姜守月无奈地笑了，往他跟前去一步："若是呢？"

又一阵风拂来，携清新的芳香同撩了两人的心。肖望云温吞地笑起来，若是旁人逢此情此景，接吻也顺理成章，可肖望云……算不得迂腐，最多是保守，也可以说是尊重。他爱她，敬她，不等三媒六聘娶她过门，绝不会有半分逾距："我想明日就去你家提亲，奈何山河破碎，战事紧逼。"

姜守月按住他的嘴唇："有你这句话就够了。"她放下手，轻言道，"我懂的，等到太平盛世，我等你上门接我。"

"好。"

"口说无凭，不送我个定情信物？"

肖望云摸遍全身，急了："我现在身上没有，明天我去……"

"好啦。"姜守月打断他的话，"我与你说笑，又当真了。我该走了，再耽搁下去刘叔要着急了。"

"好，"肖望云牵住她的手，"我送你上车。"

刘叔站在路边抽烟，见小姐与肖先生过来，连忙掐掉烟头赶过去。姜守月坐到后座，听窗外的肖望云嘱咐道："时局动荡，万事小心。"

"你也是。"姜守月笑了笑，冲刘叔说道，"走吧。"

"好，"刘叔往后看一眼，"肖先生再见啊。"

肖望云道："再会。"

他站在路边，看着车远去。走了很远，姜守月忽然探出头来："快回去吧。"

肖望云抬起手挥了挥，她难得这么不庄重。他不禁笑了笑，忽闻东边隐隐传来炮弹声，他的笑容顿时敛住，满脸甜蜜化为悲愤，疾步往回走去。

何沣跟着罗灵书参加了五次重要会议，其中三次谈的都是中国经济问题，以及未来日方对之的把控策略，提到了中国多所著名工厂与公司。

从前这些会议都是小池良邑组织的，自打病重，全都交由罗灵书。何沣对这没多大兴趣，不像从前，千方百计带着兄弟们搞矿、发家。自打小鬼子灭他家、毁他业，他这心里就只装着血、仇、刀、枪。虽然知道战时经济斗争至关重要，涉及供给与长期作战等多方面，可他更关心的是此时国内的战况。

而且，青羊子还在二十九军里。

藤田美知吃了罗灵书那一通言语炮弹后就没再来过，女人还得女人治。夜里，罗灵书批完文件，叫用人给她切盘水果，叫了三声，用人似乎熟睡了。何沣正好从房间出来："我去吧。"

罗灵书十指不沾阳春水，刀子都没碰过，坐在客厅等了一会儿，就去厨房看何沣。

"泷二。"

何沣忽然一个不小心，割破了手，血止不住地流。

"小心点儿。"罗灵书微微皱眉，"深不深？"

"没事，重新拿一个吧。"何沣扔掉带血的苹果，找了块布随便了揩。

"别乱擦，消毒然后包扎好。"

"小伤，没事。"

罗灵书拉他出来，找来医药箱，简单帮他处理一番："最近你总魂不守舍的。"

"可能没睡好。"

"因为战事吧。"

何沣看了她一眼,知道瞒不过去,轻声"嗯"了声。

"你是怎么想的?"

何沣收回手:"我们两个中国人,就别说日语了吧。"

罗灵书微微笑了一下,端正地坐着:"你觉得,哪边能赢?"

"不知道。"

"那你希望哪边能赢?"

何沣与她对视:"那你呢?希望哪边赢?"

罗灵书沉默片刻:"当然是日本。"

何沣挪开眼,他并没有失落。他很了解自己的母亲。不,不是母亲,他的母亲从十六年前抛下他一个人逃走的时候,便已经死了。

而眼前这个,只是个日本女人。

"现在这里才是我们的家。"罗灵书握住他的手,将他卷起的袖口放下来,"你的立场是坚定的吧?"

何沣提了下嘴角:"当然。"

罗灵书松开他,站起来了:"不吃了,我该睡觉了,你也早点儿睡。"

何沣攥住她的衣角。

罗灵书停住脚:"怎么了?"

何沣仰视着她:"中国打起来了,你不担心舅舅吗?"

"人各有命,早些年让他过来他又不同意。"

"要不然我去把他们接过来,就算不来日本,也要送到安全的地方。"

罗灵书无言。

"再怎么说,他也是那边最后和你有血缘关系的人了,还有一个孩子,炸弹无眼。"

罗灵书抚摩着他的头发,温柔地笑起来:"你想去就去吧。"

"那门口那两个?"

"我去说。"

"谢谢。"

罗灵书的手落在他的肩上:"你要小心。"

何沨点头:"会的。"

何沨一天都等不及,坐最早的船驶回祖国。

好几天的路程,刚到新京,迎接他的就是一个噩耗。

北平、天津沦陷。

沈占殉国。

最近南京城有些乱,到处是游行、宣讲,抗日激情空前高涨。

一群人围在一栋楼前指指点点,谢迟过去看了一眼,是这家诊所的一位医生,六十多岁的日本人,平日看着慈眉善目,此刻的死相却有些惨不忍睹。

谢迟走出人群,往旗袍店去。最近生意不好了,很多人都开始往外走,阿如也回了江阴老家。

肖望云跟着学校往南迁,抽空过来南京见谢迟和其他同志一面。地下室的线路坏了,谢迟一直懒得修,举着烛台带他们下去,给倒了两杯清茶。

肖望云说:"晚之,你跟我去南方吧。"

谢迟没说话,又点上根蜡烛。

"现在大家都开始往外跑,南京未来不安全,说不定什么时候就打过来。"

老周说:"我觉得老肖说得对,你一个女子,跟着他去也好有个照应。"

谢迟坐到他们对面:"好。"

肖望云面布愁云:"目前形势不乐观,鬼子火力太猛,平津才守不到一个月。"他深叹口气,"对了,我刚到南京就听说鬼子死了两个外交官,是被暗杀的。是我们的人?"

老周说:"不是。不止两个,还有个行政院秘书,一个铁道部职员,刚刚外面还死了个日本医生。一根筷子横插喉咙,看手法,应该是同一个人干的。三天弄死五个,此人不简单。"

谢迟看着桌上的烛火沉默。

肖望云与老周的一番对话皆未入她耳,肖望云推了她的手腕一下:"晚之。"

谢迟回神:"什么?"

"时间差不多了,我该走了。"

谢迟站起来:"好。"

"你回去收拾东西,我们明早出发。"

"我等几天再走,你先过去。"

肖望云不解:"怎么?"

"有些事情要善后,没关系,我自己可以的。"

"那你小心。"

"嗯。"

几日不开窗,店里味道不太好闻,谢迟将各个窗户打开通通风,橱柜里还剩下半瓶酒,她倒满了杯子,站到阳台去吹风。

最近已经陆续有人搬离南京了,街上乱得很。

她靠着栏杆,头伸出去一点儿,风吹得发丝凌乱。忽然,她的余光扫到一个黑影窜过。

谢迟晃了晃脑袋,觉得自己喝多了。

她一夜未归,将店里东西收拾一番,后半夜便在二楼小房间的小床上休息。第二日睡到快中午,醒来有些饿,下楼买了点儿酥饼吃。刚要关门,有个客人上门了,是个老顾客,从前常在这里定旗袍。她说自己要离开南京,出国待一段时间,想做三套新旗袍带着。

谢迟应了。

阿如不在,活全落在她身上,这一干又干到了深夜。

楼下的门是被撞开的,谢迟登时起身,随手拿了把剪刀轻声下楼。

下面没开灯,只有一件件旗袍的黑影。

她闻到了一丝血腥味,刚转身,一只冰冷的手握住了她的手腕。

"阿吱。"

谢迟愣了许久。

何沣坐在两个模特之间,借着拉她的力站了起来:"帮我个忙。"

何沣受伤了,刀伤,不是特别深,却有点儿长。

谢迟锁上门,让他去了楼上。

何沣半边身子都是血,没敢坐下,怕弄脏她的地。他的额头覆了一层汗,脸色煞白,却还装作什么事都没有的模样:"拿点儿酒来。"

谢迟说:"没有,喝光了。"

何沣四下看了眼,拿起她的一根缝衣针:"点根蜡烛。"他仰视着她,笑了笑,"蜡烛总有的吧?"

"你就准备用这个?"

"有这就不错了。"

谢迟转身绕进柜台里头,提出个医药箱:"没麻药,你忍忍吧。"

何沣随手拿了块碎布塞进嘴里。

谢迟看着他一副慷慨赴死的模样:"你确定?"

"别废话。"

她用脚钩来椅子给他:"坐下。"

何沣将上面的垫子拿走,坐了下去。谢迟粗暴地扯开他的衣服,看着一条骇人的伤口,用蘸着酒精的药棉擦了几下。何沣死咬着布,脖子上青筋暴起,愣是没皱一下眉。

谢迟俯视着他的眉眼,心也跟着揪了一下:"我缝了。"

"嗯。"

线穿过血肉,是一种难以形容的声音。何沣腮帮子紧绷着,那劲头,跟要把牙咬碎了似的。

谢迟没缝过皮肉,不过她的针法还可以,只是做衣服习惯了,本来五六针可以解决的,她细细密密上了十针。

何沣的手紧握着椅边,看她近在眼前的小脸,还是跟从前一样,细皮嫩肉,白鸡蛋似的,看着看着他就忘了疼,吐掉嘴里的布,冲她的脸颊狠狠亲了一口:"抹的什么东西?这么香。"

谢迟没什么反应,她的手很稳,一丝抖动都没有,声音也依旧冷淡,听上去过于平静:"你要是再乱动,我就连你的嘴一起缝上。"

何沣舔了下嘴唇,低头看自己的伤口:"不愧是裁缝,手艺不错。"

话说得这么清晰,看来还是不够疼。

谢迟拿上纱布,用力摁了他一下,何沣皱眉,又对她笑道:"你虐待伤患啊,疼啊。"

"你还知道疼啊。"

纱布还未缠好,楼下忽然传来敲门声,紧接着是几个男人粗暴的叫唤:"开门,开门开门——"

谢迟明显感觉到何沣身子一紧。她快速给他绑好,整理好医药箱,打开收音机。

何沣要跳窗，却被谢迟拉住了。他任她拉着下楼，到角落的试衣间，见她挪开凳子，掀开地上的木板。

谢迟见他不动弹，踹了他的小腿肚一脚："滚下去。"语落，她便朝门口走去。

刚开门，几个身着西装的男子就闯了进来。

一个矮个子吼道："怎么这么慢？！磨磨叽叽干什么呢？！"

"乱吼什么！"领头的男人回首呵斥他，又笑着问谢迟，"小姐，打扰了，我们例行公务。有没有见过一个受伤的男人？穿着白色衬衫，大概这么高。"

谢迟看着他举起来比画的手，摇了摇头。

"那有没有听到周围有什么声音？"

"没注意，我在听广播，有动静我也听不到。"

领头的用手电筒往里头照着看了两眼，招呼身后的人："走吧。"

手电的光扫过谢迟的脸，他刚要转身，余光却瞥到她脸颊上的一丝红印，领头的立马扬起手电照着她的脸："你脸上是什么？"

是何沣的血。

谢迟反应极快，抬手迅速用中指揩了下何沣刚刚偷亲的位置，顺势滑到嘴边舔掉："刚吃了面包，蘸了些果酱，弄到脸上了吧。"

领头的当然不信，眼神示意身后的人进去查看。谢迟没拦，不一会儿，上楼的人下来了，对着领头的摇了摇头。

领头的笑道："最近不太平，小姐一个人小心，早点儿回家。"

"是出什么事了？"

领头的见她漂亮，也想多聊几句："今晚死了个政府要员。你应该也听说了，最近接连数人被暗杀，全城禁严。"

"真吓人，那劳烦几位大哥好好搜查一番，要真有什么贼人刺客在周围，我也是不放心的。"

领头的点了下头："小姐注意安全。"

"欸。"

领头的带着众人继续搜查去了。

谢迟锁上门，往地下室去，只见医药箱放在桌上，何沣却不在了。她去二楼查看了一番，又到后窗往外探了眼，空无一人。

他倒是麻利得很啊。

接下来的两天，城内一如往常，收音机播报着战况，外面组织着各种募捐。何沣没有再出现，只不过每晚旗袍店楼下时常出现一道黑影，有时一闪而过，有时停驻片刻。

谢迟知道，那是何沣。

于是，她夜夜去阳台收花，若是不见他，便把花再搬出来，重新收一遍。

昨天，宪特机关处决了九个汉奸间谍。

今日晨时，太平路的钟表店死了一个日本人，两个中国人。

其中两个又是被筷子穿喉。谢迟也知道，是何沣做的。从第一起筷子杀人案件发生的时候，她立马就想到了他，想到了从前他在山寨里，为了炫技，去厨房拿出一把筷子，根根削尖，嚣张地对自己说：看见没，只要准，力道够，任何东西都能成为杀器。第一根就杀死了她养了好久的灰兔子，他们还为此吵了一架。

历历在目，仿佛还是昨天的事，可事实上已经过去两千多个日日夜夜了。

谢迟想不通的是，何沣为何不来找自己。

按他以往的作风，不应该是这样敛声匿迹才对。

谢迟赶做一上午旗袍，快到饭点的时候，薛丁清来了，还带了些吃的。

她看着那片好的整齐的鸭肉，想起何沣的刀伤，怎么也吃不下去，捏了两块糕点意思一下，只说"我不饿"。

薛丁清也不好自个儿闷头吃，把鸭肉重新包起来，放到柜台上，留给她晚些饿了再吃。他擦干净手，站在谢迟身后看着她绣花。

谢迟抬眸看他："有话要说？"

薛丁清背着手，他确实有话："我明天要回无锡，上午的车。"

"哦，回去吧。"

"有没有什么话带给你四哥？"

谢迟愣了一下。她和谢迠六年多没联系了，虽每年都会回一趟无锡给谢兆庭和张玉宛烧纸，时常路过谢家，却从未进去过。她不想多事，也不确定别人想不想见到自己，本来与四哥就无太深的兄妹情，这么多年未见也更加生分了，真要见面了没话说更显尴尬。

薛丁清见她发愣，在她眼前挥了挥手："想什么呢？"

谢迟回神，淡淡道："没什么想说的，你们要是见到，代问一句好也可以，麻烦你了。"

"对了，谢迨有了个孩子，前两天我与父亲通电话，无意间提到的。"

"是吗？"谢迟心中难得喜悦，"男孩还是女孩？"

"女儿，刚出生两个月。"

"那多半像四哥，肯定漂亮。"

"谢家的女儿一个比一个水灵，小辈也……"薛丁清顿住，意识到自己大概说错了话，赶忙改口，"要不要一起回去看看？"

"不了。"

"你要一直待在南京吗？"

"可能会走吧。"谢迟低下头，继续绣花，"其实都一样，战乱年代，往哪儿跑都不安全，谁知道鬼子的炮弹明天落在哪里。"

"我倒是想去参军，可家里死活不同意。"

"你是独子，薛老爷肯定是不舍的。"

"不仅如此，还老是催我成家，想必这次回去又免不得见上几家姑娘。"薛丁清叹了口气，"日寇紧逼，还想什么传宗接代，国都快没了。"

谢迟仓促瞥他一眼，摘些新线穿针："见见也不错。"

薛丁清的目光黯淡起来，欲言又止："如果离开南京的话，你会往哪儿去？"

"还不知道，也有可能不走，搬来搬去麻烦，这些年我早挪够了。"

薛丁清看着她灵巧地捏着细针一线一线地绕："你去哪里一定记得告诉我。"

谢迟沉默半晌，"嗯"了一声。

"最近老听说暗杀，也不知道是什么人，传得神神秘秘，你自己一个人注意安全啊。"

"好。"

"我过几天就回来，到时候给你带点家乡的点心。"

谢迟抬眼与他客气地微笑一下："不麻烦了。"

"没事，顺手的事。"薛丁清见她一直忙于做事，觉得不便叨扰，"那我就回去了。"

谢迟站起来，要送他。

"你忙吧，不用送。"

"好。"

薛丁清刚走出店，谢迟叫住他："等一下。"

他停住脚，看着谢迟往楼上去。

不一会儿，她拿了个小荷包出来交给他："这里面装了一根我编的手链，麻烦你帮我送给四哥的孩子吧。"

薛丁清接了过来："好。"

谢迟站在门口，目送他离开，才回屋去。

南京进了雨季，最近又闷又湿。昨天细雨连绵，连夜下到今早，刚停了半天，下午又大雨滂沱。

谢迟让薛丁清带走的荷包里的手链上挂了个小金葫芦，是一个老顾客送来让她编织的，现在送了四哥，她得去买一个重新做一串。

雨一直下，附近又没有人力车，她只好打着伞往远走走，试图碰上一辆。刚出门走不远，一辆人力车就停在她旁边。她微微翘起伞檐，在细密的雨帘下仓促地扫了车夫一眼："师傅拉人吗？"

车夫点头。

谢迟收起伞，上了车，这才朝前方看过去，目光落到车夫的背影上。她愣愣地看着他，这不是何沣吗？她没有戳穿他，想看看他要做什么："去百货商场。"

车夫拉起车，轻盈地跑了出去。

他的伤好了吗？

才三天，不会那么快好。

他穿着雨袍，戴着帽子，脸上扎了条方巾。雨水从帽檐落下，这个帽子似乎并没有挡住狂扑而来的雨水，他的衣领处湿透了。

谢迟看了他一路，始终不语，直到车停在百货商场门口："在这儿等我，我马上出来。"

车夫低着头，没有回应。

谢迟买了金葫芦便赶紧出来，他还真的等在门口。谢迟当作不认识他的样子,客气地说了声"久等",接着便又上了车:"回去吧。"

他拉起车就跑。

停到店门口,谢迟掏出钱递给他,他没接,始终低着头。谢迟将钱塞在他的腰带上,转身进了店。

车夫拉车走了。

谢迟站在门口看他。

他在搞什么?伪装?

谢迟十分不明白。直到天黑,路边亮起灯来,她出来买些吃的,又看到了那人力车停在不远处的路边。人一直在车里头坐着,露出个膝盖在外头。

雨还在下。

谢迟撑伞走过去,何沣正低着头抽烟。听到远处有高跟鞋的声音,他侧眸看了一眼,只见谢迟披了件薄薄的米色披肩,慢悠悠地朝自己走来。他叼着烟,拉起车就要走。

"喂。"

他停下。

谢迟绕到他身前,明明矮他一截,却摆着一副居高临下的姿态:"日本人不做,做起车夫了?"

何沣扔下车把,往后退一步,坐到车篷里头,散漫地吐出一团烟:"被你认出来了。"

"我换一套衣服,戴个帽子,包住脸,你就不认识我了吗?"

"认识。"

"那就是了。"

何沣难得沉默,瞧着有些不高兴。

谢迟朝他走近一步:"你坐这里干什么?"

何沣轻蔑地笑一声:"等你的奸夫,一过来我就捅死他。"

"奸夫?"谢迟立马反应过来,他怕是看到薛丁清了。她故意问:"你看到他了?"

何沣别过眼去,不去看她:"你给他的是什么?"

"一个荷包。"

"定情物?"

谢迟看着他一脸不悦的样子,继续逗他:"对啊。"

"他不行。"

"为什么?"

何沣一时想不出理由。他早上跟了那男子一路,相貌、身材、工作都不错,似乎挑不出什么毛病,这让他更恼火了:"有点儿瘦,没男子气概。"

"那谁有?他没有,肖望云也没有,你有吗?"

何沣没回答。

"他就是当年差点儿和我定亲的留学生。"

"嗯,都怪我,不然你们都子孙满堂了。"

谢迟忍着乐,语气平平:"你不会真的要捅了他吧?"

"怎么,舍不得了?"

谢迟扬起嘴角,踩上他的车。

"干什么?"

谢迟把他往旁边推推,坐了进去。

何沣扭过脸去吸了口烟,无声地看着空寂的街景。

她从他的指间抢过烟,轻轻吸了口,薄薄的烟雾缭绕在二人之间:"下大了,一时停不了,要不要上去喝杯茶?"

"不去。"

"不来就算了。"

谢迟把烟还给他,撑开伞,下车就往回走。何沣追过去,从她手里抢过雨伞:"喝一杯也行。"

于是,两人并肩走进店里。

谢迟关上门,何沣收好伞。

一个抬头,一个俯视。

"天天蹲我楼下,偷窥啊?"

"嗯。"他摘下帽子,顺了把半湿的头发,"看看你有没有野男人,刚好被我逮着了。"

"先前拉我去百货商场的也是你吧?"

何沣闷闷地"嗯"了一声。

"怎么不和我说话?"

"看看你是不是去见奸夫。"

"如果是呢?"

"那就宰了他,再宰了你。"何沣无力地靠在背后的墙上。

"他只是朋友,那个荷包里装着给我侄女的礼物,他要回无锡,我让他带去。"

"解释这么多,怕我误会?"

"嗯。"

何沣没想到她会果断承认。

"那你呢,有没有需要对我解释的误会?"

顶灯照射下,他微垂的睫毛阴影中,两只黑润的眼睛波澜不惊地看着她:"有的。"

谢迟露出淡淡的微笑。这两个字,坚定了她所有的猜测。她觉得没有再追问下去的必要了,抬起手解开他的雨袍,扔在地上:"弄湿我的地板,你得给我好好擦干净。"

"好。"

"伤好点儿没?"

"小伤,早好了。"

"这么快。"

"身体好。"

"顺走我一盒消炎药。"

何沣从口袋里掏出盒子:"没用完,还你。"

谢迟接过来放到一边,用块布盖住。

一滴水从他的黑发上落下,坠到地上。

外面的雨下得更大了,噼里啪啦地砸着地面。

两人平静地对视片刻。

"喝什么茶?茉莉、龙井、毛尖,还是……"

未等她说完,何沣便搂住她的腰,往前一迎,另一只手托住她的后颈,铺天盖地般吻上来。

谢迟没有拒绝,闭上眼,握紧他半湿的衣角,回应着这狂风暴雨般的重逢。

何沣忽然松开她,看着她微睁的双眸,最后吻了下她的额心,便转过身去,想要离开。

谢迟从后面抱住了他。

何沣停在门边,手落在门把上,紧紧地握着。

"你去哪儿?"

"我该走了。"

"走哪儿去?"

何沣没有回答,手覆在腹前她的手面上:"去……"他顿了一下,没有继续往下说,"我还有事。"

"什么事?"

何沣故意厉声:"跟你没关系,放开!"

身后长久的沉默让他的心揪了起来。何沣微微侧脸,后颈从她的额头滑过,柔软的发丝刮得他呼吸一滞,平定心神方才开口:"我身上湿,别把你衣服弄脏了。"

他握着她的手想要拉开,谢迟却更加攥紧他的衣服:"吹干它,至少等雨停,或者下小点儿再走。"

何沣透过门帘与窗的一丝缝隙看向窗外。雨更大了,没命地往下倒。

老天都不要自己走。

他微垂着脸,看着腹前瘦薄的手:"有些话你别当真,我就是故意说来唬你玩的,其实那个男的……还凑合吧,也不是完全不行。"

谢迟恼了:"我偏当真,你走出这个门,我现在就去找他。"

何沣微微笑了笑,转过身来看她:"吓唬我。"

谢迟的衣服被他的浸了个透,只觉得又凉又热,贴在皮肤上极其难受,心里还翻涌着隐隐的酸楚与不断试图冲破禁锢的欲望,混杂着在胸膛里拨雨撩云。

"我可是被吓大的。"

"知道,"她轻唤了一声,"少当家。"

何沣静默片刻,微微翘起嘴角:"再叫一声。"

"少当家,何三疯,三爷。"她更靠近他一点儿,更压低了声音,绵言细语,叫得他心神荡漾,"珍珠。"

"欸。"何沣捧起她的脸,手没入她的长发,未待他有下一步动作,谢迟就踮起脚,主动吻上他的唇。

何沣岿然不动,任她轻啄着自己。

浑蛋装惯了,真到认真的时候竟有些胆怯。自己是半个身子埋在土里的人，沈占牺牲，他不用再藏在鬼子堆里；参了军，命就给了国。他长期扎在日本人堆里，深知两方实力悬殊，这战争，绝不是一朝一夕之事。

何沣推开谢迟，鼻子抵着她的脸颊："你再撩拨我，我得折腾你到雨停。"

谢迟搂住他的腰，脸颊酡红，凝视着他黑润的双眸："那就让它慢慢下吧。"

何沣沉溺在她柔软的目光里。

不知是不是因为灯光，她那一直冷若清霜的面庞此刻像蒙了层温暖的光晕，是他记忆里从未有过的温柔。

何沣知道，他们俩今晚都逃不掉了。

他的理智被冲得一干二净，忽然紧抱住她，脸埋进她的侧颈亲吻，缓缓向下，微碴的下巴磨得她又痒又麻。

何沣解不开她的盘扣，天本就热，更是急了一头汗，刚要用牙咬，谢迟抓着他的头抬起来："咬坏了还得我缝。"

谢迟自己解开几个盘扣，见他岿然不动："看会了吗？"

"你今天怎么了？"何沣拦腰将她提了一下，让她踩在自己脚上："这么主动。"

"不好吗？"

他笑了一下，温热的气息包裹在她的耳边："好极了。"

逼仄的空间里充斥着情欲的味道。

一门相隔，是风声、雨声、路过自行车的铃铛声。

谢迟按住他的手："去楼上。"

何沣拦腰抱起她，往楼梯去。他扫了眼四周陈设，刚要把她放到桌子上，谢迟说："里面有个小房间。"

何沣又往里头去，看那小小的床，只够一人睡："还真是小。"

"不够吗？"

他笑着回："够了。"

何沣将她轻放在床上，手指钩下白内衬的肩带，直直地打量着她的身体。

虽然时隔多年，但谢迟没有一点儿不自在，也无年少时的拘束，总拿东西挡住自己，她微微抬起身："脱衣服啊。"

何沣跪在她腿边，不动弹："你帮我，我受伤了，使不上劲。"

"抱我就使得上劲？"

何沣懒洋洋地笑着："不一样。"

谢迟坐起来，半晌解不开他的腰扣。

何沣推开她的手："笨。"

"你还不是一样。"她卷起他的上衣，灰色的粗麻布，又湿又糙，"在哪儿顺的这衣服？"

"总不能穿衬衫拉车吧。"

谢迟将它从他头顶拽出来，打量他紧实的身体与大大小小的伤痕，手指触摸着腹部的一条疤。

何沣抓住她的手，欺身而上。

这小隔间是用橱柜隔开的，由一块不怎么结实的木板铺成床，底下摆着几个大箱子，平时一个人躺着没声音，这会儿一晃一顶，嘎吱嘎吱地发出碰撞声。

何沣变了很多，没有像从前那般急躁，他的一举一动变得更加怜爱，更加温柔，更加耐心。

谢迟的脚踩在他的大腿上，慢慢滑下去，触到一道横着的疤痕，像稀疏的丛林里藏着的毒蛇，随着风吹草动，缓缓地游动。

她用脚趾摩挲着它，想起青寨的那群蛇虫。若是那日没有抱紧他的腿，真被宋蛟带走了，自己这条命还在吗？

也许，早成一堆白骨了。

——她不松手。

——要不宋二叔把我一起带回去？

想起他说话时的表情，谢迟心里忍不住乐了一下，还真是个天不怕地不怕的山大王。

可曾经那个桀骜不驯的少年，如今已经长成一个大人了。

她的目光游移，最终定在不远处墙上挂着的一幅画上，也许何沣没有注意到，画的正是从前的那片云山。

"你是在走神吗？"何沣捏着她的下巴。

谢迟微张着嘴，眯眼看他，忽然紧紧搂住他的脖子，抿了下他的耳郭，口中挤出几个字：

"谢谢你。"

床太小，平时谢迟独自躺着都有些嫌挤，更何况两个人。旁边的架子摇摇欲坠，先前还掉了个瓶子在地上，摔得稀碎。

外面雨停了，谢迟枕着何沣的胳膊，背贴着他的胸膛，手指轻轻摩挲他的掌纹。

夜里也不凉快，贴合之处浸满了汗液。

他的手没有以前粗糙，也没有常年拿枪耍刀留下的厚厚的茧。谢迟正在玩他小臂上鼓起的筋，一松，一按，再一松，看着血不断被阻隔、涌过……格外有趣。

何沣的下巴抵着她的头顶，闭着眼懒懒地道："好玩吗？"

"嗯，"她的指尖顺着经脉往上滑，"感觉你有好多血。"

何沣搂着她的腰，手往上移，漫不经心地抓了一把："要不你放放看，到底有多少？"

谢迟没有回应。

夜里极静，只有他微重的呼吸声。

"小池泷二，"谢迟用指甲戳了下他的手心，"什么鬼名字。"

何沣轻轻哼了声："我也觉得是鬼名字。"

"谁起的？"

"老鬼子起的。"

"听说他是个很厉害的人物。"

"是啊，幸亏一身病。"

谢迟刚要问他的母亲，话到嘴边停住了。

何沣揉了下她光滑的肩："没有别的想问的？"

"没有。"

"我不是汉奸。"

"嗯。"

"信我？"

"你都说了你不是。"

何沣亲了亲她的头发："不怕我骗你啊？"

"你骗你的，我自有判断。"谢迟转过身来面对着他，"那些人是你杀的吧？"

"是。"

"你怎么来南京了?"

"想你了。"

"不信。"

"真的。"

"目前这种情况你应该很忙才是,大老远冒险独自跑来南京,还偷偷摸摸的,就为了见我?暗杀几个汉奸和鬼子?"谢迟轻叹一声,"要么有正事,要么是有什么变故。"

"只是想你了。"

"你不怕我真把你当汉奸给杀了?"

"不怕。"他笑了笑,闭上眼睛,"你舍不得,要动手早动了。"

"所以是出了什么事,才让你这个打入敌人深处的卧底跑到我这来暴露?"

"你猜到了。"

"说到这份上,我又不傻。"

何沣轻轻咬了下她的鼻子:"是啊,我女人聪明着呢。"

谢迟抵开他:"本来我只是猜测,想不通,也不敢想。以你的性格,背着血海深仇,究竟会为了什么选择卖国。我想你或许有什么难言之隐,才借助何湛这层身份之便潜入敌方,可又不敢确定,直到前几天死掉几个日本人和政府官员,死相统一,每一个人的脖子上都横插着一根削尖的筷子,才更加坚定了我的猜测。也许只是巧合,猜测也只是猜测,我还是需要一个肯定的答案。"

何沣把她的脸按进怀里:"你男人是个纯正的中国爷们。"

谢迟心里一阵暖意,随即又凉了起来:"那你什么时候走的?"

"上个月小池良邑病重,我被小池太一强制带回日本,后来正式开战,上月底我才回来。我的上级牺牲了,我也没必要再待在鬼子窝了。"

"你想去参军?"

"对。"他长嘘口气,"可这一打不知道要多久,想在去之前来见见你。"

"去吧。"

"不留我?"

"留不住,也不想留。"

何沣握着她的肩,把人推后一些,看着她绯红的脸:"早上那个男的经常来找你?"

"嗯。"

何沨蹙眉:"让他不许来了。"

"刚才谁还在说他人不错?"

何沨捂住她的嘴:"你记错了吧。"

谢迟笑着掰开他的手:"那你呢?你的名声可是烂透了,听说有不少风流韵事,还手段极其特别,你什么时候有这种癖好的?"

何沨把脸埋进枕头里,用力蹭了蹭。

谢迟把他掰出来:"别躲。"

"我是打过几个女人,两个委身鬼子的婊子,一个和日本人做生意的,还有一个忘了,反正是没干人事。"

"我听说有死在你手里的。"

"那个啊,通敌卖国的女汉奸,害死了三条人命。"

"没了?"

何沨提了下眉:"还有两个。"

"两个什么?"

何沨笑了下:"你男人太有魅力,难免有些女人送上门,不打一顿让她们知道怕,个个都来骚扰我怎么办。"

"那个美知呢?"

"一个缠着我的小孩,不用放心上。"

何沨见她沉默,又说道:"那些娘们没意思,我只对你有感觉。"

"我知道。"谢迟学他从前的话,"在我眼里,天上飞的、地上爬的、水里游的,两条腿、三条腿、四条腿,只有你是母的。"

"嗯?我说的?"

"不然呢?"

"不记得了。"何沨揉了揉她的头,"你这小脑袋瓜子,记话还挺清楚。"

"当然。"

"那天我上山,让你在旅店等我,你跑哪儿去了?"

"我回家了,后来又去了苏州、上海,最后才来了南京。"

"你倒是能跑,让我好找。"

"你都去日本了,哪有找我多久。"

何沨沉默片刻:"家国面前,爱情可以让路。"

谢迟心里一酸，蹭了蹭他的肩："南京还有哪些人是汉奸？"

"好多。"

"告诉我。"

"不告诉你。"何沣的手落在她的腰间，缓缓捏着，"好好绣你的花，做你的衣服，杀人是男人的事。"

"我也很厉害的。"

何沣轻笑一声："你这小打小闹，差远了。"

"所以我们合作一下？"

何沣拍了下她的屁股："你怎么满脑子都是杀人？"

"欺负到头上来了，难不成任人宰割吗？保家卫国不只是军人、男人的事，虽不能上战场，在后方清理清理杂碎也行。"谢迟一脸沉重，"鬼子派了大量间谍，渗透各行各业，这一点你应该比我清楚。他们不仅暗地里搞情报，还不断收买汉奸，不过是有的在明，有的在暗，有的不明不暗。现在整个中国都布满了他们的情报网，到处是日谍与汉奸，就像一只苍蝇在一个有裂痕的橘子上产卵，蛆虫越来越大，在里头乱搅，表面上橘子皮只坏了一处，可里头早已被钻得千疮百孔。"

"我的阿吱要是个男人，一定是个大将。"

谢迟捶他的背："你是在取笑我吗？"

"没有。"何沣笑着闭起眼，"你说得对，小鬼子的情报侦察做得确实很好。他们会研究我们的军队，甚至细致到分析每个将领，他们的背景、实力、战略习惯，再不停地拉拢军政人员，用他们窃取核心机密。这也是我这两年最重要的任务之一，肃清汉奸。"

谢迟扒开他的眼睛："那你不早说？那样欺负、侮辱我。"

"不能说啊，"何沣懒洋洋地又闭上眼，"你也没少损我。"

"那你现在又说？"

"没办法，命根子扼在你手里呢。"

谢迟的手往下伸去，何沣笑着拉开她："别闹，疼，给我弄坏了还怎么伺候你，就这么点儿软肋了。"他随即抱住她，"还有一个，就是你。"

"我会保护好自己。"

"那我送你出国。"

"我不要。"

"听话。"

"不要。"

"你要让我担心死吗?"何沣笑道,"在前头扛着枪,还得怕被人偷屁股。"

"……"谢迟挪开些,"不说了,困了。"

"去西北。"

谢迟不想再继续这个话题:"好好好,听你的。"

何沣翻身将她压在身下,谢迟手撑着他的胸口:"快天亮了。"

何沣扯开她的手:"那就做到天亮。"

第七章
以身许国

何沣累坏了。

他眼圈发黑,大概也很多天没睡过好觉了,沉沉地睡了一整天。

谢迟看了他许久,起身着衣,将地上他湿漉漉的衣服捡起来,却在上衣口袋夹层摸出一片硬物。

她将那东西取出来,看清时,刹那愣住了。

是张照片。

那时候参加完裴家老太太的寿宴,他们俩在街上溜达时随意照的。

照片上的她穿着白色小袄、黑裤子、短靴,披了件红色斗篷,坐在椅子上,腿朝着他的方向,唇畔带着隐隐的笑容。旁边的何沣手搭在她的肩上,十分高兴地冲镜头笑。

她的手指覆上照片,摸了摸这个意气风发的少年,又躺回何沣身边,看了他许久。

谢迟凑近些,轻轻吻他的脸颊,刚要离开,何沣笑着搂她进怀里:"偷亲我。"

"没睡着啊?"

"感觉到你亲我,就醒了。"

"要再睡会儿吗?"

何沣半睁着眼看她:"哪种睡?"

"会做梦的那种。"

他捞她进怀里。

"你还有力气啊。"

"废话。"

"要不去吃点儿东西吧。"

何沨伏在她身上:"吃饭不急,等会儿。"

直到天黑,两人才懒懒起身。

先前谢迟为他量过身,虽然没收到定金,却还是做了一套西装。

何沨没有穿,西装有些招摇,眼下不太合适,谢迟便找了一件尺寸差不多的长衫微改了改给他穿上。

他们去的是谢迟常来的一家小铺子,地方偏僻,位处一个小巷子里。老板是个年轻漂亮的寡妇,手艺很好。店里客人少,环境简陋,却干净整洁。

热菜慢,先上了些糕点和包子,都是南京的特色小吃。

何沨夹了一块递到谢迟嘴边,她推开他的手:"不要,有外人在。"

何沨收回手:"那你喂我。"

"你是小孩子吗?"

"是啊。"

谢迟夹了个包子塞进他嘴里:"噎死你。"

何沨嚼两下便囫囵吞了下去。老板送来两碗面,何沨接过来,道了声谢。

"不客气。"老板打量着何沨,与谢迟说,"第一次见你带人来,这位是?"

何沨抢先了答:"丈夫。"

谢迟没有否认。

老板微诧:"你结婚了呀?!我还以为你单身呢!"

谢迟淡淡道:"他出了趟远门,才回来。"

"真好,真般配。"老板笑着去了后厨,"我去炒菜,你们慢吃啊。"

"好。"

"这老板有眼力见儿。"说着,何沨卷了大块面条,四五口吃完了一碗面。

谢迟惊于他狼吞虎咽的模样:"你是多久没吃东西了?"

"快两天。"何沨放下碗,连面汤都喝了个干净。

"昨晚怎么不说?"

何沨夹了个包子一口塞进嘴里,笑着看她:"不是顾着吃你了。"

谢迟无奈地叫了声老板:"陈姐,麻烦再来一碗面。"

"马上好。"

谢迟低估了何沣的饭量,不过再想想,人高马大的汉子,昨儿又卖力一夜,也正常。

出饭店已经很晚了,路上鲜有人迹,他们手牵着手,在大街上慢悠悠地晃回家。

这么些年,何沣从不会像现在这样悠闲地散步,即便陪别人遛几圈,心里也装着谋划与厌恶。他静默地望着前面的路,握紧心爱女人的手,享受难得的一丝平静。

他在想:如果没有战争,说不定他们已经儿女促膝了。

何沣轻促地笑出了声。

谢迟问他:"笑什么?"

何沣垂眸看向她平平的腹部:"我们俩睡这么多回了,你这肚子怎么一点儿动静都没有?"

"我哪儿知道?还不是你不争气。"

"我不争气?"何沣弯腰摸着她的小肚子说道,"对不起,那以后我争气点儿。"

"你想要孩子?"

"现在不想。"他直起腰,重新去牵她的手,"以后可以要,你给我生吗?"

"我要是不,你去找别人生吗?"

"不是从你肚子里爬出来的,我就不要。"何沣微微仰起脸,看着夜空,"我连名字都想好了,还是在山寨的时候想的。男孩叫何山,女孩就叫何川。"

"……"谢迟拧着眉嫌弃地看他,"好难听。"

"难听也听着,我是爹,这事得听我的。"

"好吧,听你的。"

空寂的街道静得让人心凉。

"我明天走。"

"嗯。"

何沣睨她一眼:"不问我去哪儿?"

"不问。"

"为什么?"

"知道了就会多想,好消息会,坏消息也会,不如不知道。"她抬脸与他对视,"不管你去哪儿,我知道你将回哪儿就可以了。"

"要是死了呢?"

"那我也没有你的死讯,权当你还活着,在奋勇抗敌。"她挪开目光,"等战争胜利,如果你还没回来,我就不等你了。"

"不等我?"何沣停下来,拉着她面对面站着,"不等我,嫁给别人吗?"

"嫁人也行,自己过一辈子也行。"

何沣笑起来,拉着她继续走:"你倒是让人放心。"他拍了拍她的手,"就算真的没命回来,我变成鬼也会找到你,陪着你。"

"你还信这个?"

"以前不信,现在信了。"

"为什么?"

"没什么理由,就是突然信了。"他抬起右手,"只是我这手沾了太多人的血,死后多半是要下地狱的,也不知道能不能到一块。"

"那我也是,一起下地狱。"

"你不一样,你杀的都不是人,而我沾着很多无辜的血。"

"所以经常做噩梦?"

"你怎么知道?"

"中午被你吵醒了,看到你满头汗,皱着眉头,表情很痛苦,还会哼上几声。"

何沣愣了良久,笑着缓解气氛:"怎么哼的?像你那样哼?"

谢迟无奈地推他一下:"你可真讨厌。"她站到高一些的台阶上,扶着他的肩头顺着窄线走,何沣故意晃她一下,让她摔进自己怀中。

这样的高度,两人便是平视了。何沣一条手臂环绕她的腰,使她紧贴着自己:"不想亲我一下吗?"

谢迟靠在他的身上,笑着捧起他的脸,从额头一直亲到鼻子,停了下来。

何沣柔声道:"继续啊。"

谢迟扭开脸,何沣将她拧回来,咬住她的上唇,边笑边亲:"还躲。"

旁边有人路过。

谢迟推开他:"要不要去坐船?"

"坐船?"何沣侧脸去找她的嘴唇,"去哪儿?"

"秦淮河。"

"好吧，我还以为要私奔。"

"不想去？"

"想啊，和你在一块去哪儿都好。"

谢迟任他亲了一会儿，看看不远处过来一辆人力车："车来了。"

何沨却说："走过去吧。"

"有点儿远。"

"想走走。"

到秦淮河边，走了近一小时，两人偶尔聊两句路边的树，有时说三句同行的人，虽没有太多的话，却一点也不因沉默而显得尴尬。

最近生意冷清，游船大多歇业，再加上时间很晚，大多泊在岸边，只有一只乌篷船上还站着老叟。他要收船回家了，直与谢迟摆手说不接生意。

谢迟有些失落，叹着气对何沨道："那我们就在河边走走吧。"

"等一下。"何沨下到船夫面前，与他低语了几句，谢迟竖着耳朵听，一个字也没听到。

不一会儿，何沨笑着朝她招手。

老叟说："上来吧上来吧，带你们跑一趟。"

谢迟高兴地走过去，何沨伸手扶她，谢迟抓住他的手跳到船上，撞进他的怀里："你跟他说了什么？"

"不告诉你。"

谢迟白了他一眼。

何沨欢喜地看着她的小表情，揽她肩坐下："我说我明天就要去战场了，还没和我妻子一起坐过船，这次走了还不知道能不能回来。"

谢迟无言片刻，手指点了一下他的嘴巴："肯定能回来，我等你。"

何沨前后来过四次南京，除了政治上的事就是匆匆见她，从未好好欣赏过这座城市的景色。战争爆发，日本人早晚要攻南京，最近城里走了不少人，往南方跑、往乡下跑……城里各行各业都萧条许多。

"之前这里挤挤挨挨很多船，特别热闹，还有很多漂亮女人。"

"都没我的阿吱好看。"

"你又没见过。"

"见不见都一样。"

坐了许久，前后一艘游船也没看到，不过倒是遇到些岸上唱评弹的姑娘。

何沣仔细听着，直到船走远了，他问谢迟："你会唱小曲儿吗？"

"不会。"

"你是无锡人，算是正儿八经的江南姑娘吧？"

"嗯。"

"说几句你们那的话听听。"

谢迟笑着喃了两个字。

何沣问："什么意思？"

"哥哥。"

何沣愣了一下，笑道："再叫一声。"

谢迟又唤了一声，听得何沣心里像化开一潭春水般，他搂住她的肩："妹妹。"

谢迟推了下他的腿："好恶心。"

"哪里恶心了？那叫夫人？"

"你还是叫名字吧。"

"好吧，阿吱。"

谢迟笑着将头靠在他的肩上："嗯。"

"你就不会叫我一个爱称？总是何沣，冰冰冷冷的。"

"珍珠啊。"

"珍珠不好，不知道的还以为是娘们。"

"河蚌。"

何沣挠她肚子："你又来了。"

谢迟挡开他的手："再闹翻船了。"

船夫在前头划着桨，听身后的小夫妻玩闹，也笑了起来。

"之前听有些太太叫自己男人先生，你也叫一声。"

"先生，何先生。"

"腻歪，"何沣轻叹口气，偏了偏头，与她的头靠着，"还不如当家的。"

"小沣。"

"长辈才叫小沣。"

一圈绕了过来，船夫叫了他们一声："到了。"

谢迟做了个手势示意船夫再绕一圈，船夫见这男人靠在女人身上睡着了，摇摇头，叹口气，决定再带他们一趟。

上次见何沣睡得这么安详还是在七年前。谢迟能够想象得到，潜伏在日本人中间的这几年他是怎样艰难地度过每一个夜晚，可这片刻的安宁维持不了多久，他就要去枪林弹雨中保家卫国了。

夜深了，河面腾起寥寥雾气。

昏暗的灯光在雾中变得浑浊起来。谢迟覆着他的手，静静地望着幽幽的前路，雾气越来越深，仿佛昭示着他们的未来。

谢迟抬手拂了拂，又觉得自己有些傻。她一个普普通通的人，竟想着与自然抗衡。

何沣在评弹声中醒来，他睁开眼，直起身，睡眼惺忪地看着熟悉的路线："怎么又绕了一遍？"

"想让你多睡会儿，就再划了一圈。"

何沣揉了揉眉心，挪个地，躺到甲板上，两条手臂张开，将它占满了："过来。"

谢迟坐近些，俯视着躺着的人："小心掉下去。"

"我抱着你，不会掉。"

"不要，你自己躺着吧。"

何沣将双手枕到脑后，看着夜空的明星，沉默了良久。

"你要是困就再睡会儿，等到了我叫你。"

何沣没有看她，摇了下头，眼睛眨也不眨地看着上方。

这么多年，去过许多地方，东西南北、国内国外，还是觉得深山里的星星最亮、最好看。

他想起了爹，想起了陈蓉蓉、青羊子、何湛、陈峥……还有雷寨、青寨那些人。他闭上眼睛，怕谢迟看到眸中的情绪，怕她察觉到自己这一刻的脆弱。男子汉大丈夫，应该顶天立地才是啊。

船靠岸，何沣搀着谢迟上去，刚站稳，就听到不远处有人唤了声："晚之。"

他们同时看过去，就见孟沅站在桥边招手。

何沣对她并无兴趣，也无意问是谁。

孟沅见谢迟与男子在一起，又蹦又跳地跑过去。

谢迟与她打招呼："这么晚还在外面。"

"今天我的场，唱完了又被老板叫着把戏楼打扫一遍，累死我了。"她勾着脑袋看站在谢迟身后的男人，"这是谁啊？"

何沣没吱声，想看看谢迟怎么回答，没想到她却说了句："朋友。"

朋友？有点儿不爽。

孟沅绕过去瞧他："第一回见，你好呀。"

何沣见她左右打量着自己，凉凉地道一句："你干吗？"

"看看嘛，大男人不让看的？"

"不让。"说着，他就背过身去。

"你这朋友真奇怪。"

"他就这样。我们要回去了，不早了，你也快回家吧。"

"等一下，你们？"孟沅邪笑起来，"不对啊晚之姐，晚上一起游船，还一起回去，回你家吗？"

谢迟没否认："他是我未婚夫，以后有机会一起吃个饭。"

何沣舒服了，嘴角藏不住笑意。

孟沅又看向何沣："未婚夫！你藏得够深啊！"她悄悄在谢迟耳边说，"这个比薛丁清好看。"她撞了下谢迟的肩，眉开眼笑的，"好啦，你们回去吧，改天再见。"

"好。"

何沣笑了一路。

谢迟撞他的胳膊："你傻笑什么？"

"那个男的叫薛丁清啊。"

"嗯。"

"刚才那女的说我比他好看。"

谢迟无奈地笑了一下："你是狗耳朵吗？这么小声都听得到。"

"废话。"他得意地笑一声，"未婚夫。"

"干吗呀？"

"未婚夫。"

谢迟撒开手："啰唆。"

何沣大步追上去，拦腰将她扛了起来。

"还在外面呢，放我下来。"

"又没人。"

他扛着她走一路转一路。

忽然跑起来,携着和煦的夏风,汗湿了衣裳;忽然又停下,勾着颈唇舌相交。

即便知道快要分离,却彼此心谙,没有挽留的话。能够走一段路,吹同一阵晚风,已经是很幸福的事了。

谢迟的大床比旗袍店的硬板子舒服太多了。

两人从这头滚到那头,又从那头缠到这头。半夜,楼下忽然有动静,是艾拉回来了。谢迟要停下,何沣不听,捂住她的嘴,继续动作。

高跟鞋的声音靠近,艾拉上楼了:"晚之。"

谢迟拍他的背,何沣反倒动得更使劲。

"晚之,你在吗?"

她掐着他的背,控制不住地仰起脸,把声音闷在喉咙里。何沣轻咬了下她的下巴,才松开她。

谢迟像逃命似的立马推开他,套上睡衣踩上拖鞋出门,迎面撞上靠近的艾拉。

她带上身后的门,喘匀了气:"你回来了。"

"你已经睡了吗?灯亮着,我以为你没睡,不好意思,打扰到你了。"

"还没睡。"

"你的脸怎么这么红?"艾拉皱了皱眉,"你是不舒服吗?"

"没有,晚上吃多了,跑了两圈,又喝了点儿酒。"她身上一层汗,笑着用手扇扇风,"天真热,刚准备洗澡。"

"这样。"艾拉笑了笑,"我是来跟你说一件事情的。有个上海过来的男人,是个美专的老师,想租我的房子,如果你没意见,就把二楼的一个房间租给他。"

"好。"

"是我同事的弟弟,我见过他,是个很儒雅的先生。因为我长时间不在,所以要是租给他的话,大多数时间是你们单独在这个房子里,我想征求一下你的意见,或者我觉得你可以提前了解一下他,见个面,然后再决定。"

"不用,我相信你看人的眼光,再说这是你的房子,你决定就好。"

"那就太好了,你早点儿休息,我就不打扰你了。"

"好，你也早点儿睡。"

艾拉点点头，下楼去了。

谢迟回到房间，见何沣躺在床上看她："男的。"

"怎么，不放心我啊？"她去桌前倒了杯水灌下，喝得太急，漏出点儿顺着脖子淌了下去。

"放心得很，我女人跟个母老虎似的，一爪子捞倒一片。"

谢迟笑着放下杯子，坐了过去。何沣搂住她的腰，把她拉着骑坐到自己身上，舔掉未干的水渍。

"还是关灯吧。"

"不关，"何沣拉下她的睡袍，"我喜欢看着你。"

第二日上午，有人来了，不停地按门铃。

他们正紧搂着睡觉，何沣揉了把她的腰："有人按门铃。"

谢迟困得睁不开眼："你去。"

何沣亲一口她的肩膀，下了床，找了一圈衣服，没找到，于是他提着短裤穿上，慢悠悠地下楼去。

门一开，他懒洋洋地朝外头看过去，突然间清醒了。

是薛丁清，带着谢迨来了。

外面二人也愣住了，薛丁清以为是其他房客，随即道："你好，打扰了，我们找谢晚之。"

何沣没理他，看着谢迨，叫了声"四哥"。

谢迨打量着这个人，隐约觉得有些熟悉，却怎么也想不起来，直到他这声"四哥"，忽然就把他的记忆拉回到几年前："是你啊。"

何沣拉大门："先进来吧，阿……晚之还在睡觉，我去叫她。"

薛丁清一头雾水："你们认识？"

"当然认识，"何沣忽然有种幼稚的小得意，"还关系匪浅。"

"……"薛丁清顺着他的腹肌往下看一眼，一脸茫然，"你昨夜和晚之在一起？"

"不然我是从天上下来的？"

"你——"薛丁清的脖子都涨红了。

何沣笑着看他，视线重回谢迨身上，拉开大门："先进来坐。"

谢迨说了声"好",便跟了进去。

薛丁清不傻,眼前男人这副打扮,鬼都知道发生了什么。更让人难以直视的是,他身上不仅挂着长长短短的疤痕,还有隐隐的几道手指印,和清晰的吻痕。

晚之竟如此……

薛丁清不敢细想,陷入了凌乱。他与谢迨立在客厅中央,待何沣上楼不见身影,才低声问谢迨:"他是谁?"

"就是当年抢了小迟的土匪。"

"……"薛丁清忽然暴怒,要往楼梯冲,"他还来祸害她!"

谢迨制住他:"别激动,看看什么情况再说。"

谢迟趴在床上沉睡,何沣盖上去:"快起来。"

他见谢迟没反应,揪起她的耳朵:"你哥哥来了。"

谢迟睁开眼:"谁?"

"你四哥。"

谢迟登时推开他,坐了起来:"四哥?"

"还有那个差点儿跟你订婚的宝贝留学生,"他身体后倾,手撑着床,勾起嘴角,"还看到了我这副模样。"

谢迟抓了抓头发:"衣服。"

何沣笑着从身下扯出她的睡裙,谢迟匆忙穿上,刚要出去,何沣就将她捞了过来,掌住那柔软纤细的腰:"你就这样出去见人?"

"怎么了?"

"怎么了?!"何沣拽着她的吊带,"再穿一件,或者换掉。"

谢迟要走,何沣又将她按回来:"换不换?"

"换换换。"

"扔了,以后不许穿。"

"噢。"谢迟打开衣柜,找了套衬衫裤子穿上,"这样可以了吧?"

何沣满意地说:"去吧。"

"你不下去吗?"

"我没衣服,昨天穿的被你扔水里了。"他舔了舔后槽牙,"这样出去也可以,反正我不怕看,你不躁就行。"

谢迟拿着自己的睡衣朝他的脸甩过去:"那你还是在这儿待着吧。"

何沣笑着往后躺去，任那带着清香的睡裙盖着自己的脸："好。"

薛丁清的脚底像踩着两根钉子，进退两难。

那土匪上去这么久还没把人叫下来！干什么去了！

他紧攥着衣服，脑子里尽是那男人宽大的后背、结实的肌肉，和那些让人看着脸红的床笫之迹。

复杂的情绪充斥着他的脑袋，愤恨、恼羞，还有一丝难忍的羡慕。这样一具充满雄性力量的身体，肯定很讨女人喜欢吧。

谢迟拢着头发，小跑着下楼："四哥。"

谢迤微笑迎她："好久不见。"

谢迟看向薛丁清："这么快回来，我还以为你要去好久。"

薛丁清没好意思看她，耳根子都红了。

谢迟察觉到他的尴尬，话转向谢迤："四哥怎么来南京了？"

"听闻你在，过来看一眼。"谢迤往楼梯看去，"他还是找来了。"

"嗯。坐吧，我给你们倒水。"

薛丁清按捺不住，破口而出："他欺负你了，还是纠缠你？"

谢迟回头笑着看他："没有，我们两情相悦。"

两……情……相……悦……

薛丁清的目光黯淡下来。

谢迟去倒了两杯水，还切了盘水果来："四哥在这儿待多久？"

"两三天，有一桩生意要谈。"

谢迴死了，谢迟两年前有所耳闻，叹了声："四哥还是继承了家业。"

"没办法，二哥不在了，爹身体又不好，总得有人主持家事，十弟又还小。"

"还画画吗？"

"少了。"谢迤打量着她，"你的生意还好？听丁清说你在这开了家旗袍店。"

"还可以，糊糊口。"

薛丁清一直默不作声，心乱如麻，瞄到她的脚趾都觉得脸热，终于坐不住匆匆站起身："那晚之……我就先走了。"

"一起吃个饭吧。"

"不了，你们兄妹叙叙旧。"

谢迟跟着起来要送他，薛丁清抬手："别送了。"说着他快步走了出去。

谢迨见他离去，才问谢迟："没记错的话，他是姓何吧？"

谢迟坐回来："是。"

"他现在做什么？"

"准备去参军。"

谢迨点头："你们结婚了？"

"还没有。"

谢迨了然，有些事情不好过问，毕竟妹妹已经这么大了，又向来有自己的主意："你当年走了以后，他来找过你，闹得全镇都知道你和土匪好上了，把爹气得下不来床。"

谢迟淡笑了笑："想象得到。"

"爹一口咬定你被沉潭了，几个姨娘妹妹也顺着说。他起初不信，拿着枪堵在门口，一个都不让出门。正好我不在家，回来的时候听说他没等到你，真去水里摸了好几天，我去找的时候，见他泡得皮都皱了。"

谢迟沉默了，心里涩涩的。

"虽然出身不好，但看得出来，他很喜欢你。"

"嗯。"

"那你呢？怎么想的？"

"我也喜欢他。"

"也过去不少年了，没说要娶你？"

"我们才重逢不久，他最近就要走了。"

"女孩子家还是要注重名声。"

"你又来谢嘉兴那一套了。"

谢迨笑了笑："好吧，知道你不爱听，我就说说，你自己衡量。"

"嗯，我有数。"

"他怎么不下来？"

谢迟想，总不能说他没衣服穿吧："他不太舒服，有点儿伤寒，我让他继续休息了。"

睁眼说瞎话。何沣将衣服拿去晾，下面的谈话听得一清二楚。

"我带你去我的店里逛逛吧，顺便吃点儿东西。"

"好。"谢迨站起身，"他呢？"

319

"不用管他。"

何沣无聊地坐在床边，谢迟去卫生间洗了洗，他站在门口看她："你们要出去吃饭？"

"对。"

"不带我啊。"

"你光着去外面吗？"

"可以啊，"他望着镜子里的自己，"只要你不嫌丢人。让别人看看我女人多生猛，把自己男人啃成这样。"

谢迟没理他这些话茬，淡淡道："你在家待着吧，饿了自己出去吃东西。他跟你不熟，在一块反而显得尴尬。"

"我不尴尬。"

谢迟笑着擦脸："别人没你这么厚脸皮。"

"你不怕回来见不到我？"

谢迟靠近，仰视着他："你不等我吗？"

何沣搂住她的腰，把人往上提了一下："求我。"

"滚吧。"

"……"

何沣刚要松开，谢迟抱住他的胳膊，鼻尖碰了碰他的下巴："求你。"

何沣揪了一把她的屁股，谢迟拿着毛巾揉他脸："别闹，我走啦。"

何沣撒开手："早点儿回来，等你。"

她轻啄他的嘴唇："好。"

谢迟带谢迟去吃了顿饭，接着去了自己的店里待了小半天。

谢迟提议晚饭叫上何沣，谢迟打好几个电话回家，都没有人接，想来何沣是出去了。

他们俩刚要出去，薛丁清就行色匆匆地赶过来，谢迟见他上气不接下气，问道："什么事这么急？"

"上……上海……打起来了。"

谢迟要回无锡，奈何没有车走，只好过夜等明天出发。

仗打起来了，饭还是要吃的，他们随意吃了口，谢迟跟着薛丁清住下，谢迟便赶着回家了。

天没黑，屋里还亮堂着，何沣却不在了。

谢迟躺在床上看着窗帘发愣，一小时、三小时、五小时……

他还是没有回来。

说好了等她的，就算走了，起码告知一声吧。

谢迟躺在床上睡着了，鞋子还穿在脚上。

晚上，何沣怕吵醒她，从阳台翻上来，找了条薄毯盖住她的肚子，悄悄躺在她的旁边看了她一宿。

后半夜，谢迟醒了，睁开眼发现何沣睡在旁边，她以为自己在做梦，狠狠掐了脸一下，疼得心欢，凑过去搂住他。

何沣被她抱醒，手掌拖住她的后颈，吻了吻她的额头："天还没亮，再睡会儿。"

谢迟没有质问他去哪里了，去做了什么，只是静静地抱着他。

她一直没睡着，脑袋里一会儿装满了乱七八糟的幻想，一会儿又空得无法思考，唯有怀里温暖的身体是真实的。

房间里有些闷热，让人轻微觉得喘不过气来。

双双出了一身汗，她仍紧抱着他，仿佛这是个救命的冰块，为这夏夜里狂热、混乱、要命的蒸笼透来一丝生气、两分清醒、三分甜畅沁怡。

何沣心里也装着事，断断续续一会儿醒一会儿睡，等到中午才迷迷糊糊彻底醒来。他点了点谢迟挺翘的鼻子："还不起来吗？"

谢迟一直保持这个姿势搂着他，好像生怕一个放松他就不见了："不要。"

"四哥呢？"

"不知道，应该在薛丁清那里待着吧，他要走会告诉我一声的。"

"你不怕他们再来敲门？"何沣笑着吻她，"大姑娘家，日日留男人过夜，臊不臊？"

"不臊。"

"待会儿和四哥一起吃饭吧。"

谢迟抬脸看他："那你今天不走了？"

"嗯。"

谢迟心喜，又缠紧他："那我们就这样睡一天。"

"不吃饭了吗？"

"不吃。"

"你知道上海打起来了吧?"

"知道。"

"本来我想去河北的,现在看来去不了了。"他抚摩着谢迟的头发,轻叹口气,"上海离得这么近。"

"嗯。"

"有一个送物资的车队,明天下午走。"

"嗯。"

何沣笑了笑:"嗯什么,说话。"

"现在几点了?"

"不知道。"何沣往外看一眼,透过窗帘的缝隙看光的强弱,"十一二点吧。"

"不想和四哥吃饭。"

"怎么说也是你唯一认的哥哥,我再不去就没礼貌了。"他捧起谢迟的脸,亲了下她的眼睛,"快点儿,我饿了,起来吧。"

谢迟赖着不动:"要不你别走了。"

何沣愣了片刻:"国家危难,大丈夫岂能苟且偷生?"

谢迟露出淡淡的笑:"我随便说的。"

何沣知道她难受,嬉皮笑脸起来:"你男人一身本事,天生就是打仗的料,准把那群小鬼崽子打得底朝天。"

"就知道吹牛,好啦,起来。"谢迟刚坐起来,又被何沣拉回怀里,她打量他片刻,"不去了吗?"

何沣没回答,按着谢迟的后脑勺儿,把她揉进怀里,用力地亲了口她的头顶,随即抱着她起身:"洗澡去。"

这澡洗了足足一个钟头。

谢迟在梳妆打扮,何沣有些饿,光着上身在厨房摸糕点吃,等谢迟下楼,他已经吃完了五块桂花糕。

"少吃点儿,等会儿还要吃饭的。"

何沣手里捏一块,嘴里叼一块,朝谢迟走过去,将嘴里那块堵进她口中,松了口才笑道:"补充体力,快被你榨干了。"

谢迟干咽下去,掸了掸他锁骨上沾着的碎屑:"穿衣服走了。"

何沣吃下手中那块,拿起搭在沙发椅上的上衣,利索地套在了身上。

谢迟刚要挽他走，何沣拉着她站住："等一下。"他从裤子口袋里摸出一根东西，在她眼前快速地晃了两下。

"什么呀？"谢迟看不清，握住他的手腕定住，才看清是一根木簪。棕褐色的木质，没有打蜡，色泽干枯，看上去柴得很。谢迟从他手中抽出木簪，仔细瞧了瞧。这簪身不规则，中部到簪头弯弯曲曲的，是自然形成的形状。顺着不规则的簪体仔细看，半腰上刻着一个小小的"吱"字。谢迟看着这小字，想起多年前在山寨时，他便喜欢刻些乱七八糟的小玩意儿。忽然有些怀念那些在一起的短暂时光，她满眼藏不住的喜悦："什么时候刻的？"

"昨夜醒了，没怎么睡着，去外头折了根树枝，给你磨个簪子玩，可惜没小点儿的刀，刻得不够细致。"

谢迟把木簪还给他："给我戴上。"

何沣接下来，把谢迟转过去，轻轻取下她的黑色发带，随手绕在了自己的手腕上。他看着谢迟的一头长发，忽然有些不知所措。

谢迟见他半晌没动静，微微侧过脸来，问了句："怎么了？"

何沣将她的头扶正："别动。"紧接着，他一手抓起谢迟的头发，左弯弯右绕绕，把木簪插了进去。他放下手，看着盘起的一团头发，笑道："好了。"

谢迟边抬手边转身，想去摸摸看，不料还未触及，木簪就从长发里溜出来，掉在了地上。何沣赶紧弯腰拾起来，把它在身上擦了擦："没弄好，你转过去。"

"我来吧。"谢迟拿回木簪，三两下把头发盘好，转过身给何沣看，"好看吗？"

何沣摸了摸谢迟的头顶，从身后拥抱住她，下巴抵着她的肩膀，蹭了两下后，轻轻吻了下她的耳垂："你，还是簪子？"

谢迟无奈地笑了下，侧脸用鼻尖轻轻撞何沣的脑门儿："当然是……簪子。"

何沣提了提眉梢："哪有我媳妇漂亮。"

谢迟手指轻轻刮在他腹前的手背上："贫嘴。"

何沣从上到下、从左到右蹭她的脖子："喜欢吗？"

谢迟学他的话："簪子，还是你？"

何沨轻哼一声:"那必然是我。"

谢迟转过身来面对着他,两手揪他的耳垂:"何沨,我会一直戴着它的。"

何沨道:"旧了破了就不好看了。"

谢迟的手滑下去,钩住他的脖子:"那就等你回来,给我再做根新的。"

何沨单手托住她的腰,把人往前迎了迎,转开话题:"等会儿吃什么?"

再说下去就要煽情了,就此打住也好。谢迟笑着松开他:"你想吃什么?"

"你吃什么我就吃什么。"

前方打仗,皆无心思大鱼大肉,粗茶淡饭随意吃了些。

吃完饭,便送谢迨去了车站。

快上车前,谢迨指着不远处的店面对谢迟说:"你去给我买盒梅花糕来,路上吃。"

"好。"

谢迨故意支开她,想与何沨单独说几句话:"听说你要去参军?"

"对。"

"去上海?"

"是的。"

"我这腿不能上战场,否则也去打鬼子了。"

何沨垂下眼,觉得心中有愧。谢迨看出他的内疚:"过去的事了,又不是你打的。"他拍了拍何沨的肩,"你替我去好好打小鬼子。"

"一定。"

"她从小没爹疼没娘爱,唯一亲的爷爷也走了,我们几个兄弟姐妹更是形同虚设。她一个人在南京孤苦无依的,你一定要保护好自己,把小日本打跑了,风风光光回来娶我妹妹。"

何沨点头。

谢迟回来了,将糕点交给谢迨。

"好了,我走了,你们回去吧。"

"嗯。"

谢迨走出去,回头与他们挥手:"回去吧。"

因为战事,让人做什么也高兴不起来。

晚上，何沣去冲了个凉。谢迟站在门口看他，他抹了把脸，朝谢迟勾勾手指："过来。"

谢迟没动弹。

他又接了一桶凉水浇下去："好看吗？"

谢迟的头抵着他的胸膛，往下看："嗯。"

何沣把头发往后捋，拿起她的毛巾擦了擦身体："帮我剪个头发吧。"

谢迟抬起头，看他耷拉的半长发："好啊。"

她去找了把剪刀，给何沣剪了个寸头。谢迟做事很精细，容不得半点儿缺陷，剪了许久，看着自己完美的杰作："可以了。"

"凉快。"何沣站起来照镜子，抹了把头，"我怎么这么好看。"

谢迟无奈地笑出声。他确实好看，去掉了累赘的头发，露出整张脸，更显硬气。

脖子上沾着碎发，痒痒的，何沣又去冲了个凉。谢迟褪下衣服走到他身后，女人忌寒，何沣往桶里倒了些热水。

冲着冲着，便忘了是来洗澡的。

水汽氤氲，身上滑腻腻的，不知是水还是汗。

第二天，谢迟悄声起来，化了个精致的妆，然后去最近的服装店买了条红裙子。何沣喜欢红色，从前在山寨的时候，他送自己的衣服十件有六件都是红色的。

精心打扮好自己后，她就坐在床边看着他的睡颜。一夜未睡，她却无半分困意。何沣中午才醒过来，一睁眼看到个明艳的女人坐在床边，笑着拉她进怀里。

"刚想说是哪家的漂亮媳妇，"他的声音带着初醒的懒倦，"原来是我家的呀。"

谢迟下巴抵着他的锁骨："对呀，是何家的。"

何沣卷起她的裙摆，谢迟按住他："来月事了。"

"来得巧，"何沣的手落在她的腰上，"来得好。"

何沣想在家里吃饭，可两人都不怎么会做，谢迟简单煮了点儿清汤面。

他说："有点儿咸了。"

谢迟看着大口吞面的男人，一直未动筷子："要不要水？"

325

何沣摇头，两分钟吃完喝完，放下筷子。

谢迟静候着，一言不发。

何沣用力地抹一下嘴巴，抬眼看她："等会儿我就走了。"

谢迟点点头："我送你。"

"不用，看到你又舍不得。"

"噢。"谢迟看着他的空碗，"再吃一碗吗？"

"好。"

她端起碗，盛了面过来，何沣双手接下："谢谢。"

谢迟坐回原地，拿起筷子夹起几根面条吃了一小口，又听见何沣大口吸面喝汤的声音，不一会儿，他又吃完了。

"还要吗？"

"好。"

谢迟放下筷子，站起来拿起他的碗，刚转身，何沣从后头抱住了她，却什么也没说。

谢迟覆上他的手背："我去盛面，放久就坨了。"

何沣放开了她。

谢迟将锅里的面倒光了，她整理好心情，在锅前站了片刻，才端起碗出来，可是何沣已经走了。

谢迟坐下，看着面前的两碗面条，拿起筷子慢慢吃了起来。如今粮食很贵，很多人都吃不饱饭，可不能浪费。

真难吃的面。

自己怎么会做成这个样子。

她心里酸，鼻子酸，眼睛也酸。

忽然上楼拿上个东西，追了出去。

"何沣——"

他在路的尽头回眸，定定地注视着跑过来的女人。

谢迟站到他面前，将一把匕首递给他："你二叔的刀，还是给你吧。"

何沣接了过来。

"每次带着它杀贼都很幸运，从来没有失过手，也没受过伤。"谢迟喘匀了气，"没什么东西给你，希望它能带给你好运，也希望你永远用不到它。"

何沣张开手臂："来，抱一下。"

谢迟没有抱他,她怕一触碰就会忍不住掉眼泪,现在已经忍得很辛苦了。

"让我送你走吧。"她捏住他的衣角,"我不多说话,就看着。"

何沣点头。

一起走的有三辆车,何沣帮着几个小兄弟塞满粮食,装好车,便坐上了副驾驶,谢迟站在下头看他。

两人平静地对视。

"走了。"

"嗯。"

司机小哥说:"不拥抱告别一下?"

无力感充斥着他的身体,他艰难地朝谢迟扯出一丝明媚的笑:"她害羞。"

车子陆续开走,谢迟立在原地目送他们。

何沣的手搭在窗上,目不转睛地看着后视镜。她今天穿了红裙子,衬得皮肤白得发光,出挑得即使身处茫茫人海,也能一眼看到。

直到车子拐弯,看不见红影,他才挪开目光。

身边人流不断。

谢迟呆站了几秒,心里空得难受。

从前独身习惯了,不觉得有什么;黏在一起两三天,忽然分开,格外地不适。他这一走,几乎算音信全无,剩下的就是无尽的等待。

当身体感知到这份莫大的悲伤后,情绪肆意地扩张,最后就像被一张灰暗的网紧裹住,连透个气都觉得艰难。她不会把脆弱暴露给外人,即便面对着何沣,也总是咬着牙逞强,可这一刻,在这人潮拥挤的大街上,她好想痛快地大哭一场。

她微垂着头,强压住胸口不断翻涌而上的酸涩感,试图转移注意,不去想他。

下面该做什么?离开南京,还是留在这继续清理脏东西?

正沉郁地走着,忽然听到远处隐隐传来炮弹声,且越来越近,随即空警声响了起来,像重锤敲击在每一个人的胸膛。

周围人议论纷纷,指着东南边的天上,一架日机被我军击中,冒着烟弯弯坠落。

眼看着几架敌机从上方飞过，对着人群密集的闹市抛下炸弹，又一通扫射。人们顿时四散开，往各个方向狂奔。

房屋倒塌，碎石乱飞，混沌的黄烟顿时掀地而起。

爆炸后的耳鸣像一阵电流声弥绕不散，隔了许久，她才听清周围人们刺耳的尖叫。

她被挤动着趔趄地往前走。

紧接着，轰鸣声接二连三地从多个方向传来。

翻起滚滚黑烟。

何沣坐的车还没开远，他看着敌机从上方飞过，直奔闹市区。来不及思考，也顾不上让司机停车，他直接从车窗翻跳了出去，在地上滚了一圈站定，朝原路跑回。

人们恐慌地到处乱窜，有的往河边躲，有的奔向防空洞。

一个女孩被埋在碎石里，一条腿被碎石砸得血肉模糊，谢迟扑过去掀开那石头，把女孩抱了出来，探了探气，她已经死了。

不远处又一声巨响，她抬头看着天空，一架日机在中国战机的拦截下继续往南飞，往大校机场方向去了。

"阿吱——"

"阿吱——"

他的声音被周围的人声覆盖。

谢迟没有听到何沣在叫她，继续往旗袍店方向去。

"阿吱——"

她心口一震，猛然回头，见何沣拨开人群朝自己冲过来。

"你怎么又回来了？"

何沣顾不上回她的话，拉着她的手臂查看："哪儿来的血？你受伤了？哪里受伤了？"

"不是我的。"

谢迟被人撞了一下，跌进他怀里，何沣护着她往防空洞走。

人们挨肩叠背地往最近的防空洞挤。这个工程还未收尾，留有些钢筋水泥堆在墙边，被人挤得仿佛下一秒就要塌陷。

乌漆墨黑，什么也看不到，前面突然有人打了手电，为这黑暗破了一丝压抑。

一个老大爷被撞倒，何沣扶起他，一脚踹翻了后面仍在不停往前挤的小个子："冲你妈呢！"

小个子撞在墙上，见这大汉不敢动手，默默起身嘟囔着骂了一句："有本事跟鬼子凶去。"

何沣握拳就要打他，谢迟按下他，抱着他的手臂继续往前走。

无数张彷徨的面容挤在一起，老少、男女。

谢迟贴墙站着，何沣手撑着墙，将她护在怀中，两人一言不发。

谢迟看向左边，一位母亲抱着孩子蹲在地上流眼泪；右边，一位老太太合掌对着墙不停地念叨着"菩萨保佑"。

"日本人怎么这么快就打过来了？不是在打上海吗？"

"刚刚看到有个人肠子都被炸出来了。"

"别说了！好可怕。"

远处传来哭声，在幽幽的黑暗中回荡：

"我不想死啊！"

谢迟忽然想到了蚂蚁。一场预料之中的意外猝不及防地出现，冲散原有的秩序，将弱小的生命逼进令人窒息的巢穴。

这巢穴阴冷、潮湿，让人觉得透不过气。周围弥漫着奇怪的味道，有浓浓的酸腐味、腥甜味、油烟味，淡淡的花露水和香水味……混杂在一起，有点儿像放久了的臭咸鱼。

长提一口气需要勇气，她抱住何沣，脸埋进他的胸口，捂着自己放肆地大口呼吸。

何沣搂住她的腰："害怕了？"

谢迟摇摇头，又松开他，目光与何沣身后的小姑娘碰上。

小姑娘对她笑一下，谢迟僵硬地提了下嘴角回应。

何沣抬手揉她手腕上的血渍，因为时间久了，干在上面，用指甲才能刮掉，偏偏何沣不习惯留指甲，总是剪得光秃秃的，紧贴着皮肉。他稍稍用力揉了几下："疼吗？"

谢迟又摇头。

"疼告诉我。"

"嗯。"

她看着何沣，因垂眸，睫毛盖住了眼睛，看不清他此刻的眼神，可谢

329

迟能感受到他此刻的心情。他一直专注地清理自己手上的血迹,或许只是因为想找个点发泄。

轰炸声停止了,远处也停止了。

人们陆续出来,每张脸上都蒙了一层无形的阴云,夏日的烈阳也破不开一道口子,让劫后余生的轻松露出来。

何沣牵着她在瓦砾碎木中快速行走。

"上哪儿去?"

"回家。"

"你不走了?"

"送你离开我再走。"

谢迟拽着他停下:"送我上哪儿去?"

"反正先离开这里。"

谢迟任他拉着,何沣忽然被什么东西闪到眼,看清前方人怀里抱着的东西后,脚步顿了一下。

"怎么了?"谢迟顺着他的视线看过去,只见一个矮小的男人鬼鬼祟祟的,怀里抱着一面大镜子,没包严实,露出一个边来。

何沣的手紧了紧,拉着她跟着那人。

谢迟继续追问:"怎么了?"

"刚才那个人应该是用镜子折光,"何沣未牵住她手的拳头紧握,"为鬼子的飞机指示轰炸目标。"

谢迟顿时就要冲过去,何沣拦腰把她抱回来:"你干什么?"

"我去杀了那个狗汉奸。"

"这么多人。"从前何沣做事总是莽撞,不顾后果,现在倒是十分沉得住气,"你回家,我去。"

"凭什么你去?!"

何沣无奈地笑了:"这个你也要和我争?"

谢迟冷静下来,目光坚定:"一起。"

他们跟着那汉奸往城南民居去。

汉奸路遇熟人,愉快地打招呼,走到偏处,也不顾遮挡怀中的镜子,大摇大摆地走起来,又唱又哼,还自顾自地嘟囔着:"就他娘炸了这么一会儿,什么玩意儿。"

忽然,一个人挡了去路。

汉奸吓得往后退了一步,见是个如花似玉的姑娘,挪不开眼:"小姐,有事情吗?"

"有啊。"

"这身上是弄上血了?"他色胆包天地伸向她的裙子,"可惜这么漂亮的衣服了。来,我给你擦擦。"

谢迟冷笑一声:"狗汉奸。"

他惊诧地刚要说话,忽然一双手握在脑袋上,用力一扭,他的脖子断了,半张着嘴发不出声,倒在墙上,慢慢滑下去。

怀里的镜子跟着坠落,碎了一地,映出无数片灰暗的天。

何沣的手在墙上擦了两下,拉着谢迟离开。

面条还放在桌上,饱饱地吸满了水,谢迟要端走,何沣接过来:"我来,你去换件衣服。"

谢迟低眼看自己身上片片块块的血,想起了那个被炸死的姑娘,她吃力地提步,往楼上去。

何沣没有倒掉面条,放进锅里加了点儿水重新热了下。他站在厨台边,看着沸腾的热水,半晌才回过神来,用筷子夹了下面条,软乎乎地断掉了。

有口吃的已经不错了,他盛了两碗,端出来坐着等她。

谢迟没什么浅色衣服,又不想穿黑色,让彼此心情变得更阴沉,翻了一通,找出件深蓝色的旗袍穿上。她走下楼,见何沣叠臂坐在桌前看着面条发呆。

听她下来,何沣才挪开视线:"我热了热,将就吃一点儿吧。"

谢迟坐到他对面,两人默默吃饭,各怀心事。

忽然有人按门铃。

谢迟赶紧起来去开门,是老周。

她关上门,与老周站到院子里说了会儿话才回来。

何沣问她:"谁?"

"老周,一个朋友,之前经常通过我运一些药品之类的物资到东北。"

"上次去就是？"

"嗯。"

"我就猜是为了抗联。"何沣微微笑起来。这一笑，终于让这凝重的气氛稍加缓和。

"他跟你说什么了？"未等她回答，他又补充道，"不能说的话就算了。"

"没什么，问我怎么还不走，让我尽快离开。"

"去哪儿？"

"去江西，找肖望云。"

"那个四只眼？"

"嗯。"

"可以。"

"你同意？"

"同意。"

"不怕我跟别人好了？"

"不怕，"他笑起来，"我的女人看不上别人。"

谢迟伸过手去拉着他："要不你别走了，在这清理汉奸日谍也算抗日。"

"我想去战场，真枪真炮地正面跟鬼子干。"他反握住她的手，"想很多年了。"

谢迟默然不语。

何沣坐到她旁边："快吃饭，你中午就没怎么吃，要我喂你吗？"

谢迟硬扯出一丝微笑："好啊。"

夜里，谢迟迷迷糊糊醒来，没摸到旁边的人，左右看了眼，发现何沣坐在阳台上，背松垮垮地曲着，垂着头抽烟。

谢迟静静看着他，她想象得到何沣此刻在想什么，也知道自己不离开南京，他是不会放心走的。

何沣在外头坐了半个多钟头才回到房间。

谢迟闭上眼装睡，感觉到旁边轻轻陷了一下，便没了动静。她没敢睁眼，也许何沣此刻正注视着自己。

很长时间过去了，她想，也许何沣睡着了。

刚要睁眼，旁边的男人又坐起身来。她微微眯起眼，看到他双手抱头，背深深地弓下去，手肘抵着大腿。

看上去……格外沉重。

谢迟自后抱住他，何沣身体微微一颤，随即直起身："你醒了。"

"老周说后天早上有趟车走，我去找肖望云，他的消息总是很灵通，再加上跟着学校迁，应该安全许多。你不用担心我，放心去。"

何沣握住她的手，没有说话。

"我睡不着了，好想骑马。"

何沣转过身来吻她："这附近有马吗？"

"好像没有。"

何沣松开她，忽然跪伏在床上："来。"

谢迟不禁笑出声："不要。"

何沣拉她："来呀。"

谢迟摇头，往床头退，何沣拽着她的脚爬过来："给你机会了，你自己不要的。"

她笑着搂住他的脖子："等胜利了，等你以后回来，我们去草原骑马。"

"好。"

战乱时，多一件行李都是拖累。谢迟东西少，也没什么首饰，只带了几套衣服和钱财。临行前夜，未承想谢迏又找上了门，他带着妻儿准备出国，让谢迟跟他们一起走。

老十没见过谢迟，怕生，一直躲在角落，何沣半蹲在小孩面前，拿糖逗他。谢迟望着他们，问谢迏："谢嘉兴他们呢？"

"爹不肯走，要守祖宅，两个姨娘留下陪他，让我带着弟弟走。"

谢迟苦笑一声："老东西，这时候还守着那点儿破家产。"

"你也知道他的脾气，不听劝。谢家男丁本就少，现在就剩我跟十弟了，爹让我们赶紧离开。"谢迏叹了口气，"无锡工业发达，又离上海这么近，日后免不得经常被炸。今天上午刚炸了鸭城桥和高桥，下午又把蠡湖宝界桥炸了。总之，附近城市都有危险，整个中国都不安全。"

四嫂愁眉苦脸地抱着孩子来回晃："太吓人了，鬼子真是畜生，听说他们往南京人多的地方扔炸弹，还炸死人了。"

"嗯。"

"七妹，咱们虽第一回见，但时常听你四哥提起你。你一个女子无依无靠的,跟我们一起走吧,再怎么说也是一家人,有个照应。"

谢迟答应了。

有四哥照顾,再加上去的是国外,何沣也放心很多。

他们要先去广州,然后乘船前往英国。

这一次,换何沣送她走。

谢迟想像上次他那样,头也不回地离开,可是女人终究还是心软些,车开出去十几米,她就让司机停下。

何沣见她从后座下来,朝自己跑来。

他迎上去,将她抱起来。

"我等你来娶我,"谢迟用力地咬了下他的耳朵,"好吗?"

"好。"

离广州车程较远,谢迟不敢从浙江过,那样离上海太近,所以他从安徽绕过去,再从江西走。晚上到了上饶,他们找了个饭店休息。

谢迟无所事事地躺在房间里,觉得自己像个行尸走肉。

也不知道何沣现在去了哪里,是在去上海的途中,还是已经到了。

她有些头疼,起身下了楼。

她在大厅里坐着。最近没什么人住店,冷清得很,就连架子上的报纸也很久没更换过了,一查上个月的。

谢迟随意抽出几张翻了翻,看到了熟悉的报道。她盯着几行字,看了一遍又一遍,心里梗的那口气缓缓往上升。

报纸上刊登了平津危急、华北危急、中华民族危急的消息,并倡导全民族实行抗战。

第二天一早,四嫂去敲谢迟的房门,却无回应,门也没锁。

"小迟啊,快起来洗洗吃饭,准备赶路了。"她打开门,往里走去,却见房间空无一人,"小迟?"

谢迟正在收拾行李,四嫂急急忙忙地拿了张字条来:"迨哥,你看。"

谢迟接过字条,是谢迟的字迹,他认得。

上头写着寥寥几字。

我不去了,四哥四嫂保重。

她的笔迹比从前更加遒劲了。

谢迨垂下手,心中沉痛。

"要不要找她去?"

"算了,她真不想走,拿刀架着都不会走的。"

"都到这儿了,为什么突然不走了?"

谢迨叹息一声:"别问了,快收拾吧。"

谢迟联系不上肖望云,从前北平艺专的电话早打不通了,她只知道学校迁到了牯岭,正好离得不算远,便搭车去了一趟。

学校迁来多时,稍加打听便知道地址。谢迟摸了过去,沿路看到在镇上电线柱上贴抗日画报的一群学生,想来便是艺专的人了。

她提着小箱子,停在一位女同学身前:"你好。"

女同学回头看她:"你好。"

"打扰,请问你们是北平艺专的学生吗?"

"是的。"

"你知道西画系的肖教授吗?肖望云。"

"知道啊,他是我们的老师。"

"他现在在学校吗?"

"我不太清楚。最近我们都在忙画报的事,好久没看到他了。"

"你们学校是不是在前面?"

"对,直往前走,拐个弯,有个牌子,一去就看到了。"

"好,谢谢。"

"不客气。"

谢迟往西径直走去。

女同学悄声对旁边的男同学说:"这个是不是肖老师的未婚妻?"

"有可能哦。"

"好漂亮啊。"

谢迟来到学校校务处,办公室里坐着一个穿白色短衬衫的男老师,见生人来,赶忙迎上:"你好。"

"您好,打扰了,我来找肖望云老师。"

男老师看着她出神,半晌才反应过来,拖来一把椅子:"坐坐坐,我给你倒杯茶。"

"不用麻烦了。"

男老师还是倒了杯水过来,谢迟接下,放在一旁的桌子上:"谢谢。"

"这山里还是挺凉快的。"男老师见她拎着皮箱一直站着,"坐啊。"

"不用,我站着就好。"

"你从哪里来?"

"南京。"

男老师神色凝重:"听说南京遭到日机轰炸了。"

"嗯。"谢迟看到墙上挂的一幅画,一眼便认出出自肖望云之手,"您知道肖老师去了哪里吗?"

"好像是去上海了,他老家就是那里吧。"

"电话可以借我用一下吗?"

"当然,随便用。"

谢迟拨了肖望云家中的电话,却无人接,她放下话筒:"谢谢。既然他不在,我就先走了,打扰,您继续忙。"

男老师叫住她:"你是老肖的未婚妻?"

"不是,朋友。"

男老师笑着点头,又说道:"你要不要在这儿等等他,或许他过几天就回来了?"男老师走近些,"虽然南昌也遭到了轰炸,但是我们这里偏僻,相对比较安全。"

"不用。如果他回来,麻烦让他联系我一下,就说我姓谢。"

"好。"

"多谢。"谢迟拎上皮箱离开。

走出去不远,男老师追上来:"你不会是要去上海吧?"

谢迟回头:"不是。"

"那回南京吗?"

"嗯。"

"南京不安全吧?估计接下来还会被继续轰炸。"

"嗯。"

"那你还回去?"

"嗯。"

男老师无话可说。

谢迟朝他点了个头:"留步。"

敌机狂轰滥炸,城里横尸遍野。

何沣被几个正在布防的中央军拦下。

"这边不能过!"

何沣看着一顺溜的德式钢盔:"你们是哪个师?"

一位看上去年纪不大的小士兵从头到脚将他打量一番:"你哪儿来的?"

"八十八,八十七,还是三十六?"

小士兵拿枪托抵着他:"问你话呢,哪来的?"

吴连长见状走过来:"做什么的?"

何沣打量他一番,这气势,八成是个长官:"收人吗?"

"你要参军?"

"嗯。"

"哪里人?"

"山东。"

小士兵道:"别是鬼子的便衣队!"

何沣冷戾地看他一眼:"枪打不准,看人也瞎。"

"你——"小士兵恼了。

吴连长大笑一声:"小伙子有意思,脾气我喜欢,叫什么?"

"何沣。"

"拿过枪吗?"

"没打空过。"

"听见没?"吴连长看向左右两位士兵,"我都不敢说没打空过,你小子哪来的自信?"

何沣指了指自己的眼角:"这里。"

"哎哟!"吴连长来了兴趣,坐到旁边的沙袋上,"那就试试你。打不中,你负责把这沙包堆满了。"

"好。"

吴连长抵了下旁边的小士兵,指着远处的木门:"去那边画个圈。"他瞥一眼何沣,故意提高声音,"画大点儿啊。"

337

小士兵找了块石头，蘸点地上的泥灰到木门上画了个大圈："大不大？"

吴连长应和着喊："够大！"他把枪递给何沣，"大个子，打准点啊。"

"小瞧我。"何沣没接枪，笑了起来，在地上捡了块碎玻璃，搁手里掂了掂，忽然用力朝木门一掷，正中圆心。吴连长还没反应过来，手里的枪就被他拿过去，嘣的一声，插在木门上的玻璃碎成渣，飞落一地。

小士兵嘿嘿地笑："哟，这枪法跟我有的一比。"

"二四式、歪把子、花机关、捷克造，只要你有的，我都会用。"何沣收枪，扔给连长，"远狙、近战、拼刀，随你试，输了我掉头就走。"

"口气挺大啊，以前做什么的？"

"土匪。"

"土匪？"吴连长笑起来，"土匪就土匪，能打鬼子管他土匪不土匪。"吴连长捶了下他的肩膀，"我们这是三十六师二一六团三营二连，我是连长。"

"小六子，"他朝远喊一声，"过来。"

"来了。"

"把他编进队里，换套装备去。"

小六子打量何沣一番："你跟我来。"

何沣个子高，军装又紧张，穿了套不太合身的，脖子前的纽扣都扣不上。吴连长见他换了衣服走来，身材笔挺，两腿修长，气质立马上来了："挺像样嘛，以后你就跟着我。"

何沣轻笑："兄弟，过段时间谁跟谁还说不准呢。"

小士兵强调："叫连长！"

话刚说完，前方有人喊："集合。"

"有坦克！"

吴连长没记住何沣的名字："新来的，掩护老子炸了这铁壳。"

这个时候赶路太难了，谢迟跟着几种车蹭一路，才回到南京。

谢迟去过很多地方，也在不少城市生活过一段时间，可没有一个比南京更中她的意。她喜欢这座城市，无论是风土人情，还是饮食休闲，抑或是自己在这建立起来的事业，都给了她家的感觉。

她放下行李，吃了点儿东西，便去老周家门外等了小半天。

老周回来一见她，惊诧道："你怎么又回来了？你不是跟你哥哥出国了吗?"

"不出了。"

"怎么?"

"让你现在去外国,你去吗?"

老周哑口。

"同胞在受难,将士在奋战,我怕我在异国的床上夜夜难眠。"她淡淡笑着,"回来陪你啊。"

"唉,"老周紧锁眉头,"你啊。"

"别叹气了,进去说。"

老周掏出钥匙开门,两人相继进屋。

"肖望云有联系你吗?"

"昨天还通了电话,他回上海了。"

"去接他家人?"

"对。"

"在哪儿?"

"在租界,日本人不敢往里头打。"

"那他还回学校吗?我刚从牯岭回来,那边的老师说他只是暂时请假。"

"说是留在上海做抗日宣传工作,估计是不回学校了。"老周倒了杯凉茶给她,"那你就一直留在南京?不走了?"

"去哪儿啊?去上海跟着肖望云画抗日画报吗?他组织的那些演讲、演出我可不行,"谢迟笑着抿口茶,"还是侦察汉奸比较称手。好不容易把南京的大街小巷摸熟了,我还是在这跟你混吧。"谢迟睨他一眼,"你不走吧?"

"上哪儿去?根都在这儿。"

"你的上级不管你了?没招你过去?"

"我没去,我要把南京城里的杂碎们清理干净,这些日谍、卖国贼最近越发嚣张了。"老周愤懑地捶了一下桌子,"前线军人以血肉护寸土,后面汉奸恨不得把整个中国送给狗日的。"

谢迟默然不语。

老周松了松牙:"你的店还开吗?"

"先开着吧,等炸平了再干别的。"

"你啊,还真是看得开。"

谢迟为自己续上一杯茶:"现在于我而言,南京的废墟也比异国的香枕睡得安心。"

"我最近在盯松生药铺的老板,行踪十分可疑。"

"好。"

"'好'是什么意思?"

"一起啊。"

谢迟回到家,把窗户全打开通风。她讨厌让人窒息的闷热,即便外面的热风吹得人并不舒服。

刚收拾完,楼梯传来声响,重重的脚步声,是个男人。谢迟腾地站了起来,开门出去,见那胖胖的男人走上来,手里拎着两个皮箱。

他看到谢迟,停下脚步,立在楼梯上:"你好,我是陈越宜,你是谢小姐吧?"

"嗯。"

陈越宜走上来,将皮箱放在地上:"我是新租客,希望不会打扰到你。"

"噢,你的房间在那边。"谢迟退回屋里,关上门。

陈越宜看过去,提着箱子到自己门前,刚到门口,听到身后的开门声。

"陈先生。"

他回眸。

"你是上海来的吧?"

"对。"

"那边打得怎么样了?"

"火力很猛,听说我军占了优势。"

谢迟宽慰下来:"谢谢,你休息吧,有事情可以叫我。"

"好。"

白天未攻下汇山码头,损失惨重。

夜里三点多,上了三辆坦克,对码头猛攻。鬼子的炮火疯狂往坦克上炸,吴连长带着人冲出去:"小六子,绕到右边去。"

"是!"

"刘晋、何沣、郭山,你们仨跟着老子冲。"

"掩护我。"何沣没理他,滚地一圈绕到沙袋堆后,冲着鬼子就是一顿扫，指挥道，"上去，打右屁股！"

"妈的，你是连长还是我是连长！"

坦克成功进入敌区，配合他们的攻击将敌营摧毁。

天隐隐露出点儿白，正清理着战场，连长拍了一把何沣的背："打得不错啊。"

何沣勾起嘴角："废话。"

"太爽了！"小六子得意地背起三把枪，刚要走，忽然一炮轰了过来，将他炸飞。他趴在地上，吐了口血唾沫："狗日的，轰老子屁股。"

头顶传来飞机轰隆隆的声音，炸弹如雨点一般落下，两支日援军忽然从南、北方向分别出现。

三连连长在左侧嘶吼："撤！撤！"

何沣绕到墙柱后面打，眼看着一枚手榴弹落在前面兄弟脚边，他扑过去将他推倒，滚到一堆木箱后面。

轰的一声，尘土飞扬。

何沣一巴掌拍在他的脑袋上："你他娘做梦呢！"

"谢了。"兄弟戴好钢盔，继续扫射。

迫击炮和头顶的飞机不断轰炸，日军在炮弹的配合下突进，压着他们打。

坚持不久，坦克废了。

后面的营长疯狂喊："撤！二连撤——"

吴连长从前头退回来，见何沣还窝在战壕里瞄，拽着他就走："走啊！"

何沣杀红眼了，一脚踹开他："滚。"

"跟老子撤！"

何沣没子弹了，滚到另一边，从地上捡起战友的枪又要冲上去。

"再不走全完蛋！"吴连长扣住他的脖子往后拖，"操你奶奶的土匪，老子就不该收你。"

最近筹资活动连续不断，有钱的捐钱、有粮的捐粮，纷纷为近在眼前的战场献一份力。

昨天日机又对南京城进行空袭，从上午到下午前后炸了五次，大多军事基地与工厂被炸得稀巴烂，街头、民居也不能幸免，部分百姓流离失所，住进了难民营。

阿如回来了,店里锁着门,她抱着包袱坐在店门口一直等着谢迟。

她路遇轰炸,蓬头垢面,谢迟没认出,走近才发现是阿如:"阿如?你怎么回来了?"

看到谢迟那一刻,她的眼泪倏地涌上来:"老板。"

谢迟被她抱住,轻抚她的背:"先进来。"

"嗯。"

谢迟打湿了块毛巾递给她,阿如边哭边擦眼泪:"我家里人说炸弹来了不好躲,南京有政府在,防空洞也结实。在家没钱挣,粮食也不够吃,城里又被轰炸,没得工作找。嫂子还成天话里有话地嫌弃我,虽没明面上撵我走,话总是听着难受。"

"南京很危险的,鬼子的飞机隔三岔五就来炸一次,我这店说不准什么时候就没了,你最好还是离开吧。"

阿如急得站起来:"我不怕!小时候算过命,先生说我命大。七岁的时候在家锄地,摔了跟头,锄头就贴着我脑皮插下去;十三岁的时候从树上掉下来磕到后脑勺儿,流了好多血,大夫都说没救了,我硬生生活了过来。"

谢迟露出点微笑:"鬼子的飞机可不会躲着你炸。"

阿如拉住她的手晃:"老板,我真的没地方可去了,你就留下我吧。"

"可是现在店里也没生意,你看这整条街都萧条了。"

"没关系!能有个地方让我暂时待着就不错了。"阿如又掉下眼泪,"自打哥哥娶了媳妇,那就不是我的家了。"

境遇虽不相同,谢迟却能感同身受,她拿过毛巾给阿如擦眼泪:"那你住哪里?你之前租的那一片被炸了。"

"孟沅让我和她住。她说她父母双亡,给她留了个房子,虽然不大,但是两个人也是够的,她还不要我房租,我想着可以平日给她做做饭。"

"也行。"

"那你同意了?"

"嗯。"

阿如抱着她的脖子跳:"谢谢你,老板!"

谢迟推开她:"好啦,快擦擦。"

空袭警报响起来的时候,谢迟正在跟踪一个日本人。街上顿时乱成一片,警察组织着人群进入防空洞。

远空,我方战机追着敌军轰炸机,打下三架来,双方在空中激战,最终成功阻拦了他们的轰炸。

人们望着坠落的冒着黑烟的日机,激动不已,纷纷欢呼:

"好!"

"炸死这些狗日的!全给打下来!"

"又打中一个!"

这一乱,日本人也跟丢了。

谢迟正要折回去,突然被一只大掌拉住。

"晚之。"是薛丁清。

谢迟抽回手,再看向日本人,已经淹没在人群。

薛丁清紧蹙眉头:"你不是走了吗?"

"又回来了。"

"你回来干什么?南京这么危险。"

"你就当我不想背井离乡吧。"

"听说那个土匪……他去上海参军了。"

"嗯。"

谢迟往回走,薛丁清跟在她旁边:"上海还不知道要打到什么时候,据说战况惨烈,光一个罗店每天就有成百上千个战士牺牲,鬼子不断调援军过来,海舰、飞机、重炮,狂轰滥炸。"

谢迟打断他:"我知道。"

"上海一旦失陷,鬼子必然往南京打,大家都往外跑,过段时间说不定连船票都难买。"

"所以你赶紧走吧。"

"那你就一直留在这?我知道你不想离开祖国,但至少换个城市待着。"

谢迟没有理他,薛丁清跟她到旗袍店,阿如与他打招呼:"薛先生来了。"

薛丁清愣了愣:"你怎么也回来了?"

"我没地方待,就来找老板啦。"

"你们一个个!"薛丁清无奈地跟着谢迟上二楼,"晚之,你是舍不得这个店,还是在等那个男人?"

天色将晚,谢迟将阳台上的花盆搬进来:"你就当是吧。"

"都什么时候了你还管这些花，一颗炸弹下来全没了。"薛丁清叹气，"我送你去云南吧，正好我家在那边有一处宅子，那边的花特别漂亮，你要什么花都可以。"他见谢迟不言，又补充道，"我知道你心有所属，我对你没有其他想法，就只是朋友。"

"谢谢你的好意，我不去。"

"谢晚之！"

"就像你说的，南京不安全，你早点儿走。"

"都什么时候了还固执。"薛丁清静默片刻，找出一张纸，写下一串号码给她，"看来我是劝不动你了。这是我的一个朋友，在鼓楼医院工作，你如果有什么事可以联系他，提我的名字，他会竭力帮你的。"

"谢谢。"

"那我走了。"

"好。"

薛丁清头也不回地下楼了。他刚到楼下，就碰到孟沅。

孟沅看他脸色不好，笑着道："你又吃瘪了？我见过晚之姐的那个未婚夫，长得不要太好呀，又高又帅！"

阿如来了兴致："可惜我不在，没有看到。"

薛丁清不搭这话茬："晚之倔，不肯走，你们俩跟我走吧。"

孟沅绕着头发走到柜台边，捏起一块饼干吃："我才不走，南京是我家。再说，就算上海破了，南京破了，日本兵能拿我们怎么样？东北的老百姓还不是活得好好的。"

"你把他们想得太好了，鬼子可没少杀平民，炸弹往人堆里扔，你指望他们善待你？"

"这里可是首都，政府都在呢！而且这么多外国人看着！"孟沅转过身背靠着柜台，"再说，我也没钱出去。战乱时候没人听戏，我去外地干吗？给人洗衣服做饭吗？人生地不熟，饭都吃不饱。"

"我可以帮你们。"

"你帮得了一时，能永远帮吗？谁知道什么时候才能打完。再说，哪里又安全呢？你又不是日本人，你知道他们下面要炸哪里、打哪里吗？"孟沅摸了摸手边的旗袍，"我最近参加抗日戏剧演出呢，激发国人抗日热情，我可是女主角！"

谢迟清晰地听着楼下的对话。不一会儿,薛丁清离开了,门上的铃铛清脆地摇着,孟沅转开话题,开始与阿如说演出的事。

谢迟倒杯清水喝,她把钱都捐出去了,已经买不起酒了。她打开收音机,无须调台,音起便是上海战况:

"在日军海陆空联合作战的疯狂攻势下……失守,我军第六十一师伤亡惨重……"

远处冒着浓黑的烟,是刚才我军与日机战斗过的痕迹。

谢迟站到阳台上,望着那直上云霄的黑烟,手下用力,握紧了杯子。她背过身,走回屋内,目不转睛地盯着收音机。

"双方来回拉锯,争夺日趋惨烈。在日军舰、飞机、重炮之策应下,一千余日军步兵围攻炮台,第九十八师一部与一千余日军步兵近身肉搏,全部壮烈殉国……"

她往后退一步,不小心撞到了桌子,玻璃杯掉下来,咣当一声,碎了满地,震得她胸口一紧。心脏顿时像被只铁钩吊着,怎么也落不下来。

阿如和孟沅听到动静上来:"怎么了?"

谢迟蹲在地上拿纸包着碎片,阿如蹲过来帮她:"小心手,我来吧。"

孟沅站在门帘后,看着谢迟落寞的背影欲言又止,听着收音机里的女声,一会儿提到谁谁谁牺牲了,一会儿说到这个地那个地失守了。

终归是战况不太好,死了很多人。

谢迟站起来,垂着眸,看阿如的后背,转身关上收音机。

孟沅长叹口气:"也不知道他们在上海怎么样了。"说罢她就后悔了,觉得此话有些不合时宜。肖望云毕竟在后方,可她的爱人不一样,那可是前线。

谢迟压下情绪,平静地与孟沅说:"你参加了抗日义演?"

孟沅直点头:"嗯嗯。"

"挺好的,也要注意安全。"

"好。"

"怎么有空来我这儿?"

"我们需要些旗袍,我是来跟你购置一些的,可是我们经费有限,能不能便宜些?不用定做,现成的那些就可以了。"

"你去挑吧,不用钱。"

"那不行,也是你们辛苦做的。"

谢迟推她下楼:"拿去吧。"

"我钱都带来了!"

"那就替我捐了。"

双方不让阵地半分,僵持着打了三个多小时。

三营只剩下六个人,被编入新队。

何沣不是个听话的兵,几次三番违抗军令,不过在他的"叛逆"下,反倒打赢了几场劣势仗。上级高兴,非但没有怪罪,还提拔做了排长。他不是特别擅长排兵布阵,这一点肯定比不上那些正统军校培养出来的长官,他靠的是对鬼子的了解与几分小聪明,完全不按套路来,总是另辟蹊径,打得鬼子晕头转向。

何沣擅长打巷战,正面打武器不敌,再加上日军有海空策应,完全处于劣势。可街道不同,窝在遮挡物后一枪一个准。

你退我进,你进我退,为一块阵地拼得你死我活。

何沣腰部中枪,又被突如其来落在不远处的炮弹震飞,一块重木板压住他的腿,好不容易才给推开。他抽出腰上的刀,子弹恰好打中了它,上头的宝石碎裂,脑海中闪过谢迟的脸。他没工夫走神,又迅速将它插回去,翻了个身继续打。

鬼子的援军到了,不断向前逼近。

又两颗炮弹落下,炸飞了机枪手。

"操你妈的。"何沣没子弹了,匍匐过去,稳住机枪,不顾枪林弹雨站了起来,冲着鬼子直扫,"老子日你祖宗——"

晚上,鬼子被打退。何沣躺在柱子后,连站起来的力气都没有了,一个兄弟给他和旁边的小士兵递来口粮。

他的脖子被子弹擦伤,小腿被木头插了个洞,血已经黑了。上身倒是没有中弹,只有几道肉搏的刀伤。

医护兵为他慌忙处理好伤口后,便去照顾伤重的士兵了。

何沣半眯着眼,啃着干粮,从怀里掏出张照片来。他刚要亲一口,又怕嘴脏,污染了她,只捏着照片角揣在胸口,缓慢地咽着食物,望着被硝烟笼罩的天空,无力地念了句:

"老子又活下来了。"

谢迟已经把店里、家里所有值钱的东西搬空了,只留下一个收音机,用来听战况。阿如也捐了对金耳环,这是她母亲留给她的,虽然不大,但是她最宝贵的东西了。

店里除了成堆的布料就是丝线,还有空荡荡的桌子。自打上海打起来,她也无心做生意了,成天往外跑,配合老周杀汉奸日谍,偶尔来一单生意也是交给阿如做。

谢迟坐在门口的台阶上,看着那些前去捐物资的百姓,叹了口气:"阿如,我开不起你工钱了。"

阿如坐到她旁边:"老板,我不要工钱,有口吃的就行了。"

谢迟抱住她的肩:"谢谢。"

"不用跟我客气。曾经在我困难的时候,也是老板您帮了我。"

"别叫老板了,"谢迟摸了摸她的头,"叫姐姐吧。"

"好,姐姐。"

"我有好多姐妹呢,可是没有一个亲的。"

"那你要是不嫌弃的话,就当我是你亲妹妹吧,我的家人也跟我不亲。"

"好啊,"谢迟笑了起来,"姐姐以后一定给你找个好婆家。"

"姐姐,你不想去上海看看你的未婚夫吗?肖老师也在上海。"

"他在战场呀,见不到的。"

"你不怕吗?"

"当然怕。"谢迟眸光黯淡地看着远处,"他死了,我难受;我去了,他担心。目前这样就是最好的。"

城内实行夜禁,到点了就断电,防止日机轰炸,日谍与汉奸便用手电、火把等为日机指示轰炸目标。到了十月中下旬,南京城已经被轰炸几十次了,到处都是颓垣残壁。

当空袭警报响起,人们已经没有最开始的那般恐慌了,仿佛轰炸已经是家常便饭,习以为常地往防空洞一蹲,任外头炮轰枪扫,表情麻木。

谢迟店里有地下室,每逢警报声响,附近几个铺子的老板就会过来躲避。

隔壁王婶见谢迟和阿如一直在缝东西:"你们这做什么呢?"

阿如说:"袜子。"

"你们不做旗袍了?改做袜子?"

"冬天快到了,闲来无事便做一点儿,十天半月也能攒好几箱,到时候送去前线给战士们。"谢迟笑着看她,"我男人在上海打仗呢,没准还活着,能穿到。"

王婶仔细瞧了一会儿:"现成布料缝缝就成了?"

"嗯。"

王婶道:"还有布吗?我也想做。"

李婶也凑过来:"我也来,反正经常一躲就是半天,闲着也是闲着,也算为抗战尽一份力了。"

角落的刘婶忽然抽泣:"我儿子也在前线呢,不知道怎么样了,有没有厚衣服穿。听说打得都顾不上吃饭,有好些饿着肚子就上战场了。"

大家都沉默了。

阿如跑上楼去拿了点软棉布来:"我来教你们,很简单的。"

日援军从金山卫登陆,我军连连败退,死伤不断,一灭就是一个连、一个营,然后不断补充新兵。很多人枪都不会拿,随便教教瞄准、开枪,便被拉上战场了。

上个月,何沣排里填了个十六岁的新兵,叫李长盛,是他一手教起来的。

小伙子刚来的时候眉清目秀,如今脸黑得已经辨不清长什么样了。他抠了抠鼻孔,挖出黑乎乎的泥油灰,随手揩在裤子上:"哥啊,你说咱俩命怎么这么大?有时候真想和他们一样死在战场。"

"活下来能多杀多少鬼子,死什么死。"何沣自个儿缠住腿上的伤,慢悠悠地道,"黄泉路挤爆了,不缺你一个。"

李长盛长叹口气:"我还没娶媳妇呢。"

"我媳妇还等我娶她呢。"

"也不知道能不能活着等到胜利的那天。"李长盛斜瞄他,"一休息就看你盯着照片,嫂子长啥样?拿出来给我看看呗。"

"美得跟个天仙似的。"何沣掏出来给他,"让你见识见识,捏边,别给弄脏了。"

"知道,宝贝的你。"李长盛仔细瞧着照片,"你这时候多大?"

"十七吧,快到十八了。"

"呀,哥,没看出来,你还挺俊啊。"

"是吧。"何沣抹了把下巴,"我有点儿毛病,特别爱干净,寒冬腊月每天都去游泳洗澡。"他低头看了眼衣裳,白衬衫看不见白色,成了沾着血的灰黑色,接着又闻闻自己,骂了声,"瞧瞧现在这德行,都他妈快三个月没洗过了,焦炭似的。奶奶的,打完了,一定泡他娘的三天三夜。"

李长盛还在盯着照片看:"嫂子真好看。"

何沣拿回来:"行了,看上瘾了还。"

李长盛挨近他。

何沣踢开他:"挪远点,臭。"

李长盛抱着怀:"冷,取取暖,最近越来越冷了。"

何沣扭过脸去,让他这么靠着。

"哥,你和嫂子睡过没?"

"废话。"

"啥感觉?"

"说不上来。"

"大概说说呗。"

"又香又软,又嫩又滑。"

"像猪?"

何沣一拍他脑壳:"老子没睡过猪。"

"不是这个意思!"李长盛捏他膝盖,"触感。"

"也没抱过猪。"

李长盛陷入沉默:"我家养过猪,我还抱过睡觉呢,特别软,就是有点儿臭。"

"猪没意思,打完了找个媳妇,夜夜抱着亲。"

"上哪找啊?"李长盛踢他一脚,"再说说,爽不爽?"

何沣一巴掌按他走:"滚远点儿。"

李长盛笑了:"哥,你枪法真好,左手还打得这么顺溜。"

"老子脚指头都能开枪。"

"吹牛。"

"吹屁。"何沣闭上眼,"赶紧睡会儿,不然没的睡了。"

"不想睡。"

轰的一声,炮又来了。

两人登时翻身进入战时状态,何沣拿着钢盔卡在他头上:"打完了,我给你找。"

图书在版编目（ＣＩＰ）数据

阿吱，阿吱 / Uin 著 . -- 贵阳：贵州人民出版社，2023.11（2025.7 重印）

ISBN 978-7-221-17851-0

Ⅰ.①阿… Ⅱ.①U… Ⅲ.①长篇小说－中国－当代 Ⅳ.①I247.5

中国国家版本馆 CIP 数据核字 (2023) 第 163161 号

A ZHI, A ZHI

阿吱，阿吱

Uin 著

出 版 人	朱文迅
策划编辑	Scissorhands
责任编辑	徐楚韵
装帧设计	Laberay淮
责任印制	蔡继磊

出版发行	贵州出版集团　贵州人民出版社
地　　址	贵阳市观山湖区会展东路 SOHO 办公区 A 座
印　　刷	三河市中晟雅豪印务有限公司
版　　次	2023 年 11 月第 1 版
印　　次	2025 年 7 月第 4 次印刷
开　　本	880 毫米 ×1230 毫米　1/32
印　　张	11　8 页彩插
字　　数	357 千字
书　　号	ISBN 978-7-221-17851-0
定　　价	49.80 元

如发现图书印装质量问题，请与印刷厂联系调换；版权所有，翻版必究；未经许可，不得转载。